CHIEMSEE
VERLAG

ISBN: 978-3689950231

Raiffeisenstr. 4 · D-83377 Vachendorf
www.kampenwand-verlag.de

Versand & Vertrieb durch Nova MD GmbH
www.novamd.de · bestellung@novamd.de · +49 (0) 861 166 17 27

Text: Markus Mattzick
Korrektorat: Beatrice Liebig
Shutterstock: G.roman, Mike Laptev, Oleg Krugliak, Bella Bender, New Africa, Stokkete, Nynke van Holten, Cattallina

MARKUS MATTZICK

10 KLEINE PROMINENTE

GINGEN IN DEN DSCHUNGEL

Für Sven Löber.
Weil Bücher eine lebenslange Freundschaft starten können.

PERSONENVERZEICHNIS

Kandidaten

1 Claudia Hartmann (63): Einst eine gefeierte Schauspielerin, will sie in der Show beweisen, dass sie immer noch im Rampenlicht glänzen kann und auch außerhalb der schillernden Welt des Showbiz zählt.

2 Sarah Schuster (28): Als junge Influencerin möchte sie in der Show ihre Online-Präsenz steigern und beweisen, dass sie mehr ist als nur ein Gesicht auf Social Media.

3 SurvivalStefan (35): Ein passionierter Abenteurer, der sich auf die härtesten Herausforderungen vorbereitet hat und fest davon überzeugt ist, den Dschungel zu bezwingen.

4 Jan Brandt (32): Der charmante Womanizer aus der TV-Welt will beweisen, dass er nicht nur für Skandale, sondern auch für echte Abenteuer zu haben ist.

5 Fabian Ritter (62): Ein einst gefeierter Schriftsteller, dessen Karriere durch Kontroversen und öffentliche Streitereien beeinträchtigt wurde. Er sieht die Show als Möglichkeit zur Imagekorrektur.

6 Kim Schmidt (46): Ein ehemaliger Showmaster, der nun als Transperson ein neues Kapitel in ihrem Leben beginnen möchte und in der Show ihre Vielseitigkeit zeigen will.

7 Nina Berger (28): Eine talentierte Schlagersängerin, die durch eine Castingshow berühmt wurde und nun in der harten Welt des Showgeschäfts ihre Stellung festigen will.

8 Michael Meyer (50): Ein Politiker, dessen Karriere durch Plagiatsvorwürfe ins Wanken geraten ist. Er sieht die Show als Möglichkeit zur Image-Rettung.

9 Francesca Conti (30): Eine Soap-Darstellerin mit italienischen Wurzeln, die in der Show ihre schauspielerischen Fähigkeiten unter Beweis stellen will.

10 Sophia Lehmann (25): Eine talentierte Biathletin, die in der Show ihre sportliche Ausdauer und mentale Stärke unter extremen Bedingungen zeigen möchte.

PERSONENVERZEICHNIS

Crew

1 Mira von Rosenau: Mira ist eine erfahrene Moderatorin, die für ihren charmanten und lockeren Stil bekannt ist. Sie hat eine lange Karriere im Fernsehen hinter sich und ist besonders für ihre Fähigkeit, spontan und humorvoll zu reagieren, geschätzt. Mit ihrer freundlichen Art schafft sie es, die Kandidaten zu beruhigen und ihnen das Gefühl zu geben, gehört zu werden.

2 Leon Mbeki: Leon ist ein charismatischer und vielseitiger Moderator mit afrikanischen Wurzeln. Sein dynamischer Stil und seine energetische Präsenz vor der Kamera machen ihn zum Publikumsliebling. Er versteht es, die Spannung der Herausforderungen zu unterstreichen und gleichzeitig eine Verbindung zu den Kandidaten herzustellen.

3 Maximilian Bauer: Maximilian ist der selbstbewusste Senderchef und Milliardär, der die Idee für die Show »Zehn kleine Prominente gingen in den Dschungel« hatte. Er verkörpert den ehrgeizigen Unternehmer, der nach neuen Ideen und Herausforderungen sucht, um seinen Sender erfolgreich zu halten.

4 Irina Novak: Irina ist die Assistentin von Maximilian Bauer und eine enge Vertraute. Sie ist intelligent, gewissenhaft und in der Lage, viele Aufgaben gleichzeitig zu bewältigen. Ihre Loyalität gegenüber Maximilian ist unerschütterlich.

5 Katrin Sternberg: Katrin ist die erfahrene Regisseurin hinter den Kulissen von »Zehn kleine Prominente gingen in den Dschungel«. Sie ist entschlossen und fähig, die Show in Szene zu setzen und gleichzeitig die emotionalen Höhen und Tiefen der Kandidaten einzufangen.

PROLOG

Claudia Hartmann

»Warum ich das mache?« Lachend schob sich die Frau die pechschwarzen Haare mit einer großen Sonnenbrille aus dem Gesicht. »Die meisten werden dir etwas von ›Herausforderung‹ erzählen, wie sie im Dschungel ihre Grenzen kennenlernen möchten. Oder zu sich selbst finden.«

Die Kamera fuhr zurück und zeigte nun Claudia Hartmann von Kopf bis Fuß. Die 63 Jahre sah man ihr auf den ersten Blick nicht an, nur die Haut am Hals und an den Händen verrieten das ausschweifende Leben, das sie geführt hatte. Sie trug ein körperbetontes Kleid mit einem tiefen Ausschnitt am Dekolleté, der nur wenig von ihren echten Brüsten der Fantasie überließ. Sie saß auf einem Korbstuhl, der Teil eines Ensembles war. Im Hintergrund waren Palmen und eine Poolbar zu sehen, vermutlich war hinter der Kamera der dazugehörige Pool.

»Ich möchte ehrlich sein«, fuhr sie fort. »Frauen in meinem Alter werden nicht gerade mit Filmangeboten überschüttet. Ich möchte zeigen, dass ich noch gut in Form bin und mit den jungen Hühnern mithalten kann.«

Bei den Worten griff sie mit der rechten Hand an ihre Brust und fuhr mit ihren Händen dann über Taille und Hüfte bis zum Knie.

»Dass ich mehr spielen kann als die nette Oma. Von ZKP erhoffe ich mir einen Schub an Popularität«, erklärte sie. »Und die Gage ist auch nicht zu verachten.«

»ZKP?«, fragte eine Frauenstimme aus dem Off.

»Die Abkürzung für ›Zehn kleine Prominente gingen in den Dschungel‹«, antwortete Claudia. »Es braucht doch ein kurzes Hashtag für Social Media.«

»Seit Sie wussten …«

»Du«, korrigierte Claudia.

»Seit du von der Showteilnahme wusstest, hast du deine Aktivitäten dort erhöht? Machst du das selbst oder hast du dafür eine Agentur?«

»Meine Enkeltochter macht das für mich«, berichtete die Schauspielerin voller Stolz in der Stimme.

Sarah Schuster

»Ich möchte meinen Followern zeigen, dass ich mehr bin als nur ein Modepüppchen«, sagte Sarah Schuster und sah direkt in die Kamera. »Und wo kann man das besser als bei ZKP! Ich war bei den Pfadfindern und bin oft mit meinem Papa«, sie winkte in die Kamera, »zelten gewesen. Als Berufssoldat wusste der, wie richtiges Survival geht und hat mir vieles beigebracht.«

»Das traut man dir gar nicht zu«, hörte man einen Mann aus dem Off sagen.

Sarah hielt demonstrativ die langen Fingernägel in die Kamera.

»Das hier werden die anderen erst nach dem Finale sehen, oder?«, fragte Sarah.

»Ja«, bestätigte der Mann.

»Meine große Chance ist, dass die anderen mich komplett unterschätzen werden. Die meisten werden den SurvivalStefan als Favoriten sehen. Auch alle anderen Teilnehmer.«

»Vor was hast du am meisten Angst?«, fragte der Mann.

»Ich möchte nicht die Erste sein, die rausfliegt. Ansonsten bin ich einfach gespannt, was sich der Sender alles ausgedacht hat. Immerhin möchte man sich ja von der anderen Dschungelshow abheben.«

»Die erwähnen wir natürlich nicht, trotzdem geht ein freundlicher Gruß nach Köln!«, sagte der Mann aus dem Off. »Wie kommst du damit zurecht, diesmal modisch eingeschränkt zu sein?«

Die junge Frau überlegte kurz.

»Unser Dschungeloutfit ist doch sicherlich sehr stylisch und auch wenn ich mich gerne schminke: Meine Fans und ich sind davon überzeugt, dass ich aus wenig etwas machen kann.«

Stefan Santos

Die dunklen Haare saßen perfekt, als ob SurvivalStefan direkt vom Friseurbesuch kam. Ein Dreitagebart schmückte sein kantiges Gesicht und sein Lächeln bildete einen Kontrast dazu.

»Wahrscheinlich bist du der einzige Kandidat, der richtige Survivalerfahrung im Dschungel gemacht hat«, postulierte die weibliche Stimme aus dem Off. »Was wird dich am Sieg hindern?«

»Das mag ein Vorteil sein, trotzdem weiß ich aus Erfahrung, dass ein Vorsprung ganz schnell eingeholt werden kann«, erklärte Stefan mit seiner tiefen Stimme. »Ihr kennt ja sicher diese YouTube Serie, in der sieben Leute in der Wildnis ausgesetzt werden, um dort sieben Tage zu leben. In der zweiten Staffel war ein Kandidat dabei, der eigentlich am wenigsten dafür geeignet war, trotzdem hat er viele Sachen geschafft, die andere der sogenannten ›Experten‹ nicht hinbekommen haben.«

»Das bedeutet, der Wille ist wichtiger als die Fertigkeiten?«

Stefan nickte kurz.

»Ja. Die Fertigkeiten helfen dir zwar, aber wenn der Wille nicht da oder gar gebrochen ist, wird das nichts.«

»Wie hast du dich auf die Sendung vorbereitet?«

Der Kandidat lachte kurz in die Kamera.

»Ich verstehe die Frage nicht.«

Dann grinste er an der Kamera vorbei, wo vermutlich die Frau im Off saß.

»Du hast also keine besonderen Vorbereitungen getroffen?«

»Ich verdiene mein Geld mit einem Survival-YouTube-Kanal. Das grundlegende Werkzeug bringe ich ohnehin mit. Den Willen habe ich auch. Das Einzige, was ich jetzt noch brauche, ist ein wenig Glück.«

»Wofür das Glück?«, fragte die Frau.

»Ich weiß nicht, welche Prüfungen uns bevorstehen. Und da wir als Gruppe auch zusammenarbeiten müssen, wird es spannend sein zu sehen, wie gut das funktioniert.«

Jan Brandt

Mit freiem Oberkörper und in Badeshorts saß Jan Brandt unruhig auf dem Korbstuhl, auf dem auch die anderen Kandidaten bereits interviewt wurden. Brust und Bauch waren haarfrei und selbstbewusst präsentierte er seinen Sixpack und seinen Bizeps.

»Auf diese Chance habe ich schon eine Weile gewartet. In den anderen Shows gab es keine harten Prüfungen, hier kann ich mich endlich von einer Seite zeigen, die keiner kennt.«

Er zwinkerte einer Person zu, die neben der Kamera stand.

»Welche Seite von dir kennt denn keiner?«, fragte die Frau. »Du hast ja bei den Reality-TV Formaten nicht mit Zurückhaltung geglänzt. Und in mindestens drei Sendungen bist du deinen Showpartnerinnen extrem nah gekommen.«

»Nur drei?« Er lachte. »Da hast du aber nicht gut recher… ich meine nachgeforscht. Aber mir geht es ja eben nicht darum, wie viele Frauen ich abschleppe. Im Dschungel ist das nicht wichtig. Da zählen Kraft und Ausdauer. Und von beidem habe ich ausreichend.«

»Auch in anderen Bereichen, wenn du verstehst, was ich meine.«

Wieder zwinkerte er der Frau zu.

»Ja, du meinst es offensichtlich ernst damit, eine neue Seite von dir zu präsentieren«, reagierte sie mit einem ironischen Unterton.

Der entging Jan.

»Bin ich froh, dass du das auch so siehst!«

»Wie lange wirst du durchhalten?«, fragte sie.

»Natürlich bis ins Finale. Ich werde die letzte Prüfung meistern und der Survivalstar werden!«

Er ließ seine Brustmuskeln spielen und schaute sich um.

»Auf der anderen Seite: Wenn ich hier in der Hotelanlage Zeit mit dir verbringen könnte, würde ich auch schon etwas früher aus dem Dschungel zurückkommen.«

Sophia Lehmann

»Das mit den Kameras bin ich gar nicht mehr gewohnt.«

Verlegen strich Sophia Lehman sich eine Strähne ihres lockigen Haares aus dem Gesicht.

»Meine aktive Karriere als Biathletin ist ja schon ein paar Jahre her.«

»Als Sportlerin bist du aber den Wettbewerb und Konkurrenz gewohnt?«, fragte der Mann aus dem Off.

»Ja.« Sie nickte. »Aber man kannte sich von anderen Wettkämpfen und man hat ja den eigenen Sport gemacht. Hier haben wir ja keine Ahnung, welche Herausforderungen auf uns warten.«

»Gibt es Sachen, die du nicht machen würdest?«

»Das ist schwer zu beantworten. Da es die erste Staffel ist und es im Gegensatz zur anderen Dschungelshow keine andere vorherige Produktion gab, kann ja alles auf uns zukommen. Auch der Vertrag hat da wenig dazu gesagt. Außer, dass man jederzeit aussteigen kann.«

»Wenn du bei einer Prüfung aussteigst, wirst du den Dschungel direkt verlassen müssen«, erklärte der Mann.

»Ja. Es gilt ›Alles oder Nichts‹. Ich bin mir nicht sicher, ob das gut durchdacht ist.«

»Wieso glaubst du das?«

»Die Idee ist ja, dass es jeden Tag eine Prüfung geben wird und uns jeden Tag ein Kandidat …«

»Oder eine Kandidatin«, unterbrach sie der Mann.

»… oder eine Kandidatin verlassen wird. Wenn jetzt mehrere Leute bei einer Prüfung aussteigen, bleibt niemand übrig.«

»Oder jemand zieht die Show allein bis zum Ende durch?«

»Dann käme noch Einsamkeit als Herausforderung hinzu«, überlegte Sophia laut.

Fabian Ritter

Gedankenversunken starrte Fabian Ritter auf das Short Drink Glas in seiner Hand. Die amberfarbene Flüssigkeit wurde durch drei Eiswürfel gekühlt und mit einem kräftigen Schluck leerte der Schriftsteller das Glas, versuchte es auf den kleinen Tisch neben dem Korbstuhl abzustellen, verfehlte ihn aber. Das Gefäß zersprang beim Aufschlag auf den Boden, aber Ritter schien es nicht zu bemerken.

»Ihnen ist da etwas heruntergefallen«, sagte die Frau aus dem Off.

»Das wird schon jemand wegmachen.« Er sah sich um. »Gibt ja genügend Personal hier. Das wollen wir ja nicht arbeitslos machen.«

»Im Dschungel habt ihr dann aber kein Personal.«

»Es sind ja genug Frauen dabei und dann auch noch der Typ, der sich nicht sicher ist, ob er Mann oder Frau ist.«

Er grinste überlegen in die Kamera und es dauerte, bis die Frau das Gespräch fortsetzte.

»Die anderen Kandidaten sind fast alle jünger und fitter als Sie.«

»Dafür habe ich Reserven.« Er streichelte seinen Bauch. »Und die alte Schauspielerin ist ja auch noch da.«

»Claudia Hartmann ist nicht mal ein Jahr älter als Sie.«

»Männer reifen. Frauen werden einfach nur älter«, konterte Ritter. »Das Showbusiness ist da sehr hart. Mit Schauspielerinnen und Models noch viel mehr. Oder kennst du ein Model, das älter als dreißig ist und noch gut im Geschäft ist? Und jetzt nenne nicht die mit der Piepsestimme und der seltsamen Sendung. Ohne die Sendung würde die auch nicht mehr auf irgendwelchen Plakaten oder in Zeitschriften auftauchen.«

»Und wie wollen Sie sich den körperlichen Herausforderungen stellen?«, fragte die Frau.

»Mit Geduld. Und Weisheit.«

Kim Schmidt

Im Gegensatz zu den anderen Kandidaten stand die große Blondine neben dem Korbstuhl. Der rote Badeanzug gab ihr das Aussehen einer Rettungsschwimmerin aus Baywatch. Die eine Hand hielt sie an der Hüfte, die andere hing locker herunter.

»Über deine Fitness müssen wir wohl nicht reden?«, fragte der Mann aus dem Off.

»Nein. Ich laufe jeden Morgen meine fünf Kilometer und am Nachmittag steht Kardiotraining auf dem Programm.«

»Warum bist du bei ›Zehn kleine Prominente gingen in den Dschungel‹ dabei?«

»Dabei bin ich gar nicht so klein«, lachte Kim Schmidt. »Aber zu deiner Frage: Ich mag Herausforderungen und durch die ganzen OPs konnte ich lange Zeit nicht an solchen Formaten teilnehmen.«

»Du machst das also nicht für andere?«

»Natürlich hoffe ich, dass meine Fans sich über meine Teilnahme freuen werden. Und dass ich neue dazubekomme. Aber wenn du meinst, ob ich das für Transpersonen mache, kann ich dir keine einfache Antwort geben. Eigentlich sollte das überhaupt kein Thema sein, denn ich bin einfach nur ›Kim‹. Auf der anderen Seite braucht es etwas Präsenz, damit wir akzeptiert werden. Aber darüber müssen wir jetzt nicht sprechen, oder?«

»Du bist bisher nicht in Shows aufgetaucht, in denen es um körperliche Herausforderungen ging.«

»Ich bin ja Moderatorin, da machen andere den Sport. Aber ja, selbst in meinen Sendungen spielt Sport eine untergeordnete Rolle. Außer beim Megaquiz. Da haben wir ja mehrere Sportkategorien. Nur selbst Sport machen muss ich da aber nicht.«

»Was glaubst du, wer als Erstes die Sendung verlassen wird?«

Kim überlegte nicht lange.

»Der Autor.«

Nina Berger

»Hallo«, begrüßte die 30 Jahre alte Nina Berger jemanden, der neben der Kamera stand. »Gut schaust du aus!«

»Hallo und danke«, reagierte der Mann aus dem Off. »Wenn ich das Kompliment zurückgebe, klingt das jetzt wahrscheinlich platt?«

»Wer freut sich denn bitte nicht über Komplimente?«

Der Mann lachte.

»Ja, das stimmt«, sagte er. »Was hat dich dazu bewegt, bei der Show mitzumachen?«

»Ich habe gehört, dass du sie moderieren würdest.« Mit einem natürlichen Lachen unterbrach sie sich selbst. »Darüber hinaus bin ich auf die Herausforderungen gespannt. Ich erhoffe mir mehr Popularität und wenn ich ehrlich bin, ist die Gage auch nicht zu verachten.«

»Glaubst du, du hast eine Chance zu gewinnen?«

Nina schaute an sich herunter. Man hätte sie wohl als Curvymodel bezeichnen können.

»Lass dich nicht täuschen, ich bin viel fitter als ich aussehe.«

»Immerhin stehen euch zehn Tage Wanderung durch den Dschungel bevor. Ich würde mir das nicht zutrauen«, gestand der Mann.

»Wir reden von etwa fünf Kilometern am Tag«, sagte Nina. »Klar. Da kommt jeden Tag noch der Aufbau des Camps, die Suche nach den Lebensmitteln und die Herausforderung dazu. Aber es ist allemal besser, als den ganzen Tag in einem kleinen abgespeckten Areal in Australien zu sitzen und darauf zu warten, dass die Zeit vergeht oder die Sendungsleitung der Ansicht ist, dass man aktiv werden darf.«

»Würdest du auf dich als Siegerin wetten?«

»Na klar!«

Wieder ertönte ihr herzhaftes Lachen.

Michael Meyer

Mit dem Schnurrbart und dem knallroten Hawaiihemd erinnerte Michael Meyer an Magnum. Alle Knöpfe waren offen, sodass man seine dunklen Brusthaare und den Bauchansatz sehen konnte.

»Ich bin schon mit schwierigeren Gegnern konfrontiert worden«, erklärte er in die Kamera. »Das politische Berlin, der Bundestag und das Bundeskabinett sind kein Kindergarten. Dazu dann noch die Vertreter der Presse, dagegen ist das hier wie ein Urlaub.«

»Hier benötigen Sie körperliche Fitness«, sagte die Frau aus dem Off. »Die spielte während ihrer Karriere als Politiker weniger eine Rolle.«

»Ich bin immer noch Politiker und sage Ihnen und meinen Gegnern, dass sie mit meiner Rückkehr ins politische Rampenlicht rechnen müssen. Aber darum geht es im Moment nicht. Was einen Politiker ausmacht, ist die mentale Stärke. Man hat Gegner in der eigenen Partei, die am eigenen Stuhl sägen, man hat die Gegner aus den anderen Parteien und jeder meint, es besser machen zu können. Meine hervorragenden Leistungen als Bundesminister wurden nicht gesehen, stattdessen stürzt man sich auf einen kleinen Fehler. Das muss man auch erstmal aushalten.«

»Achtzig Prozent ihrer Doktorarbeit wurden als nahezu Wort-Für-Wort Kopie einer anderen Arbeit identifiziert«, stellte die Frau fest. »Ich würde das nicht als kleinen Fehler bezeichnen.«

»Das ist typisch Medien. Man geht nicht auf meine Leistungen als Politiker ein!«

»Wenn Sie möchten. Es gibt da noch den Vorwurf, dass die Vergabe eines Großauftrages durch Ihr Ministerium fragwürdig verlief.«

»Suchen Sie mir da draußen jemanden, der perfekt ist. Den werden Sie nicht finden.«

»Und mit der Teilnahme an der Sendung hoffen Sie Vertrauen gewinnen zu können?«

»Sehen Sie, bei der anderen Sendung dauert es nicht lange, bis die Kandidaten die Kameras vergessen und man den echten Menschen sieht. Das ist meine Chance, denn ich werde mit Authentizität glänzen.«

Francesca Conti

Francesca Conti trug ein Trikot der italienischen Fußballnationalmannschaft. Ihre dunklen und lockigen Haare hatte sie zu zwei Zöpfen gebunden und in ihrer Hand war ein Cocktailglas mit viel Eis. Genüsslich saugte sie am Strohhalm und lächelte dann in die Kamera.

»Die nächsten Tage werde ich auf so einen Caipi ja verzichten müssen.«

»Ja«, bestätigte der Mann aus dem Off. »In euren Survivalkisten wirst du die definitiv nicht finden.«

»Das ist schade, aber ein paar Tage sind ja auch schnell vorbei.«

»Wer weiß, vielleicht bist du ja sehr schnell wieder hier.«

»Du traust mir nicht zu, dass ich länger durchhalte?«

Francesca stemmte die Fäuste in die Hüfte und schmollte übertrieben, um dann zu lachen.

»Wenn du mich fragen würdest: Ich habe keine Ahnung, wer von euch als Erstes wieder hier im Ressort sein wird«, gab der Mann zu.

»Ich garantiere dir, dass ich es nicht sein werde. Auch wenn ich in der Stadt groß geworden bin und nie zelten war. Aber die Stadt ist ja auch nichts anderes als ein großer Dschungel.«

»Ein interessanter Vergleich.«

»Aber treffend«, sagte Francesca überzeugt.

»Welche Grenzen hast du?«, fragte der Mann.

»Damit ihr mir eine Herausforderung auf den Leib schneidern könnt?« Sie lächelte ihn an. »So einfach bekommst du das nicht aus mir heraus.«

DIE ERSTE SENDUNG: DER ABGRUND DES GRAUENS

Kommentar:

#ZKP ist überflüssig, es kann nur eine Dschungelshow geben! #schauichmirnichtan

Kommentar:

#MaxBauer macht einfach nur nach. Niemand braucht #ZKP

Kommentar:

Als ob eine #Dschungelshow nicht schon genug wäre! #nurschrottimtv #lieslieberereinbuch

Kommentar:
#MaxBauer macht einen #Niveaulimbo im TV

1
Regieraum Köln

Maximilian Bauer - von den wenigen Menschen, die er leiden konnte, einfach nur Max genannt - saß auf einem bequemen Bürostuhl hinten im Regieraum und war mit sich selbst zufrieden. Die Kurzvorstellung der ›Zehn kleine Prominente gingen in den Dschungel‹ Show war gerade gesendet worden und man konnte schon beobachten, wie der promotete Hashtag #ZKP in allen Social-Media-Kanälen nach oben kletterte.

Auf dem größten Bildschirm an der Wand lief gerade die Ausstrahlung des Intros, für das die Kandidatin Nina Berger ein Lied eingesungen hatte. Es war nur eine Frage der Zeit, bis dieses in den Charts der Streaming-Dienste ebenfalls nach oben kletterte. Er selbst mochte den seichten Schlager nicht, aber es ging ihm in erster Linie um den Profit und er wusste, dass sich das Schlagersternchen gut verkaufte. Ein Wunder, dass sie überhaupt die Teilnahme an der Show zugesagt hatte.

»Ich hätte immer noch lieber diese andere Band gehabt«, sagte Max. »Du weißt, diese Punker aus Köln.«

Seine persönliche Assistentin Irina Novak sah ihn fragend an: »Punkband aus Köln?«

»Die Doktoren oder so«, erklärte Max. »Die hatten doch diesen Titel mit den ›Zehn kleine Jägermeister‹. Das hätte so gut zu unserer Sendung gepasst.«

»Es ist erstaunlich, dass ich als Polin darauf hinweisen muss, dass die Band, die du meinst, die Toten Hosen aus Düsseldorf und nicht aus Köln sind. Und auch wenn es vielleicht eine Band mit dem Namen ›Die Doktoren‹ gibt, hast du die Hosen vermutlich mit den ›Ärzten‹ aus Berlin verwechselt. Und soll ich dir was sagen? Wir haben bei den Hosen nachgefragt und sie haben abgelehnt.«

»Dann hätten wir mehr bieten sollen«, sagte Max.

»Nicht jeder ist käuflich«, reagierte Irina.

Auf einem kleineren Monitor sah man, wie das Moderatorenduo Leon Mbeki und Mira von Rosenau auf die Ankunft der Kandidaten warteten. Er war ein großes Wagnis eingegangen, diesen Moment live zu senden, sehr viel hätte schief gehen können. Damit das Flugzeug im richtigen Moment aufsetzen konnte, hatten sie es fast eine Stunde Schleifen um das Flugfeld drehen lassen. Der Zuschauer würde denken, dass sie ohne Umweg direkt eingeflogen worden waren.

»Rosa ist einfach toll«, kommentierte er und Irina nickte.

Seit er erfolgreich das erste IT-Start-up gegründet hatte, war sie in seinem Team und niemandem vertraute er mehr. Wenn er sich bei einer Entscheidung nicht sicher war, was nicht oft passierte, fragte er sie um ihren Rat. Sie hielt ihm den Rücken frei und schirmte ihn von allen ungewollten Störungen ab.

»Sie bildet mit Leon ein tolles Team«, sagte sie. »Schon optisch. Beide haben die richtige Art von Humor, sind attraktiv …«

»Du weißt, dass ich lieber den Typen aus der Maus-Sendung gehabt hätte«, unterbrach Maximilian sie. »Der erinnert mich an den Moderator der anderen Dschungelshow und wäre einfach passender gewesen.«

»Der steht bei einem öffentlich-rechtlichen Sender unter Vertrag«, erinnerte sie ihn. »Und es gibt schon genug Ähnlichkeiten zu der anderen Sendung. Das muss man nicht überstrapazieren.«

Nun zeigte auch der große Monitor das Moderatorenduo, immer wieder im Wechsel mit einer Kamera, die das landende Flugzeug fokussierte. Die kleine, zweimotorige Maschine setze auf der staubigen Piste auf, machte einen kurzen Sprung, um dann wieder Bodenkontakt zu bekommen.

»Da kommen die ersten zehn Kandidaten von ›Zehn kleine Prominente gingen in den Dschungel‹«, proklamierte Leon und schaute immer wieder auf die Moderationskarte in seiner Hand.

»Ist der so doof, dass er sich nicht mal so einen kurzen Text merken kann«, ärgerte sich Maximilian. »Der müsste sich doch dort wie zu Hause fühlen. Da hätte ich mehr erwartet.«

»Na!«, ermahnte ihn Irina. Etwas, das sich nur wenige Menschen erlauben konnten. »Er hat nigerianische Wurzeln und Smaragdküste ist genauso wenig sein Heimatland wie Spanien deins.«

Das Flugzeug rollte aus, Mira und Leon näherten sich ihm und wurden dabei von einer Gruppe Männer begleitet, deren Gesichter mit Sturmmasken bedeckt waren.

»Hätte man sich die Wächter nicht sparen können?«, fragte Irina.

»Ich möchte die Gruppe so schnell wie möglich vom Rest der Welt isolieren, wie es nur geht«, erklärte ihr Chef. »Im Grunde ärgere ich mich, dass ich mich dafür entschieden habe Mira und den Typen dorthin zu schicken. Die hätten schön in unserem Studio dort sitzen können.«

Während sich die Propeller des Flugzeuges immer langsamer drehten, öffnete sich die Tür und die Kandidaten stiegen nacheinander aus. Einige schafften das galanter, andere hatten sichtlich ihre Mühe und der Autor blieb mit dem Fuß an der Stufe hängen und fiel mit seinem Anzug in den Dreck.

Maximilian lachte laut los.

»Unbezahlbar. Dem muss man nicht mal sagen, dass er tollpatschig sein soll.«

»Ich wette 100 Euro, dass er als Erster die Show verlassen wird«, rief er laut in den Regieraum und seine Crew drehte sich zu ihm um.

»Ich glaube, da hält niemand dagegen«, grinste Katrin Sternberg, die Regisseurin.

Maximilian Bauer hatte die meisten leitenden Positionen in seinem Unternehmen an Frauen vergeben. Gerade im IT-Bereich war das nicht einfach gewesen, aber er schätzte es, von intelligenten und zielstrebigen Frauen umgeben zu sein. Dass er die meisten davon auch attraktiv fand, war ein Bonus.

Die zehn Kandidaten hatten sich in einer Reihe aufgestellt und hörten Leon und Mira zu.

2
Liveübertragung - Smaragdküste

»... Regeln nochmal zusammengefasst«, sagte Leon. »Ihr werdet zehn Tage durch den Dschungel wandern. Am Ende jeder Etappe findet ihr Kisten mit Proviant und Hinweise, wohin euer Weg auf der nächsten Etappe gehen wird.«

»Das haben die meisten von uns schon lange verstanden«, gähnte Fabian Ritter. »Vielleicht tanzt du es für die nicht ganz so Hellen unter uns vor?«

»Hochmut kommt vor dem Fall«, kommentierte Claudia Hartmann und schüttelte den Kopf.

»In diesem Fall wohl eher nach dem Fall«, sagte Mira und erntete dafür einen hasserfüllten Blick des Schriftstellers. Die anderen lachten über die Bemerkung.

»Ihr werdet jeden Tag euer Lager aufbauen müssen. Die Zelte und alles, was ihr braucht, tragt ihr mit euren Rucksäcken«, ergänzte Leon. »Irgendwann im Laufe des Tages werdet ihr vor eine große Herausforderung gestellt, durch die jeder muss. Wer sie nicht annimmt, scheidet aus.«

»Und wenn direkt am Anfang etwas kommt, was einem nicht passt, hat man sofort verloren?«, fragte Jan Brandt.

»Ja«, bestätigte Mira. »Dann ist das Abenteuer für denjenigen direkt vorbei.«

»Das gilt auch für die Etappen selbst«, sagte Leon. »Wer wesentlich später als der Rest ankommt, scheidet aus.«

»Wieviel ist ›wesentlich später‹?«, fragte Sophia Lehmann.

Leon durchsuchte seine Moderationskarten.

»Das wird für jede Etappe neu festgelegt und steht bei den Hinweisen für die entsprechende Etappe.«

»Am letzten Tag wird eine Kandidatin oder ein Kandidat die letzte Herausforderung antreten. Wird sie gemeistert, haben wir den ersten Sieger oder die erste Siegerin.«

»Oder das erste Kim?«, stichelte Fabian Ritter.

»Du bist nur neidisch, weil mein Kitzler größer ist als dein Mikropenis«, reagierte Kim.

Ritters Gesicht lief rot an, er sagte aber nichts.

»In den zwei Zelten könnt ihr euch umziehen. In der vorderen Hälfte entledigt ihr euch bitte eurer Kleidung, in der zweiten bekommt ihr eure Outdoor Ausrüstung«, sagte Mira.

»Wir sollen uns vor allen ausziehen?«, fragte Michael Meyer. »Das stand so nicht im Vertrag. Was ist denn bitte mit Privatsphäre.«

»Im Vertrag wurde keine Privatsphäre garantiert«, erklärte Mira. »Aber jeder hat die Möglichkeit, jetzt abzubrechen und geht dann ohne Gage zurück und wird noch heute wieder nach Hause geflogen.«

»Das ist aber ohne Kameras?«, fragte Francesca Conti.

»Als ob keiner hier deine Bilder aus dem Playboy gesehen hätte«, lachte Ritter. »Die einzige Überraschung dürfte sein, welche Frisur du gerade unten trägst.«

»Ja, es sind Kameras da.« Leon ließ sich etwas Zeit, damit sich die Information setzen konnte. »Aber es gibt auch einen Sichtschutz, hinter den nur ihr und die Wachen kommen.«

»Wieso die Wachen?«, fragte Claudia Hartmann.

»Damit ihr nichts auf eure Wanderung schmuggelt«, antwortete Mira. »Also bitte los, wir warten auf der anderen Seite auf euch.«

Zögernd gingen die Kandidaten auf die beiden Zelte zu.

3
Regieraum Köln

Im Regieraum in Köln beobachteten Max und seine Crew auf vier der Anzeigen das Innere der Zelte. Auf dem Hauptbildschirm wurde gezeigt, wie Mira und Leon zwischen den beiden Zelten durchgingen und sich auf der anderen Seite positionierten.

»Als ob wir uns die Gelegenheit entgehen lassen würden«, sagte Max zu Irina.

Während die Regie auf die Perspektive mit dem Sichtschutz im Frauenzelt schaltete, zeigte ein Display die andere Seite, auf der sich die Kandidatinnen zögernd auszogen. Es war zu sehen, wie sich die

Damen verstohlen gegenseitig betrachteten und speziell Kim erntete mehr Blicke.

»Kim lag mit ihrem Vorwurf nicht so falsch«, sagte Katrin. »Bei Ritter muss man wohl mit dem Superzoom rangehen, um etwas zu sehen.«

Durch einen Vorhang wurden die Zelthälften getrennt und noch während die Teilnehmerinnen nacheinander durchgingen und dabei ihre Scham mit ihren Händen bedeckten, fingen die Wächterinnen an die mitgebrachte Kleidung in Kisten zu verstauen. Auf der anderen Seite wurden alle komplett neu eingekleidet.

»Das hält meine Brüste gar nicht fest!«, beschwerte sich Claudia und bekam zustimmende Rufe von den anderen Damen.

»Kann ich meinen BH wiederhaben?«, forderte sie von einer der Wächterinnen, die wie alle anderen auch eine Sturmmaske trug.

Statt einer Antwort hielt die Frau nur den Zeigefinger vor ihren Mund.

Im Männerzelt gab es ähnlichen Unmut über die Einheitsboxershorts.

»Da baumelt alles herum«, meckerte Jan.

Aber auch seine Beschwerdeversuche wurden von den Wärtern ignoriert.

Nacheinander verließen alle die Zelte und standen dann wieder in einer Reihe vor dem Moderatorenduo.

Max Bauer war zufrieden. Alle trugen eine Stirnkamera und eine weitere vorne am Hemd. Vor jedem stand ein Trekkingrucksack.

4
Liveübertragung - Smaragdküste

»Beide Kameras zeichnen ständig auf, auch den Ton«, erklärte Mira. »Wer nur eine Kamera ablegt, scheidet aus.«

»Darf man sie nicht mal zum Ausscheiden ablegen?«, fragte Ritter und erntete einen irritierten Blick von Leon.

»Wenn ich mal scheißen muss«, sagte Ritter genervt, »kann ich wenigstens das ohne Kamera machen?«

»Das wurde doch im Video schon erklärt«, reagierte Francesca genervt.

»Und wenn ich das Video nicht gesehen habe?«, fragte Ritter.

»Hoffentlich tut er uns einen Gefallen und verabschiedet sich bald von selbst«, sagte Meyer zu SurvivalStefan.

»Das habe ich gehört, du Kopierer!«, rief Ritter.

»Für Sie immer noch ›Sie Kopierer‹!«, konterte Meyer. »Sie sind nur am Rumstänkern, dabei hat die Sendung noch gar nicht richtig angefangen.«

»Wenn ich *Ihnen* das vormache, können Sie ja jetzt vielleicht auch rumstänkern«, provozierte Ritter.

»Meine Herren!«, ermahnte Mira. »Etwas Contenance bitte! Wir wollen Sie doch endlich ins Abenteuer schicken!«

»Den Toilettengang können Sie ungestört machen. Dafür können Sie die Kameras deaktivieren«, erklärte Leon.

»Sie haben jetzt noch Gelegenheit, sich an das Publikum zu wenden«, erklärte Mira. »Die Menge der Anrufe entscheidet über die Reihenfolge, in der die Herausforderung gestartet wird. Wer die wenigsten Anrufe bekommt, startet als Erstes.«

»Nur die Reihenfolge?«, fragte Sophia.

»Nicht ganz«, antwortete Mira. »Mit den ersten fünf Kandidaten wird die Brücke fester gezogen.«

»Sie wird also stabiler?«, fragte Kim. »Und was ist nach dem fünften?«

»Gut aufgepasst!« Mira deutete ein Applaudieren an. »Ab dem sechsten wird die Brücke wieder gelockert.«

»Die Kandidaten fünf und sechs sind die, mit den meisten Anrufen«, ergänzte Leon. »Die ersten und letzten mit den wenigsten Anrufen.«

»Verstehe ich nicht«, kommentierte Jan.

»Und ab jetzt hat jeder von euch Zeit, sich kurz an die eigenen Fans zu wenden! Claudia, du machst den Anfang!«

Die Schauspielerin war Profi genug, sofort ein Lächeln aufzusetzen.

»Liebe Zuschauer, viele von euch kennen mich vielleicht noch gar nicht, aber wenn ihr mich besser kennenlernen wollt, könnt ihr mir helfen, indem ihr mich anruft oder eine SMS sendet. Claudia hat die Nummer 01!«

»Sarah«, sagte Mira.

»Hallo meine Follower! Ihr wisst, dass ich eine ganz Harte sein kann. Und ich werde euch zeigen, dass ich nicht nur ein Püppchen bin! Also ruft die 02 an, für eure SparkleSarah!«

5
Regieraum Köln

Ein Vibrieren in ihrer Tasche lenkte Irina ab. Als sie das Handy herausnahm, sah sie die Nummer von Sabine, der Aufnahmeleiterin an der Smaragdküste. Es musste wichtig sein, denn sonst würde sie nicht mitten in der Sendung anrufen.

»Hallo Sabine«, grüßte Irina.

»Hallo Irina«, sagte eine männliche Stimme mit starkem Dialekt. »Hier spricht der Offizier des Sonderkommandos der Bewegung für ein freies Nkosi. Wir haben Ihre Crew, Ihre Moderatoren und Ihre Kandidaten in unserer Gewalt. Maximilian Bauer hat soeben eine E-Mail von uns erhalten, die das belegt. Wir fordern, dass Maximilian Bauer seinen Einfluss auf die korrupte Regierung von Smaragdküste ausnutzt und die Unabhängigkeit für Nkosi aushandelt. Wenn die Sendung, die Fernsehausstrahlung oder der YouTube-Stream, unterbrochen werden, werden Crewmitglieder getötet.«

Irina fühlte sich wie vom Blitz getroffen, war aber professionell genug, in Krisensituationen schnell zu reagieren.

»Könnten Sie das bitte wiederholen?«, fragte sie in dem Versuch etwas Zeit zu gewinnen. »Ich bin mir nicht sicher, ob ich das verstanden habe.«

»Das Wichtigste steht in der E-Mail«, sagte die Stimme und legte auf.

Irina schaute kurz auf das Display, öffnete dann ihre Kontaktliste und rief bei ihrem IT-Team an.

»Hallo Miriam, ihr müsst sofort das Smartphone von Sabine lokalisieren. Seht zu, dass ihr auch die Bewegungsdaten der letzten

Tage herausbekommt. Je mehr Daten, desto besser. Ich melde mich später!«

Diesmal legte Sie auf und öffnete das E-Mail-Programm. Als Assistentin hatte sie vollen Zugriff auf das Postfach von Max und meistens war sie es, die seine Korrespondenz übernahm. Sie ging den Posteingang durch und die Betreffzeile »FREIHEIT FÜR NKOSI« war nicht zu übersehen.

Wir haben Ihre Crew unter unserer Gewalt.

Wir fordern, dass Maximilian Bauer seinen kapitalistischen Einfluss auf die korrupte Regierung von Smaragdküste nutzt, um die Unabhängigkeit von Nkosi auszuhandeln.

Wenn die TV-Sendung oder der YouTube-Stream unterbrochen werden oder eine andere Kamera ausgewählt wird, töten wir alle sechs Stunden ein Crewmitglied.

Das folgende Video zeigt Ihre Crew und ist ein Beleg, dass wir es ernst meinen.

Irina setzte sich ihre In-Ear-Kopfhörer ein und klickte auf den Link in der E-Mail.

6
Hinter den Kameras - Smaragdküste

Abseits der Kameras hielt einer der Wächter Mira und Leon zwischen den Zelten auf.

»Also ihr zwei Hübschen«, erklärte er. »Die Sendung wird anders laufen, als euer Herr Bauer sich das vorgestellt hat. Wir haben eure Crew als Gäste und kontrollieren eure Technik und Kommunikation. Solange ihr mitmacht, ist alles gut. Habt ihr das verstanden?«

»Ist das ein Scherz?«, entgegnete Leon. »Was sollen wir mitmachen?«

»Das werdet ihr noch sehen«, sagte der Wächter. »Wenn wir den Eindruck haben, dass ihr euch nicht normal verhaltet, wird jemand aus eurer Crew dafür geradestehen müssen.«

Leon schüttelte den Kopf.

»So geht das …«

»Halt die Fresse!«, blaffte der Wächter den Moderator an und hielt ihm ein Tablet hin. »Schaut euch das Video an.«

Verschreckt sahen Mira und Leon den Mann an, dessen Gesicht wegen der Sturmmaske nicht zu erkennen war. Dann sahen sie auf das Display und der Wächter startete das Video.

Leons Augen wurden größer, Mira hielt die Hand vor ihren Mund und beiden standen die Tränen in den Augen.

»Ihr seid Monster!«, brach es aus Mira heraus.

»Nicht wir sind die Monster, sondern die korrupte Regierung von Smaragdgrün«, reagierte der Wächter.

»Aber wir haben doch gar nichts mit denen zu tun«, argumentierte Leon. »Und schon gar nicht mit eurem Konflikt.«

»Gerade von dir hätte ich mehr Verständnis für die Feindschaften in einem westafrikanischen Land erwartet«, sagte der Wächter. »Aber ich wiederhole meine Warnung: Wenn ihr nur im Ansatz nicht so moderiert, wie alle das von euch erwarten, wird eure Crew darunter leiden.«

»Und wer garantiert uns, dass ihr nichts macht, wenn wir eure Anweisungen befolgen?«, fragte Mira.

»Ich«, gab der Wächter zurück. »Und das muss euch reichen. Es ist nicht so, als ob ihr eine Wahl hättet.«

Er machte eine Pause.

»Es ist nur fair, wenn ich euch vorbereite.« Ein breites Grinsen war auch durch die Maske zu erkennen. »Die Herausforderungen werden schwieriger als in den Skripten. Wir haben uns erlaubt, die Sicherungen herauszunehmen.«

»Aber dann spielen wir mit dem Leben der Kandidaten!«, protestierte Mira.

»Ja«, kam die kurze Antwort des Wächters.

7
Meetingraum Köln

Die erste Aufnahme zeigte das Innere eines Containers, in dem ein Teil der »Das Sechste« Crew mit dem Rücken gegen die Wand hockte. Davor standen vier wie die Wächter gekleidete und bewaffnete Männer. AK-15, ein Kalaschnikow-Modell, erkannte Irina, die sich während der Vorbereitung der Sendung intensiv mit der politischen Situation in dem westafrikanischen Land auseinandergesetzt hatte.

Dann gab es einen harten Schnitt und man sah das Innere einer einfachen Hütte. Durch ein Fenster kam etwas Sonne von der Seite herein und auf einem Stuhl saß die gefesselte Sabine. Ihre Augen waren verbunden und ein weiterer Wächter, das Gesicht durch eine Sturmmaske unkenntlich gemacht, stand neben ihr.

»Wenn unsere Forderungen nicht erfüllt werden, werden erst Ihre Kandidaten und dann Ihre Crew mit dem Leben dafür bezahlen. Unterbrechen Sie die Sendung oder den YouTube-Stream, werden wir weitere Crewmitglieder töten.«

Er richtete eine Pistole auf Sabines Kopf.

»Dies ist die Schuld des korrupten Regimes in Smaragdküste. Ein Opfer für unsere Freiheit.«

Der Mann drückte ab, Sabine zuckte, auf der anderen Seite ihres Kopfes spritze Blut, Gehirn und Knochen. Ihr Körper sackte im Stuhl zusammen, wurde von den Fesseln daran gehindert vom Stuhl zu fallen.

Irina unterdrückte einen Schrei und hielt die Hand vor ihren Mund.

Erst jetzt drehte sich Max in ihre Richtung.

»Was ist los?«, fragte er.

Irina schaute noch auf das Display, das Video hatte aber geendet.

»Ich muss dir etwas zeigen, komm bitte mit«, antwortete sie.

Sie betraten einen Meetingraum und Irina schloss die Tür hinter sich. Dann nahm sie die Fernbedienung und schaltete das Konferenzsystem mit dem riesigen Bildschirm an, der sich auch als digitales Whiteboard und Präsentationsfläche nutzen ließ.

»Setz dich«, forderte sie.

Als Erstes las sie die E-Mail vor, zu der Max keine Regung zeigte.

»Ich habe die IT angewiesen, Sabines Handy zu orten und so viele Bewegungsdaten wie möglich zu sammeln.«

»Eine gute Idee«, lobte Max. »Und das Video?«

»Zeigt die gefangenen Mitarbeiter und wie sie Sabine erschießen.«

Max' Augen weiteten sich kurz, dann hatte er die Fassung wiedergewonnen.

»Starte es.«

Kommentarlos schaute sich auch Max das Video an.

»Ich habe extra ein Land ausgesucht, in dem ich die Regierung mit Geld etwas gefügiger machen konnte. Ich muss gestehen, dass ich das nicht habe kommen sehen.«

Er lehnte sich in seinem Stuhl zurück und faltete die Hände auf dem Tisch.

»Nach der Sendung werde ich mit meinem Kontaktmann bei der Regierung dort telefonieren. Die sollen da eine Spezialeinheit hinschicken«, sagte Max. »Und solange davon nichts bei uns bekannt wird, lassen wir die Sendung weiterlaufen. Und wir reagieren dann, wenn es nötig ist. Wenn die IT etwas herausbekommen hat, können wir das runterschicken.«

Es klopfte an der Tür, die direkt geöffnet wurde. Katrin kam herein.

»Ihr müsst euch das ansehen!«

8
Regieraum Köln

»Wir reden nachher weiter«, sagte Max zu Irina.

Als sie in den Regieraum zurückkamen, verfolgten sie eine Diskussion zwischen Michael Meyer und dem Oberwächter.

»... spreche ich sicherlich auch im Sinne aller Kandidaten«, erklärte Meyer, »das ist inakzeptabel.«

Er deutete auf eine Hängebrücke, die einerseits aus Drahtseilen bestand, an vielen Stellen waren Seile zu sehen, die lose herunterhingen und viele der Holzbretter, die als Laufsteg dienten, waren kaputt. Als Handlauf gab es ebenfalls nur zwei Drahtseile.

Die Brücke verband sie mit der Ebene auf der anderen Seite der Schlucht und war etwa fünfzig Meter lang.

»Ohne ein Sicherungsseil werden wir da nicht draufgehen«, protestierte Meyer weiter. »Da kann der Herr Bauer noch so viel Geld herauspicken.«

»Also lehnen Sie direkt die erste Herausforderung ab?«, fragte Mira.

»Ablehnen?« Die Stimme von Meyer wurde schrill. »Das ist Selbstmord. Das ist nicht die Show, für die ich unterschrieben habe.«

Ein fast zwei Meter großer Wächter trat zu Meyer, legte eine Hand auf dessen Schulter und drückte so kräftig zu, dass Meyer mit einem schmerzverzerrten Gesicht reagierte.

»Lass mich los!«, schrie er den Wächter an.

Der ließ nicht locker.

»Ich muss hier etwas klarstellen«, fing er an. »Wenn sie die Herausforderung nicht antreten, wird einer meiner Leute Ihnen alle Finger brechen.«

Nun versuchte sich Leon zwischen den Wächter und Meyer zu drängen, der Wächter hielt ihn aber mühelos zurück.

»Aber! Aber!«, sagte Leon. »Das ist doch nicht im Sinne der Sendung.«

»Herr Mbeki«, fing der Oberwächter an, »in Absprache mit Herrn Bauer bin ich derjenige, der darüber entscheidet, was im Sinne der Sendung ist.«

Leon und Mira nickten, Meyer stemmte die Fäuste in die Seite.

»Ich habe einflussreiche Freunde!«, drohte Meyer.

»Das bringt ihnen hier nichts. Wir haben ihre Gruppe und Crew in unserer Gewalt und wir machen ab jetzt die Spielregeln«, erklärte der Oberwächter.

»Das war so nicht abgesprochen«, beschwerte sich der Politiker.

»Es interessiert mich reichlich wenig was abgesprochen war«, sagte der Oberwächter. »Aus der gespielten Reality-TV Sendung ist jetzt etwas echtes geworden.«

»Seid ihr bekloppt?«, fragte Meyer. »Dann steige ich jetzt aus.«

Er schnipste einem der Wächter zu, der kam im Laufschritt zu ihm. Auf ein Nicken des Oberwächters nahm er die linke Hand von Meyer.

»Also Herr Politiker«, sagte der Oberwächter, »werden Sie die Herausforderung nun antreten?«

»Fick dich!«, konterte Meyer.

Ein kurzes Kopfnicken des Oberwächters reichte und der Wächter bog den Ringfinger von Meyer so weit, bis ein Knacken zu hören war. Meyer schrie laut auf, die anderen Kandidaten und das Moderatorenteam sahen in Schockstarre zu.

9
Regieraum Köln

Auch im Regieraum in Köln herrschte Totenstille.

Max klatschte in die Hände und alle drehten sich zu ihm um.

»Ich muss mich bei euch entschuldigen«, erklärte er. »Dies war nur ein Test und ich wollte mir einen Eindruck verschaffen, wie das Publikum darauf reagiert. Also habe ich dem Team in Smaragdküste Instruktionen hinterlassen. Wie ihr wisst, wird uns von mancher Stelle Plagiat vorgeworfen. Aus diesem Grund muss unsere Show etwas härter wirken als die andere.«

»Einen Finger brechen ist zwar nicht toll, aber wirklich hart ist das auch nicht«, kommentierte jemand. »Und so tun, als ob die Produktion entführt wurde, ist geschmacklos.«

»Ich bin mir sicher, dass die Sendung noch die ein oder andere Überraschung bereithalten wird«, reagierte Max. »Das ist dann eine Kombination aus schauspielerischer Leistung und den Fähigkeiten der neuen Bildbearbeitung der Six-Software. Unterstützt durch Künstliche Intelligenz können wir die Bilder nahezu in Echtzeit verändern, sodass es umgehend gesendet werden kann.«

»Da habe ich noch nie von gehört«, sagte der gleiche Mitarbeiter.

»Mein Unternehmen ist so groß, da werde ich auch nicht alles mit jeder Ameise teilen«, presste Max hervor. »Wie dem auch sei: Wir werden eine neue Ära des Live TV einläuten.«

»Dann haben wir also eine Scripted Reality-TV Show?«, fragte Katrin.

»Ach komm«, sagte Max. »Es ist jetzt nicht so, dass die anderen Sender bei ihren Reality-TV Shows nicht auch darauf achten, dass die richtigen Kandidaten zur rechten Zeit ins Bild kommen, die richtigen Prüfungen bekommen. Und trotzdem gibt es noch genügend Leute, die das alles für echt halten.«

»Auf was müssen wir uns denn noch alles einstellen?«, bohrte Katrin nach.

»Ich würde dir jetzt die Überraschung nehmen«, antwortete Max. »Das mit der neuen Ära im Fernseher meinte ich ernst.«

10
Liveübertragung - Smaragdküste

Meyer wimmerte immer noch und seine Atmung wurde erst langsam wieder normal.

»Herr Meyer«, drängte der Oberwächter. »Ich warte auf Ihre Entscheidung.«

»Wie soll ich denn die Herausforderung mit einem gebrochenen Finger machen?«, reagierte der. »Es war äußerst dumm ihn mir zu brechen.«

Wieder nickte der Oberwächter dem Wächter kurz zu, der diesmal den Ringfinger von Meyer brach. Der schrie erneut laut auf und Tränen liefen seine Wangen herunter.

»Jetzt ist es gut«, drängte sich Sophia zwischen den Oberwächter und Meyer. »Das soll eine Spielsendung sein und keine Folter.«

Mit einer schnellen Bewegung hatte sie Meyer vom Griff des Wächters befreit und diesen auf den Boden geworfen. Der rappelte sich schnell wieder auf und sah Sophias Faust auf sein Gesicht zuschnellen. Bevor er die Hände schützend vor sich heben konnte, hatte sie seine Nase getroffen und es gab ein hässliches Knacken. Der Oberwächter trat ihr in die Kniekehlen und sie sackte zusammen. Bevor sie reagieren konnte, hatte er ihren Zopf ergriffen und einen ihrer Arme nach hinten gedreht.

»Immer ruhig, du wildes Pony!«, lachte er. »Wir beruhigen uns jetzt alle.«

Sein Wächter stand sich die Nase haltend auf und holte zu einem Schlag aus, aber der Oberwächter sprach ihn in einer fremden Sprache an und er hielt in der Bewegung inne.

Dann drehte sich der Oberwächter wieder zu Meyer.

»Wirst du an der Herausforderung teilnehmen?«

Der schaute mit schmerzerfülltem Gesicht auf seine Hand.

»Werden meine Finger behandelt?«

»Auf der anderen Seite wartet der Arzt auf dich.«

»Mit den gebrochenen Fingern wird das noch viel schwerer«, beschwerte sich Meyer.

»Du kannst gerne weiter diskutieren, dann werden wir dir noch mehr brechen«, reagierte der Oberwächter.

»Wie kommen unsere Rucksäcke hinüber?«, fragte Jan.

»Ihr seid für euer Zeug selbst verantwortlich«, erklärte der Oberwächter. »Mira wird nun bekannt geben, wer als Erstes die Brücke überqueren wird.«

Als ihr Name genannt wurde, zuckte Mira zusammen. Dann gewann aber ihre Professionalität wieder überhand. Sie drückte ihr InEar etwas weiter ins Ohr und lauschte angestrengt.

»Liebe Prominente! Die Zuschauer haben abgestimmt und der erste Kandidat für die allererste Herausforderung bei ›Zehn kleine Prominente gingen in den Dschungel‹ wird Jan Brandt, der den ›Abgrund des Grauens‹ als Erster überqueren!«

Bei der Nennung seines Namens ließ er seine Muskeln spielen.

»Ein Riesendank an meine Fans, dass ihr an mich glaubt!«, sagte er und klopfte sich auf die Brust.

»Sag mal?«, fragte Fabian Ritter. »Bist du so wirklich so hohl wie muskulös? Für dich haben die wenigsten Leute angerufen.«

»Ganz ruhig, Alter.« Jan hob beschwichtigend die Hände. »Mir ist klar, dass du auf meinen Body neidisch bist. Und die Beiden hier«, er küsste nacheinander beide seiner Bizeps, »werden mir dabei helfen. Da kannst du arroganter Schnösel dich noch so für etwas Besseres halten.«

»Hast du Spatzenhirn nicht mitbekommen, dass wir hierzu gezwungen werden?«, ereiferte sich Ritter. »Und für dich bin ich immer noch ›Sie‹!«

»Ja«, stimmte Jan zu. »Du verhältst dich echt wie eine ›sie‹, so voll tussihaft!«

»Männer!«, ermahnte Sarah. »Konzentriert euch bitte beide! Wir brauchen keinen Streit in der Gruppe.«

»Alles Gute, Jan«, sagte Fabian Ritter so übertrieben, dass er einen bösen Blick von Sarah dafür erntete.

»Danke, Mann!« Jan umarmte den anderen Mann kumpelhaft und dann nacheinander die anderen acht. Dann atmete er tief ein und ging zur Hängebrücke.

11
Liveübertragung - Smaragdküste

Die Regie wechselte auf die Stirnkamera von Jan, der sich immer zögernder der Brücke näherte.

Er wagte einen ersten Blick in die Tiefe.

»Die Schlucht ist etwa 350 Meter tief«, hörte man Leon sagen. »Damit nicht genug, ist unten ein reißender Fluss. Der Eiffelturm würde unter die Brücke passen. Es wäre besser,« Leon zögerte lange. »fes wäre besser, wenn du nicht den Halt verlieren würdest.«

»Ey Leute, ich bin mir sicher, dass ihr hier irgendwie trickst«, sagte Jan. »Aber es sieht unheimlich echt aus.«

Dann drehte er sich zur Gruppe um.

»Hey Mädels, ich mache euch das einfach vor, ihr kommt dann hinterher und ich warte auf der anderen Seite auf euch.«

Er sah nicht die Gesichter der anderen. Die Regie schaltete auf die Drohne, die die Kandidaten beobachtete. Manche rollten mit den Augen, einige waren einfach nur verwirrt.

Dann wechselte die Kamera wieder auf Jans Stirnkamera. Er hielt sich an den beiden Führungsdrähten fest und prüfte den Griff.

»Ein paar Handschuhe wären hier ganz nützlich gewesen«, kommentierte er und betrat das erste Brett.

Die Mitkandidaten hielten die Luft an und warteten, aber Jan lief einfach weiter und war nach kurzer Zeit schon zehn Meter weit. Etwa alle zwei Meter waren die Führungsdrähte mit einem anderen Drahtseil mit jenen verbunden, auf denen die Bretter angebracht waren. Das brachte nur wenig Stabilität und das ganze Konstrukt wackelte beachtlich. Er kam an die erste Stelle, an der etwa über einen Meter Bretter fehlten. Kurz zögerte er, dann wagte er einen großen Schritt und war auf der anderen Seite der Lücke. Er hörte den Applaus hinter sich.

»Yeah!«, pushte er sich selbst. »So macht man das!«

Etwa in der Mitte fehlten bei den Brettern über zwei Meter. Er schaute kurz zurück, wieder auf die Lücke und dann erneut hinter sich.

»Soll ich mit Anlauf rüberspringen?«, rief er den anderen zu. Ihre Antworten konnte er aber nicht hören.

Jan entschied sich, über das rechte Seil zu balancieren und sich an beiden Führungsseilen festzuhalten. Die Brücke schwankte mittlerweile mehrere Meter und er musste immer wieder kleine Pausen einlegen, damit sie wieder ruhiger wurde. Dann hatte er die Lücke überwunden.

»Ich habe es geschafft!«, triumphierte er, schlug sich mit der linken Faust auf die Brust und verlor die Balance. Reflexartig ergriff er auch mit der linken Hand den rechten Führungsdraht, was zu einer gefährlichen Schieflage führte.

Das Bild wurde gewechselt und das von einer Drohne aufgenommene Bild zeigte, wie er fast waagerecht in den Seilen hing. Die Mikrofone der anderen fingen deren Schreie auf.

»Der Tölpel war zu übermütig«, hörte man Fabian Ritter sagen.

Jan nutzte den Rückschwung, um mit der linken Hand nach hinten zu greifen, und schaffte es, sich wieder aufzurichten. Applaus war zu hören und er setzte seinen Weg fort. Die restlichen Lücken überquerte er mit großen Schritten und hielt sich immer mit beiden Händen links und rechts fest. Als er schließlich den festen Boden auf der anderen Seite der Schlucht betrat, kniete er sich hin und küsste den Boden. Dann drehte er sich um und winkte den anderen zu.

»Und jetzt ihr!«, rief er ihnen zu.

Die Kamera wurde auf Leon gewechselt, der hörte angestrengt dem Sprecher in seinem Ohr zu und fixierte dann mit seinem Blick Fabian Ritter.

»Herr Ritter«, sagte er, »Sie sind der Nächste!«

Wesentlich ruhiger als Jan näherte er sich der Brücke, prüfte die Führungsseile und testete mit einem Fuß das erste Brett. Erstaunlich flink für seine Statur folgte er dem Beispiel von Jan und auch er balancierte bei der großen Lücke auf einem der Seile. Nur den Fehler loszulassen, machte er nicht. Er überquerte die letzte Lücke, als das Brett direkt dahinter unter ihm nachgab. Beide Füße hingen in der Luft und er spürte, wie die Drahtseile in seine Finger schnitten.

»Nicht nach unten sehen«, hörte man ihn flüstern und die Stirnkamera zeigte, dass sein Blick das Ende der Brücke fixierte.

Die Regie wechselte auf die Drohnenkamera und man sah, wie er erst das eine Knie auf das nächste Brett brachte und dann vorsichtig das nächste hinterher zog. Mit wackeligen Beinen überquerte auch er den Rest der Brücke und brach heulend auf der anderen Seite zusammen.

»Super«, lobte ihn Jan. »Das hätte ich dir nicht zugetraut!«

»Ach, halt einfach deine Fresse!«, reagierte Fabian Ritter. »Drücke den anderen die Daumen.«

Jan reagierte nicht auf die Beleidigung und hielt dem anderen Mann die Hand entgegen, sodass dieser sich hochziehen lassen konnte. Die fünf Wächter auf dieser Seite der Schlucht nickten ihm zu.

12
Regieraum Köln

Im Kontrollraum in Köln beobachtete Katrin, wie Leon die Werbung ansagte. Auf dem großen Monitor erschienen darauf zunächst ein Sendungstrailer und dann ein Werbefilm für Waschmittel.

»Max, Irina«, sagte sie. »Habt ihr kurz Zeit für ein Gespräch?«

Sie deutete zur Tür des Besprechungsraums, in dem Max eben das Video der Entführer gesehen hatte. Max nickte und kurz darauf standen sie bei geschlossener Tür um den Besprechungstisch.

»Okay. Welche Scheiße geht da ab?«, fragte sie. »Und wage es nicht, mir etwas von Filmen zu erzählen, die von Künstlicher Intelligenz bearbeitet wurden. So weit sind wird noch lange nicht.«

Max hob abwehrend den Finger hoch.

»Du hast ja keine Ahnung, wie weit mein Entwicklungsteam …«

»Max«, unterbrach Katrin ihn. »Ich bin nicht naiv.«

»Die Kandidaten und Crew wurden entführt«, erzählte Irina. »Wir sind uns sicher, dass das nicht unser Drehort ist. Es muss also von langer Hand vorbereitet worden sein. Die Entführer geben sich als Unabhängigkeitsbewegung einer Region im Norden von Smaragdküste aus. Sie haben gedroht, Leute der Crew zu erschießen, wenn wir nicht weitersenden.«

Katrin setzte sich hin.

»Wie ernst meinen sie das?«

»Sie haben uns ein Video geschickt, in dem sie Sabine erschießen.«

Katrin bedeckte ihren Mund mit der Hand und Tränen waren in ihren Augen zu sehen.

»Wir können da nicht mitmachen!«, forderte sie.

»Ich habe meine Kontakte vor Ort schon aktiviert«, erklärte Max. »Wir wissen im Moment nicht, wo sie sind und werden ihr böses Spiel mitmachen müssen. Du hast gesehen, was sie mit Meyer gemacht haben!«

»Mit den gebrochenen Fingern wird dem die Kraft fehlen sich festzuhalten.« Katrins Stimme klang eher abwesend.

»Wir müssen an die ganze Crew denken«, sagte Max.

»Und uns dem Druck von Terroristen beugen?«, fragte Katrin.

»Wir müssen Zeit gewinnen«, erklärte Irina. »Und Hinweise.«

»Habt ihr die Polizei informiert?«

»Noch nicht. Ich würde das gerne zunächst vermeiden«, sagte Max. »Ich habe vorhin eine Mail an mein Guerilla-Marketing-Team gesendet. Die werden im Netz das Gerücht streuen, dass unser KI-Labor ganz weit bei der Filmmanipulation in Echtzeit sei. Damit gewinnen wir Zeit. Und wenn das erstmal draußen ist, werden sich die Leute zerfleischen, ob das überhaupt möglich sei oder nicht und weniger über den Inhalt diskutieren.«

»Wenn die Wahrheit herauskommt, wirst du viele Fragen beantworten müssen«, sagte Katrin. »Dann werden wir viele Fragen zu beantworten haben. Der Ethikrat wird uns auseinandernehmen und die Öffentlichkeit nochmal mehr. Das ist das Ende unserer Karrieren.«

»Katrin.« Max stemmte sich auf beide Fäuste. »Seit du bei mir im Sender bist, verdienst du nicht schlecht. Du wirst weit vor deiner Zeit in den Ruhestand gehen können. Wir sind hier auch die Opfer und ja, wir werden uns danach mit einigen Fragen auseinandersetzen müssen. Aber das wird vorbeigehen.«

Er ging um den Tisch herum.

»Kennt einer von euch beiden ›Das Millionenspiel‹?«, fragte er und gab ihnen kurz Zeit zum Antworten, aber beide Damen schüttelten den Kopf.«

»Ende der siebziger Jahre gab es eine Sendung im öffentlich-rechtlichen Fernsehen. Das Ganze war wie eine Spielshow aufgemacht, griff vielem vor, unter anderem Reality-TV und private Fernsehsender. In der Show wurden die Kandidaten gejagt. Der Gewinner hätte eine Million bekommen. Dieter Hallervorden spielte als Jäger mit, glaube ich, und Dieter Thomas Heck als Moderator. Viele Zuschauer glaubten, dass es echt war und es gab zwar eine heftige Diskussion, was Fernsehen darf und was nicht, aber interessanter war, dass sich nach der Sendung viele gemeldet haben, die gerne an der Sendung teilgenommen hätten. Und zwar sowohl als Jäger als auch als Kandidaten.«

»Du glaubst also, dass Kandidaten bei ›Zehn kleine Prominente‹ sterben könnten?«, fragte Katrin.

»Es ist schon jemand gestorben«, antwortete Max. »Und das Prinzip der Show baut darauf, dass nur einer die Wanderung beenden wird.«

13
Liveübertragung - Smaragdküste

»Wie ich höre, sind wir wieder live zu sehen«, sagte Mira. »Willkommen zu ersten Herausforderung von ›Zehn kleine Prominente gingen in den Dschungel‹, bei der die ersten beiden Kandidaten Jan Brandt und Fabian Ritter bereits den ›Abgrund des Grauens‹ überquert haben!«

»Durch das Zuschauer Voting wurde die Reihenfolge der Kandidaten bestimmt«, erklärte Leon. »Und als Nächstes wird sich Nina Berger auf den Weg machen.«

Eine der Kameras fokussierte die Schlagersängerin. Ihr Make-up war vom Weinen zerlaufen, sie wirkte aber ruhig, fast abwesend. Eher mechanisch näherte sie sich der Brücke, hielt sich links und rechts fest und betrat das erste Brett.

Die Perspektive wechselte auf ihre Stirnkamera und man hörte, wie sie eines ihrer Lieder leise vor sich her sang. Als sie an der ersten Lücke ankam, zögerte sie kurz, machte einen großen Schritt und war auf der anderen Seite. Die große Lücke meisterte sie noch besser als Fabian Ritter und dann schaffte sie es ohne weiteren Zwischenfall bis auf die andere Seite.

Während sie auf der einen Seite freudig von Jan und Fabian empfangen wurde, applaudierten die Kandidaten auf der anderen Seite.

»Bei ihrer Vorstellung hatte sie angekündigt, die anderen Kandidaten überraschen zu wollen«, moderierte Mira. »Und nun kann sie ihren Worten Taten folgen lassen. Als Nächstes wird Sparkle-Sarah den ›Abgrund des Grauens‹ überqueren!«

Die junge Frau näherte sich der Brücke, an der einige Wächter gerade wieder gearbeitet hatten und einer abschließend prüfte, ob die Drahtseile fester gespannt waren.

Sarah hatte gut aufgepasst und betrat die Brücke. Ohne Zwischenfall schaffte sie es bis über die große Lücke und bewegte sich dann nicht mehr.

»Weiter!«, feuerte Jan sie an.

»Komm Mädchen!«, rief Fabian Ritter. »Du hast das Schlimmste hinter dir!«

»Girlpower!«, schrie Nina.

SparkleSarah bewegte sich nicht.

Die Kamera wechselte wieder auf eine der Drohnen, die ihr Gesicht in der Totalen zeigte. Die Augen waren fest geschlossen und sie atmete sehr schnell.

Im Hintergrund sah man, wie sich ein Wächter der Brücke näherte.

»Los Sarah!«, rief Francesca. »Du schaffst das!«

Der Wächter nahm eines der Führungsseile und wackelte daran. Sarahs Augen öffneten sich ganz weit und als aus der Totalen herausgezoomt wurde, sah man die Adern an ihren Händen und Armen hervortreten. Sie machte einen Schritt. Dann den Nächsten und kam dann wieder in Bewegung. Der Wächter hatte das Drahtseil wieder losgelassen und SparkleSarah erreichte unter dem Applaus und Rufen der Kandidaten die andere Seite. Kaum hatte sie festen Boden unter den Füßen, gaben ihre Beine nach und sie fing an zu heulen. Jan ging zu ihr, kniete sich neben sie und nahm sie in den Arm.

»Das hast du super gemacht und nun ist es für dich vorbei!«

Die Kamera wechselte zum Moderatorenduo.

»Nun kommen nacheinander die beiden Kandidaten mit den meisten Stimmen beim Telefon-Voting«, erklärte Leon. »Diejenigen, bei der die Brücke am sichersten ist. SurvivalStefan! Mach dich bitte bereit!«

»Kann ich die anderen vorlassen?«, fragte er. »Ich dürfte die meiste Erfahrung mit solchen Brückenkonstruktionen haben.«

Der Oberwächter ging auf Stefan zu, baute sich vor ihm auf und verschränkte die Arme vor der Brust.

»Du hast zehn Sekunden, bis du auf der Brücke bist!«

Stefan sah ihn herausfordernd an.

»Neun - Acht - Sieben«

Der Survival-Experte beugte sich dem Druck und überquerte die Brücke am schnellsten.

14
Liveübertragung - Smaragdküste

Neun Kandidaten hatten die Brücke überquert und neben den Wächtern standen nur noch das Moderatorenduo und Michael Meyer auf dieser Seite der Schlucht. Der hielt sich mit schmerzverzerrtem Gesicht die Hand.

»Wer verliert eigentlich die Herausforderung, wenn« Leon machte eine lange Pause und schluckte, »wenn alle über die Brücke kommen?«

Mira setzte ein professionelles Lächeln auf.

»Na dann verliert der oder die Langsamste.«

»Ich schaffe das nicht«, jammerte Meyer. »Ich kann doch kaum zugreifen.«

Erwartungsvoll sahen er, Leon und Mira den Oberwächter an.

»Wenn du noch länger zögerst, breche ich dir persönlich den nächsten Finger.«

Meyer nahm seinen Rucksack und ging extrem langsam zur Brücke. Die Wächter hatten wieder etwas Spannung aus den Seilen genommen und es war Wind aufgekommen, sodass das Konstrukt noch mehr wackelte.

Direkt davor drehte sich Meyer um und sah flehend zum Oberwächter, der deutete auf seine eigenen Finger und der Politiker begab sich auf die Brücke.

Seine Beine zitterten und das übertrug sich auf die Hängebrücke. Mit großer Anstrengung hielt er sich auf beiden Seiten fest und man sah, wie die rechte Hand immer wieder zwischen einem lockeren und festen Griff wechselte.

»Ich kann das nicht«, heulte Meyer. »Ich kann mich kaum festhalten.«

Er tastete sich mit Trippelschritten vor, erreichte die erste Lücke und blieb dann stehen. Die Zeit verging, die Brücke schaukelte im Wind und Meyer hielt sich einfach nur fest. Nach einer knappen Minute klatschte der Oberwächter in die Hände und die zwei Wächter an den Führungsdrähten fingen an, daran zu wackeln.

»Stopp!«, schrie Meyer. »Ich bewege mich ja schon!«

Wieder klatschte der Oberwächter und seine Leute ließen die Seile wieder los. Meyer machte den großen Schritt über die Lücke und erreichte unter den begeisternden Rufen seiner Mitkandidaten den nächsten Abschnitt.

Langsam schien Meyer Mut zu gewinnen und machte normale Schritte. Die Anfeuerung der anderen gab ihm Sicherheit. Dann passierte es.

Eine Windböe erfasste die Brücke, Meyer stolperte, verlor den Halt mit der verletzten Hand und fiel auf die Bretter. Er lag auf der Seite, hielt sich mit der unverletzten Hand am Drahtseil fest und sein Trekkingrucksack hing über dem Abgrund, zog an ihm.

SurvivalStefan und Jan rannten auf die Brücke zu, wurden aber sofort von den Wächtern aufgehalten.

»Ich kann mich nicht mehr halten!«, schrie Meyer.

»Leg dich auf den Bauch«, rief Jan ihm zu.

»Was soll das bringen?«, fragte Fabian. »Vor allem muss er dazu das Seil loslassen.«

»Er muss den Rucksack loswerden«, stellte SurvivalStefan fest.

»Wirf den Rucksack weg!«, rief er Meyer zu.

»Ich kann mich nicht mehr halten!«, schrie Meyer wieder.

»Im Rucksack sind seine Sachen«, kommentierte Sarah. »Wie will er die Wanderung ohne machen?«

Kopfschüttelnd sah Kim sie an.

»Wenn er fällt, wird er erst recht nicht wandern können.«

»Aber er muss sich doch nur hochziehen!«, protestierte Sarah.

»Zieh den rechten Arm aus dem Rucksack heraus und halte dich dann mit beiden Händen auf der einen Seite fest«, rief Survival-Stefan. »Dann lässt du kurz mit der linken Hand los und lässt den Rucksack einfach herunterrutschen.«

»Einfach?« Claudia zog die Augenbrauen hoch. »Dann ist doch sein ganzes Gewicht auf der linken Seite.«

Sie hörten, wie der Oberwächter klatschte und seine Leute wieder nach den Drahtseilen griffen.

»NEIN!«, schrie Jan. »Gebt ihm eine Chance!«

Meyer hatte sich ein wenig bewegt und schaffte es, seinen rechten Arm zu befreien, und hielt sich nun mit beiden Händen am linken Seil fest. Die Wächter sahen zum Oberwächter, der winkte sie zurück.

Das Gewicht des Rucksacks hing auf der linken Schulter von Meyer und drohte ihn nun auf der linken Seite herunterzuziehen.

»Lass mit der linken Hand los!«, brüllte Jan.

»Ich kann nicht, ich habe kaum Kraft in der rechten Hand« Meyers Stimme zitterte. »Ich kann nicht loslassen!«

Der Rucksack rutschte von der Schulter direkt in den Ellenbogen.

»Lass los!«, brüllte Claudia.

In einer schnellen Bewegung öffnete Meyer die linke Hand, streckte den Arm so nach unten, dass der Rucksack herunterrutschen konnte, und ergriff darauf wieder das Seil. Der Rucksack fiel eine gefühlte Ewigkeit die Schlucht herunter, bis er vom reißenden Fluss verschluckt wurde.

Die Hängebrücke schaukelte immer noch und da Meyer sich nur auf einer Seite festhielt, bekam sie eine Schieflage.

»Halt dich wieder auf beiden Seiten fest!«, rief SurvivalStefan.

Wohl auch zu seiner eigenen Verwunderung griff Meyer mit der rechten Hand nach hinten und hatte die Seile auf beiden Seiten in der Hand. Unter dem Applaus der anderen schaffte er es wieder aufzustehen, und führte dann seinen Weg mit kleinen Schritten fort.

15
Regieraum Köln

»Das wäre jetzt der perfekte Moment für Werbung!«, sagte Max.

Irina sah ihn tadelnd an.

»Der Mann kämpft um sein Leben und du denkst an deine Einnahmen?«

»Von hier aus kann ich ihm nicht helfen«, verteidigte er sich. »Außerdem habe ich meine Leute in Smaragdküste schon kontaktiert. Aber bis die da jemand hingeschickt haben, wird es dauern. Und bis dahin soll deren Leid doch nicht umsonst gewesen sein.«

»Wir sollten die Polizei informieren«, schlug sie vor. »Unsere Leute sind entführt worden und unsere Prominenten könnten umkommen.«

»Ach komm, die Hälfte von denen kennt doch nur ihr eigenes Fanklientel!«, spottete Max. »Nach der Staffel weiß aber ganz Deutschland, wer sie sind!«

»Oder schlimmstenfalls wer sie waren«, warnte Irina.

Auf dem Bildschirm sahen sie, wie Meyer vor der großen Lücke angekommen war und zu Max' Verwunderung zögerte er nur kurz, bevor er mit dem rechten Fuß auf das rechte untere Drahtseil trat. Dann schob er den linken Fuß vor und stand nun mit vollem Gewicht nur noch auf den Seilen. Bis zur Mitte der Lücke lief es gut für ihn.

»Scheiße!«, brüllte er. »Mir krampft die Hand!«

»Ignoriere das!«, rief ihm SurvivalStefan zu. »Gehe weiter, bleib nicht stehen!«

»Meine Hand will nicht mehr«, schrie Meyer und die linke Hand ließ los.

Durch das veränderte Gewicht kam er ins Schwanken und seine Versuche, das Drahtseil erneut zu ergreifen, machten die Situation noch schlimmer. Er drehte sich um, versuchte das andere Seil zu fassen, schaffte es nicht und dann verlor er auch mit dem linken Fuß den Halt. Gerade rechtzeitig fand seine linke Hand das Drahtseil, als kurz danach sein rechter Fuß vom unteren Seil abrutschte.

Die anderen Kandidaten schrien, hielten sich die Hände vor den Mund oder drehten sich weg.

»Ich kann mich nicht mehr halten!«, rief Meyer erneut. »Hilfe!«

Er trat mit den Füßen in der Luft, versuchte, sich hochzuziehen, aber die schaukelnde Hängebrücke machte ihm das noch schwerer. Seine Arme wurden länger und seine Brust drückte gegen das untere Seil. Dann verlor er mit er rechten Hand den Halt und versuchte, wieder nachzugreifen, aber die rudernde Bewegung zerrte an seinem anderen Arm und eine der Drohnenkameras zeigte die linke Hand in einer Großaufnahme. Langsam entglitt ihr das Seil und man sah noch, wie er erfolglos versuchte nachzugreifen.

Mit einem Ruck rutschte Meyer ab, konnte sich aber mit beiden Händen am unteren Seil festhalten.

»Maximilian Bauer!«, schrie er. »Ich habe mächtige Freunde. Die werden dich zur Strecke bringen!«

»Halt dich fest und hangle dich herüber«, rief Jan. »Du schaffst das!«

Wieder fokussierte sich eine der Drohnenkameras auf die Hände von Meyer. Seine eigene Stirnkamera folgte erst seinem Blick nach unten, dann auf die rettende Seite der Schlucht und danach hoch zu seinen Händen. Die rechte Hand verlor den Halt, ließ als erste los und es dauerte nicht lang, bis die linke Hand sein gesamtes Gewicht nicht mehr halten konnte. Nur noch seine Fingerspitzen hielten ihn fest, fast wie in Zeitlupe rutschten sie vom Seil.

16
Liveübertragung - Smaragdküste

Die Hängebrücke wurde kleiner und Michael Meyer schrie im freien Fall.

Die Sicht wechselte auf die Stirnkamera einer der anderen Kandidaten, der hypnotisch dem fallenden Politiker hinterher sah. Als der - genauso wie sein Rucksack vor ihm - im reißenden Fluss verschwand, war es mucksmäuschenstill.

»Krass«, sagte Jan. »Das sah so echt aus. Man sah gar nicht, wo der echte Fall aufhörte, und die Projektion anfing.«

Die Stirnkamera drehte sich zu Jan und man hörte Fabians Stimme.

»Was für eine Projektion?«

Jan sah in die Kamera, als ob er die Frage nicht verstanden hatte.

»Na, der ist doch nicht echt in die Schlucht gefallen«, erklärte er. »Da wird mit Tricks gearbeitet und wahrscheinlich mit einer Projektion, die den Fluß zeigt. Und als er da durchgefallen ist, ist er von einem Netz aufgefangen worden.«

Wieder wechselte die Kamera. Diesmal waren Jan und Fabian und einige der anderen Kandidaten im Blickfeld und alle starrten Jan an.

»Was für einen Schwachsinn erzählst du da?«, fragte Fabian.

»Du tust so, als ob du total gebildet bist,« antwortete Jan, »aber offensichtlich hast du kaum Fernsehen geschaut. Vermutlich wird es dich überraschen, dass die Bilder nicht mehr schwarzweiß sind! Es gibt Techniken, mit denen man Bilder projizieren kann. Glaubst du, die würden uns in echt über so eine gefährliche Schlucht klettern lassen, wenn da Gefahr für uns bestehen würde?«

Fabian drehte sich zur Schlucht und wieder zurück zu Jan.

»Projektion?«

»Ich habe da mal eine Doku gesehen«, erklärte Jan, »in der das gemacht wurde. Nur da hatte man die Ruinen einer Stadt wieder ganz gemacht und der Forscher ist dann durch den Palast gelaufen, wie der vor Jahrhunderten ausgesehen hatte.«

Mit offenem Mund stand Fabian vor Jan und rang nach Worten.

»Es ist nicht schlimm zuzugeben, wenn man mal nicht alles weiß«, sagte Jan.

»Wann hast du denn mal so eine ›Projektion‹ im echten Leben gesehen?«, fragte Fabian.

»Natürlich noch nie«, antwortete Jan. »Das ist sicherlich noch total teuer.«

»Lass es mich anders formulieren«, sagte Fabian. »Wann hast du jemals eine 3D Projektion gesehen.«

»In verschiedenen Dokumentationen …«

»In echt«, unterbrach Fabian ihn. »Du selbst.«

»Bisher noch nicht«, gestand Jan. »Das heißt, bis heute noch nicht.«

Wieder rang Fabian mit den Worten. Claudia sprang für ihn ein.

»Jan, so eine Technik gibt es noch nicht.«

»Das würde doch bedeuten, dass die den Meyer haben sterben lassen.« Man konnte förmlich sehen, wie sich die Gedanken in seinem Kopf sortierten. »Und dass wir alle in Gefahr gewesen waren?«

17
Regieraum Köln

»Wir werden jetzt sofort die Polizei verständigen!«, forderte Katrin.

Nach dem Sturz hatte sie Max und Irina wieder in den kleinen Besprechungsraum gebeten.

»Und dann?«, fragte Max. »Die werden die Sendung einstellen und dann wird unsere Crew in Smaragdküste dafür bezahlen müssen.«

»Zwei Menschen sind tot!«, sagte Katrin. »Einer davon mit mächtigen Freunden. Da wird früher oder später jemand bei uns anklopfen. Und wenn wir dann erst die Polizei informieren, müssen wir erklären, wieso wir das nicht getan haben.«

»Stress?«, schlug Irina vor. »Es ist eine außerordentliche Situation und wir sind um die Sicherheit unserer Mitarbeiter vor Ort besorgt gewesen. Das werden wir schon begründen können.«

Max grinste.

»Auf meine Irina ist immer Verlass!«

»Dann lasst uns wenigstens überlegen, was wir von hier für unsere Crew und die Kandidaten da rausholen könnten«, bat Katrin.

»Wir wissen weder, wo sie sind, noch wer sie entführt hat«, gab Irina zu bedenken.

»Trotzdem sollten wir uns ein paar Optionen überlegen«, sagte Katrin.

»Katrin hat recht«, sagte Max. »Vielleicht können wir auch zu einem der Vorgesetzten der Terroristen Kontakt aufnehmen. Und vielleicht könnten wir ein paar Söldner hinschicken.«

»Hast du denn jemals Kontakt mit Söldnern gehabt?«, fragte Irina.

»Nein«, gestand Max. »Aber das wird doch nicht so schwer sein.«

»Wenn du nicht möchtest, dass das an die große Glocke gehängt wird, ist es zumindest nicht einfach«, reagierte Irina. »Aber ich habe da jemanden an der Hand, den ich fragen werde.«

»Und wir sollten Pressemeldungen vorbereiten«, sagte Katrin. »Für verschiedene Szenarien.«

»Ja«, nickte Irina. »Ich werde ein Team zusammenstellen, dem wir vertrauen können, und entsprechende Texte aufsetzen lassen.«

»Und ich lasse mein Team weiter auf Social Media die Variante mit den KI generierten Bildern verteilen«, sagte Max. »Da soll so viel diskutiert werden, dass niemand mehr durchblickt.«

»Können wir das Thema auch in Talkshows bekommen?«, überlegte Katrin. »Wir hatten da ja schon etwas mit ›Moral im Fernsehen‹ und ›Wie weit darf Reality-TV gehen‹ vorbereitet, das können wir direkt nutzen.«

18
Liveübertragung - Smaragdküste

Einige Tausend Kilometer weiter südlich lief Kim Schmidt der Schweiß den Rücken herunter. Der Schock über den Sturz von Michael Meyer wurde mittlerweile durch den Eindruck der surrealen Diskussion zwischen Jan und Fabian verdrängt.

Einer der Wächter kam auf die Gruppe der diskutierenden Kandidaten zu.

»Weiter!«, schrie er sie an und deutete auf den Weg, der in den Wald hineinführte.

»Da ist gerade jemand gestorben«, platzte es aus Sarah heraus. »Damit ist die Sendung für mich fertig.«

Der Wächter zog seine Pistole aus dem Halfter, entsicherte sie und zielte auf Sarahs Kopf.

»Alles cool!«, rief SurvivalStefan und hakte sich bei Sarah ein. »Wir gehen ja schon!«

Während er sie wegzog, zischte sie ihn an.

»Was soll das? Nichts ist cool! Ich lasse mich hier nicht herumschubsen!«

Stefan ignorierte sie und erst, als sie den Wald erreichten, drehte er sich um. Die anderen waren ihnen gefolgt, die Wächter mit etwas Abstand dahinter. Über ihnen surrten die Drohnen.

»Für meinen YouTube-Kanal war ich schon in einigen Ländern, in denen es mit der Sicherheit nicht ganz so gut stand«, erklärte er. »Und ich habe verschiedene Rebellengruppierungen kennengelernt. Mit den meisten ist nicht zu spaßen.«

»Aber bei ›Zehn kleine Prominente‹ sollte es doch um Popularität und Abenteuer gehen und nicht ums echte Überleben«, flüsterte Sarah. »Wir sind hier doch nicht bei den ›Hunger Games‹!«

»Wir müssen als Erstes Zeit gewinnen«, überlegte SurvivalStefan. »Und wir müssen herausfinden, was da überhaupt gespielt wird.«

»Und wenn noch jemand stirbt?«, fragte sie.

»Dann sollten wir uns anstrengen, dass wir das nicht sind.«

Hinter ihnen wurde es auf einmal laut und sie drehten sich um.

Zwei der Wächter kamen hinterhergerannt und bogen dann vom Weg in den dichteren Wald ein.

»Sophia fehlt«, bemerkte Stefan. »Ihren Rucksack hat sie liegen lassen.«

Der Zuschauer sah eine Drohnenaufnahme, die der Biathletin bei ihrem Sprint folgte. Immer wieder kamen ihrer Verfolger mit ins Bild und es sah so aus, als ob sie den Abstand vergrößern konnte. Immer wieder drehte sie sich um und wurde schließlich etwas langsamer. Aber auch ihren Verfolgern ging die Luft aus und nach einem kurzen lockereren Lauf beschleunigte sie wieder.

Sie erreichte eine kleine Lichtung, hielt an und überlegte, in welche Richtung sie weiterlaufen sollte, als sie einen Knall hörte.

Ein Fangnetz flog von der gegenüberliegenden Baumreihe auf sie zu und bevor sie es erkannte, hatte sie das Netz schon umschlungen und die Geschwindigkeit, mit der es sie traf, warf sie auf den Boden.

Die Drohne stieg etwas höher und man sah, wie aus der Schussrichtung des Netzes ein Wächter auf sie zuging und ihre beiden Verfolger ebenfalls die Lichtung erreicht hatten. Sophia hatte sich im Netz verheddert und konnte sich kaum bewegen. Ihre Gegner gaben sich gar nicht erst die Mühe, sie aus dem Netz zu befreien, sondern zogen es einfach hinter sich her zurück in den Wald.

Es wurde auf die Kamera von Jan geschaltet, der - wie die anderen Kandidaten - in den Wald schaute.

»Weiter!«, brüllte einer der Wächter.

Jan ging zu Sophias Rucksack und wollte ihn aufheben.

»Finger weg!«, wies ihn der Wächter an und Jan hob abwehrend die Hände.

Langsam bewegte sich die Gruppe weiter, sich immer wieder umdrehend. Als ein Knall ertönte, zuckten alle zusammen und blieben stehen.

»Acht«, kommentierte Fabian.

»Du bist ein Ekel«, sagte Kim.

»Und du bist ekelhaft«, gab Fabian zurück.

»Weiter!«, brüllte der Wächter erneut.

An einer Gabelung des Weges blieben sie stehen.

»Keine Wegweiser«, kommentierte Claudia. »Das wäre wohl auch zu einfach gewesen.«

»Da ist eine Kiste«, sagte Nina und deutete auf einen Farn.

Als die Sicht auf ihre Stirnkamera wechselte, konnte auch die Zuschauer sie sehen. Nina ging darauf zu und man sah, wie sie den Butterfly-Verschluss der robusten Kiste öffnete und den Deckel anhob. In der Kiste befand sich eine Outdoorschreibmappe im Cameo Design. Sophia zog am Reißverschluss und öffnete sie. Darin abgeheftet war ein laminierter Zettel.

»Liebe Kandidaten«, las Sophia vor. »Wenn ihr hier sei, habt ihr schon euren ersten Gegner verloren. Bis zu eurem ersten Camp ist es nicht mehr weit, allerdings gabelt sich hier der Weg und wie ihr sicher schon bemerkt habt, gibt es keine Wegweiser.«

Sie wurde durch das Schimpfen von Nina unterbrochen, die von zwei Wächtern in dem Fangnetz hinter ihnen hergezogen wurde. Erst als sie bei der Gabelung ankamen, hatte sie Gelegenheit sich zu befreien. An ihren Armen und Beinen waren Schürfwunden und mühsam stand sie auf. Sie versuchte den Weg zurückzugehen, wurde aber direkt von den Wächtern aufgehalten.

»Ich will meinem Rucksack holen«, blaffte sie die Männer an.

»Nein«, kam die einsilbige Antwort zurück.

Eine Hand des Mannes ging zu seiner Pistole und Nina verstand die mehr als deutliche Geste.

Sophia wartete, bis sie wieder die Aufmerksamkeit von allen hatte.

»Aber da bekanntlich alle Wege nach Rom führen«, las sie weiter vor, »führen auch hier beide Wege zu eurem ersten Camp. Allerdings gibt es einen schweren Weg und einen leichten. Damit euch die Entscheidung leichter fällt, gibt es einen Hinweis. Ihr steht in Weimar vor dem Goethe-Schiller-Denkmal, mit dem Nationaltheater dahinter: Auf welcher Seite steht Goethe?«

»Links«, schoss es aus Fabian heraus. »Ganz sicher.«

»Warst du schon mal dort?«, fragte Jan.

»Schon mehrmals. Und fast von jedem Mal gibt es ein Foto. Weißt du überhaupt, wer Goethe und Schiller waren?«

»Hör doch auf mit der Stichelei«, kritisierte Kim. »Also gehen wir den linken Weg.«

19
Liveübertragung - Smaragdküste

»Lass dich nicht von ihm provozieren«, sagte Sarah. »Das ist nur ein alter mürrischer Mann.«

»Ritter?«, fragte Jan. »Wenn der mir zu doof kommt, bekommt der einfach eins in die Fresse.«

Der Weg war breit genug, dass zwei Leute nebeneinander gehen konnten. Nina gab allein das Schlusslicht, direkt vor den Wächtern und das Surren der Drohnen war genauso präsent wie die vielen anderen Tiergeräusche aus dem westafrikanischen Dschungel.

»Aber das will er doch nur«, sagte Sarah. »Und dann steht er als Opfer da und du bist der doofe Muskelprotz, der einfach zugeschlagen hat.«

»Ich lasse aber nicht so mit mir umspringen«, widersprach Jan. »Herumschubsen lasse ich mich schon gar nicht. Ein Mann muss ja auch Rückgrat haben!«

»Nicht nur ein Mann«, tadelte Sarah.

»Ja klar«, nickte Jan. »Mit der Emanzipation und so. Auch Frauen sollten sich nicht herumschubsen lassen. Finde ich auch.«

»Ich bin mir nicht sicher, ob du das jetzt ernst meinst.«

»Warum nicht?«, fragte Jan. »Weil ich in jeder Sendung mit einer anderen im … äh ich meine geflirtet habe?«

»Du hast in einigen Interviews da eindeutiger Stellung bezogen«, sagte sie.

»Ach das ist alles Show«, lachte Jan. »Flirten gehört dazu, das bringt Anrufe und Aufmerksamkeit.«

»Und mit welcher Frau hier würdest du Aufmerksamkeit erregen wollen?«, fragte Sarah.

»Natürlich mit dir«, kam die Antwort wie aus der Pistole geschossen. »Du bist mit Abstand die attraktivste Frau hier!«

»Wenn Nina jetzt an meiner Stelle wäre, hättest du vermutlich das gleiche gesagt.«

»Nein! Ehrlich! Ich schwör!« Er legte die rechte Hand auf sein Herz und hob die linke wie zum Schwur hoch.

20
Liveübertragung - Smaragdküste

Die Sicht wechselte auf die Stirnkamera von Claudia.

»Vermutlich schwört er ihr gerade seine ewige Liebe«, hörte man die genervte Stimme von Fabian. »Der ist so vorhersehbar wie ein Schnulzenroman.«

»Du bist auch nicht gerade schwer zu lesen«, reagierte Claudia mit amüsiertem Unterton.

»Wie meinst du das?«, fragte der Autor.

»Okay, deine Bücher sind nicht einfach zu lesen«, schränkte die Schauspielerin ein. »Aber du bist wie ein offenes Buch zu lesen.«

»Mir geht der Adonis halt auf den Sack.«

»Du ihm vielleicht auch«, vermutete Claudia. »Und bisher finde ich nicht, dass er etwas getan hat, was deine Ablehnung verdient.«

»Der nennt sich Promi, hat aber bisher nichts gemacht, außer seine Muskeln in die Kameras zu halten, irgendwelchen leichtgläubigen Mädchen abgedroschen Sprüche zu präsentieren und dann mit ihnen den Coitus vor der Kamera zu vollführen.«

»Immerhin immer unter einer Decke«, amüsierte sich Claudia. »Und nach Allem, was ich weiß, bist du auch kein Kostverächter.«

Sie drehte sich zu ihm und man sah seinen überraschten Gesichtsausdruck.

»Wir haben gemeinsame Bekannte«, klärte sie auf. »Und mit zwei von ihnen warst du im Bett. Und die Flirts davor waren wohl auch nahezu identisch.«

»Äh …«

»Du musst das nicht kommentieren«, sagte Claudia. »Ich bitte dich in unser aller Sinne Jan nicht mehr zu provozieren. Wir haben gemeinsame Gegner und wissen noch nicht wen.«

21
Liveübertragung - Smaragdküste

Erneut wechselte die Sicht, diesmal auf die Stirnkamera von Kim Schmidt.

»Bei Meyer und Sophia haben wir gesehen, dass wir denen nicht einfach entkommen können«, flüsterte SurvivalStefan. »Wir müssen alle zusammenarbeiten, damit wir das Durchstehen.«

»Ich habe mich schon immer gefragt, wie es passieren kann, dass die Kandidaten der Reality Shows so schnell vergessen, dass sie verkabelt sind«, sagte Kim. »Glaubst du nicht, dass unsere Entführer auch zuhören?«

»Sicher werden sie das«, gab Stefan zu. »Und die Zuschauer werden vermutlich denken, dass es Teil der Show ist.«

»Und unser Gespräch jetzt scripted Reality-TV«, ergänzte Kim. »Wir könnten also laut um Hilfe rufen und viele würden es nicht ernst nehmen.«

»Hast du schon mal vom ›Millionenspiel‹ gehört?«, fragte SurvivalStefan.

»Nein«, antwortete Kim. »Ich kenne viele Quizshows, die aber nicht.«

»Es war keine echte Show«, erklärte Stefan. »Ende der Siebziger lief auf einem öffentlich-rechtlichen Sender eine Sendung, in der Jäger jemanden verfolgten. Wer überlebte und das finale Spiel überstand, würde eine Million Mark gewinnen. Es war wie eine Fernsehshow aufgemacht, war aber eher eine dystopische Sendung.«

»Klingt wie ›Running Man‹ mit Schwarzenegger«, urteilte Kim.

»Der Film mit Schwarzenegger basiert auf einem Buch von Stephen King, das er noch unter seinem Pseudonym Bachmann veröffentlicht hatte. Aber ja, das Prinzip war das gleiche. Bei der deutschen Produktion hatte man als Moderator Dieter Thomas Heck genommen und weißt du, was dann passiert ist?«

»Sag es mir.«

»Im Nachgang haben sich viele für die Sendung beworben. Die einen als Kandidaten für die Million, die anderen als Jäger.«

22
Regieraum Köln

Der große Monitor zeigte Mira und Leon, die am ersten Camp warteten.

»Wie ich höre, sehen wir gleich die Kandidaten wieder«, sagte Mira. »Und vergessen Sie nicht, für Ihren Favoriten anzurufen, damit diese auch morgen wieder einen Vorteil bei der Herausforderung haben!«

»Jetzt wo du es sagst«, reagierte Leon. »Was ist denn die Herausforderung morgen?«

»Das wird eine Herausforderung für dich das …« Mira stockte und sah genervt auf ihre Moderationskarte. »Also Leute, ein wenig mehr Kreativität hätte ich von der Redaktion schon erwartet!«

»Etwas mehr Professionalität hätte ich von ihr schon erwartet«, grinste Katrin. »Auch unter den Umständen.«

»Wir können davon ausgehen, dass sie von den Entführern gebrieft wurden«, urteilte Max.

Irina war nicht mehr im Kontrollraum und bewegte bereits im Hintergrund einige Hebel. Max selbst hatte zwei Bekannte angeschrieben und wartete auf ihre Reaktionen.

Auf der Lichtung beim Moderatorenduo kamen nacheinander die Kandidaten aus dem Wald, gefolgt von drei Wächtern.

»Herzlich willkommen in eurem ganz persönlichen Luxusressort!«, begrüßte Leon sie überschwänglich. »Ich hoffe, eure Wanderung durch den Dschungel war einfacher als die Überquerung des ›Abgrund des Grauens‹!«

»Du bist geschmacklos«, befand Fabian und erntete die Zustimmung der anderen Kandidaten.

»Hey!«, beschwerte sich Leon. »Ich mache hier auch nur meinen Job!«

»Halt einfach die Fresse!«, platzte es aus Jan heraus.

Der Oberwächter setzte sich in Bewegung und baute sich vor Jan auf.

»Willst du mir jetzt auch die Knarre ins Gesicht halten?«, provozierte der und kam mit seinem Gesicht ganz nah an das des Wächters.

»Das hier ist eine Spielshow«, erklärte er seelenruhig. »Jeder spielt hier seine Rolle. Wer nicht mitspielt, wir disqualifiziert.«

»Und dann bin ich ausgeschieden?« Jan ließ nicht locker.

Der Oberwächter stemmte die Hände in die Hüfte.

»Mir ist klar, dass du kein intellektuelles Leuchtfeuer bist, aber du wirst schon von allein darauf kommen, was es bedeutet, in dieser Show disqualifiziert zu werden.«

DIE ZWEITE SENDUNG: DER SUMPF DES VERDERBENS

Kommentar:

#ZKP macht einen auf #SquidGame

Kommentar:

#Millionenspiel revisited? #MaxBauer überschreitet mit #ZKP Grenzen

Kommentar:

Keine #KI kann so flüssig Filmmaterial in Echtzeit manipulieren

Kommentar:

#ZKP sollte den Sieger #Dschungelkaiser nennen, denn es stellt das müde #ibes und den kleinen #Dschungelkönig in den Schatten

Kommentar:

#ZKP hat mich zwei Stunden meines Lebens gekostet

Kommentar:

Wie viel zu weit darf #RealityTV gehen? #Maxbauer und #ZKP: ja!

Kommentar:

Darf man Geiselname spielen? #ZKP scheint darauf aus zu sein jedes tabu zu brechen #tabubruch

23
Mediathekbeitrag - Eine Woche vor dem Start der Sendung - Smaragdküste

Auf dem gepflegten Rasen eines Ferienressorts standen die zehn Kandidaten vor ihren Rucksäcken, deren Inhalte sauber aufgereiht daneben lagen.

»Mehr habt ihr nicht dabei«, erklärte eine wie eine Rangerin gekleidete Frau. »Der Schlafsack lässt sich sehr klein aufrollen und die Tarp-Plane dient euch als Zelt.«

»Und was sollen wir als Boden nutzen?«, fragte Fabian.

SurvivalStefan schüttelte lachend den Kopf.

»Wir sind hier doch nicht bei ›Ich bin ein Star‹ und du kannst froh sein, dass wir nicht bei ›7 versus Wild‹ sind. Das wurde in der

Vorbereitung oft genug erklärt, dass wir einen viel höheren Outdooranteil haben als die anderen auf dem Farmgelände.«

»Farmgelände?« Sarah runzelte die Stirn.

»Die RTL-Sendung wird wohl auf einem Farmgelände gedreht«, erklärte Michael. »Es ist also ein wenig so, als ob du in deinem eigenen Garten zelten würdest.«

»Das wusste ich nicht«, gestand Sarah.

»Da kann man stolz sein, bei einer echten Challenge mitzumachen«, bemerkte Jan. »Bin ich froh, dass ich deren Angebot abgelehnt habe.«

»Was ist ›7 versus Wild‹?«, fragte Claudia.

»Ein der größten, deutschsprachigen Outdoor und Survival-YouTube-Kanäle hat das ins Leben gerufen«, sagte SurvivalStefan. »Fritz Meinecke, ein echt tougher Kerl, geht mit sechs Kandidaten eine Woche lang in die Wildnis. Jeder hat sein eigenes Gebiet und ist vom Rest abgeschnitten. Das Ganze wird mit GoPro Kameras von den Teilnehmern aufgezeichnet und die nehmen nur wenig Gegenstände mit. In der ersten Staffel waren sie in Skandinavien, in der zweiten in Panama.«

»Da hätte ich mich bewerben sollen.« Jan ließ seine Brustmuskeln spielen.

»Muskeln allein reichen da nicht«, bemerkte SurvivalStefan trocken.

»Könnte ich wieder eure Aufmerksamkeit haben?«, bat die Rangerin. »Aus zwei der Tarps lassen sich mit kleinen Ästen einfache Zelte konstruieren, die euch ein wenig Schutz bieten.«

»Das funktioniert aber nicht jeden Tag«, meldete sich Claudia. »Denn wenn jeden Tag jemand ausscheidet, wird immer wieder jemand keine zweite Person zum Zeltbauen haben.«

»Das ist ja alles schön und gut«, sagte Fabian. »Aber es beantwortet meine Frage nach dem Zeltboden nicht.«

»Doch«, widersprach die Rangerin. »Es gibt keinen Boden. Außer dem, den ihr bei euren Lagern finden werdet.«

24
Livestream - Smaragdküste

Eine Kamera zeigte das schlichte Camp der Kandidaten. Survival-Stefan und Sarah hatten Holz gesammelt und ein Lagerfeuer entzündet, von den anderen Prominenten war nichts zu sehen.

»Mir ist kalt.« Sarahs Stimme zitterte. »Und ich habe Angst.«

Stefan hob den Kopf und beäugte die vier Wächter, die er um das Camp herum sehen konnte.

»Die Kälte vergeht schnell, das Feuer wird gleich wärmen«, sagte er. »Wenn du nichts dagegen hast, kann ich dich in den Arm nehmen. Das hilft auch ein wenig.«

Er machte eine kurze Pause, in der Sarah sich an ihn lehnte.

»Und Angst habe ich auch.« Er legte den Arm um sie und drückte sie etwas an sich.

»Als ich vorhin aufgewacht bin, hatte ich erst gedacht, dass ich alles nur geträumt hätte«, erzählte sie. »Aber dann sah ich vor meinem inneren Auge immer wieder, wie Michael stürzte.«

»Ob Mira und Leon mit denen unter einer Decke stecken?«, fragte Stefan. »Zumindest haben die nicht gezögert uns auf die Hängebrücke gehen zu lassen.«

»Wenn die beiden involviert sind«, sagte Sarah, »dann wäre das der Sender auch. Das kann ich mir nicht vorstellen.«

»Vielleicht sollten wir versuchen mit den Wächtern zu verhandeln«, überlegte Stefan laut. »Vielleicht finden wir zumindest heraus, mit wem oder was wir es zu tun haben.«

Nina kam aus dem Zelt, das aus den Planen von Sarah und Claudia bestand. Die beiden hatten sie in ihre Mitte genommen, da sie ihre Ausrüstung hatte zurücklassen müssen.

»Guten Morgen«, sagte sie. »Seid ihr schon lange wach?«

»Es hat zum Holzsammeln und Feuermachen gereicht«, berichtete Sarah.

Auch Nina warf den Wachen einen Blick zu.

»Und die haben euch einfach gehen lassen?«

»Wir hatten Begleitung«, sagte Stefan. »Und vermutlich sind wir alle noch GPS getaggt.«

»In der einen Kiste war Instantkaffee«, erinnerte sich Nina und ging zu der Stelle, an der die Kisten mit dem Proviant und der Aufgabe für den Tag standen. Nacheinander öffnete sie die ersten beiden und kam dann mit einer Dose, einer Blechkanne und einem Wasserkanister zurück.

»Gefunden«, strahlte sie, dann ging ihr aber wohl auf, dass sie ihren Blechbecher mit dem Rucksack verloren hatte. »Vielleicht gibt es noch einen kleinen Topf, in dem ich mir einen Kaffee zubereiten kann.«

»Irgendwie ergibt das keinen Sinn«, sagte Sarah. »Auf der einen Seite war ganz hartes Survival geplant und dann gibt es Kisten mit Kaffee? Auch wenn es nur Instantkaffee ist?«

»Hier ergibt einiges keinen Sinn mehr«, stimmte Stefan zu. »Aber über den Kaffee würde ich mir da am wenigsten Gedanken machen.«

Nina kam erneut von den Kisten zurück und hatte einen kleinen Topf gefunden. Die Kanne hatten sie auf einen kleinen Rost über das Feuer gestellt und dann warteten sie, bis das Wasser kochte.

»Wir sollten die anderen wecken«, schlug Sarah vor. »Wir haben keine Ahnung, wie schnell wir vorankommen werden.«

»So weit kann es nicht sein«, überlegte Stefan. »Und auch nicht so schwer, wenn wir zur Sendezeit in die Herausforderung sollen, müssen wir sie vorher erreichen.«

»Ich hole meine Tasse«, sagte Sarah und stand auf. »Soll ich deine mitbringen?«

»Wenn du das tun würdest? Ja, danke«, antwortete er.

Etwas zu offensichtlich schaute er Sarah beim Weggehen hinterher.

»So schnell lässt sich der harte Survival-YouTuber vom Modesternchen einlullen?«, bemerkte Nina trocken.

Stefan drehte sich zu ihr um und grinste.

»Ach komm! Sie ist doch toll anzusehen!«

»Und dass wir hier im Überlebenskampf sind, hält dich nicht davon ab?«

Er starrte sie mit offenem Mund an.

»Es ist so unwirklich«, sagte er. »Und ich hatte es sogar verdrängt. Oder es ist noch gar nicht richtig bei mir angekommen.«

»Ich weiß, was du meinst«, flüsterte Nina. »Aber ich glaube, das ist in Stresssituationen nicht ungewöhnlich.«

25
Regieraum Köln

Max saß auf seinem Stuhl und schaute dem auf dem großen Monitor geschalteten Livestream zu. Um ihn herum wurde die Nachtschicht gerade abgelöst. Er selbst hatte sich nur vier Stunden Schlaf in seinem Büro im gleichen Gebäude gegönnt. Eine kalte Dusche und eine halbe Kanne Kaffee hielten ihn wach und er wartete auf die Rückkehr von Irina.

Er hatte überlegt, die Crew zu reduzieren, die Bild- und Tonregie wurde ja ohnehin von den Entführern gemacht, aber das würde verdächtig wirken.

»Herr Bauer.« Einer der Kameraleute. Das wunderte Max nicht.

»Ja?«, fragte er und ärgerte sich, dass er keine Namensschilder angeordnet hatte, denn ihm fiel der Name des Mannes nicht ein.

»Ich habe mir gestern Abend die Aufzeichnung vom Absturz immer wieder angeschaut«, erklärte der Angestellte. »Und ich finde es unglaublich, dass das Material bearbeitet worden ist. Ich habe auch keinen Bildfehler finden können.«

»Ich werde das Lob an die Entwicklerteams weitergeben«, wiegelte er ab. »Aber ich verstehe, was Sie meinen. Als man mir die Möglichkeiten präsentiert hatte, war ich auch überrascht. Für Sendungen wie der unseren ist das natürlich ein mächtiges Werkzeug. Aber für die Nachrichten wäre es fatal. Wir werden einen Weg finden müssen, wie wir solches Material als manipuliert markieren können.«

»Da hatte ich noch gar nicht dran gedacht«, gestand der Kameramann. »Das wäre dann wie diese Szene aus ›Running Man‹, nur in echt!«

Max sah den Mann fragend an.

»Es gibt diesen Film mit Schwarzenegger«, erklärte er. »›Running Man‹, da wurden Aufnahmen für Nachrichten im Film so zusammengeschnitten, dass der Held wie ein Monster wirkte. So etwas könnte man jetzt wohl in Echtzeit machen. Überlegen Sie sich die Macht, die Sie damit haben! Sie mögen einen Politiker nicht? Kein Problem, lassen Sie ihn in einer Liveübertragung einfach etwas Falsches machen. Ein Moralapostel, der Frauen unsittlich anfasst? Ein Politiker, der ein Kind, das ihn während einer Wahlkampfveranstaltung stört, eine scheuert!«

»Genau deswegen werden wir die Technik für uns behalten«, sagte Max. »Ich …«

»Ich hätte noch eine Frage.« Max hasste es, unterbrochen zu werden, und er nahm sich vor, den Namen des Mannes möglichst schnell herauszufinden. Eine Versetzung an einen anderen Standort des Senders würde folgen.

»Und die wäre?«, fragte Max, bemüht höflich zu klingen.

»Wenn die Bild- und Tonregie aus Smaragdküste kommt: Warum sind wir dann alle hier?«

»In erster Linie als Back-up«, sagte Max. »Falls die Verbindung mal unterbrochen sein sollte, müssen wir ja weitersenden.«

»Verstehe«, grübelte der Mann. »Und wo werden die Bilder eigentlich manipuliert?«

»Wenn ich Ihnen das sage«, lächelte Max kalt, »müsste ich Sie verschwinden lassen.«

26
Wohnwagen von Mira - Smaragdküste

»Sie haben ihn umgebracht«, heulte Leon. »Einfach herunterfallen lassen. Und danach weitergemacht, als ob nichts gewesen wäre.«

»Reiß dich zusammen«, ermahnte Mira. »Wenn wir nicht ordentlich arbeiten, werden sie Leute aus unserer Crew umbringen.«

»Und wer garantiert uns, dass die uns nicht umbringen, selbst wenn wir tun, was sie wollen?«

»Niemand«, sagte sie. »Aber im Moment fehlen uns andere Optionen.«

»Ich muss hier raus, das ist mir zu eng.« Leon stand auf, ging zur Tür des Wohnwagens, öffnete sie und sah sich einem der Wächter gegenüber.

Ohne weitere Worte schloss er die Tür wieder und setzte sich wieder auf das Bett.

»Immerhin haben wir den Wohnwagen«, tadelte ihn Mira. »Die Crew ist in irgendeinen Container zusammengepfercht.«

»Aber wir sind auch Gefangene!«

»Ja. Geiseln. Aber du solltest immer wieder daran denken, dass das Leben der Anderen von uns abhängt.«

»Wir könnten versuchen, verschlüsselte Nachrichten in unsere Texte einzubauen«, schlug er vor.

»Und was willst du damit erreichen?«, fragte Mira.

»Na, dass die jemanden schicken, der uns hier rausholt!«

Verständnislos sah er seine Kollegin an.

»Gestern ist einer unserer Kandidaten in eine Schlucht gestürzt«, sagte sie. »Glaubst du nicht, dass spätestens dann den Leuten beim Sender nicht aufgegangen ist, dass hier etwas nicht stimmt?«

Die Tür öffnete sich und der Oberwächter kam herein, sah kurz zu Mira und dann zu Leon. Mit einem Schritt stand er direkt vor ihm, holte mit dem rechten Arm aus und schlug ihm in den Bauch. Leon klappte zusammen und schluchzte los. Mit einem Ruck zog der Wächter ihn an den Haaren hoch.

»Das ist meine letzte Warnung«, sprach er langsam. »Wenn du noch einmal die Tür öffnest, werde ich die kleine Blonde aus dem Container holen und direkt vor dem Wohnwagen erschießen. Verstehst du das?«

Leon machte große Augen und versuchte zu nicken, was durch den festen Griff in seine Haare schwierig war. Genauso schnell wie der Mann hereingekommen war, genauso schnell hatte er den Wohnwagen wieder verlassen.

»Du hast was mit jemandem aus der Crew?« Der Vorwurf in der Stimme war kaum zu überhören.

»Na als ob du noch nie mit jemandem aus der Crew …«

Eine Ohrfeige brachte ihn zum Schweigen.

»Weißt du, was du der Frau damit angetan hast?«

»Hey! So schlimm bin ich nicht!«

»Du verstehst es nicht«, warf sie ihm vor. »Wenn das unsere Entführer wissen, ist das auch den Leuten aus der Crew nicht entgangen.«

»Du wusstest es nicht«, wehrte er ab.

»Es werden genug wissen und damit machst du sie zur Zielscheibe für Spott. Und egal, wie gut sie ihre Arbeit macht, wird jeder immer denken, dass sie ihr Lob bekommt, weil du dafür sorgst.«

»Du tust so, als ob wir keine anderen Sorgen haben!«, konterte er.

»Ihr Leben ist bedroht, weil du mit deinem Schwanz denkst und dich nicht an einfache Anweisungen halten kannst.«

27
Meetingraum - Köln

»Die KI-Kampagne auf Social Media läuft recht gut«, berichtete Irina, die gegen Mittag erschienen war. »Unser Call-Center hat einiges zu tun. Einerseits aufgebrachte Zuschauer, aber erstaunlicherweise auch die Ersten, die sich für die zweite Staffel bewerben wollen.«

»Prominente?«, fragte Max.

»Mir ist klar, dass du an den Sender denkst. Aber bitte tue doch wenigstens so, als ob dich das Schicksal der Menschen berührt!«

»Gab es denn Reaktionen aus dem Umfeld von Meyer?«, ignorierte er ihren Vorwurf.

»Seine Parteifreunde regen sich über die Geschmacklosigkeit der Sendung auf«, erzählte Irina. »Keiner von denen hat sich die Mühe gemacht nach Meyer zu fragen. Einzig ein Cousin hat sich gemeldet. Von seinem Manager in Smaragdküste fehlt jede Spur.«

»Ob die auch entführt worden sind?«, überlegte Max laut.

»Möglicherweise. Was mich wundert ist, dass die Terroristen so gut vorbereitet sind. Dass sie auch ein komplettes Team haben, um so eine Übertragung machen zu können.«

»TV-Crews gibt es wie Sand am Meer«, winkte Max ab.

»Wir haben eine Anfrage vom Ethikrat und eine von der Polizei«, führte Irina ihre Zusammenfassung fort. »Den Rat kann ich abhandeln. Mit der Polizei wird das schwerer.«

»Was wollen die?«, fragte Max.

»Die scheinen wohl ihre Zweifel mit der KI-Manipulation zu haben und fordern das Originalvideo.«

»Verständlich.« Max massierte sich die Schläfen. »Sag denen, dass wir aus Smaragdküste nur das manipulierte Video erhalten haben und wir uns um das Original kümmern werden.«

»Habe ich schon gemacht. Ich habe auch dafür gesorgt, dass sich ein Team in Indonesien um die Bearbeitung des Videos kümmert.«

Max sah sie fragend an.

»Wir werden der Polizei ein Video als Originalvideo präsentieren, in dem Meyer in ein Netz fällt. Dass es das manipulierte Video ist, behalten wir für uns.«

»Es würde mich nicht wundern, wenn die uns jemanden ins Studio schicken, der bei der Ausstrahlung einer der nächsten Sendungen dabei ist«, sagte Max. »Da müssen wir uns etwas einfallen lassen, dies möglichst lange hinauszuzögern.«

»Haben deine Kontakte in Smaragdküste etwas erreichen können?«, fragte Irina.

»Bisher nicht«, antwortete Max. »Die Terroristen sind eine Splittergruppe von einer der Unabhängigkeitsbewegungen in dem Land. Wenn du mich fragst, ist das so ähnlich wie bei ›Das Leben des Brian‹. ›Judäische Volksfront‹, ›Volksfront Judäa‹. Die sind sich untereinander feindlicher gesinnt als gegen den eigentlich gemeinsamen Gegner. Allerdings muss unsere Gruppe über große finanzielle Mittel und auch Beziehungen verfügen. Das bringt uns aber nicht weiter. Und mein Kontakt bei der Regierung meinte, dass wir nicht auf die Hilfe des Militärs dort bauen sollten. Entweder stecken sie mit den

Rebellen unter einer Decke oder sie gehen so hart hinein, dass unsere Crew bei der Befreiungsaktion mit umkommen wird.«

»Dann sollten wir Hilfe beim Auswärtigen Amt holen?«

»Klar. Und der Polizei Bescheid geben.« Max' Worte trieften vor Sarkasmus. »Wir behalten das so lange für uns, wie es geht.«

28
Livestream - Smaragdküste

Wie am Abend vorher stand die Gruppe an einer Weggabelung.

»Rechts«, sagte Jan. »Ich bin mir ganz sicher und habe einen ausgezeichneten Orientierungssinn.«

»Mich wundert es, dass du deine Hose allein zumachen kannst«, giftete Fabian.

»Das reicht!« Jan ließ seinen Rucksack fallen, ging auf Fabian zu und holte mit der Rechten zu einem Schwinger aus. In einer flüssigen Bewegung hatte sich der Schriftsteller geduckt und mit einer kreisenden Bewegung eines Beines Jan zu Fall gebracht. Der lag erstaunt auf dem Rücken und schaute ungläubig seinen Gegner an. Fabian hatte sich wieder aufgerichtet und trat etwas Staub in Jans Richtung.

»Und das mit dem Angreifen musst du auch noch üben«, lachte Fabian.

»Wie hast du das gemacht?«, fragte Sophia.

»Ich habe Jahrzehnte Judo praktiziert«, erklärte Fabian.

»Das sah auf der Treppe des Flugzeugs noch ganz anders aus«, bemerkte Kim.

»Ein wenig Tollpatschigkeit habe ich mir bewahrt«, sagte er. »Das hat auch den Vorteil, dass potentielle Gegner einen unterschätzen.«

»Ich mach dich fertig!«, drohte Jan, dem Stefan die Hand entgegenhielt und ihm beim Aufstehen half.

»Zu viel Testosteron«, urteilte Claudia. »Hebt euch eure Kraft für wichtige Sachen auf. Und wir müssen links gehen.«

»Und wie kommst du darauf?«, fragte Jan, der Fabian noch einen bösen Blick zuwarf.

Stefan positionierte sich zwischen den beiden Streithähnen, Claudia holte den Zettel aus ihrer Tasche, auf dem die Anweisungen für den Tag standen, und las vor:

»In Afrikas Wildnis undurchdringlich und dicht,
Dort, wo die Lianen ranken, findest du mich im Licht.
Ich bin eine Richtung, die nach einem Punkt benannt,
Wo sich Himmel und Erde treffen, im Dschungel unverwandt.

Wo die Sonne aufgeht, bin ich zu finden,
Und Tiere durchstreifen mich, um Nahrung zu ergründen.
Drehe dich nach rechts, wenn du suchst das Gewirr,
Eine Himmelsrichtung, die dich führt, wenn du gehst hier und dort umher.«

»Drehe dich nach rechts!«, triumphierte Jan. »Das ist doch offensichtlich.«

»Wo die Sonne aufgeht, bin ich zu finden«, konterte Claudia. »Das ist im Osten und da wir nach Süden gehen, ist das links.«

»Und woher weißt du denn, welche Richtung Süden ist?«, zweifelte Jan. »Einen Kompass durften wir ja nicht mitnehmen.«

»Die Sonne«, sagte Stefan ohne weitere Erklärung.

»Die Sonne? Wollt ihr mich verarschen?«

»Die Sonne geht im Osten auf und im Westen unter«, erklärte Stefan geduldig.

»Ach.« Jan verschränkte die Arme vor der Brust. »Wir sind hier in Afrika, da ist das doch andersherum.«

»Auf der ganzen Welt geht die Sonne im Osten auf«, sagte Claudia.

»Und was hat dann das ›Drehe dich nach rechts‹ zu bedeuten?«

»Eine Finte«, sagte Stefan. »Direkt dahinter steht ja ›Wenn du suchst das Gewirr‹.«

»Sind wir uns dann einig«, fragte Claudia, »dass wir nach links gehen?«

Ohne weiteren Widerspruch setzte die Expedition ihren Weg fort und zwei Wächter folgten ihnen mit etwas Abstand.

29
Livestream - Smaragdküste

»Lass die ständigen Provokationen einfach sein«, sagte Claudia zu Fabian, der direkt neben ihr lief. »Wir haben andere Probleme und müssen zusammenhalten.«

Fabian runzelte die Stirn.

»Er macht sich selbst immer wieder zur Zielscheibe«, redete er sich heraus. »Und bei mir ist das einfach nur ein Reflex. Mein Verstand reagiert allergisch auf Dummheit.«

»Deine Intelligenz bewahrt dich nicht davor, Dummes zu tun«, warf sie ihm vor.

»Gut gekontert«, lobte er. »Ich weiß schon, warum ich dich damals gedatet habe. Intelligenz finde ich erotisch.«

»Du warst nicht wirklich wählerisch«, schmunzelte Claudia. »Aber ich bedanke mich einfach mal für das Kompliment und würde mich freuen, wenn du meiner Bitte nachkommen würdest.«

»Und den Adonis einfach dummes Zeug reden lasse, ohne es zu kommentieren?«

»Wir wissen beide, dass du auch aus heiterem Himmel provozierst«, sagte sie. »Und ich habe gewusst, dass du ihn um seine Attraktivität beneidest.«

»Den findest du attraktiv?«

»Es ist ein hübscher Kerl, gut in Form«, urteilte Claudia. »Keine der Frauen hier würde dich ihm vorziehen.«

»Aua«, spielte Fabian den Getroffenen. »Das tat weh!«

»Also?«

»Ich werde es versuchen«, versprach Fabian.

»Da vorne«, rief SurvivalStefan, der gemeinsam mit Sarah die Gruppe anführte. »Da ist das neue Camp!«

»Links war also doch richtig«, kommentierte Fabian, wofür er von Claudia einen Hieb in die Seite kassierte.

In der Mitte einer Lichtung standen wieder mehrere Kisten und am Rande waren weitere Wächter positioniert.

»Wie lange waren wir unterwegs?«, fragte Nina. »Ich fühle mich vollkommen erschöpft.«

»Ist halt was anderes, als ein wenig auf der Bühne herumzuhüpfen«, stichelte Francesca.

Nina schaute sie überrascht an.

»Warum sagst du so etwas?«, fragte sie.

»So ein Püppchen wie du gehört hier nicht her«, antwortete Francesca. »Und man sollte meinen, dass du genug am Song für die Sendung verdienst.«

»Mädels«, beschwichtigte SurvivalStefan. »Vertragt euch bitte. Und Francesca, nimm es mir nicht übel. Aber du bist hier mit künstlichen Fingernägeln angetreten. Ich glaube nicht, dass du jemand ›Püppchen‹ titulieren solltest.«

Francesca machte eine Löwenkralle mit ihrer Hand, fauchte und grinste SurvivalStefan an.

»Mit den Fingernägeln kann ich mich wunderbar in mein Opfer festkrallen!«

Jan hatte die Kisten erreicht und hastig die erste geöffnet.

»Was ist denn das für ein Scheiß?«, rief er.

Dann durchsuchte er die anderen Kisten, warf einige davon um und nachdem er alle durchsucht hatte, hielt er nur einen eingeschweißten Zettel in der Hand. Demonstrativ hielt er ihn den anderen entgegen.

»Wollt ihr uns verarschen? Abgemacht war eine Grundversorgung und Wasser für alle. Wo ist das Zeug?«

In dem Moment betraten Leon und Mira die Lichtung, dicht gefolgt vom Oberwächter und vier weiteren seiner Leute.

»Willkommen im Basiscamp Zwei!«, verkündete Leon, der immer wieder auf seine Moderationskarten schaute. »Wie ihr bemerkt habt, wurde spontan der Schwierigkeitsgrad erhöht und ihr müsst euch ab sofort selbst versorgen.«

Während Mira und er lächelten, schauten die neun Kandidaten sie ungläubig an.

»Nicht mal Wasser bekommen wir?«, fragte Sarah.

»Der Dschungel bietet euch alles, was ihr braucht«, erklärte Mira und deutete auf die ersten Baumreihen.

»Ich habe doch keine Ahnung, welche Pflanzen man hier essen kann«, kommentierte Fabian Ritter. »Und ich bezweifle, dass es außer SurvivalStefan sonst noch jemand weiß.«

»Dann wisst ihr ja, wer gerade eurer größter Schatz ist«, sagte Leon. »Passt gut auf SurvivalStefan auf und helft ihm nachher bei der Herausforderung.«

»Aber wir sind ja nicht so.« Mira schaute auf ihre Karten. »Rund um das Camp sind drei Kisten mit Rationspacks versteckt. Ihr habt ab jetzt eine halbe Stunde Zeit, sie zu finden.«

»Ab wann?«, fragte SurvivalStefan.

»Die Zeit läuft«, erklärte Leon und deutete auf seine Uhr.

»Am besten wir teilen uns in drei Gruppen auf«, schlug SurvivalStefan vor. »Claudia, Sarah und Jan, ihr geht in die Richtung.« Er deutete in die Richtung, aus der sie gekommen waren. »Und durchkämmt den Wald im Uhrzeigersinn.«

»Nach was sollen wir Ausschau halten?«, fragte Sarah.

»Nach Kisten genau wie jenen dort«, antwortete Mira und zeigte auf die leeren Kisten in der Mitte der Lichtung.

»Wir suchen im Wald nach Kisten mit grünem Cameo Muster?«, ärgerte sich Fabian. »Das ist wie die Nadel im Heuhaufen!«

»Eure Zeit läuft!«, bemerkte Leon.

»Ich gehe mit Fabian und Sophia in die Richtung«, fuhr SurvivalStefan fort. »Und Kim, Nina und Francesca fangen dort an. Viel Glück!«

Er stand auf, wollte losgehen, doch Jan hielt ihn zurück.

»Wer hat dich denn hier zum Chef gemacht?«

»Ich habe eine Militärausbildung und vermutlich die meiste Outdoorerfahrung.« Geduldig aber bestimmt nahm er Jans Hand von seiner Brust. »Und wir haben wenig Zeit.«

Man sah, wie es in Jan arbeitete, schließlich drehte er sich zu Claudia und Sarah.

»Auf Mädels!«

Die erste Dreiergruppe eilte zum Wald, zwei Wächter folgten ihnen. Die Gruppe mit Kim, Nina und Francesca lief zur anderen Seite, Sophia und Fabian machten sich mit SurvivalStefan auf den Weg.

30
Livestream - Smaragdküste

Der Livestream folgte aus der Sicht einer Drohne der Gruppe mit Jan, die gerade zwischen die Bäume traten.

»Das nächste Mal gebe ich die Kommandos«, sagte Jan trotzig. Er blieb kurz stehen und schaute sich um. »Da lang!«

»Nein«, widersprach Sarah. »Wir sollen im Uhrzeigersinn suchen und nicht den anderen entgegenlaufen.«

»Hört hier denn niemand mal auf mich?«, beschwerte sich Jan.

»Lasst uns nach der Kiste suchen. Wir haben nicht viel Zeit«, drängte Claudia.

»Wie schaffen wir ein möglichst großes Gebiet, ohne etwas zu übersehen?«, fragte Sarah.

»Da ist sie!«, rief Jan.

Die beiden Frauen schauten ihn überrascht an. Jan deutete in eine Richtung und dort stand neben einem Baum eine der Proviantkisten. Selbstbewusst stolzierte er vor ihnen zwischen den Pflanzen hindurch und als er ankam, klopfte er auf die Kiste.

»Von wegen ›Experte‹«, lachte er. »Vielleicht sollte ich mich ab sofort ›SurvivalJan‹ nennen!«

»Als Selbstbewusstsein ausgeteilt wurde, hast du sicherlich nicht gefehlt«, lachte Sarah.

»Dann können wir wieder zurück.«

Umständlich griff er nach der Kiste und hob sie so hoch, dass es für den Rücken vielleicht nicht optimal war, aber zumindest kamen seine Muskeln besonders zur Geltung.

»Wir bringen sie bis zur Lichtung und suchen dann weiter«, sagte Claudia.

»Wieso? Wir haben unsere bereits gefunden!«, beschwerte sich Jan.

»Weil wir nicht wissen, wie die Kisten verteilt sind«, erklärte Sarah. »Vielleicht sind alle drei in unserem Suchgebiet.«

»Sucht ihr zwei schon mal weiter«, schlug Jan vor. »Ich bringe die Kiste an den Rand der Lichtung und komme dann wieder her.«

»Das ist ein überraschend guter Vorschlag«, kommentierte Claudia.

Die Frauen schauten noch kurz Jan hinterher und setzten dann die Suche fort.

31
Livestream - Smaragdküste

»Ich meinte das eben nicht so«, entschuldigte sich Francesca bei Nina. »Die Sache mit Meyer …«

Francesca fing zu heulen an und Kim nahm sie in die Arme, streichelte ihr fast mütterlich durchs Haar.

»Das nimmt uns alle mit«, sagte sie.

»Aber warum«, schluchzte Francesca, »sieht man es niemandem an?«

»Vermutlich sind wir alle in einer Art Schockzustand«, sagte Kim. »Und gleichzeitig ist die Information noch nicht vollends bei uns angekommen.«

»Aber wir haben ihn doch alle herunterfallen sehen?«

»Hast du schon mal jemanden verloren, der dir sehr nahe stand?«, fragte Nina. »Großeltern? Freunde?«

Francesca nickte.

»Mein Großvater ist vor fünf Jahren gestorben.«

»Hast du das damals sofort begriffen?«, fragte Nina. »Oder brauchte es Zeit? Bei meiner Oma hat es fast ein Jahr gedauert, bis ich das begriffen hatte. Mir war schon klar, dass sie tot war, aber trotzdem war es lange irgendwie so, als ob sie jederzeit wieder da sein könnte.«

»Und Verdrängung schützt uns vermutlich davor, uns zu viele Sorgen zu machen«, ergänzte Kim. »Das ist auch bitter nötig, denn uns steht noch Einiges bevor.«

Francesca sah sie fragend an.

»Wenn unsere Entführer konsequent weitermachen, wird regelmäßig jemand von uns sterben«, erläuterte Kim. »Wir sind im Überlebenskampf.«

»Aber das ist eine Fernsehsendung!«, protestierte Francesca. »Darum wird sich doch der Sender kümmern. Oder die Polizei. Oder das Militär.«

Nina schüttelte den Kopf.

»Was soll der Sender denn ausrichten? Die Polizei und das Militär hier haben genug mit den verschiedenen, nach Unabhängigkeit strebenden Gruppen zu tun. Und auch wenn Bauers Einfluss groß ist, weiß ich nicht, ob es reicht, die Regierung zu beeinflussen.«

»Ich kann mir schon vorstellen, dass wir in diesem Land sind, weil man sich die entsprechenden Leute kaufen kann«, vermutete Kim. »Aber wir müssen uns beeilen und nach den Kisten suchen!«

Sie verteilten sich und fingen an, den Wald zu durchkämmen.

32
Livestream - Smaragdküste

»Sollen wir die Chance nutzen?«, flüsterte Fabian Ritter Survival-Stefan zu. »Es sind zwei Wächter und wir sind zu dritt, sie können nicht allen gleichzeitig folgen.«

Stefan sah über seine Schultern und schüttelte den Kopf.

»Du hast gesehen, was mit Sophia passiert ist, und vergisst gerade die Drohnen. Außerdem wissen wir nicht, wo noch weitere Wächter sind. Und selbst dann: Wir haben keine Ahnung, wo wir sind.«

»Aber irgendwas müssen wir tun.« Fabian sprach in normaler Lautstärke weiter. »Ansonsten wird keiner von uns lebend hier herauskommen.«

»Hilfe ist bestimmt schon unterwegs«, kommentierte Sophia. »Wir müssen einfach nur ein paar Tage aushalten.«

»Deinen Optimismus hätte ich gerne«, sagte Fabian.

»Sich durchbeißen und nicht aufgeben ist für Sportler extrem wichtig«, erklärte sie. »Das solltest du als Schriftsteller doch wissen. So ein Buch schreibt sich auch nicht von allein fertig.«

Fabian schmunzelte.

»Während du als Sportlerin ein klares Ziel hast, ist es bei Autoren meistens das Abgabedatum. Und nicht selten wird das verschoben. Und die meisten Geschichten sind nicht fertig, sie wurden nur als fertig definiert.«

»Kling fast philosophisch«, sagte SurvivalStefan.

»Nagelt mich nicht auf den genauen Wortlaut fest, aber das Zitat ist von Goethe«, gestand Fabian. »Man hätte uns noch zumindest ein paar Hinweise geben können, wo die Kisten zu finden sind.«

»Ich kann mir vorstellen«, überlegte Sophia laut, »dass diese Idee nicht nicht so spontan ist, wie Leon und Mira vorhin erzählt haben.«

»Wie kommst du darauf?«, fragte SurvivalStefan.

»Der Sender profitiert von Konflikten in der Gruppe«, erklärte Sophia. »Und das konnte man doch beim Dschungelcamp sehr gut beobachten: Wenn es weniger zu Essen gab, war die Stimmung schlechter und alle gereizt.«

»Klingt einleuchtend«, bestätigte Fabian. »Aber zumindest hätten die noch irgendwelche Hinweise geben können, wie man die Kisten findet.«

»Könntest du wirklich von den Sachen leben, die du hier findest?«, fragte Sophia.

»Ich denke schon«, antwortete SurvivalStefan. »Ihr aber vermutlich auch. Bananen sind hier recht verbreitet und man muss nur zwischen der Koch- und der Dessertbanane unterscheiden. Aber ich mache mir mehr Gedanken um Wasser.«

»Wenn es regnen würde, könnte man etwas sammeln«, schlug Fabian vor.

»Ja. Oder man kann auch etwas aus einem Bach herausnehmen«, ergänzte SurvivalStefan. »Allerdings muss man es abkochen.«

»Also müssen wir noch Brennholz suchen«, stellte Sophia fest.

33
Livestream - Smaragdküste

»Wir hätten eine Markierung gebraucht, an der wir den Anfang der anderen Bereiche sehen könnten«, stellte Claudia fest.

»Also war SurvivalStefans eiliger Vorschlag doch nicht so gut?«, stänkerte Jan. »Das kommt davon, wenn sich einer zu sehr aufspielt!«

»Er hat Verantwortung übernommen und angefangen«, reagierte Claudia. »Dass das nicht alles perfekt ist, liegt in der Natur der Sache. Wir hätten auch die Hälfte der Zeit mit Planen verbringen können, dann hätte uns aber vermutlich die Zeit gefehlt ...«

»Da ist noch eine Kiste!«, rief Jan und eilte zwischen den Bäumen hindurch.

»Das wird ihm ordentlich zu Kopf steigen«, kommentierte Sarah. »Und vermutlich zu einigen Diskussionen mit Stefan führen.«

»Vermutlich«, nickte Claudia. »Aber trotzdem bin ich froh, dass er die Kisten gefunden hat.«

»Vielleicht finden wir noch die Dritte«, sagte Jan übermütig, während er die zweite Kiste an ihnen vorbei in Richtung Lichtung trug.

»Dann sollten wir zusehen, dass wir sie finden«, grinste Claudia.

Ein Signal ertönte aus der Richtung der Lichtung und verwundert schauten sich die beiden Frauen an.

»Vermutlich ist die halbe Stunde schon vorbei.

»Lichtung«, brummelte einer der Wächter bestätigend und deutete in die entsprechende Richtung.

»Wir gehen ja schon«, sagte Sarah und sie folgten Jan, der gerade die Lichtung betrat.

Von verschiedenen Seiten der Lichtung kamen die Kandidaten zur Mitte, an der Jan die Kiste abstellte, um dann noch die andere vom Waldrand zu holen.

»Habt ihr die andere gefunden?«, fragte er provokativ in die Runde, denn es war offensichtlich, dass die dritte Kiste nicht entdeckt wurde. »Vielleicht hätte man doch nicht auf den ach so tollen ›SurvivalStefan‹ hören sollen. Wenn ich es mir recht überlege, könnte ich mich ja jetzt ›SurvivalJan‹ nennen!«

Er hob die Hände und formte mit Zeige- und Mittelfinger beide Hände das Victoryzeichen. Niemand gab sich die Mühe zu reagieren und Jan zuckte mit den Schultern.

»Mal sehen, was ich gefunden habe.«

Er öffnete die erste Kiste und aus seinem Gesicht verschwand das Lächeln.

»Ein paar Flaschen Wasser und Zwieback? Ihr wollt uns echt verarschen!«

Ärgerlich warf er die Kiste zu und öffnete die andere, sein Gesichtsausdruck veränderte sich nicht.

»Sechs Flaschen Wasser«, hatte Claudia mitgezählt und scheinbar genauso viel Rationen Zwieback.

Die Enttäuschung war in allen Gesichtern zu sehen.

»Ich habe dort hinten Bananen gesehen«, sagte SurvivalStefan. »Die sind nahrhaft und eine gute Ergänzung zum Zwieback.«

»Wieso Ergänzung?«, fragte Jan.

»Wir können ein paar Bananen einsammeln und so jedem zu dem Zwieback noch etwas dazugeben. Vielleicht finden wir noch andere Früchte«, erklärte SurvivalStefan.

»Wie kommst du auf die Idee, dass du meine Beute aufteilen kannst?«, regte sich Jan auf. »Du Experte bist ja mit leeren Händen zurückgekommen.«

»Wir haben uns aufgeteilt, damit wir das Gebiet vernünftig durchsuchen können«, argumentierte SurvivalStefan. »So dass wir überhaupt eine Chance haben etwas zu finden.«

»Vielleicht gibst du einfach zu, dass ich der bessere Outdoor-Experte bin«, forderte Jan.

»Wenn es dir darum geht«, reagierte Stefan. »Du bist …«

»Jan! Muss das sein?«, fragte Sarah. »Dein Verhalten ist vollkommen daneben.«

»Meins?« Er zeigte auf SurvivalStefan. »Er hat sich als Chef aufgespielt und dann nichts geliefert. Ich habe beide Kisten gefunden. Ohne mich gäbe es hier gar nichts!«

»Hätten wir in einem anderen Bereich gesucht«, sagte Claudia, »wären wir vermutlich mit leeren Händen zurückgekommen und wir wären froh, wenn die anderen mit uns teilen würden. Wir sind ein Team.«

»Ein Team?«, regte sich Jan auf. »Wenn Stefan sich als Chef aufspielt, sagt keiner etwas. Wenn ich über das Proviant, das ich gefunden habe, entscheiden möchte, soll ich auf einmal ein Teammitglied sein? Ich gehe doch nicht einfach so in die zweite Reihe. Ich lasse mich nicht herumschubsen!«

»Du bist der bessere Outdoor-Experte«, warf SurvivalStefan ein.

Ein zufriedenes Lächeln umspielte Jans Mund.

»Es geht doch. Und nun können wir nach deinen Bananen schauen.«

34
Meetingraum Köln

Auf dem großen Monitor im Meetingraum lief der Livestream mit leisem Ton. Am Tisch saßen Max und Irina, beide schauten angestrengt auf die Displays ihrer Notebooks. Zwischen ihnen standen zwei Kannen Kaffee und einige Flaschen Wasser.

»Das Video aus Indonesien ist da«, kommentierte Irina, ohne von ihrem Monitor hochzuschauen. Dann verschwand der Livestream vom großen Bildschirm und man sah, wie Michael Meyer über der Schlucht hing und sich nur noch mit einer Hand festhielt. Etwa vier Meter unter ihm war nun ein Netz zu sehen, ähnlich wie man es aus dem Zirkus bei Trapezartisten kannte. Wieder ließ Meyer los, wieder fiel er hinunter, diesmal fing ihn das Netz auf. Sein Aufprall dehnte es um einige Meter und es dauerte, bis es weniger wackelte und Meyer, oder sein digitales Abbild, mühsam in Richtung der Helfer kletterte, die ihm die Hände entgegenhielten. Dort angekommen, drehte er sich zu den anderen Kandidaten, die geschockt am Rand der Schlucht standen, und zeigte ihnen die Daumen-hoch-Geste.

»Hervorragend!«, befand Max. »Direkt zur Polizei senden.«

»Habe ich bereits gemacht«, sagte Irina. »Erstmal als größenreduzierte Version, die vermutlich immer noch zu groß ist und vom Postfach des Empfängers abgelehnt wird. So gewinnen wir noch etwas Zeit.«

»Wäre es nicht besser, das vom Tisch zu bekommen? Wenn es zu lange dauert, schicken die vielleicht doch noch jemanden zu uns.«

»Die haben kaum Personal und werden genau überlegen müssen, wie sie ihre Ressourcen nutzen«, erklärte Irina. »Und da wir eine Unterhaltungsshow sind und bereits eine Erklärung geliefert haben, spielt die Zeit für uns.«

»Könnten wir dafür sorgen, dass die Polizei mehr Beschäftigung bekommt?«

»Was hast du im Sinn? Wollen wir einen kleinen Aufstand lostreten?«, fragte Irina gereizt.

»Wenn du es so sagst, klingt es, als ob es etwas Schlimmes wäre.«

Irina klappte ihr Notebook zu und sah Max lange an.

»Du weißt, dass ich loyal bin. Ich nehme mir aber auch heraus, ehrlich zu dir zu sein …«

»Wo du es gerade sagst: Der eine Kameramann der Morgenschicht. Sieh zu, dass der versetzt …«

»Unterbrich mich nicht!«, ermahnte sie ihn. »Wir haben in Smaragdküste bisher zwei Menschen verloren. Wenn es schlecht läuft, wird heute noch einer der Kandidaten sterben. Wir wissen aktuell noch nicht mal, in wessen Gewalt sie sind und wir können uns sicher sein, dass die Regierung dort uns nicht zur Hilfe kommen wird. Von der Unabhängigkeit irgendeiner Region brauchen wir gar nicht erst zu reden.«

»Das ist mir bewusst«, reagierte Max. »Wir machen, was wir können, haben aber einen Sender, der vielen Menschen Jobs bietet, die wir auch nicht gefährden wollen. Solange wir keine weiteren Optionen haben, gilt für die Sendung ›The show must go on‹. Um alles andere kümmern wir uns parallel.«

»Auch dein Kleinkrieg mit einem einfachen Mitarbeiter?«

»Der hat unangenehme Fragen gestellt. Ob so eine Bildmanipulation mit KI überhaupt machbar wäre. Ich will den aus der Sendung haben.«

»Als ob ihn das nicht noch neugieriger machen wird«, sagte Irina.

»Wenn der hier herumschnüffelt, ist es aber auch nicht gut. Irgendwas müssen wir doch machen können?«

»Wir sollten Roland anrufen, um uns auf die rechtlichen Konsequenzen vorzubereiten«, schlug Irina vor.

»Muss das sein?«, fragte Max genervt.

»Ich weiß, dass du lieber eine Anwältin für das Grobe hättest, aber wir können Roland vertrauen und er ist einer der Besten.«

»Meinetwegen. Ruf ihn an.«

»Habe ich schon gemacht.«

»Wenn du alles ohne mich entscheidest, warum reden wir dann überhaupt? Außerdem führe ich die Geschäfte.«

»Das machst du. Und gab es bisher einen Fall, bei dem ich einen Entscheidung getroffen habe, die du nicht auch getroffen hättest?«, fragte Irina.

»Bisher nicht«, bestätigte Max. »Was nicht bedeuten kann, dass das nicht passieren wird.«

»Wie bereiten wir uns auf die heutige Livesendung vor?«, wechselte Irina das Thema.

Max schaute auf seinen Monitor.

»›Der Sumpf des Verderbens‹«, grübelte er. »In der von uns geplanten Version gab es ungiftige Schlangen und kleine Krokodile.«

»Man muss jetzt nicht besonders kreativ sein, um herauszufinden, was die Entführer ändern werden.«

»Wenn alle Kandidaten sterben, wäre die Sendung schon zu Ende!«

Wieder sah Irina Max schweigend und ernst an.

»Man könnte meinen, dass du dich mehr um deine Sendung als um die Kandidaten und deine Crew sorgst.«

»Das hatten wir doch eben schon besprochen«, giftete er sie an. »Jetzt brauchen wir Ideen, wie wir auf die Sendung reagieren.«

Irina stand auf und ging zur Tür.
»Melde dich, wenn du dich wieder beruhigt hast.«
Sie öffnete leise die Tür und verließ den Raum ohne große Geste.

35
Livestream - Smaragdküste

Die Kandidaten nutzten die Kisten als Sitzgelegenheiten und eine Weile saßen alle still, aßen von den Bananen und tranken etwas Wasser.

»Wieviel Wasser sollte denn jeder trinken, Outdoor-Experte Jan?«, stocherte Fabian Ritter.

Claudia warf ihm wieder einen Blick zu: »Halt dich doch einfach zurück, Fabian.«

»Maximal die Hälfte«, antwortete Jan und schien die Provokation einfach zu übergehen oder nicht zu bemerken.

»Und dann?«, hakte Fabian nach.

»Es muss halt bis morgen reichen«, sagte Jan. »Wenn du nichts mehr hast, ist das nicht das Problem der anderen.«

»Könnten wir nicht selbst Wasser sammeln?«, fragte Fabian. »Hier gibt es doch bestimmt Pfützen und Bäche.«

»Kannst du nicht aufhören, ihn zu provozieren?«, schrie Sophia plötzlich. »Das nervt alle hier.«

»Aber er ist doch der große Outdoor-Ex...«

»Und du benimmst dich wie ein Teenager. Immer wieder ein Stückchen provozieren, irgendwann platzt schon jemand«, reagierte Sophia. »Wir haben gleich eine Dschungelprüfung vor uns.«

»Die heißt hier Dschungelherausforderung«, korrigierte Francesca sie.

»Meinetwegen Dschungelherausforderung«, sagte Sophia. »Auf alle Fälle wird es wohl nicht das Ekelspiel, auf das wir uns vorbereitet haben, sondern es wird ernst werden.«

»Ich würde einen Pakt vorschlagen«, meldete sich Sarah. »Dass wir uns immer gegenseitig helfen. Gemeinsam kommen wir vermutlich am besten durch alle Prüf... Herausforderungen.«

»Aber es ist doch Absicht, dass bei jeder Herausforderung jemand ausscheidet«, sagte Jan. »Das wäre dann doch gegen die Regeln.«

»Und wir wollen auf keinen Fall die Regeln brechen«, warf Fabian ein und rollte mit den Augen.

»Es gibt doch ohnehin keine Regeln mehr«, stellte SurvivalStefan fest. »Und wenn wir uns gegenseitig helfen, haben wir alle bessere Chancen.«

»Wir sollten die Zeit nutzen, die Zelte aufzubauen«, schlug Jan vor, stand auf und ging zu seinem Rucksack.

Nach und nach folgten ihm die anderen Kandidaten.

36
Regieraum Köln

Wenige Minuten vor der Livesendung nahmen Irina und Max im Regieraum Platz. Katrin saß auf ihrem Stuhl und nickte beiden zu. Der Livestream im Internet war gegen eine Infotafel ausgetauscht worden, die auf die Sendung im linearen TV verwies.

»Wir sollten die Sendung auch direkt dort streamen«, kommentierte jemand.

»Das geht von der Quote ab«, erklärte Max. »Und unser Ziel ist es, mehr Zuschauer zu bekommen als RTL!«

Irina sah ihn mit einem bösen Blick an, sagte aber nichts.

Auf den kleineren Monitoren sahen sie einmal die Kandidaten, die vom Camp zum Gelände der Herausforderung geführt wurden, zum anderen Mira und Leon, die bereits dort warteten.

»Wie sich unsere Promis jetzt wohl fühlen?«, flüsterte Irina.

»Gestresst«, befand Max kurz und knapp. »Ich frage mich, wen es wohl erwischen wird.«

»Okay«, hörte man Katrin. »Der Werbeblock läuft.«

Ihr Mikrofon hatte eine ständige Verbindung mit dem mobilen Regiezentrum in Smaragdküste. Kurz darauf drehten sich die Köpfe von Mira und Leon gleichzeitig in eine Richtung, als ob ihnen etwas zugerufen wurde.

»Zwei Werbekunden sind abgesprungen«, kommentierte Irina. »Dafür haben wir mehrere Anfragen bekommen.«

»Ich hoffe, man hat die Preise entsprechend angepasst?«, fragte Max.

»Das war nicht nötig«, erklärte Irina. »Dass die anderen abgesprungen sind, hatte sich schnell herumgesprochen und es gab einen kleinen Bieterkampf, um den wir uns gar nicht kümmern mussten. Die beiden Neuen zahlen für die Minuten 2,5 Mal so viel wie die ursprünglich Geplanten.«

»Hätten wir da noch mehr herausholen können?«

»Vielleicht«, sagte Irina. »Wir sollten da aber auch die Zahlen abwarten.«

»Gestern haben wir immerhin die Millionenmarke geknackt«, sagte Max stolz. »Das ist zwar noch weit vom Ziel entfernt, aber für unseren Sender bisher eine der besten Einschaltquoten.«

»Und das mit einem Format, das fast eine komplette Kopie ist«, merkte Irina an. »Das Team in Indonesien bekommt einen direkten Stream. Das ist zwar teurer, die können aber sofort mit den Änderungen loslegen.«

»Auf unser Kommando, hoffe ich?«, fragte Max.

»Natürlich«, bestätigte Irina. »Vor allem sind viele davon einiges gewohnt. Manche haben von Usern auf Social Media hochgeladene Videos kontrolliert und wohl den ganzen Scheiß gesehen. Sex mit Tieren, Morde, Vergewaltigungen.«

»Es kann nicht jeder so einen tollen Job haben wie du und ich!«

Auf dem großen Monitor war eine kurze Anmoderation durch Leon zu sehen, dem folgte der Vorspann. Ähnlich wie beim kopierten Vorbild folgten kurze Ausschnitte mit jedem der zehn Prominenten. Michael Meyers Vorstellung war mit einem Trauerflor versehen.

»Wer war das?«, blaffte Max in den Raum.

Katrin drehte sich zu ihm um.

»Auch der Vorspann wird aus Smaragdküste geliefert.«

Auf dem Monitor startete die Liveübertragung.

»Willkommen zur zweiten Livesendung von ›Zehn kleine Prominente gingen in den Dschungel‹«, grüßte Mira in die Kamera. »Nach dem gestrigen …« Sie stockte kurz und sortierte ihre Moderationskarten neu. »Gestrigen Ausscheiden von Michael Meyer konnten unsere Zuschauerinnen und Zuschauer im Internet den Tag unserer kleinen Expedition verfolgen.«

»Und wie ihr sicherlich bemerkt habt«, fuhr Leon fort. »Könnt ihr schon seit gestern für eure Kandidaten anrufen oder SMS senden, um ihnen einen zeitlichen Vorteil für die heutige Dschungelherausforderung zu geben!«

»Welche Dschungelherausforderung erwartet unsere Promis denn heute?«, fragte Mira völlig überzogen, sodass jedem klar war, dass sie die Antwort kannte.

»Gut, dass du fragst«, sagte Leon. »Heute geht es in den …« Er fügte eine dramaturgische Pause ein. »Es geht in den ›Der Sumpf des Verderbens‹!«

Ein Tontechniker in Smaragdküste hatte ›Der Sumpf des Verderbens‹ mit einem tiefen Echoeffekt versehen.

»Der Effekt ist zwar cool, aber ein Sumpf schluckt Schall und Echo«, kritisierte Max.

»Das hört sich nach einer heftigen Herausforderung an«, sagte Mira auf dem Hauptbildschirm. »Was genau dürfen wir denn alles erwarten?«

»Die Kandidatinnen und Kandidaten müssen innerhalb der vorgegebenen Zeit einen Sumpf durchqueren«, erklärte Leon. »Schaffen sie das nicht, scheiden sie aus.«

»Sie müssen einfach nur den Sumpf durchqueren?«, fragte Mira. »Das hört sich jetzt nicht so schwer an.«

»Täusch dich da mal nicht«, sagte Leon. »Der Sumpf an sich ist schon eine Herausforderung genug. Dazu kommen aber noch ein paar Teilnehmer der lokalen Fauna, die sich vielleicht gestört fühlen könnten.«

Mira nahm ein auf alt gemachtes Buch vom Tisch neben sich und schlug es so auf, dass die Zuschauer die Titelseite des Buches sehen konnten, auf der in goldenen Lettern ›Die Fauna von Smaragdküste‹ stand.

»Mal schauen.« Sie blätterte durch das Buch. »Ah, hier. Sumpffauna. Krokodile und Schlangen. Na ob die ihre Heimat mit unseren Stars teilen wollen?«

»Das werden wir heute noch herausbekommen«, sagte Leon. »Die Telefonleitungen sind immer noch offen. Ruft für euren Kandidaten an oder schreibt eine SMS unter der eingeblendeten Nummer mit der Endziffer ›01‹ für Claudia Hartmann, die dank Schönheitschirurgie sicherlich Auftrieb mitbringt!«

»Wählt die ›02‹ für SparkleSarah Schuster, deren Make-Up schon am ersten Tag etwas Glanz verloren hat«, las Mira vor und sah erwartungsvoll zu Leon.

»Wenn SurvivalStefan Santos euer Favorit ist, dann wählt die ›03‹!«

Mira fuhr fort: »Mit der ›04‹ stimmt ihr für den Adonis Jan Brandt!«

»Wenn Sophia Lehmann noch Gelegenheit bekommen soll, mit ihrem Gesang die Expedition zu unterhalten, dann wählt die ›05‹.«

»Wollt ihr weiterhin grumpy old Fabian Ritter sehen? Dann gebt ihm einen Vorteil und ruft die ›06‹ an!«

»Mit der ›07‹ unterstützt ihr Kim Schmidt«, fuhr Leon fort.

»Auch wenn sie Zeitdruck gewohnt ist und allein der Wille sie nach vorne treiben wird: Mit der ›08‹ gebt ihr Nina Berger mehr Zeit!«

»Last but not least: Wenn Francesca Conti einen Vorteil bekommen sollte, wählt die Endziffer ›10‹«, beendete Leon die Aufzählung.

»Der oder die Prominente mit den meisten Anrufen darf als Erstes in den Sumpf, die anderen folgen dann in der Reihenfolge der Anzahl der Anrufer mit je einer Minute Abstand«, erklärte Mira. »Wir sehen uns nach einer kurzen Pause wieder!«

Sie drehten sich beide von der Kamera weg und Leon fragte »Wer ist eigentlich dein Favorit?« Dann wurde in einen Werbeblock geschaltet.

»Das muss authentischer werden!«, regte sich Max auf. »Da merkt doch jeder, dass die Frage nicht spontan war. Was ein Idiot!«

Katrin sah zu ihm herüber. »Auch Leon steht da gerade extrem unter Druck.«

Max winkte ab. »Ja. Meinetwegen. Trotzdem möchte ich in der nächsten Staffel einen anderen Moderator haben.«

37
Liveübertragung - Smaragdküste

»Willkommen zurück, liebe Zuschauerinnen und Zuschauer«, grüßte diesmal Mira. »Wir werden gleich die Telefonleitungen schließen und bekommen dann umgehend das Ergebnis.«

»Und da kommen schon unsere Kandidatinnen und Kandidaten zur zweiten Dschungelherausforderung«, verkündete Leon. »Seid ihr bereit für den ›Sumpf des Verderbens‹?«

Nacheinander betraten die Promis die kleine Lichtung, auf der das Moderatorenduo bereits mit einigen Wächtern wartete. Hinter den Kandidaten folgen weitere Wächter.

»Im Gegensatz zu gestern geht ihr dieses Mal ohne Gepäck in die Prüfung«, sagte Mira. »Und zu voll sind eure Mägen auch nicht, habe ich gehört.«

»Wie fühlt ihr euch denn nach eurer ersten Nacht im Dschungel und vor eurer zweiten Herausforderung?«, fragte Leon.

»Du hast echt Nerven«, reagierte Fabian Ritter. »Wie sollen wir uns schon fühlen? Es ist nichts, wie es ausgemacht wurde. Gestern ist einer von uns in den Tod gestürzt und wir stehen vor einer Dschungelprüfung, von der keiner von uns weiß, ob er sie überlebt.«

»Es heißt Dschungelherausforderung«, korrigierte Leon.

»Verbessere mich noch einmal und ich werfe dich eigenhändig in den Sumpf«, drohte Fabian.

»Gerade wurde mir gemeldet, dass die Telefonleitungen geschlossen wurden und die Reihenfolge feststeht«, verkündete Mira. »Aber bevor wir die verkünden, stellen wir euch die heutige Dschungelherausforderung noch einmal vor. Worum geht es im …«

Sie machte eine kurze Pause und nickte Leon zu und gemeinsam sagten sie dann »›Sumpf des Verderbens‹?«

Wieder wurde der Titel der Herausforderung mit einem Echoeffekt versehen.

»Nichts einfacher als das«, übernahm Leon. »Dort steigt ihr in den Sumpf. An einigen Stellen ist es so, als ob ihr durch einen flachen Fluss watet, an anderen Stellen ist der Untergrund sumpfiger und ihr kommt nur schwer voran. Und bevor ihr fragt, woher ihr wisst, in welche Richtung ihr gehen müsst: Seht ihr dort vorne das leuchtend rote Schild?« Er deutete auf das entsprechende Schild in etwa 25 Meter Entfernung. »Davon gibt es so einige und sie sind kaum zu übersehen. Folgt ihnen einfach und ihr kommt zum Ziel.«

»Was passiert, wenn wir uns weigern?«, fragte Claudia.

Leon warf dem Oberwächter einen Blick zu, der nickte kaum merkbar zurück.

»Mit der Frage haben wir gerechnet«, antwortete der Moderator. »Unser Team hat ein paar Argumente parat, die euch überzeugen werden.«

Er deutete auf zwei der Wächter, die ihre Macheten aus den Gürteln holten.«

»Und wenn ihr nicht wollt«, ergänzte Mira. »Werden eure Begleitungen für euch einspringen.«

Die Augen der meisten Kandidaten weiteten sich, Jans Gesichtsausdruck wirkte eher nachdenklich.

»Ich habe es satt«, sagte er. »Ich bin ein Star! Holt mich hier raus!«

»Das ist die falsche Sendung, Dumpfbacke«, brach es aus Fabian heraus.

Ohne Vorwarnung ging Jan auf den Schriftsteller los, warf sich mit vollem Gewicht gegen ihn, warf ihn um und hockte sich auf ihn. Die ersten Faustschläge des Reality-TV Stars wehrte Fabian noch ab, aber unbändige Wut gaben seinem Gegner die entscheidende Stärke und Fabians Kopf musste einige Schläge einstecken.

Während die Wächter, Mira, Leon und die meisten anderen Kandidaten nur zusahen, ging SurvivalStefan auf die beiden kämpfenden Männer zu und zog Jan weg von Fabian. Dessen Schläge richteten sich gegen Stefan, der sie aber gekonnt abwehrte, dem jüngeren Mann mühelos den Arm verdrehte und ihn zu Boden drückte.

»Lass mich los!«, brüllte er. »Ich mach den Kerl fertig. Jetzt und hier!«

»Beruhige dich«, sagte SurvivalStefan mit erstaunlich ruhiger Stimme. »Du hast ihm gezeigt, dass du auch austeilen kannst und sein Gesicht wird dafür die nächsten Tage ein deutlicher Beleg sein.«

Fabian richtete sich auf. Seine Lippe blutete, von der einen Augenbraue floss Blut und das andere Auge schwoll zu.

»Du kleines Würstchen!« Er spuckte Blut aus und eine Zahnlücke war zu sehen. »Wusste ich doch, dass du nur von deinem Hypothalamus gesteuert wirst. Hier im Dschungel bist du genau dort, wo du hingehörst.«

»So viel Intelligenz und doch nur lauter dumme Worte«, kommentierte Kim.

Fabian drehte sich zu ihr.

»Für jemanden, der sich den Schniedel abschneiden und Titten aufpumpen lassen hat, spuckst du ganz schön große Töne!«, spottete Fabian. »Vermutlich hätten ein paar Elektroschocktherapien geholfen, um dich wieder normal werden zu lassen.«

»Dein Verhalten ist armselig«, befand Claudia. »Die Zuschauer werden dein misanthropisches Gehabe als billigen Versuch, Aufmerksamkeit zu erhalten, entlarven.«

38
Regieraum Köln

»Es sind genau diese Dialoge, die ich an dem Format liebe!« Max klatschte leise Beifall. »So etwas liefert dir keiner dieser Schreibmaschinenaffen. Das ist das echte Leben und es läuft viel besser als erwartet!«

Alle Mitarbeiter im Regieraum drehten sich zu ihm um. Die verständnislosen Blicke, die er zugeworfen bekam, bemerkte er nicht.

»Max!« Irina flüsterte ihm ins Ohr. »Da unten geht es immer noch um das Leben von Menschen!«

»Das weiß ich doch«, fuhr er sie laut an. »Aber trotzdem sehen wir doch, wie gut mein Format funktioniert!«

Irina überlegte kurz, ob sie ihn darauf hinweisen sollte, dass nicht er Reality-TV erfunden hatte, sparte sich das aber. Wenn er so reagierte, war er noch mehr von sich überzeugt, als er es ohnehin schon war und jede Kritik - auch wenn sie noch so konstruktiv und begründet war - perlte einfach von ihm ab.

Die Crew kümmerte sich wieder um die eigenen Bildschirme und Irina wurde sich bewusst, dass es in den Firmen von Max so etwas wie eine Angstkultur gab. Solange alles lief, wie er wollte, war er der entspannteste Chef überhaupt und sehr tolerant. Auch über Fehler sah er meistens großzügig hinweg. Wenn jedoch seine Stimmung im Keller war, wurde er unberechenbar. Das hatte zu einigen ad hoc Kündigungen mit anschließenden Prozessen geführt, bei denen Max alle Register zog und dabei die ein oder andere Existenz zerstört hatte.

»Entschuldige«, hörte sie ihn flüstern. »So Szenen hatte ich mir erhofft, als ich die Sendung geplant hatte.«

Sie lächelte, sagte aber nichts. Während ihm das Befinden fast aller Menschen egal war, legte er großen Wert darauf, ihr Wohlwollen zu bekommen. Das machte sie zur einzigen Instanz, die ihn etwas in die Grenzen weisen konnte, auch wenn das nicht immer funktionierte. Kurz überlegte sie, ihm zuzunicken, entschied sich aber, vorerst keine Reaktion zu zeigen und ihn eine Weile im eigenen Saft schmoren zu lassen. Seine Erleichterung, dass sie ihm verziehen hatte, würde umso größer sein.

39
Liveübertragung - Smaragdküste

Niemand half Fabian beim Aufstehen. Er selbst wischte sich das Blut mit dem Ärmel aus dem Gesicht und schaute fragend die Wächter an.

»Könnte ich einen Verband haben?«, forderte er.

Der Oberwächter schüttelte den Kopf.

»Erst am Ende der Herausforderung. Wir wollen unsere Ressourcen ja nicht unnötig verschwenden, so wie ihr jahrhundertelang unsere Bodenschätze geraubt habt!«

»Ja Bruder«, brach es aus Leon hervor. »Gib es ihm.«

Der Oberwächter ging langsam mit hinter dem Rücken verschränkten Händen auf den Moderator zu.

»Wenn du mich noch einmal Bruder nennst«, erklärte er, »wirst du vom Moderator zum Kandidaten befördert.«

Leon senkte den Kopf und wich so dem Blick seines Gegenübers aus.

»Wir bekommen gerade die Ergebnisse des Votings herein«, kommentierte Mira und drückte mit einem Finger gegen ihr In-Ear, über das sie die Anweisungen der Regie erhielt. Den dankbaren Blick von Leon für die Ablenkung bemerkte sie nicht.

»Stellt ihr euch bitte in einer Reihe auf?«, bat sie.

Wie gefordert stellten sich die Prominenten auf, wobei Fabian etwas Abstand hielt.

»Die Zuschauer haben entschieden«, erklärte Leon. »Und als Erste darf Sarah die Herausforderung antreten!«

Sarah sah weder erleichtert noch froh aus.

»Viel Glück«, wünschte sie den anderen und stieg ins Wasser.

Gespannt folgten ihr die Blicke, während sie Schritt für Schritt weiter watete. Das Wasser stand ihr schließlich bis zur Brust und die Wasserlinsen wirbelten in den von ihr erzeugten Wellen.

»Das Afrikanische Spitzkrokodil wird normalerweise bis zu drei Meter lang.« Mira hatte sich wieder das Buch über die Fauna der Smaragdküste zur Hand genommen und tat so, als ob sie daraus vorlesen würde. »Der lateinische Name lautet Crocodylus Suchus und normalerweise ernähren sie sich von Fischen und Fröschen. Gelegentlich bereichern Vögel und Kleintiere ihren Speiseplan und ganz selten fressen sie auch mal Ziegen oder Schafe.«

»Steht in dem Buch etwas über Prominente aus Deutschland?« Leon grinste unbeholfen und erntete geschockte und böse Blicke von den Kandidaten.

»Nein«, antwortete Mira. »Mehr steht über ihre Nahrungsgewohnheiten nicht in dem Eintrag. Damit sind wir heute dann wohl auch eine Forschungssendung.«

»Ich höre gerade, dass wir den Nächsten in den ›Sumpf des Verderbens‹ schicken können.« Leon hielt sich dabei sein Ohrteil fest.

»SurvivalStefan!«, verkündete Mira. »Du bist dran! Bist du bereit?«

»Ich?« Stefan lachte. »Ich bin so bereit, wie man nur sein kann.«

Er folgte Sarah in das Gewässer und bewegte sich schnell voran. Die war mittlerweile so nah bei der Insel mit dem Schild, dass das Wasser wieder flacher wurde. Die nasse Kleidung schmiegte sich fest an ihren Körper.

»Interessant«, merkte Mira nach einem Blick in ihr Buch. »Man weiß gar nicht, wie viele Menschen Krokodilen zum Opfer fallen.«

»Was für Tiere leben denn sonst noch in diesen Gewässern?«, fragte Leon.

Mira blätterte im Buch eine Seite weiter.

»Gelegentlich kann es auch Speikobras in Sümpfen geben«, antwortete sie. »Ihr giftiger Speichel ist ein starkes Gift.«

»Wie sieht es mit Piranhas aus?«

»Nein, Leon«, sagte Mira. »Die gibt es hier nicht. Dafür gibt es manchmal auch Kugelfische, die müsste man aber essen, um davon vergiftet zu werden.«

»Ich höre gerade, dass Francesca als Nächste ins Wasser darf«, verkündete Leon.

Die Schauspielerin schluckte, folgte dann aber den anderen beiden. Sarah stand mittlerweile auf der Insel und wartete auf Stefan, der nur noch wenige Meter von ihr entfernt war.

»Francesca«, rief sie plötzlich, »links von dir ist ein Krokodil!«

Die schaute links von sich, sah aber nichts.

»Ich meinte mein Links!«, rief Sarah. »Dein Rechts!«

Francesca watete weiter und sah ein Reptil, das drei Meter entfernt in Richtung des Startpunktes an ihr vorbeischwamm. Ohne es aus den Augen zu lassen, beschleunigte sie. Das Krokodil schien sich jedoch nicht für sie zu interessieren.

»Jan«, sagte Mira. »Du bist dran!«

»Jetzt?«, wunderte er sich. »Aber das Krokodil kommt genau auf uns zu!«

Hinter den Moderatoren tauchte ein Wächter mit einer Stange auf, an deren Spitze eine Schlaufe war.

»Wir werden durch die Wächter geschützt«, erklärte Mira.

»Das ist doch Wahnsinn!«, bemerkte Fabian trocken. »Können wir mit dem Scheiß jetzt endlich aufhören?«

Der Wächter, der hinter ihm stand, stieß ihm mit dem Kolben seiner Waffe in die Kniekehle, sodass der Schriftsteller auf die Knie ging.

»Ich werde da nicht hineingehen«, trotzte Jan und stemmte die Hände in seine Hüften. »Ihr könnt mich nicht dazu zwingen.«

Der Oberwächter zog seine Waffe, ging auf Jan zu und zielte auf dessen Stirn.

»Ich kann dich nicht dazu zwingen«, bestätigte er. »Aber du solltest wissen, dass du im Sumpf eine Überlebenschance hast …« In einer schnellen Bewegung richtete er die Waffe auf den Boden und schoss direkt vor Jans Füße. »… hier draußen aber nicht.«

Auf der Hose von Jan bildete sich ein dunkler Fleck. Sein Gesicht wurde hochrot, Tränen füllten seine Augen. Fast apathisch bewegte er sich zum Wasser, fixierte mit seinem Blick das Krokodil, das nur wenige Meter entfernt von ihm lauerte.

Schritt für Schritt ging er weiter, das Krokodil bewegte sich nicht und lag so ruhig wie ein Baumstamm im Sumpf. Stefan hatte ebenfalls die kleine Insel erreicht und bot Francesca die Hand, die schnell zu ihm aufgeholt hatte. Sarah deutete auf einen Punkt, der aus der Perspektive der Kamera nicht zu sehen war.

»Claudia«, sagte Mira. »Du bist an der Reihe!«

Mit starrem Gesichtsausdruck folgte sie den anderen und ließ dabei ebenfalls das Krokodil nicht aus dem Blickfeld.

Jan hatte an Geschwindigkeit zugelegt, drehte sich immer wieder um.

»Geh ruhig weiter«, rief er Claudia zu. »Dann ignoriert es dich.«

Plötzlich verlor er den Halt, ruderte mit den Armen, konnte aber nicht verhindern, dass er ins Wasser fiel. Claudia hielt sich den

Mund zu, Stefan verließ die Insel und ging auf Jan zu. Der tauchte kurz aus dem Wasser auf, schrie und wurde wieder unter Wasser gezogen. Das Krokodil, das eben noch ruhig gelauert hatte, drehte und näherte sich der Stelle.

»Sophia«, verkündete Leon. »Deine Herausforderung startet jetzt!«

Mit einem ängstlichen Blick in die Richtung des Oberwächters stieg sie ins Wasser und watete schnell zu Claudia, die wie angewurzelt stehen geblieben war.

Jans Kopf durchbrach die Wasseroberfläche.

»Hilfe!«, schrie er. »Es hat mich am Bein erwischt.«

Das Wasser um ihn herum wurde rot und er fing zu kreischen an.

Stefan erreichte ihn und Jan klammerte sich an ihm fest. Das erste Krokodil war ebenfalls angekommen, tauchte ab und man sah nur kurz, wie Jan die Augen verdrehte und dann das Bewusstsein verlor. Verzweifelt versuchte Stefan ihn in Richtung der Insel zu ziehen, aber die Krokodile gaben ihre Beute nicht auf. Sophia und Claudia wateten in einem großen Bogen um das aufgewühlte Wasser, fixierten mit ihrem Blick die kleine Insel, auf der Sarah und Francesca geschockt zusahen, wie Stefan versuchte Jan zu retten.

»Kim!« Jegliche Emotion war aus der Stimme von Mira verschwunden. »Du bist an der Reihe.«

»Claudia!« Sophia schüttelte die andere Frau, die erneut stehen geblieben war. »Du musst dich bewegen! Wir sind gleich in Sicherheit!«

»Haut ab!«, brüllte Stefan. Er versuchte mit einem Rettungsgriff Jans Gesicht über dem Wasser zu halten, dessen Kopf leblos zur Seite hing.

Als Sophia und Claudia die Insel erreichten, sprang Sarah zurück ins Wasser und arbeitete sich zum Kampf von Stefan und Jan gegen die Krokodile vor.

»Was machst du?«, schrie Francesca hysterisch. »Jan ist nicht mehr zu helfen!«

»Wir müssen zusammenhalten«, reagierte Sarah und kam bei Stefan an.

Als sie ihn antippte, zuckte er erst, dann prüfte er den Puls an Jans Hals und schüttelte traurig den Kopf. In einem letzten Versuch wollte er den Krokodilen die Beute entreißen, hatte aber gegen die Kraft der Reptilien keine Chance. Während Jans Körper versank, arbeitete er sich mit Sarah zurück ans Ufer.

40
Regieraum Köln

Alle starrten auf den Hauptmonitor. Manche hatten die Hände vor dem Mund.

»Das ist zu heftig«, kommentierte jemand. »Das wird ein böses Medienecho haben.«

»Ich kann nicht glauben, dass das nicht echt sein soll«, bemerkte jemand anderes. »Aber ich finde das auch zu heftig.«

»Ich glaube, wir bekommen ein Problem mit der Sendezeit«, sagte Katrin, die sich zu Max und Irina gestellt hatte. »Im Grunde ist das auch für nach 22 Uhr schon harter Tobak. Ich bin überzeugt, dass jemand darauf pochen wird, dass wir das nicht mehr zur Primetime senden dürfen.«

Max knetete sich mit Daumen und Zeigefinger das Kinn.

»Man hat doch nicht mehr gesehen als in jedem Johnny Weißmüller Film«, kommentierte er. »Ich glaube den Protest können wir aushalten.«

»Du weißt, dass das mehr als grenzwertig ist«, reagierte Irina. »Der Ethikrat wird da auch Einwände vortragen.«

»Ihr vergesst, dass wir das nicht in der Hand haben«, wurde Max lauter. »Und dass wir weitersenden müssen.«

Köpfe drehten sich zu ihm um und Max wurde sich der fragenden Blicke bewusst.

»Auf der anderen Seite wäre das Verlegen auf eine spätere Sendezeit auch so etwas wie eine Adelung. ›Zu brutal für die Primetime - Das echte Dschungelcamp!‹. Wenn das kein Slogan ist!«

»Wir sollten die Möglichkeit in Betracht ziehen, dass wir die Sendung gar nicht mehr ausstrahlen dürfen«, sagte Katrin. »Und ich weiß nicht, wie die … « Sie sah sich im Regieraum um. »… wie man in Smaragdküste darauf reagieren wird.«

»Dann lassen wir ein paar Bots eine Diskussion über Moral und Verlogenheit im Fernsehen und die inkonsequenten Sittenwächter lostreten«, beschloss Max. »Damit kommen wir der Kritik zuvor und wenn dann Forderungen kommen, werfen wir Zensur vor. Das wirkt immer.«

»Wir sind in den Social Media mit dem HashTag #ZDK in den Top Ten«, rief eine Mitarbeiterin und der ganze Raum applaudierte. »Und die Aufrufe auf dem Streaming-Portal explodieren gerade!«

»Wir werden ganz schnell den Break-Even-Point erreichen«, freute sich Max. »Wusste ich doch, dass die Sendung funktioniert!«

Auf dem großen Monitor war gerade zu sehen, wie nach Nina Fabian als Letzter in die Herausforderung geschickt wurde. Die restlichen Prominenten hatten sich auf der Insel versammelt und waren offensichtlich der Ansicht, dass sie gemeinsam bessere Chancen hatten das Ziel zu erreichen.

41
Liveübertragung - Smaragdküste

Fabian war ruhig durch das faulige Gewässer gewatet und blieb unbehelligt von Krokodilen und anderen Tieren. Er erreichte die Insel, auf der die anderen teilweise in Tränen aufgelöst, teilweise apathisch, teilweise konzentriert warteten.

»Wir brauche etwas, mit dem wir uns wehren können«, sagte Stefan. »Und wenn es nur ein paar Knüppel sind.«

»Was sollen die gegen einen Angriff unter Wasser ausrichten?«, fragte Kim.

»Da könnten wir versuchen, sie wie Speere zu verwenden«, erklärte er. »Und vielleicht haben wir eine Chance, wenn wir auf ihre Augen gehen.«

»Als ob du an so etwas denkst, wenn du gebissen und unter Wasser gezogen wirst!«, sagte Sophia.

»Liebe Prominente«, rief Leon über ein Megafon. »Ich möchte euch daran erinnern, dass ihr immer noch in der Herausforderung seid und die Insel nicht als Picknickort vorgesehen ist.«

»Halt die Fresse, du Idiot!«, brüllte Fabian, der gerade aus dem Wasser stieg.

Sein rechtes Auge war zugeschwollen und seine Nase sah gebrochen aus. Die Wunde über seiner Augenbraue blutete nicht mehr. Die anderen hatten angefangen, Äste aufzusammeln, die meisten waren aber faulig und zerfielen schon, als sie hochgehoben wurden.

»Wie machen wir das jetzt am besten?«, fragte Sarah. »Das zweite Ziel ist dort drüben und ich denke, dass wir in einer Gruppe gehen sollten. Vielleicht hält das die Tiere von einem Angriff ab und wir können uns sofort gegenseitig helfen.«

»Finde ich richtig«, sagte Stefan, der gerade einen weiteren Ast prüfte und ihn für gut befand. »So steigen unsere Chancen.«

»Sollte das Spiel nicht vorbei sein, wenn einer ausscheidet?«, fragte Nina. »Zumindest wurden mir die Regeln so erklärt.«

»Mir auch«, bestätigte Kim. »Aber vermutlich wurden die geändert.«

»Was, wenn die das wirklich durchziehen und am Ende nur eine Person überlebt?« Francescas Stimme zitterte.

Es wurde eine Weile still.

»Wer aufgibt hat schon verloren«, reagierte Stefan. »Lasst uns weitergehen, bevor sie uns die Wächter hinterherschicken!«

»Er hat recht«, sagte Kim. »Wir haben keine Zeit für Defätismus! Lasst uns weitergehen.«

»Vielleicht solltest du für unser Publikum nicht so schwere Worte verwenden«, stichelte Fabian.

Niemand bemühte sich, auf ihn zu reagieren.

Nacheinander stiegen sie mit Knüppeln bewaffnet ins Wasser, gingen in vier Zweierreihen zügig zur Insel mit dem nächsten Schild. Dort kamen sie ohne weiteren Zwischenfall an, und die Erleichterung darüber war allen anzumerken.

»Wir sollten sofort weitergehen«, schlug Stefan vor. »Dann haben wir es bald hinter uns.«

Er schaute in die Runde, alle nickten kurz und sie setzten den Weg - wieder in der gleichen Formation - zum nächsten Schild fort. Von dort aus sahen sie schon das Ziel, an dem Mira, Leon und einige der Wächter warteten.

»Ihr macht das spitze«, rief diesmal Mira über ein Megafon. »Bald habt ihr die zweite Dschungelherausforderung geschafft!«

Stefans Rat folgend, setzte die Gruppe den Weg direkt fort und hatte schnell die Hälfte des Weges zurückgelegt.

»Was war das?«, rief Sophia erschrocken. »Mich hält etwas am Fuß fest.«

Kim, die neben ihr ging, kam näher.

»Ich spüre da einen Ast oder eine Wurzel. Du hast nur deinen Fuß verfangen. Zieh ihn langsam wieder heraus.«

»Lass mich los!« Sophia wurde panisch, ruderte mit den Armen, verlor die Balance und fiel ins Wasser. Ihr Kopf tauchte wieder auf und Kim griff ihr unter die Schultern.

»Beruhige dich Kleines«, sagte sie. »Ich habe dich.«

»Es lässt mich nicht los!« Ihre Worte gingen teilweise in ein Geblubber über, weil sie sich in der Panik aus dem Griff von Kim befreite und immer wieder mit dem Kopf unterging.

Stefan und Sarah kamen Kim zu Hilfe, aber Sophia fing an, wild um sich zu schlagen.

»Haltet sie fest!«, rief Francesca.

Dann tauchte Sophia ganz unter. Die anderen versuchten sie wieder an die Oberfläche zu ziehen, wurden aber von ihr immer wieder zurückgestoßen. Dann durchbrach Sophia die Oberfläche.

»Frei!« Sie holte tief Luft und fing an - so schnell es das Wasser zuließ - sich von der Gruppe zu entfernen. Zurück zur letzten Insel.

Stefan und Kim verfolgten sie, die Überraschung hatte ihr aber einen Vorsprung gegeben.

»Da sind Krokodile!« Nina deutete auf die Wasseroberfläche und man sah drei Krokodile, die sich auf Sophia zubewegten.

»SOPHIA!«, brüllte Claudia. »KOMM ZURÜCK! KOMM ZU UNS!«

Die hörte die anderen nicht und steuerte weiter auf die Insel zu, ohne die nahende Gefahr zu bemerken. Das erste Reptil tauchte unter und kurz darauf stolperte Sophia mit einem Schrei und versank erneut.

»Da kommen noch mehr!«, rief Francesca. »Wir müssen raus!«

Ohne auf die anderen zu warten, drehte sie sich und bewegte sich auf Mira und Leon zu. Nach kurzem Zögern folgten ihr Fabian, Nina und Claudia. Auch Stefan sah, dass sich weitere Krokodile näherten, und arbeitete sich weiter vor. Wo eben noch Sophia war, war das Wasser aufgewühlt, immer wieder sah man eine Hand, einen Krokodilschwanz, manchmal durchbrach ihr Kopf die Wasseroberfläche und man hörte ihren schrillen Schrei. Auch hier färbte sich das Wasser rötlich.

Stefan war stehen geblieben, Kim erreichte ihn und zog an ihm.

»Wir können nichts mehr für sie tun«, sagte sie.

Stefan nickte und gemeinsam mit Sarah drehten sie um.

Als sie das sichere Ufer erreicht hatten, klatschte Leon in die Hände.

»Herzlichen Glückwunsch! Ihr habt eure zweite Dschungelherausforderung …«

Weiter kam er nicht. Ein Faustschlag Stefans in sein Gesicht brachte ihn zum Schweigen.

DIE DRITTE SENDUNG: DAS GIFTBECKEN

Kommentar:

Genug ist genug! #MaxBauer geht zu weit. #NoZKP

Kommentar:

Unterhaltung auf einem neuen Level #ZKP verschiebt Grenzen

Kommentar:

#Bildmanipulation bei #ZKP! Wie kontrolliert man #KI Technik?

Kommentar:

Geschmacklos. Voyeuristisch. #NoZKP

42
Die Morgenshow

»Guten Morgen, liebe Zuschauer der Morgenshow!«, verkündete die attraktive Moderatorin, die auf einer großen, halbrunden Couch saß.

Auf der anderen Seite saß Max Bauer leger gekleidet in einer blauen Jeans, schwarzen Converse Schuhen und einem schwarzen Rollkragenpulli. Irina hatte angemerkt, dass er so ein wenig zu sehr auf Steve Jobs machen würde, aber ihn hatte das nicht gestört.

»Gestern Abend lief die zweite Folge der Dschungelcampkopie ›Zehn kleine Prominente gingen in den Dschungel‹ und schockte das Publikum mit brutalen Bildern. Wir haben heute Morgen den Senderchef Maximilian Bauer bei uns und werden mit ihm darüber reden, wie weit Fernsehen gehen darf und welche Gefahren durch KI basierte Bildmanipulation entstehen. Willkommen Maximilian!«

»Hallo Jessica«, grüßte er die Moderatorin und von hinter der Kamera konnte Irina Max' Gedanken lesen. Am liebsten würde er der Blondine sein Schlafzimmer zeigen. »Danke für die Einladung. Vielleicht darf ich dich gerade korrigieren. Wir sind keine Kopie von etwas, sondern die erste echte Dschungelshow im TV, während die anderen nur auf einer geschützten Farm ihre Sendung produzieren.«

Jessica runzelte kurz die Augenbrauen, sortierte ihre Moderationskarten und hatte sich dann fokussiert.

»Gewisse Ähnlichkeiten sind aber nicht zu verleugnen.«

»Natürlich nicht. Das Prinzip ist ja ähnlich. Man versetzt Kandidaten …«

»Und Kandidatinnen«, fügte Jessica hinzu.

»Auf unserem Sender ist uns der Respekt für Menschen wichtiger als vordergründiges Gendern«, kommentierte Max. »Man versetzt Kandidaten in eine Extremsituation, lässt sie zu Herausforderungen antreten und ihre eigenen Grenzen ausloten. Das funktioniert auch in einem geschützten Raum. Eben wie bei der gekünstelten Show. Bei uns sind die Gefahren echt.«

»So wurde es zumindest im Vorfeld angekündigt«, sagte Jessica. »Vorgestern Abend kam dann aber die Überraschung: Statt echter Herausforderungen arbeitet dein Sender mit durch Künstliche Intelligenz unterstützte Bildmanipulation. Entkräftest du damit nicht deinen Anspruch, die ›echte‹ Dschungelshow zu sein.«

»Unsere Prominenten stellen sich ja wirklich den Herausforderungen«, antwortete Max. »Wir erlauben uns jedoch ein wenig Dramatisierung. Auch das Prinzip haben wir nicht erfunden. Wir sind da wie Apple, nehmen vorhandene Technik und Konzepte und heben sie auf die nächste Stufe.«

Jessica steckte eine Moderationskarte um.

»Lassen wir das Prinzip Reality-TV mal ganz außen vor …«

»Euer Sender bietet ja auch selbst genügend Formate.« Max zwinkerte der Moderatorin zu.

»Was beim Schauen von ›Zehn kleine Prominente gingen in den Dschungel‹ auffällt, ist die Brutalität der Prüfungen. Auf dem Bildschirm sterben Menschen.«

»Man kann da von zwei Seiten herangehen.« Max beugte sich nach vorne. »Bei anderen Sendungen gibt es ja auch Herausforderungen, aber die Zuschauer wissen, dass die Kandidaten überleben. Das wissen sie bei uns nicht.«

»Das mag bei der ersten Sendung noch eine Überraschung gewesen sein. Aber spätestens ab da sollte doch klar sein, dass der Titel auf das ›Zehn kleine Negerlein‹ Prinzip abzielt …«

»Eben gendern wollen und jetzt das N-Wort?«, fragte Max mit einem Lächeln.

Jessica schmunzelte kurz.

»Das Prinzip ist nun aber klar. Wie in einem Horrorfilm wird bei jeder Herausforderung jemand sterben?«

»Die gestrige Folge ist ja ein Beleg dafür, dass wir nicht so vorgehen«, erklärte Max. »Da haben ja zwei Kandidaten die Show verlassen.«

»Wäre ein normales Ausscheiden nicht genug? Muss es so brutal sein?«

»Was war denn brutal daran?«, fragte Max. »Das meiste passiert im Kopf der Zuschauer. Wir haben weder gesehen, wie Michael Meyer auf den Grund der Schlucht aufgeschlagen ist, noch wie Jan und Sophia verletzt wurden. Nur ein wenig aufgewühltes Wasser.«

»Und das muss man den Menschen zur Primetime zumuten?«

»Wenn ich mir die Nachrichten und Reportagen anschaue, sehe ich da wesentlich brutalere Bilder. Auch am Vorabend.«

Jessica nickte.

»Wie habt ihr eure Kandidatinnen und Kandidaten auf die Sendung vorbereitet?«

Max schien kurz nachzudenken.

»Wir haben ihnen die Technik vorgestellt und erklärt, dass, wenn sie bei der Herausforderung versagen, wir die Bilder entsprechend manipulieren werden. Nicht alle waren sofort begeistert, aber nachdem wir ein paar Manipulationen gezeigt haben, willigten alle ein.«

»Wird es am Ende der Staffel eine Sendung mit allen ›Gestorbenen‹ geben?« Jessica hob dabei die Hände und krümmte Zeige- und Mittelfinger so, dass sie Gänsefüßchen symbolisieren sollten.

Max zögerte kurz.

»Ja. Natürlich.«

»Hast du nicht Angst, dass das ein Vorbild für noch brutalere Formate sein wird?«

»Jessica! Es gab und gibt viele andere Filme, Serien und Bücher, die sich mit brutalen Formaten beschäftigen. Das Prinzip ›Panem et circenses‹ - übrigens hat ›Tribute von Panem‹ den Titel von ›Brot und Spiele‹ - galt schon bei den Römern und generell hilft die Unterhaltung den Regierenden dabei, das Volk abzulenken. Und die vielen Horror- und Kriegsfilme sind doch auch ein Beleg dafür, dass das Publikum solche Bilder sehen will.«

»Das bedeutet, ihr liefert nur das, was die Zuschauer sehen wollen?«

»Natürlich gilt auch in der Unterhaltung das Prinzip ›Höher, schneller, weiter‹. Wenn du dir Actionfilme aus den 80ern oder gar aus den 70ern anschaust, wirst du feststellen, dass sie ein vollkommen anderes Tempo haben und heute fast wie Zeitlupen wirken.«

»Ich lasse das mal so stehen.« Jessica nahm sich die nächste Moderationskarte vor. »Kommen wir zu der Technik der Bildmanipulation.«

»Bildmanipulation ist ja nichts Neues«, erklärte Max. »Im alten Ägypten wurden die Namen von Pharaonen und anderen Personen einfach weggemeißelt. Damit gerieten sie in Vergessenheit.«

»In ›Zehn kleine Prominente gingen in den Dschungel‹ werden aber nicht mal eben nur Namen wegradiert. Da wird der Inhalt des Bildes komplett verändert.«

»Aber auch das ist nicht neu. Es gibt ein berühmtes Bild, das Lenin vor dem Bolschoitheater in Moskau bei einer Rede zeigt. Auf dem Bild sind unter anderem auch Leo Trotzki und Leo Boris irgendwas Kamenew zu sehen sind. Als sie nach Lenins Tod bei den Machtkämpfen innerhalb der Kommunistischen Partei in Ungnade fielen, wurden sie aus dem Bild entfernt.«

»Das war aber vermutlich mühsame Kleinarbeit und geschah nicht in Echtzeit?«

»Da hast du recht«, bestätigte Max. »Bevor retuschiert wurde, hat man übrigens zunächst nur einen Ausschnitt des Bildes verwendet. Man kann bei Bildern recht einfach mit der Wahl des Ausschnitts manipulieren. Donald Trump hat das recht beeindruckend bei seiner Amtseinführung demonstriert und gleichzeitig alternative Fakten etabliert.«

»Das stellt die Betrachter aber vor das Problem, dass sie nicht mehr wissen, ob sie der Quelle vertrauen können.«

»Und du glaubst, das ist neu?«, fragte Max.

»Ist es das nicht?«, reagierte Jessica.

»Nehmen wir die Tagesschau im Ersten«, fing Max an. »Du kannst in fünfzehn Minuten nicht alle Nachrichten der Welt wiedergeben.

Also geschieht eine Vorauswahl und da hast du schon die erste Manipulation. Man bekommt das zu sehen, was die Redaktion der Tagesschau für wichtig erachtet. Bei der riesigen Auswahl an Themen ist es ein Leichtes unbeliebte Sachen gar nicht zu erwähnen. Und als Zahler von GEZ-Gebühren stelle ich mir natürlich die Frage: Wer beobachtet die Wächter?«

»Man wird sich Medien wählen, denen man vertrauen kann«, sagte Jessica.

»Du hast keine Garantie, dass dein Vertrauen nicht ausgenutzt wird.«

»Dann siehst du keine Gefahr mit eurer neuen Technik?«

Max zuckte mit den Schultern.

»Fast jeder technische Fortschritt bringt auch Gefahren mit sich. Dessen sollte man sich schlichtweg bewusst sein.«

»Wie funktioniert die Bildmanipulation? Mein Team hat bei der Recherche keine vergleichbare Technik gefunden.«

»Das wundert mich nicht«, bestätigte Max. »Nicht jede Technik dringt sofort an die Öffentlichkeit. Einerseits gibt es Staaten, die diese Techniken für eigene Zwecke verwenden wollen und Unternehmen wie das unsere wollen damit auch Geld verdienen. Bei aller Selbstlosigkeit haben wir ja auch einige Gehälter und Lieferanten zu bezahlen.«

»Warum seid ihr bei der Bildbearbeitung schneller als die anderen?«

»Als das eben genannte Bild von Lenin verändert wurde, saß da vermutlich jemand mit Skalpell und hat mühsam an einem Negativ gearbeitet. Digitale Bildverarbeitung hat das vereinfacht und mit KI ging das noch einen Schritt schneller. Wir haben ein System, dass selbst lernt und trainiert. Mittlerweile ist es so perfektioniert, dass wir das in Echtzeit machen können.«

»Könntest du das auch Live demonstrieren?«

Irina horchte auf. Dass die Frage kommen würde, war sicher.

»Im Nachgang zum Staffelfinale von ›Zehn kleine Prominente gingen in den Dschungel‹ werden wir eine Präsentation geben.«

»Ich höre gerade, dass unsere Zeit vorbei ist. Max, ich danke dir für deine Zeit und deine Antworten!«

»Aber gerne doch. Ich bedanke mich für die Einladung und bitte daran denken: Schaltet heute Abend ein!«

»Die plumpe Werbung für den Fremdsender lasse ich mal unkommentiert«, lachte Jessica.

43
Livestream - Smaragdküste

Die Teilnehmer saßen auf den Proviantkisten und aßen ihre kargen Rationen.

Einer der Wächter ging mit einem Koffer von Person zu Person und tauschte die keinen Actionkameras aus.

»Was ich mir wünschen würde«, unterbrach Sarah die Stille, »sind Akkus, die länger halten.«

»Ich weiß, was du meinst«, sagte Stefan. »Wenn du mit voller Auflösung und einer ordentlichen Framerate aufzeichnen willst, frisst das den Akku auf.«

»Geht es noch?«, fragte Nina. »Drei Menschen sind tot und ihr unterhaltet euch über Akkulaufzeiten?«

»Was willst du sonst machen?«, reagierte Stefan. »Stumm hier sitzen und warten?«

»Jeder von uns könnte der Nächste sein«, schrie Nina ihn an. »Aber SurvivalStefan macht sich da keine Gedanken. Er hat ja die besten Voraussetzungen zu überleben. Nicht so wie die anderen.«

»Du bist doch auch eine Kämpferin«, sagte Stefan. »Und was lässt dich glauben, dass ich bessere Chancen hätte als jeder andere hier?«

»Na du weißt, was man hier essen und trinken kann.« Langsam beruhigte sie sich. »Das hast du uns allen voraus.«

»Menschen können mehrere Tage ohne Nahrung überleben«, erklärte er. »Der Hunger ist nur in den ersten Tagen störend.«

»Ist klar«, giftete Nina. »Und das Curvy Modell hat ja genügend Fettreserven.«

Sie griff sich in die Seiten, um ihren Worten Nachdruck zu geben.

»Wir haben mit heute acht Tage vor uns«, sagte Stefan. »Keiner von uns wird in der Zeit verhungern.«

»Wenn es denn noch acht Tage sind«, meldete sich Kim.

»Wie kommst du darauf?«, fragte Nina.

»Eigentlich war doch geplant, dass wir bei jeder Prüfung einen Kandidaten verlieren«, sagte Kim. »Gestern waren es zwei und es hätten sogar noch mehr sein können.«

»Also gelten alle Regeln nicht mehr?«, fragte Nina.

»Jemand anders entscheidet über die Regeln«, antwortete Kim.

Der Oberwächter betrat die Lichtung und zog die Blicke aller Kandidaten auf sich.

»In fünfzehn Minuten geht es los. Einpacken!«

»Was ist mit den Sachen von Jan und Sophia?«, fragte Fabian.

Der Oberwächter verließ die Lichtung wieder und Fabian blieb ohne Antwort zurück.

»Sehr gesprächig ist der nicht«, kommentierte Fabian. »Und ich mag seinen Humor nicht.«

Sein geschwollenes Auge hatte sich über Nacht blaurot gefärbt und mit den Wunden an Lippe, Augenbrauen und dem herausgeschlagenen Zahn sah er nach der Schlägerei aus, die er gehabt hatte. Alle legten die Planen zusammen und verpackten die wenigen Sachen in ihre Rucksäcke. Vom Proviant war nichts übrig und auch die Wasserflaschen waren fast leer.

»Ich will nach Hause«, heulte Claudia.

Francesca nahm sie in den Arm.

»Das wollen wir alle.«

Gerade als sie fertig mit dem Packen waren, kehrte der Oberwächter zurück.

»Als ob der uns beobachtet«, flüsterte Sarah.

»Genügend Kameras sind vorhanden«, sagte Stefan. »Aber man neigt dazu, sie zu vergessen.«

»Abmarsch!«, befahl der Oberwächter und lief los.

Hastig folgten ihm die Kandidaten, die anderen Wächter folgten ihnen.

»Das ist zu schnell«, beschwerte sich Francesca. »Ich kann kaum noch.«

»Möchte die Prinzessin lieber allein zurückbleiben?«, fragte der Oberwächter. »Und schon vor dem Antreten zur Herausforderung ausscheiden?«

»Na der könnte auch als Motivationstrainer oder Animateur in einem All-Inclusive Club arbeiten«, sagte Fabian.

»Halt doch einfach mal dein Maul«, sagte Claudia genervt.

»Warum sollte ich das?«, konterte Fabian.

»Weil du uns allen auf den Sack gehst«, reagierte Kim.

»Lustig, dass du das sagst«, konnte sich Fabian eine Spitze nicht verkneifen.

»Wirklich kreativ bist du nicht«, sagte Kim. »Solche Witze habe ich bisher noch nie gehört. Aber vielleicht bist du ja so, weil du dich selbst im falschen Körper fühlst?«

Fabians Kopf fuhr abrupt zu Kim herum.

»Das ist der größte Schwachsinn, den ich je gehört habe!«

»Ach ja?«, sagte Kim. »Und warum interessiert dich mein Geschlecht so sehr?«

»Na deine Karriere beruht doch auf deiner Umwandlung. Wenn du nicht willst, dass man darüber redet, warum bist du dann hier? Für ›Mein Geschlecht geht nur mich etwas an‹ bist du zu öffentlich!«

»Es geht mir um Akzeptanz«, sagte Kim. »Und ja, ich mache das öffentlich, weil es genügend Menschen gibt, die im falschen Körper sind und das nicht verstehen.«

»Und wenn du denen vorlebst, dass man mal eben das Geschlecht wie Unterhosen wechseln kann, wird es besser?«

»Man macht das nicht mal eben«, erklärte Kim. »Das ist doch keine spontane Entscheidung.«

»Früher gab es das nicht«, befand Fabian.

»Nur weil du es nicht mitbekommen hast, bedeutet es nicht, dass es das nicht gab«, konterte Kim.

44
Livestream - Smaragdküste

»Fabian geht mir echt auf den Sack«, sagte Francesca.

»Kann ich verstehen«, erwiderte Claudia. »Früher war er unkomplizierter.«

»Du hattest wirklich mal etwas mit ihm?«

»Ja«, antwortete Claudia. »Vor Jahrzehnten. Da warst du noch nicht einmal geboren.«

»Wie fällt man auf so ein Arschloch herein?«, fragte Francesca.

»Wie gesagt, er war unkomplizierter. Charmanter. Weniger zynisch.«

»Darf ich dich etwas fragen?«

»Schieß los«, sagte Claudia.

»Ab wann ging das los, dass man dich fast nur noch für Rollen als Mutter gecastet hat?«

»Ich glaube, da hast du noch ein paar Jahre Zeit«, antwortete Claudia. »Aber es geschah plötzlich. Zwar nicht genau in meinem dreißigsten Jahr, aber ich merkte schon deutlich, dass jüngere Schauspielerinnen nachrückten und plötzlich waren vier von fünf Rollen nur noch Mütter.«

»War das die Zeit, in der du dich das zweite Mal für den Playboy ausgezogen hast?«

Claudia nickte.

»Ja. Ich wollte zeigen, dass ich auch jenseits der Dreißig noch erotisch sein kann.«

»Aber gebracht hat es nichts?«, fragte Francesca.

»Einen kurzen Schub an Popularität, einige Liebesbriefe und ein paar Schwanzfotos. Nicht über das Smartphone. Echte Fotos, mit der Post verschickt«, antwortete Claudia. »Und dann hat es nicht lange gedauert und auf einmal habe ich die erste Rolle als Großmutter angeboten bekommen. Ich habe abgelehnt und habe mich eine Woche daheim eingesperrt und geheult.«

»Schneller!«, befahl der Oberwächter. »Wir haben einen Zeitplan einzuhalten!«

»Dem würde ich gerne meine Stilettos in den Hals rammen!«, giftete Francesca.

»Kann ich verstehen«, grinste Claudia.

»Glaubst du, wir kommen wieder nach Hause?«, fragte Francesca.

Claudia wartete lange mit einer Antwort.

»Ich weiß es nicht. Ich hoffe es. Ich wünsche mir so sehr, meine Kinder und Enkel wiederzusehen.«

45
Max Bauers Büro in der Senderzentrale Köln

Das Telefon auf seinem Schreibtisch klingelte und Max sah es verwundert an. Meistens wurde er über sein Mobiltelefon angerufen und der Tischapparat war ein Anachronismus, den er eigentlich schon längst aus seinem Büro haben wollte.

Das Display zeigte ihm, dass er aus dem Vorzimmer angerufen wurde. Irina. Er nahm ab und fragte sich, wieso sie nicht einfach zu ihm ins Büro kam.

»Ja?«

»Die Polizei ist mit zwei Leuten da und gerade im Fahrstuhl nach oben«, kündigte sie an.

»Und was wollen die von mir?«, fragte er genervt.

»Was wohl«, sagte Irina. »Sie haben Fragen zu Meyer, Brandt und Lehmann.«

»Hat denen unser Video nicht gereicht?«, wunderte sich Max.

»Nicht jeder ist deinem Charme verfallen«, erklärte Irina. »Du hast mindestens so viele Gegner wie Bewunderer.«

»Ja«, nickte Max. »Das ist das Schicksal großer Männer. Bring sie einfach herein, wenn sie da sind.«

Er legte auf, stand vom Schreibtisch auf und ging zur großen Glasfront, die einen postkartenähnlichen Blick auf die Hohenzollernbrücke und den Dom auf der anderen Rheinseite erlaubte. Dort versuchte er sich in mehreren Posen, ging dann aber wieder zurück zum Schreibtisch, setzte sich und tat so, als ob er sich durch seine Dokumentenmappe arbeitete.

Es dauerte nicht lange, bis die Tür aufging und Irina einen Mann und eine Frau in sein Büro führte. Beide waren sportlich, er hatte kurze dunkle Haare und Max schätzte ihn auf etwa fünfzig Jahre. Sie hatte über die Schultern fallendes, rotes gelocktes Haar und war vermutlich Mitte dreißig. Der Blick von Irina riss ihn aus seinen Gedanken, offensichtlich hatte sie bemerkt, wie er die Polizistin gemustert hatte.

»Guten Tag«, begrüßte er die beiden. »Max Bauer. Mit wem habe ich die Ehre?«

»Hallo, Herr Bauer«, sagte der Mann. »Das ist meine Kollegin, Kriminalkommissarin Schmidt, ich bin Kriminaloberkommissar Müller. Wir hätten ein paar Fragen zu Ihrer Sendung und den Verbleib von Kandidaten.«

»Setzen Sie sich bitte.« Max deutete auf eine Sitzgruppe vor dem großen Fenster und stellte sich zunächst hinter den Stuhl, auf dem er den Blick nach draußen im Rücken hatte. »Darf ich Ihnen etwas zu trinken anbieten?«

Schmidt setze sich auf den linken Sessel, Müller auf den rechten.

»Einen Kaffee bitte«, bat die Polizistin.

»Für mich nichts«, sagte Müller.

»Bringst du mir bitte auch einen Kaffee?«, sagte er zu Irina, die kurz nickte und dann das Büro verließ.

»Womit kann ich Ihnen helfen?« Er setzte sich und bemerkte mit Genugtuung, dass beide vom Ausblick beeindruckt waren.

»Wir haben eine Vermisstenmeldung zu Herrn Michael Meyer erhalten«, erklärte Müller. »Und ehrlich gesagt, bin ich überrascht, dass wir direkt mit Ihnen sprechen.«

»Wir haben ja nichts zu verbergen«, erklärte Max. »Herr Meyer ist aktuell Teil einer Produktion unseres Senders in Smaragdküste.«

»Das wurde uns auch mitgeteilt«, sagte Müller. »Aber die Person, die die Meldung gemacht hat, hat sich beschwert, sie könne ihn nicht kontaktieren.«

»Das wundert mich ehrlich gesagt nicht«, sagte Max. »Bis zum Ende der Aufzeichnung haben unsere Prominente eine vertragliche Kontaktsperre.«

»Das wurde uns auch schon gesagt«, meldete sich nun die Polizistin. »Sie werden aber verstehen, dass sich Verwandte aufgrund der von Ihrem Sender ausgestrahlten Bilder Sorgen machen.«

»Natürlich können wir das verstehen«, sagte Max. »Vielleicht können wir ein vertrauliches Telefonat arrangieren? Sie verstehen doch sicherlich, dass es bei der Produktion auch um viel Geld geht.«

Die beiden sahen sich kurz an und Müller nickte.

»Könnten wir das sofort hinbekommen?«, fragte er.

In dem Moment kam Irina mit einem Tablet mit einer Thermoskanne Kaffee und mehreren Tassen wieder herein. Sie stellte sie auf den Tisch, schenkte eine Tasse für die Kommissarin und eine für Max ein.

»Danke«, sagte Schmidt und beugte sich nach vorne, um die Tasse zu nehmen.

»Danke Irina«, sagte Max. »Kannst du bitte ein Telefonat mit Meyer arrangieren? Vielleicht sogar eine Videokonferenz?«

»Wir dachten eigentlich eher an einen Kontakt zwischen dem Verwandten und Herrn Meyer«, erklärte Schmidt.

»Das können wir auch arrangieren«, sagte Max. »Ich habe gerne Sachen schnell erledigt, dann beschäftigen sie einen nicht mehr.«

»Vielleicht können wir das dann gleich machen«, überlegte Müller laut. »Dann können wir Entwarnung geben.«

»Ich kümmere mich darum«, meldete sich Irina, bevor es weiter Einwände geben konnte. »Bin gleich wieder da.«

Wieder verließ sie das Büro und deutete auf den großen Bildschirm an der einen Wand, unter dem eine Konferenz angebracht war. Max verstand den Hinweis, nahm die Fernbedienung vom Tisch, aktivierte das System und kramte Tastatur und eine Maus aus einem Fach.

»Wo befinden sich denn die Kandidaten, die aus der Show ausgeschieden sind?«, fragte Schmidt.

»Wir haben da ein Ressort direkt an der Küste«, antwortete Max. »Dort waren die Kandidaten vor der Sendung zum Akklimatisieren und die Kandidaten, die herausgeflogen sind, haben den Vorteil einen längeren Luxus eines All-Inclusive Aufenthalts dort.«

»Bekommen diese Kandidaten auch weniger Gage?«, fragte Müller.

Max lächelte.

»Das sind ja eigentlich Vertragsinterna, die wir nicht so gerne preisgeben«, sagte er. »Aber ich denke, der Polizei kann ich da wohl vertrauen.«

Er machte eine kurze Pause.

»Die Gage der verschiedenen Kandidaten richtet sich natürlich nach deren Bekanntheit in unseren verschiedenen Zielgruppen.«

»Warum verschiedene Zielgruppen?«, wollte Schmidt wissen.

»Wir haben einmal das klassische lineare TV-Programm, das eine andere Zuschauerstruktur wie unser Streamingdienst oder fremde Streaming-Plattformen hat«, erklärte er. »Und so viel darf ich Ihnen zumindest sagen. An der Stelle gibt es einige Überraschungen, in der die Influencer wesentlich besser dastehen als vermeintlich ›normale‹ Prominente.«

»Ja«, nickte Müller. »Wir hatten einen Fall mit einer prominenten Influencerin und dadurch einen Einblick bekommen. Sehr aufwändig, aber teilweise auch extrem gut bezahlt.«

»Es gibt dann noch verschiedene Schlüssel: Antreten der Show ergibt den Grundbetrag und jeder weitere Tag in der Sendung erhöht die Gage«, sagte Max.

Ohne Klopfen kam Irina zurück.

»Auf der Eins«, kommentierte sie und stellte sich hinter Max.

Der wechselte die Anzeige auf einen Rechner mit Fernzugriff und in einer Videokonferenz sahen sie Michael Meyer, der - vermutlich mit einem Smartphone - an einem Pool saß.

»Hallo, Michael«, begrüßte Max. »Ich hoffe, du erholst dich gut auf meine Kosten!«

Sein Gegenüber lachte.

»Vertrag ist Vertrag«, antwortete er. »Irina hat erzählt, du hast Besuch?«

»Ich darf dir Frau Schmidt und Herrn Müller von der Kripo Köln vorstellen«, sagte Max. »Die ermitteln in einer Vermisstensache.«

»Hallo, Herr Meyer«, meldete sich Müller. »Wir haben eine Vermisstenmeldung erhalten und gehen der nur nach.«

»Ist das denn üblich?«, fragte Meyer. »Man weiß doch, wo ich bin?«

»Tatsächlich werden wir erst nach mehreren Tagen aktiv«, bestätigte Schmidt. »Erwachsene Menschen genießen schließlich Freizügigkeit und sind niemandem Auskunft schuldig. Die drastischen Bilder von vorgestern Abend haben aber Fragen aufgeworfen.«

»Ich habe die Aufnahmen gesehen«, sagte Meyer. »Und glauben Sie mir, der freie Fall ins Netz wäre eigentlich schon spektakulär genug. Die Aufnahmen meines Absturz sind der Hammer. Ich vermute, dass meine politischen Gegner applaudiert haben.«

»Die interessieren uns ehrlich gesagt nicht«, reagierte Schmidt etwas schroff. »Sie müssen zugeben, dass die Aufnahmen auf Ihre Freunde und Verwandte verstörend wirken müssen.«

»Die wissen doch alle, dass ich in einer Show bin«, wiegelte Meyer ab. »Richten Sie denen bitte aus, dass es mir gut geht. Oder zumindest der Person, die die Meldung gemacht hat.«

»Könnten Sie das nicht selbst machen?«, fragte Müller. »Das würde beruhigender wirken.«

»Ich weiß nicht«, grübelte Meyer. »Max, darf ich das? Der Vertrag untersagt mir den Kontakt bis zum Staffelfinale.«

Max wartete eine Weile, bevor er antwortete.

»Ich überlasse die Entscheidung dir«, sagte er schließlich.

»Ehrlich gesagt, fühle ich mich hier gerade wohl und möchte mit niemandem reden«, sagte er.

»Ich fände es gut, wenn Sie sich das nochmal überlegen«, versuchte Schmidt dem Politiker ins Gewissen zu reden.

»Ich schlafe mal drüber und lasse Ihnen eine Nachricht zukommen«, sagte Meyer. »Max, du kannst das doch bestimmt weiterleiten. Oder, wie ich dich kenne, weiterleiten lassen.«

Müller holte eine Visitenkarte aus seiner Hemdtasche und gab sie Max.

»Dort können Sie mich erreichen.«

»Ich werde jetzt mal den Pool genießen«, verabschiedete sich Meyer. »Bis bald.«

Die Verbindung wurde beendet und die Polizisten standen auf.

»Danke für Ihre Hilfe«, sagte Müller. »Ich hoffe, dass Meyer sich melden wird.«

»Ehrlich gesagt«, grübelte Max, »ist er ein seltsamer Typ. Ich würde nicht damit rechnen. Irina, führst du Kriminalkommissarin Schmidt und Kriminaloberkommissar Müller bitte heraus?«

Er wartete, bis die Polizisten das Büro verlassen hatten, schaltete den Monitor ab und setzte sich wieder an den Schreibtisch. Innerlich beglückwünschte er sich einerseits zu seiner schauspielerischen Leistung und andererseits zum geglückten Videocall.

Kurze Zeit später betrat Irina wieder das Büro.

»Das lief doch gut«, kommentierte Max. »Die haben den Braten geschluckt.«

»Ich muss zugeben, dass das Bild perfekt war«, gestand Irina. »Ich hatte Befürchtungen, dass es zu künstlich wirken würde.«

»Es wurde ja nur der Kopf und das Gesicht bearbeitet«, erklärte Max. »In ein paar Jahren werden wir wirklich ganze Filmaufnahmen in Echtzeit manipulieren können.«

46
Livestream - Smaragdküste

»Über was denkst du nach?« Nina lief neben SurvivalStefan, der sehr konzentriert wirkte.

»Wie wir hier herauskommen.«

»Und? Hast du schon eine Idee?«

»Mit uns allen?« Er drehte sich um und schaute nach dem Rest der Gruppe, der hinter ihnen lief. »Nein. Da fehlt Wissen und Kondition. Tatsächlich traue ich das im Moment außer mir nur noch Sarah zu.«

»SparkleSarah?« Nina war sichtlich überrascht.

»Du hast dich nicht gut auf die Sendung vorbereitet, oder?«, tadelte Stefan.

»Influencerin. Mode. Schmuck«, zählte Nina auf. »Halt lauter Tussikram.«

»SparkleSarah könnte auch einen YouTube-Kanal CamouflageSarah starten«, erzählte Stefan. »Ihr Vater ist oder war Soldat und sie hat da einige Survivaldinge gelernt. Die kann sicher zwei Wochen in der Wildnis leben.«

»Zumindest bei uns in Deutschland könnte sie das«, fügte er nach kurzem Überlegen hinzu. »Aber diese Kenntnisse helfen ihr auch hier. Oder hätten ihr geholfen, wenn hier alles normal gelaufen wäre.«

Nun war es Nina, die sich umdrehte und Sarah musterte.

»Okay. Ich muss zugeben, dass ich da meine Hausaufgaben nicht gemacht habe.«

»So oder so«, sagte Stefan. »Auch wenn mir mit ihr eine Flucht gelingen würde, wären da immer noch ihr und noch andere Geiseln. Das Problem würde sich nur verschieben.«

Nina machte ein ernstes Gesicht.

»Und wenn es um dein eigenes Überleben geht?«

»Lass uns das Thema wechseln«, bat er. »Erzähle mal, wie du dich vorbereitet hast.«

»Fitnesstraining«, fing Nina an. »Und einen Survivalkurs.«

Er sah sie fragend an.

»Ein persönlicher Trainer für beides«, erklärte sie. »Zu kurz. Ich hätte das über einen längeren Zeitraum verteilen sollen, dann wäre vermutlich mehr hängengeblieben.«

»Ja«, sagte er. »Crashkurse sind für einen Einstieg gut, aber man muss es auch wiederholen.«

»Vor allem war ich nicht wirklich draußen«, gestand sie. »Übernachtet habe ich im komfortablen Hotel und tagsüber waren wir im Wald.«

»Das nächste Mal buchst du einen Kurs bei mir«, schlug er vor.

Sie lächelte.

»Danke.«

»Für was?«, wunderte sich Stefan.

»Du machst dir Gedanken über ein nächstes Mal«, sagte sie. »Damit zeigst du mir, dass du zuversichtlich bist, dass wir wieder nach Hause kommen.«

»Ich habe vor Jahren eine Dokumentation gesehen«, fing Stefan an, »in der ging es um sieben Babys, die in einem KZ geboren wurden und die mit ihren Müttern überlebt haben.«

Er schluckte kurz.

»Und ich glaube, wenn es an einem Ort wie einem Konzentrationslager Hoffnung gab, dann gibt es die überall.«

»Das wusste ich nicht«, sagte Nina, sichtlich berührt.

»Ich glaube, es gibt viele solcher Geschichten«, sagte Stefan, »in denen Menschen durch Extremsituationen gegangen sind und es, entgegen aller Widrigkeiten, doch geschafft haben, Mut zu fassen und zu überleben.«

»Pause«, verkündete der Oberwächter.

An der Stelle kreuzten sich zwei Wege und erschöpft legten alle Kandidaten ihre Rucksäcke ab.

»Mein Wasser ist leer«, beschwerte sich Fabian.

»Besorg' dir Neues«, antwortete der Oberwächter kurz und knapp.

Stefan sah sich erst um und hielt dann eine Hand an ein Ohr, um besser hören zu können.

»Da drüben muss ein Bach oder Fluss sein«, stellte er fest. »Können wir uns dort Wasser besorgen?«

Der Oberwächter winkte ihm nur zu und gemeinsam mit den anderen sechs Kandidaten ging Stefan in die Richtung, in der er den Bach vermutete. Mindestens fünf Drohnen flogen direkt um sie herum und weitere waren über den Baumwipfeln und zeigten immer wieder Bilder aus der Luft. Sie erreichten einen Bach, der über eine natürliche Steintreppe einige kleine Wasserfälle bildete, und sofort rannten fast alle mit ihren Flaschen zu einem der Wasserfälle.

»Stopp!«, rief Stefan. »Dort entnehmen wir kein Wasser. Auch wenn es klar ist. Aber solange wir es nicht abkochen können, sollten wir es zumindest noch filtern.«

»Und wie?«, fragte Fabian genervt.

»Wir graben Löcher neben dem Bach und warten, bis dort Wasser eingesickert ist«, erklärte Sarah.

Einige schauten sie überrascht an und dann Stefan. Der grinste und nickte.

»Ihr habt sie gehört«, sagte er. »Warten, bis das Wasser einsickert und sich der Schlamm ein wenig abgesetzt hat.«

Mit Händen grub jeder ein kleines Loch und während sie darauf warteten, dass sie sich mit Wasser füllten, nutzten sie die Gelegenheit, sich im Bach zu waschen.

»Eine warme Dusche wäre großartig!«, schwärmte Kim.

»Und danach ein leckeres Steak«, fantasierte Fabian.

»Wir sollten noch ein paar Früchte sammeln«, schlug Sarah vor. »Da drüben stehen Bananen.«

Nina, Sarah und Francesca gingen direkt zu den Pflanzen, ernteten Früchte und fingen direkt an, sie zu essen. Zurück bei der Gruppe verteilten sie sie an die anderen und jeder füllte seine Flasche.

»Wäre das jetzt nicht eine Gelegenheit zu fliehen?«, flüsterte Sarah Stefan zu.

Der nickte in Richtung der Drohnen über ihnen.

»Außerdem bin ich sicher«, ergänzte er, »dass unsere Aufpasser sich sicher sind, dass wir hier nicht weit kommen. Sonst wären welche von ihnen bei uns.«

Wie auf Kommando erschien einer der Wächter zwischen den Bäumen.

»Zurück!«, befahl er in einem gebrochenem Deutsch. »Zurück!«

Widerwillig folgten sich die Prominenten der Aufforderung.

47
Max Bauers Büro in der Senderzentrale Köln

Max konnte Roland Huber nicht leiden.

Der schmierige Anwalt machte sich auf seinem Lieblingsplatz in der Sitzgruppe breit, sodass Max selbst durch das Licht geblendet wurde, das durch das große Fenster hineinfiel.

»Das mit der Polizei war dumm von dir«, urteilte der Jurist. »Das können die gegen dich verwenden.«

»Ach komm«, sagte Max. »Da wird sich doch was mit ›Ich war in einer Notsituation. Meine Mitarbeiter waren Geiseln‹ machen lassen. Oder nicht?«

»Trotzdem hast du mit dem Videocall die Polizei sehr bewusst getäuscht«, sagte Huber. »Es wäre besser gewesen zu gestehen, dass ihr keine Verbindung aufbauen könnt.«

»Während wir live aus dem Urwald in Ultra HD streamen?«, zweifelte Max. »Nein. Das hätten die mir nicht abgenommen.«

»Wie oft hast du WLAN-Abbrüche hier in deinem Gebäude?«, fragte der Anwalt. »Und ich bin mir sicher, dass du die modernste Technik installiert hast.«

Er nahm einen Schluck des guten irischen Whiskeys. Max hatte schon überlegt, einfach Jack Daniels in die Kristallflasche zu füllen, weil er das gute Zeug nicht verschwenden wollte, aber Huber war genauso überraschend gekommen wie einige Stunden vorher die Kriminalpolizei.

»Mein Ratschlag ist einfach«, erklärte der Anwalt. »Du hast doch deinen persönlichen Kontakt beim Auswärtigen Amt. Melde dich bei dem und schenke ihm reinen Wein ein.«

»Und dann?«, fragte Max genervt. »Dann setzen die doch sofort die Sendung ab. Das ist nicht in meinem Interesse.«

Huber musterte ihn eine Weile.

»Ich gehe jetzt mal davon aus, dass deine Sorge dem Wohlbefinden deiner Kandidaten und Mitarbeiter gilt.«

»Natürlich«, sagte Max schroff.

»Je später du die Behörden ins Boot holst, desto schwieriger wird es für dich, da ohne Konsequenzen herauszukommen.«

Der Anwalt griff nach der Flasche und füllte sein Glas bis zur Hälfte.

»Eiswürfel hast du doch bestimmt auch?«

»Du bist ein Banause. Das ist kein Jackies!«

»Ist ja schon gut«, grinste Huber. »Was machen denn deine Kontakte in Smaragdküste?«

»Die sind mir keine große Hilfe«, gestand Max. »Mein Mann in der Regierung ist das Geld nicht wert, dass ich ihm bezahle, mein Mann beim Militär gibt mir zumindest wertvolle Hinweise und Warnungen. Dann habe ich da noch den Söldner, der mit ein paar Leuten bereit für eine Befreiungsaktion wäre, aber wir wissen ja nicht mal, wo unsere Leute stecken.«

»Was mich wundert«, sagte der Anwalt, »ist, dass die Entführer einerseits eure Ausrüstung übernommen haben und auch die gleichen Prüfungen haben. Liegt es nicht nahe, dass die eure Locations nutzen?«

»Wir hatten mehrere Location-Manager die in Smaragdküste unterwegs waren«, erklärte Max. »die Fotos, die ich gesehen habe, waren austauschbar.«

»Aber die Schlucht muss doch jemand erkannt haben«, stocherte Huber nach. »Kannst du da nicht deine KI darauf ansetzen?«

»Ich gebe das mal dem Team«, versprach Max. »Vielleicht bekommen die etwas heraus.«

Er nahm sein Tablet, verfasste eine E-Mail und legte es dann wieder zur Seite.

»Meinst du, man wird mit Schadenersatzforderungen auf uns zukommen?«, fragte er.

Huber runzelte die Stirn.

»Wegen der Toten?«

Max nickte.

»Für Smaragdküste gibt es keine Reisewarnung und du hast in den Verträgen entsprechende Gefahrenhinweise«, fasste Huber zusammen. »Und Terrorismus sollte als höhere Gewalt eingestuft werden.«

»Könnte jemand auf die Idee kommen«, setzte Max nach, »dass ich nicht genug für die Sicherheit getan habe und mehr Security engagieren hätte sollen?«

»Da solltest du dir weniger Gedanken darüber machen als über dein Schauspiel vor der Polizei heute«, urteilte Huber.

Er stand auf, nicht ohne sich den guten Tropfen auf Ex in den Rachen zu gießen.

»Je mehr Tote es gibt, desto schwieriger wird es sein zu erklären, dass du dich nicht bei den Behörden gemeldet hast«, sagte er. »Und wie ich die Situation sehe, wird - wenn überhaupt - nur einer deiner Promis überleben.«

48
Livestream - Smaragdküste

»Ich habe dich unterschätzt«, gestand Nina.

»Hast du das?«, antwortete Sarah.

Die Gruppe war wieder unterwegs. Die Wächter hatten sie vom Hauptweg weggeführt und es ging mitten durch den Urwald.

»Ja«, sagte Nina. »Insgesamt habe ich mich zu wenig vorbereitet. Stefan hat mir erklärt, dass du nicht nur so ein Modepüppchen bist.«

»Dabei verheimliche ich das gar nicht«, grinste Sarah.

»Mir war entgangen, dass du auch Survival-Kenntnisse hast.«

»Vielleicht eher Outdoor«, sagte Sarah. »Aber ich weiß von dir auch nur das, was man so generell mitbekommt. Und deinen Wikipedia-Eintrag habe ich gelesen.«

»Ich muss auch gestehen, dass ich in erster Linie Francesca und dich als Konkurrentinnen angesehen habe. Und Sophia.«

»Warum?«, fragte Sarah.

»Ich habe die Erfahrung der Castingshow hinter mir und weiß, wie wichtig das gesamte Auftreten ist. Gut singen können allein reicht da nicht. Und auch hier geht es den Zuschauern um viel mehr. Und was gerne gesehen wird, sind kleine Romanzen.«

»Und du würdest dich deswegen an einen der Kerle heranschmeißen?« Sarah wirkte skeptisch.

»Ich ging davon aus, dass du und Francesca das machen würdet«, sagte Nina. »Zumal die Auswahl an attraktiven Kerlen ja recht eingeschränkt war.«

»Das hat doch aber beim richtigen Dschungelcamp auch niemandem geholfen«, wunderte sich Sarah.

»Es hätte Sendezeit und Zuschauergunst gebracht.«

»Oder Hohn und Spott«, überlegte Sarah. »Ich frage mich, ob sich die Kerle die gleichen Gedanken gemacht haben?«

»Zumindest bei Jan bin ich fest davon überzeugt«, sagte Nina. »Das ist ja quasi das Format, das er ohnehin die ganze Zeit schon bedient.«

»Wir sind nicht mehr im Urwald«, stellte Sarah fest. »Das sind alles Kakaopflanzen!«

»Dann sind wir auf einer Plantage«, überlegte Nina. »Und Hilfe ist vielleicht nah.«

Sie erreichten eine kleine Lehmhütte, vor der ein schlicht gekleideter Mann stand und sie neugierig musterte.

»Help us!«, rief Claudia. »We are hostages!«

Irritiert sah der Mann sie an. Als der Oberwächter auf ihn zuging, kniete er sich sofort hin.

»Please! No! I …«

Er verstummte, als der Oberwächter die Pistole auf seine Stirn richtete.

»Claudia Hartmann«, rief der Oberwächter. »Dieser Mann stirbt, wegen dir.«

»Nein!«, schrie Claudia, da ertönte der Schuss und der Mann fiel tot nach hinten.

»Wir gehen jetzt weiter«, kündigte der Oberwächter an. »Und wir sprechen niemanden an. Habt ihr das verstanden?«

Geschockt betrachtete die ganze Gruppe den toten Mann, der nichts getan hatte, außer zur falschen Zeit am falschen Ort gewesen zu sein.

»Und schaut ihn euch genau an«, befahl der Oberwächter. »So geht es jedem, der euch hilft!«

»Es überrascht mich nicht«, flüsterte Stefan zu Nina. »Aber es erschwert jede Fluchtplanung. Zumal wir schlimmstenfalls auch nicht wissen, ob jemand, den wir um Hilfe bitten, nicht mit unseren Entführern unter einer Decke steckt.«

49
Kantine Sendezentrale Köln

Eigentlich mochte Max die Kantine nicht. Das Essen selbst war gut und die Investition zahlte sich mehrfach durch zufriedene Mitarbeiter aus, aber er selbst mochte nicht mit dem Fußvolk essen. Er wusste aber um die Wirkung, wenn er sich unter sie begab, und genoss die Bewunderung und Dankbarkeit, die ihm entgegengebracht wurden.

Die Nachricht, dass die Terroristen einen Einheimischen umgebracht hatten und der Livestream es in der ganzen Welt verteilt hatte, ließ ihn kalt. Der Mann wäre vermutlich ohnehin bei irgendwelchen Rebellenkämpfen umgekommen und so sorgte er wenigstens für Diskussionen rund um ›Zehn kleine Prominente gingen in den Dschungel …‹.

Max hatte sich einen großen Salatteller geholt und an einen Tisch am Fenster gesetzt. Aus den Augenwinkeln beobachtete er, wie seine Mitarbeiter so taten, als ob sie ihn nicht sehen würden.

»Herr Bauer?«, wurde Max aus seinen Gedanken gerissen.

Er drehte sich um und da stand der Kameramann, der ihn gestern genervt hatte.

»Hallo«, sagte Max freundlich. »Was kann ich für Sie tun? Ich muss leider gestehen, dass mir Ihr Name entgangen ist.«

»Ulli Bender«, stellte sich der Mann vor und hatte damit, ohne es zu wissen, seine Versetzung beschleunigt. »Darf ich mich setzen?«

»Aber klar doch.« Max deutete auf die freien Plätze an seinem Tisch.

An den Nachbartischen sah er die Gesichtsausdrücke der anderen Mitarbeiter und ihm war klar, dass jeder von ihnen sich darüber ärgerte, nicht selbst an seinen Tisch gekommen zu sein.

»Ulli ist vermutlich kurz für Ulrich?«, fragte Max.

»Nein für Ulla«, antwortete Bender. Nach einer Pause fügte er hinzu: »Nein, Spaß. Entschuldigen Sie bitte. Natürlich steht es für Ulrich.«

Max schmunzelte und musste dem Mann Mut zugestehen. Oder Leichtsinnigkeit.

»Ich hatte Sie gestern ja auf die Filmaufnahmen angesprochen und habe sie intensiv untersucht«, erklärte der Mann. »Ich bin mir sicher, dass diese Aufnahmen nicht manipuliert sind.«

»Wollen Sie damit sagen, dass Michael Meyer wirklich in eine Schlucht gefallen ist?«, fragte Max und überlegte gleichzeitig, wie er den Mann von seiner Neugierde abbringen konnte. »Ich habe gerade heute erst mit ihm gesprochen.«

Das überraschte den Kameramann und brachte ihn zum Nachdenken.

»Dann müssen die mehr Möglichkeiten haben, als ich mir vorstellen kann«, sagte Bender.

»Wen meinen Sie?«, fragte Max.

Dieses Mal interessierte ihn die Antwort wirklich.

»Ich weiß nicht, was da gerade passiert«, erklärte Bender, »aber jemand manipuliert ganz massiv und versucht auch Sie hinters Licht zu führen.«

So viel Scharfsinn, dachte Max, und so nah an der Realität, aber trotzdem weit weg.

»Ihnen mag jemand versprochen haben, dass er Bilder in Echtzeit manipulieren kann«, fuhr Bender fort. »Allerdings bin ich sicher, dass Ihnen da etwas versprochen wurde, was nicht geliefert werden konnte. Und mit dem Terroristending liefert das Skript die perfekte Umgebung.«

Max tat so, als ob er eine Weile nachdenken würde.

»Und die gleichen Leute haben mich bei der Videokonferenz mit Meyer übers Ohr gehauen?«, fragte er.

»Sie haben das Gespräch nicht zufällig aufgezeichnet?«, antwortete der Mann mit einer Gegenfrage. »Ich könnte mir das anschauen und sehen, ob ich da eine Manipulation entdecken kann.«

»Aber wenn man einen Videocall live manipulieren kann, wieso soll das nicht auch bei dem Fall funktionieren?«

»Beim Videocall haben Sie einen relativ festen Bildausschnitt und im Grunde nur wenige Sachen, die verändert werden müssen. Vielleicht haben Sie solche Clips schon im Netz gesehen, wo man Portraits von alten Bildern singen oder sprechen lässt.«

»Ja«, sagte Max, »die kenne ich.«

»Und die Aufnahmen von der Brücke sind aus mehreren Perspektiven und mit sich verändernden Bildausschnitten«, erklärte er weiter. »Das ist schwieriger anzupassen.«

»Warum kommen Sie damit zu mir?«, fragte Max. »Verstehen Sie mich nicht falsch. Ich bin dankbar für Ihre Hinweise. Aber müsste ich nicht einer der Hauptverdächtigen sein?«

»Sie haben so viel Gutes geschaffen«, sagte Bender. »Und ich kann mich auf meine Menschenkenntnis einfach verlassen.«

»Danke für Ihr Vertrauen«, reagierte Max. »Wie kann ich Sie unterstützen, mir zu helfen, die Wahrheit ans Licht zu bringen?«

»Ich hatte gehofft, dass sie das fragen würden«, sagte Bender erfreut. »Meine Idee wäre es, dass sie mir eine Aufnahme von dem zukommen lassen, was den echten Absturz zeigt. Ich würde das Material untersuchen und mich dann bei Ihnen melden.«

Max holte sein Smartphone aus der Tasche, öffnete seine Notizen-App und tippte.

»Ulrich Bender«, sagte er. »Ich kümmere mich darum, dass Sie die Aufnahmen bekommen.«

»Selbstverständlich bleibt das vertraulich unter uns«, flüsterte der Mann Max unnötigerweise zu. Die anderen saßen zu weit weg, um ihr Gespräch zu verfolgen. »Und ich melde mich, wenn ich ein Ergebnis habe. Soll ich mich direkt bei Ihnen melden?«

»Meine Assistentin wird Sie kontaktieren«, erklärte Max. »ihr können wir vertrauen und bei ihr können Sie sich melden.«

50
Livestream - Smaragdküste

Nach dem Vorfall trieben die Wächter die Gruppe noch mehr an. Sie hatten die Plantage verlassen und befanden sich wieder in unberührt wirkendem Urwald.

»Ob wir auch ohne Entführung so viel hätten laufen müssen?«, fragte Claudia.

»Zumindest nicht wesentlich weniger«, sagte Nina. »Aber die Verpflegung wäre gesichert gewesen.«

»Das macht Gespräche schwieriger«, sagte Claudia. »Und es wäre ja auch nicht im Sinne der Sendung gewesen.«

»Warum macht es Gespräche schwieriger?«, fragte Nina. »Wir reden doch auch gerade.«

»Mit etwas mehr freier Zeit würden sich auch mehr Gespräche ergeben«, erklärte Claudia.

»Oder die Leute würden einfach nur herumhängen und gar nichts tun«, sagte Nina.

Plötzlich brach Claudia in Tränen aus. Nina nahm sie in den Arm und die beiden Frauen hielten an.

»Ich wollte doch nicht, dass dem Mann etwas passiert«, wimmerte sie und war dabei kaum zu verstehen.

»WEITER!«, brüllte der Oberwächter.

Sarah stellte sich ihm entgegen.

»Sie mögen es ja gewohnt sein, einfach jemanden zu erschießen«, sagte sie. »Aber das geht längst nicht allen so.«

»Ihr seid alle so verweichlicht.« Der Mann spuckte vor Sarah auf den Boden. »Ihr habt keine Chance gegen uns!«

»Geben Sie uns nur etwas Zeit, bis sich der Schock gesetzt hat«, forderte Sarah.

Der Mann griff nach ihrem Zopf, zog sie herunter und zwang sie, auf die Knie zu gehen. Mit der anderen Hand holte er seine Waffe aus dem Holster und hielt sie vor ihren Mund.

»MACH DEN MUND AUF!«, schrie er sie an.

Sarah presste die Lippen zusammen und schüttelte den Kopf, zumindest soweit es sein Griff in ihren Haaren erlaubte.

»Mach. Deinen. Mund. Auf!«, wiederholte er.

Sie erwiderte provokativ seinen Blick, presste aber weiter die Lippen zusammen.

Dann ließ er ihre Haare los und ohrfeigte sie mit dem Rücken der Hand, die immer noch die Pistole hielt. Die Wucht ließ Sarah zur Seite fallen, sie fing sich aber auf und reckte ihm trotzig das Gesicht entgegen.

»Wir machen eine kurze Pause«, verkündete er laut. »Eure Tage sind ohnehin gezählt und ob ihr ein paar Minuten früher oder später auf die Schlachtbank kommt, ist egal.«

Dabei ließ er Sarah nicht aus den Augen und die beiden starren sich lange an. Ohne den Blick von ihr zu nehmen, deutete er auf drei Wächter, die sofort im Laufschritt zu ihm kamen.

»Zieht ihr die Schuhe und Socken aus«, befahl er. »Ab jetzt läuft sie barfuß.«

Bevor Sarah reagieren konnte, hatte einer der Männer sich hinter sie gekniet, unter ihren Armen durchgegriffen und seine Hände hinter ihrem Kopf verschränkt. Der zweite Wächter kniete sich auf ihre Oberschenkel und sie schrie vor Schmerzen. Verzweifelt versuchte sie, sich aus der Fixierung zu lösen, zappelte so gut es ging mit den Füßen, aber der dritte Wächter hielt demonstrativ die lange Klinge seines Buschmessers vor ihr Gesicht. Damit zertrennte er die Schnürsenkel ihrer Stiefel und bewegte sich nicht mehr. Nachdem er ihr die Schuhe ausgezogen und in hohem Bogen in den Wald geworfen hatte, zerschnitt sein Messer noch ihre Socken. Die Wächter stellten sich an ihre vorherigen Positionen zurück und erneut kam es zum Blickduell zwischen Sarah und dem Oberwächter.

»Du wirst ab jetzt wohl aufpassen müssen, wo du hintrittst«, sagte er.

»Mehr hast du nicht drauf?«, fragte sie aufsässig.

»Sarah«, sorgte sich Claudia. »Lass es gut sein!«

Der Oberwächter schaute Claudia an und nickte ihr zu.

»Deine aufmüpfige Mitspielerin hier hat gerade entschieden, dass du den restlichen Weg auch barfuß zurücklegen wirst.«

Verwirrt schaute Sarah von Claudia zum Oberwächter und zurück. Der gab wieder ein Signal an seine Männer und die bewegten sich auf Claudia zu.

»Du kannst sie doch nicht für mein Verhalten strafen!«, rief Sarah.

»Du siehst, dass ich es kann«, erklärte der Oberwächter. »Und wenn du jetzt nicht den Kopf senkst, werden alle barfuß laufen.«

Claudia winkte ab, setzte sich und zog sich Schuhe und Socken selbst aus. Sie warf Sarah einen Blick zu, der nicht vorwurfsvoll wirkte. Die anderen Kandidaten vermieden Blickkontakt mit Sarah, Claudia und dem Oberwächter.

Sarah senkte schließlich den Kopf und der Oberwächter legte seine Hand darauf.

»Es geht doch!«

51
Meetingraum neben dem Regieraum - Köln

»Wenn du mich fragst«, sagte Irina, »ist es eindeutig. Huber hat dir den entsprechenden Ratschlag gegeben, dieser Kameramann kratzt an der Wahrheit und du hast nicht nur die Wahrheit vor der Polizei verschwiegen, du hast ihnen ein Schauspiel geliefert.«

»Alles«, antwortete Max, »doch nur, um meine Crew in Smaragdküste zu schützen.«

»Ein Crewmitglied wurde bereits getötet, dazu drei unserer Prominenten«, zählte sie auf. »Du kannst die Leute nicht vor den Terroristen und schon gar nicht von hier aus beschützen.«

Max trommelte mit den Zeigefingern auf der Tischplatte.

»Darf ich dich etwas fragen?«

»Irina! Du darfst mich alles fragen.«

»Ich habe den Eindruck, dass du entweder die Situation an sich nicht verstehst oder dir die Show wesentlich wichtiger ist als das Leben der Kandidaten und unserer Crew.«

Sie wartete einen kurzen Augenblick.

»Und ganz ehrlich: Ich glaube nicht, dass du die Situation nicht verstehst.«

»Es war allen Kandidaten klar«, sagte Max, »und auch den Crewmitgliedern, dass Smaragdküste nicht so sicher ist wie das Studio in Köln. Dass man uns die ganze Produktion entführt, da hätte niemand drauf kommen können und niemand kann mir vorwerfen, dass ich nicht für genug Security gesorgt habe. Aber entweder stecken die mit den Entführern unter einer Decke oder waren einfach ihr Geld nicht wert.«

»Warum gehen wir nicht zur Polizei und zum Auswärtigen Amt?«, fragte Irina.

»Weil die unsere Leute bedrohen«, sagte Max. »Weil ich immer noch hoffe, dass meine Kontakte etwas ausrichten können.«

»Irgendwie glaube ich dir nicht.«

»Willst du mir vorwerfen, dass mich eher die Quote der Sendung interessiert als das Schicksal meiner Kandidaten und Crew?«

»Sag du es mir«, forderte Irina.

»Ich versuche beides«, rechtfertigte sich Max. »Ich tue alles in meiner Macht liegende, um sie da herauszubekommen, aber gleichzeitig habe ich auch eine Verantwortung all meinen Mitarbeitern gegenüber.«

»Was wird mit denen passieren, wenn die Wahrheit ans Licht kommt?«, fragte Irina.

Max sah sie verwirrt an.

Sie schüttelte langsam den Kopf.

»Dir kommt nicht mal in den Sinn, dass das herauskommen wird.«

»Wir werden da eine Erklärung vorbereiten«, sagte Max. »Und dann sehen wir weiter. Eine Herausforderung nach der anderen.«

Er wartete auf eine Reaktion von Irina.

»Hör zu«, sagte er. »Wir warten die heutige Sendung ab, danach melde ich mich beim Auswärtigen Amt.«

Es klopfte an der Tür und der Kopf eines Regieassistenten erschien nach einem »Herein« von Irina in der Tür.

»Die Sendung geht gleich los.«

»Wir kommen«, sagte Irina.

52
Livesendung - Smaragdküste

Während Mira und Leon lächelnd mit ihren Moderationskarten vor den Prominenten standen, wirkten diese übermüdet und erschöpft.

Die nackten Füße von Claudia und Sarah hatten einige Kratzer und es war nicht zu übersehen, dass beide Schmerzen hatten.

»Willkommen zur dritten Livesendung von«, begrüßte Mira und nickte Leon zu, dann sagten sie gemeinsam ›Zehn kleine Prominente gingen in den Dschungel‹!«

Leon erzählte weiter: »Nachdem uns bereits Michael Meyer, Jan und Sophia verlassen haben, kommen wir heute zur nächsten ›Dschungelherausforderung‹!«

Die Tontechnik hatte das letzte Wort wieder mit einem Echoeffekt versehen.

»Auch dieses Mal geht es wieder ins Wasser und wir haben keine Kosten und Mühen gescheut«, erklärte Mira und deutete auf einen etwa zwanzig Meter langen und vier Meter hohen Vorhang, der ein grünes Tarnfarbenmuster hatte.

Mit ihren Worten fiel der Vorhang zu Boden und gab den Blick auf die Seitenwand eines riesigen Aquariums frei. Auf der rechten und linken Seite waren kleine Plattformen, auf denen Wächter standen. Im Behälter gab es verschiedene Trennwände aus Glas, die ein Labyrinth bildeten. An einigen Stellen waren Luftblasen, auf dem Boden lagen verschiedene Gegenstände. Erst auf den zweiten Blick war zu erkennen, dass sich in manchen Bereichen Quallen bewegten.

»Willkommen zum ›Giftbecken‹«, verkündete das Moderatorenduo gemeinsam und die Tontechnik unterlegte dies mit einem tiefen, aber sirenenartigen Ton, der sich bei vielen Horrorproduktionen als Standard etabliert hatte.

»Eigentlich wäre das ja eine Herausforderung, für die wir an den Strand hätten gehen können«, sagte Mira, »aber wir haben euch das Meer einfach in den Dschungel geholt!«

»Und wenn ich euch so sehe, werdet ihr euch über die Möglichkeit, ein Bad zu nehmen, freuen.«

Die Kandidaten sahen Leon verständnislos an.

»Ihr seht auf der linken Seite den Einstieg. Über die Leiter kommt ihr hoch, lasst euch dann einfach in das Becken herab und arbeitet euch zur anderen Seite vor. Dort ist der Ausstieg«, erklärte Leon.

»Du hast aber eine Kleinigkeit vergessen«, verkündete Mira. »Wenn ihr genau hinschaut, gibt es auf der rechten Seite einen Deckel und der ist mit einem Schloss versehen!«

»Das sollte aber kein Problem darstellen«, sagte Leon. »Auf dem Boden des Beckens liegen genug Schlüssel, so dass jeder einen eigenen haben kann.«

»Nicht nur haben kann, Leon, sondern jeder braucht einen eigenen. Es dürfen nicht zwei Promis mit dem gleichen Schlüssel aussteigen.«

»Bekommen wir Taucherbrillen?«, fragte Kim.

Leon schüttelte den Kopf und grinste.

»Unser ganzes Budget ging für das Meerwasserbecken drauf. Deshalb mussten wir bei den Taucherbrillen sparen.«

»Um es euch nicht zu einfach zu machen«, sagte Mira, »liegen noch andere Gegenstände auf dem Beckenboden. Aber wir sind ja auch keine Unmenschen: Jeder Schlüssel, den ihr findet, passt auch in das Schloss.«

»Haben wir nicht etwas vergessen?«, fragte Leon und schaute Mira dabei an.

»Oh ja!« Sie klatschte in die Hände. »Wer genau hingeschaut hat, wird die Quallen gesehen haben. Dabei handelt es sich um einen prominenten Gast, der nur selten an der westafrikanischen Küste zu finden ist, dafür aber viel öfter im Ozean nördlich von Australien.«

»Und wir wissen ja alle«, sagte Leon, »dass es in Australien die giftigsten Tiere der Welt gibt! Nicht weniger als zehn Seewespen befinden sich in dem Becken. Ihr solltet dringend den Kontakt mit diesen Quallen und vor allem mit ihren sechzig Tentakeln vermeiden. Uns ist leider der Essig und das Gegengift ausgegangen.«

Er machte eine Pause und wartete auf Reaktionen der Kandidaten.

»Können wir den Wahnsinn nicht beenden?«, fragte SurvivalStefan. »Das ist ein schmerzhafter Tod!«

»Du hattest schon Kontakt mit Seewespen?«, fragte Mira.

»Nicht mit Seewespen«, antwortete Stefan. »Mit wesentlich weniger giftigen Quallenarten und das war schon schmerzhaft genug.«

»Ihr habt SurvivalStefan gehört«, rief Leon. »Besser ihr vermeidet den Kontakt mit den Nesseltieren.«

»An dieser Stelle eine kleine Info an unsere Zuschauer daheim«, sagte Mira. »Da wir - im Gegensatz zu anderen Produktionen - live senden und die Zuschauerinnen und Zuschauer Gelegenheit zur Beteiligung haben sollen, haben wir die Abstimmungen geändert. Ab jetzt zählen Anrufe und SMS bereits für den Folgetag. Sollte der Promi, für den ihr gestimmt habt, bei der heutigen Prüfung ausscheiden, nehmt ihr trotzdem an der Auslosung der zehntausend Euro und einem Survivalrucksack teil.«

53
Regieraum Köln

Die Sendung wurde durch einen Werbeblock unterbrochen.

»Wir hatten noch einen weiteren Werbepartner, der abgesprungen ist«, berichtete Irina. »Dafür haben wir aber einige neue Anfragen bekommen.«

»Das wundert mich nicht«, sagte Katrin. »Die Sendung polarisiert noch mehr, als es Max sich vermutlich erhofft hatte, und das erzeugt Aufmerksamkeit und Quote.«

Max nickte und schaute besorgt auf einen der kleineren Monitore, auf dem das Becken zu sehen war.

»Quallen hatten wir ja geplant. Aber ich wusste nicht, dass man Seewespen in einem Aquarium halten kann.«

»Wie hat man die Tiere überhaupt dorthin bekommen?«, wunderte sich Katrin. »Die Terroristen müssen über erhebliche finanzielle Mittel verfügen.«

Ein tadelnder Blick von Max ließ Katrin nur die Achseln zucken.

»Das Szenario der entführten Produktion hat sich doch schon verbreitet«, sagte sie. »Da müssen doch nicht so tun, als ob das niemand wüsste.«

»Ziemlich viel Aufwand für ein klein wenig Show«, urteilte Max. »Das mit den Quallen.«

»Sagt der Mann, der einige Millionen bereitgestellt hat«, schmunzelte Irina. »Aber ich gebe dir recht, das hätte man deutlich günstiger haben können. Und wenn die so viel in Bewegung setzen, müsste man doch irgendwelche Spuren zurückverfolgen können?«

»Wenn das so einfach wäre«, sagte Max, »hätten die Geheimdienste dem Terrorismus schon lange die Geldhähne zugedreht.«

Auf dem Hauptbildschirm endete gerade die Werbung und über die Lautsprecher tönte das von Nina gesungene Titellied der Sendung.

»Nummer eins in mehreren Streamingdiensten«, berichtete Irina. »Selbst die CD dürfte bald Goldstatus haben.«

»Wer kauft denn heute noch CDs?«, fragte Max. »Die sind ein Anachronismus!«

»Die Musikliebhaber, die sich Vinyl kaufen, hören nicht die Art von Musik, die Nina macht«, vermutetet Irina.

»Die Zuschauer haben abgestimmt und wir haben ein Ranking«, verkündete Leon auf dem Bildschirm. »Der Prominente mit den meisten Stimmen darf als Erster in das Becken und hat auch die größte Chance, einen Schlüssel zu finden. Mit jedem gefundenen Schlüssel wird es für die verbleibenden Kandidaten schwieriger werden, unter den ganzen Gegenständen ihren erlösenden Schlüssel zu finden!«

»Und wenn ich keinen Schlüssel finde?«, fragte Fabian, dessen Gesicht immer noch grün und blau war.

»Soweit ich weiß«, Mira durchblätterte mehrere Moderationskarten, »scheidet man dann aus.«

»Und wie soll das aussehen?«, fragte Sarah.

»Es werden weitere Quallen in das Becken gegeben«, erklärte Leon. »Viele Seewespen.«

54
Livesendung - Smaragdküste

»Und ich habe ein Ergebnis«, sagte Mira. »Sarah, du bist die Erste, die ins ›Giftbecken‹ darf!«

Ohne Zeit und Worte zu verlieren, kletterte Sarah die Leiter hoch und hielt einen Fuß ins Wasser.

»Das ist Salzwasser«, stellte sie fest.

»Ja«, bestätigte Leon. »Sonst könnte die Quallen darin nicht überleben! Ich vermute, dass das Salz an deinen Kratzern brennt?«

»Leon. Fick dich«, presste Sarah hervor und sprang ganz ins Wasser.

»Es ist eine schlaue Idee, die Kleidung anzulassen«, überspielte Mira Sarahs Kommentar. »So kommen die Nesseln der Seewespen nicht so einfach an die Haut.«

Sarah wartete nicht lange und tauchte unter. Auf der linken Seite des Beckens bildeten die Trennwände so etwas wie ein ›L‹, das sich am Ausgang auf der anderen Seite spiegelte. Flink suchte die Kandidatin den Boden ab und steckte etwas in ihren Gürtel. Dann tauchte sie an der gleichen Stelle, an der sie eingestiegen war, wieder auf, um Luft zu holen. Zwei Atemzüge später war sie wieder untergetaucht und suchte weiter den Boden ab.

»Was macht sie da?«, hörte man Claudia fragen. »Sie hat doch schon einen Schlüssel.«

Dann hob Sarah etwas vom Boden, präsentierte es den anderen und reckte den Daumen hoch. Auch den steckte sie in den Gürtel, tauchte wieder auf und begab sich ein drittes Mal auf die Suche. Dann tauchte sie wieder auf, schüttelte den Kopf und schwamm unter dem Hindernis durch in den nächsten Bereich, in dem sich die ersten Quallen befanden. Sarah stieß sich vom Boden ab und erreichte die Wasseroberfläche und musste den Kopf in den Nacken halten, da an der Stelle nur fünfzehn Zentimeter Platz zur Glasabdeckung war. Anstatt sich weiter in Richtung Ausgang vorzuarbeiten, suchte sie auch an der Stelle den Boden ab, fand einen weiteren Schlüssel und stecke ihn ebenfalls in den Gürtel.

»Wenn SparkleSarah so weitermacht«, sagte Leon, »dann hat sie bald alle Schlüssel gefunden!«

Er warf dem Oberwächter einen ängstlichen Blick zu, der einfach mit verschränkten Armen neben ihm stand. Durch die Maske war kein Gesichtsausdruck zu erkennen.

Sarah fand noch zwei weitere Schlüssel, bevor Mira Stefan als nächsten Kandidaten verkündete. Der zog seine Stiefel aus, ließ seine Socken an und folgte Sarah in das Becken. Er folgte ihrem Beispiel und suchte den Boden nach weiteren Schlüsseln ab. Sarah war im letzten Bereich angekommen und legte die gefundenen Schlüssel, bis auf einen, auf den durch das gespiegelte ›L‹ entstandenen Absatz. Direkt an der Stelle, an der es nach oben ging, fand sie einen weiteren Schlüssel, schwamm wieder zurück und legte ihn zu den anderen.

»Sarah hat vier der Schlüssel gefunden«, kommentierte Mira. »Und wie wir sehen, hat auch SurvivalStefan einen in der Hand. Dann liegen auf dem Boden nur noch zwei.«

Einigen der anderen Kandidaten sah man die Erleichterung an, nur Francesca wirkte fast panisch.

»Claudia«, rief Leon, »du bist dran.«

Auch die Schauspielerin kletterte die Leiter hoch und begab sich, ohne zu zögern, direkt ins Wasser. Wie die beiden anderen suchte sie den Beckenboden ab, aber die anderen beiden hatten schon gründliche Vorarbeit geleistet. In seinem Abschnitt hielt Stefan den nächsten Schlüssel gegen die Scheibe.

»Die Quallen scheinen überhaupt keine Herausforderung für unsere Promis zu sein«, stellte Mira fest.

Wie auf Kommando fokussierte eine Kamera auf eine der Seewespen, die einfach nur im Wasser hing und sich durch die von den Kandidaten erzeugten Wellen bewegte. Eine andere sank bereits dem Boden entgegen.

»Ich schätze den Satz ›Keine Tiere kamen bei der Produktion dieser Show zu Schaden‹ können wir dieses Mal nicht am Sendungsende einblenden«, sagte Leon und konnte ein Grinsen nicht verkneifen.

»Francesca, du bist die Nächste!«, verkündete Mira.

»Ich kann das nicht!«, rief die und brach in Tränen aus. »Ich kann nicht tauchen. Ich bekomme Panik, wenn mein Kopf unter Wasser ist.«

Unsicher schauten Mira und Leon die dunkelhaarige Frau an, die ihr Gesicht hinter ihren Händen verbarg und schluchzte.

»Wir helfen dir da durch.« Fabian legte den Arm um sie. »Du kannst dich auf uns verlassen.«

»Unser ›grumpy old Man‹ Fabian scheint also ein weiches Herz zu haben«, sagte Leon. »Wer hätte das gedacht!«

»Und schon fragt man sich, ob er den Misanthropen vielleicht einfach nur spielt?«, fragte Mira.

Fabian warf den beiden einen vernichtenden Blick zu und führte Francesca zur Leiter. Widerwillig kletterte sie hoch, stieg in das Becken, blieb aber beim Eingang und wartete. Claudia hatte einen der restlichen Schlüssel gefunden und präsentierte ihn stolz. Stefan und Sarah befanden sich im selben Abschnitt und holten gerade Luft in der gleichen Blase.

»Claudia hat einen weiteren gefunden«, sagte Sarah. »Damit fehlt uns nur noch einer!«

Stefan versuchte, sich zu drehen, um nach Claudia zu schauen.

»Wie hast du das gesehen?«, fragte er.

»Sie hat etwas gegen die Scheibe gehalten«, antwortete Sarah. »Aber was ist mit Francesca? Die bewegt sich nicht.«

»Ich erkenne von hier aus nichts«, sagte Stefan. »Sobald ich den Kopf im Wasser habe, wird alles unscharf.«

Claudia hatte den Abschnitt direkt vor ihnen erreicht und klopfte an die Scheibe.

»Zu dritt wird es hier zu eng«, stellte Sarah fest.

»Dann solltest du herausgehen«, schlug Stefan vor.

»Nicht, bevor wir den letzten Schlüssel gefunden haben!«, weigerte sie sich.

»Dann wird der Platz irgendwann eng«, sagte Stefan »Außerdem sind die Quallen noch da.«

»Die bewegen sich nicht. Man muss nur noch aufpassen, nicht gegen die Tentakeln zu kommen.«

»Trotzdem wird es zu eng«, wiederholte Stefan. »Und du hast definitiv genug getan.«

Die Kamera wechselte wieder auf das Moderatorenduo und Leon nickte Kim zu.

»Kim, ab ins Wasser.«

Die hatte die Stiefel bereits ausgezogen, erklomm die Leiter und ließ sich ins Wasser gleiten.

»Komm Schätzchen«, sagte sie zu Francesca. »Ich habe mir gemerkt, wo wir Luft holen können. Du hältst dich einfach an mir fest und lässt dich mitziehen.«

55
Regieraum Köln

»Ich dachte, jede Dschungelprüfung wäre vorher ausgiebig getestet worden«, schimpfte Max. »Das ist doch einfach nur ein Spaziergang!«

»Francesca scheint das anders zu sehen«, reagierte Irina. »Aber wir sollten lieber froh sein, wenn alle durchkommen.«

»Natürlich bin ich das«, beschwichtigte Max. »Trotzdem kann ich mich darüber aufregen, dass da jemand ein müdes Spiel in meine Show gebracht hatte. Wessen Idee war dieses Becken überhaupt?«

Irina beugte sich vor und flüsterte ihm ins Ohr.

»Auch wenn du dich nicht erinnerst: Du warst es selbst.«

Überrascht sah er sie an.

»Ganz sicher nicht. Du willst mir doch nicht ehrlich sagen, dass ich so etwas Langweiliges vorgeschlagen habe?«

Ohne dass Max es bemerkte, verdrehte Irina die Augen.

»Max, das hatten wir schon mehrmals. Nicht jede deiner Ideen ist genial.«

»Auf alle Fälle möchte ich, dass vor der nächsten Staffel alle Herausforderungen richtig getestet werden. So etwas macht unsere Quote kaputt.«

»Die nächste Staffel?«

»The Show must go on!«

Auf dem Monitor konnten sie verfolgen, wie Sarah sich an dem Schloss zu schaffen machte. Die Herausforderung war, dass es sich, zusammen mit der dadurch verschlossenen Klappe, unter Wasser befand.

»Und da kommt auch schon der erste Prominente heraus«, sagte Leon, während Sarahs Kopf die Wasseroberfläche durchbrach.

Kaum hatte sie sich aus dem Behälter gezogen, machte sich ein Wächter daran die Klappe wieder zu schließen.

»Nina«, sagte Mira, »du bist die Vorletzte.«

Direkt am Eingang versuchte Kim immer noch, Francesca Mut zu machen, aber die klammerte sich am Rand fest.

56
Liveübertragung - Smaragdküste

»Ich kann das nicht«, weinte Francesca. »Ich will hier wieder heraus.«

Nina stand mittlerweile am Rand und ließ sich ins Wasser herab.

»Kim schwimmt vor dir, ich hinter dir«, schlug sie vor.

Francesca schüttelte den Kopf.

»Ich will hier raus! Holt mich hier heraus!«, schrie sie und zog sich am Beckenrand hoch.

Der Wächter reagierte sofort und trat mit den Kampfstiefeln auf ihre Finger. Mit schmerzverzerrtem Gesicht schrie sie und ließ los. Nina hielt sie fest, um zu verhindern, dass sie unterging, als Kim den Knöchel des Wächters ergriff und ihn so aus der Balance brachte. Der fiel über den Einstieg, klammerte sich kurz an der Kante des Beckens, verlor den Halt und fiel ungeschickt auf den Boden. Voller Wut stand er auf, zog seine Waffe und richtete sie auf Kim, die ihn ignorierte und gemeinsam mit Nina auf Francesca einredete. Die laute Stimme des Oberwächters ließ ihn innehalten. Er drehte sich um, neigte den Kopf, salutierte kurz und kletterte dann die Leiter hoch.

»So ganz wehrlos sind unsere Promis nicht«, kommentierte Mira.

Stefan suchte weiter den Boden ab, hielt inne und präsentierte schließlich den letzten Schlüssel. Ohne erneut aufzutauchen, schwamm er zum Ausgang, entriegelte das Schloss und stieg aus dem Becken. Claudia folgte ihm kurze Zeit später.

»Fabian«, verkündete Leon. »Es scheint, dass du bei unseren Zuschauern kaum Fans hast. Du hast am wenigsten Stimmen erhalten und gehst als Letzter in die Herausforderung.«

»Irgendwann sehen wir uns wieder.« Der Schriftsteller deutete mit dem Zeigefinger auf den Moderator. »Und dann werde ich dir erklären, was hinter ›Wer zuletzt lacht, lacht am besten‹ steckt.«

»Eigentlich hatten wir ja erwartet, dass Claudia die Diva geben würde«, sagte Mira. »Aber unser Autor legt die Latte da schon gewaltig hoch.«

Fabian kletterte die Leiter hoch, der Wächter stand wieder auf der Plattform und deutete ins Becken. Dort am Eingang waren immer noch Kim und Nina, die Francesca Mut zusprachen.

»Francesca«, sagte Fabian mit erstaunlich ruhiger Stimme. »Angst ist vollkommen normal. Die haben wir alle, nur zeigt es nicht jeder.«

Erstaunt schauten Kim und Nina den Schriftsteller an.

»Ich will dir auch nicht versprechen, dass es einfach ist, gegen die eigene Angst anzukommen«, fuhr er fort. »Aber die Alternativ sollte dir mehr Angst machen. Wenn du dich nicht bewegst, werden unsere Entführer sich um dich kümmern. Das mit den Quallen hat ja offensichtlich nicht funktioniert. Man hat sich wohl keine Gedanken darüber gemacht, was die Tiere zum Überleben benötigen.«

Die Worte hatten beruhigende Wirkung auf Francesca.

»Du musst nur viermal kurz deinen Kopf unter Wasser halten und schon bist du beim Ausgang«, sagte Fabian. »Hast du das verstanden?«

Francesca nickt und Fabian erntete dankbare Blicke von Kim und Nina.

»Wer soll mit dir durch das Becken tauchen?«, fragte Fabian.

Wortlos deutete Francesca auf Kim. Die nahm ihre Hand und erklärte ihr die Etappe bis zur ersten Luftblase.

»Dort musst du den Kopf in den Nacken halten, weil wir den Kopf daa nicht komplett aus dem Wasser bekommen. Dann tauchen wir bis zu der Stelle, an der Claudia gerade ist. Oder war.«

Sie wartete, bis Francesca nickte.

»Da hole ich dann den Schlüssel, wir tauchen einen Bereich weiter und wir lassen dich heraus. Bist du bereit?«

»Nicht wirklich.« Francescas Stimme zitterte. »Aber das werde ich vermutlich nie sein.«

»Luft holen und los«, sagte Kim. »Halt dich an meinem Gürtel fest.«

»Wir sind hinter euch und können dir helfen«, sagte Nina.

Kim tauchte unter, Francesca folgte ihr, hielt sich am Gürtel fest und gemeinsam tauchten sie unter dem ersten Hindernis durch. Kims hatte die Luftblase erreicht, die Schauspielerin geriet kurz in Panik, ließ sich aber durch die Führung von Kim beruhigen und schnappte nach Luft.

»Das Schlimmste haben wir jetzt hinter uns«, kündigte Kim an. »Lass uns weitermachen.«

Wieder tauchte sie als Erste ab, Francesca hielt sich an ihr fest und so erreichten sie die nächste Luftblase. Hinter ihnen folgten Nina und Fabian in die erste Luftblase. Kim nahm zwei der Schlüssel, öffnete das Schloss und Francesca konnte heraus und durchbrach die Wasseroberfläche. Der Wächter verriegelte die Klappe sofort wieder und Kim nahm den zweiten Schlüssel, konnte ihn aber nicht halten und langsam sank er zu Boden. Panisch klopfte sie gegen die Klappe, stemmte sich mit den Füßen in die Seite. Francesca hatte sich auf die Plattform gezogen und schrie los.

»Holt sie da raus!«

Der Wächter hielt sie davon ab, zurück ins Becken zu kommen, während Kim immer wieder an ihren Gürtel griff, wo sie den Schlüssel vermutete. Fast hätte sie Nina getreten, die ihr hinterher getaucht war und den Schlüssel dabei aufgehoben hatte. Sie drängte sich an Kim vorbei, steckte den Schlüssel in das Loch, gab so die Klappe frei und tauchte dann sofort wieder zurück. Nach Luft schnappend, durchbrach Kim die Wasseroberfläche. Francesca wollte ihr dabei helfen, aus dem Becken zu kommen, der Wächter hielt sie aber zurück. Mit letzter Kraft zog sich Kim aus dem Wasser und der Wächter verriegelte erneut die Klappe. Derweil hatte

Kim sich einen weiteren Schlüssel geholt, war wieder zurück an der Klappe und stieg ebenfalls aus. Wenige Augenblicke tauchte auch Fabian an der Plattform auf. Die Herausforderung war ohne Verlust beendet.

DIE VIERTE SENDUNG: DAS LABYRINTH DER GEFAHR

Kommentar:

#ZKP schon am Ende

Kommentar:

Unnötig brutal und obendrein noch langweilig #NoZKP

Kommentar:

Geld allein macht halt noch keine gute Sendung. #ZKP

Kommentar:

#ZKP @SparkleSarah ist eine Heldin

Kommentar:

Es kann nur eine Gewinnerin geben @SparkleSarah #ZKP

Kommentar:

#WorstEpisodeEver #ZKP

57
Max Bauers Büro, Senderzentrale Köln

»Wie schwer kann es denn sein, meine Leute zu finden!«, schimpfte Max ins Telefon. »Ich dachte, wir können mit unseren Satelliten sehen, ob die Leute ihr Essen mit weißem oder schwarzem Pfeffer würzen.«

»Max«, sagte der Mann am anderen Ende, den Max einfach nur James nannte, weil er für ihn so etwas wie ein Geheimagent war. »Du solltest wissen, dass Hollywood da oft ein falsches Bild gibt. Selbst das Militär muss warten, bis die einen Satelliten an der entsprechenden Position haben.«

»An der Position? Was ist mit denen auf der geostationären Bahn?«, regte sich Max auf.

»Gerade die sind viel zu weit weg. Deren Umlaufbahn liegt auf fast 36.000 Kilometern. Die, die du meinst, bewegen sich auf einem Hundertstel davon und umrunden dann knappe neunmal am Tag die Erde«, erklärte James. »Die Informationen aus dem Land selbst sind einfacher zu bekommen.«

»Wir haben bis jetzt vier Leute verloren«, zählte Max auf. »Dazu noch der Zivilist. So ein Becken wie gestern in der Show muss doch auffallen? Und mit der Plantage müsste man doch auch etwas anfangen können.«

»Wir haben alle Koordinaten überprüft, die uns deine Location Manager haben zukommen lassen«, erzählte James. »Dort ist die letzten Wochen niemand gewesen.«

Max überlegte kurz, wurde sich dann der Bedeutung der Worte klar.

»Dann haben die schon seit Wochen unsere Produktion unterwandert«, stellte er fest.

»So etwas macht man nicht mal eben«, bestätigte James. »Du kannst davon ausgehen, dass die Insiderwissen haben. Ganz sicher bei der Crew hier unten, aber mit hoher Wahrscheinlichkeit auch bei dir in Köln.«

»Konnte dir mein Kontakt bei der Regierung weiterhelfen?«, fragte Max. »Für das Geld, das ich da investiert habe, kommt im Augenblick wenig zurück.«

»Ich konnte mit jemandem vom Militär sprechen«, antwortete James. »Der konnte den Dialekt dieses Oberwächters nicht zuordnen, war sich aber auch sicher, dass der Mann den Dialekt bewusst übertrieben hat.«

Die Tür ging auf und Irina trat ins Büro.

»Okay«, sagte Max. »Gib mir einfach Bescheid, wenn du Neuigkeiten hast. Bis bald!«

Er setzte das Headset ab und sah seine Assistentin fragend an.

»Hast du mit dem Auswärtigen Amt telefoniert?«, fragte sie.

»Nein. Mit James.«

Sie schmunzelte über den Spitznamen.

»Und hat der Neuigkeiten?«

»Er hat unsere Locations überprüft, da war seit Wochen niemand«, erklärte Max. »Damit dürfte sicher sein, dass es in unserem Team in Smaragdküste einige Insider geben muss. Und vermutlich hier auch.«

Er sah Irina provokativ an.

»Du glaubst nicht wirklich, dass ich das sein könnte?«

»Nein.« Er lächelte. »Aber ich bin mir nicht sicher, wem wir vertrauen können.«

»Die letzte Sendung kam nicht gut an«, wechselte sie das Thema. »Sowohl in den Social Media als auch auf verschiedenen Nachrichtenportalen wird die Frage gestellt, ob schon die Luft heraus sei.«

»Nur weil niemand gestorben ist?«, fragte max.

»Es ist jemand gestorben«, erinnerte ihn Irina.

»Ja. Ich meinte niemand von den Promis. Oder der Crew.«

»Das ganze Format wird in Frage gestellt«, sagte Irina. Sie nahm ihr Tablet und las vor: »›Selbst mit viel Geld kann der Multimilliardär Bauer nicht einfach gute Unterhaltung schaffen. ›Zehn kleine Prominente gingen in den Dschungel‹ wirkt nur wie die spontane und nicht bis zu Ende gedachte Idee eines Teenagers‹. Bereit für mehr?«

»Aber man schreibt über uns!«

»›Manche Sendungen haben gute Konzepte, viele ein Schlechtes. ›Zehn kleine Prominente‹ hat gar keins. Jeden Tag werden Regeln verändert und angepasst. Hinzu kommt das Geiselszenario, das einfach nur geschmacklos ist.«

»Haben wir auch positive Presse?«

»Indirekt«, antwortete Irina. »›Die große Zeit der Samstag-Abend-Unterhaltungsshow ist vorbei und über die Jahre haben verschiedene Formate um die Nachfolge gekämpft. ›Zehn kleine Prominente‹ gelingt ein Brückenschlag, indem man gekonnt die Grenzen zwischen linearem Fernsehen und Streaming verschwinden lässt. Dabei ist die Sendung des egozentrischen Technik-Milliadärs Maximilian Bauer nicht die erste, die diesen Weg geht. Der fehlende Perfektionismus hebt die Sendung wohlwollend vom kopierten Original ab und bietet auch die Chance, sich zu verbessern.«

»Und die Quote?«

»Steigt, aber immer noch unter der Schwächsten Staffel des Dschungelcamps. Dafür gehen die Streaming-Zahlen steil nach oben.«

»Auch wenn wir die ganzen Bots abziehen?«

Irina schmunzelte.

»Auch wenn wir die ganzen Bots abziehen.«

»Ich werde Thomas jetzt anrufen«, kündigte Max an und Irina verabschiedete sich aus dem Büro.

Max setzte das Headset auf und wählte die Mobilnummer seines ehemaligen Studienkollegen, der Staatssekretär im Auswärtigen Amt war. Nach kurzem Klingeln wurde das Gespräch angenommen.

»Max, wieso glaube ich, dass das kein Höflichkeitsanruf ist?«

»Hallo Thomas«, sagte Max. »Jetzt tu nicht so, als ob ich mich sonst nie bei dir melden würde!«

»Okay, das stimmt. Aber gehe ich recht in der Annahme, dass du mich wegen deiner Sendung in Smaragdküste anrufst?«

»Ich habe deine Kombinationsgabe schon immer bewundert«, schmeichelte Max. »Ja, es geht um meine Produktion dort.«

»Es wird dich freuen zu hören, dass es hier im Amt das Kantinengespräch ist«, berichtete Thomas. »Und ich hatte eine Vorahnung, dass du dich melden würdest und die Ohren ein wenig aufgehalten.«

Max machte sich eine Notiz, dass Thomas beim diesjährigen Weihnachtsgeschenk durch seine Gruppe gerade drei Stufen übersprungen hatte.

»Das freut mich natürlich sehr! Aber Es würde mich auch interessieren, was die Fachleute dazu sagen.«

»Vielleicht fängst du an und sagst mir, was dich beschäftigt?«

»Dir macht man nicht so einfach etwas vor«, sagte Max. »Am besten komme ich direkt zum Punkt und ich verlasse mich auf deine Verschwiegenheit.«

»Konntest du dich jemals nicht auf mich verlassen?«

»Wir kommen juristisch in eine Grauzone«, erklärte Max und wartete auf eine Reaktion, die aber ausblieb.

»Ich werde mich morgen oder übermorgen offiziell an dein Amt wenden«, sagte er. »Die Geiselnahme ist echt, meine Crew wurde entführt.«

Er wartete wieder auf eine Reaktion. Dieses Mal etwas länger, bis sich die Information setzen konnte.

»Dann sind wirklich Menschen gestorben?«, fragte Thomas.

»Die Entführer haben uns ein Video geschickt. Es zeigt die Geiselnahme der Crew und wie sie eine Frau exekutieren. Dazu die drei Promis und der Mann gestern in der Sendung, der wohl einfach zur falschen Zeit am falschen Platz war.«

»Die Erklärung mit der Bildmanipulation durch Künstliche Intelligenz ist dann auch vollkommen an den Haaren herbeigezogen?«

»Wir können Bilder, auch Filme, schon manipulieren, aber noch nicht in Echtzeit«, gestand Max.

»Es gab hier Vermutungen, dass es so sein könnte«, berichtete Thomas. »Aber das ist harter Tobak. Damit machst du dich angreifbar. Nicht mit der Entführung. Aber mit dem Zurückhalten der Informationen.«

»Die Terroristen bedrohen das Leben meiner Crew!«, verteidigte sich Max. »Ich mache das doch nicht aus Spaß.«

»Sagt ja auch keiner«, beruhigte ihn Thomas. »Hast du denn Infos zu den Entführern?«

»Nur das, was sie im Video mitgeteilt haben«, sagte Max. »Ich kann dir das zusenden.«

»Ich möchte das nicht haben«, reagierte Thomas. »Also zumindest nicht auf diesem Weg. Das sollte über einen offiziellen Kanal laufen.«

»Okay«, sagte Max. »Ich habe versucht, meine Kontakte in Smaragdküste zu aktivieren, aber das war bisher wenig ergiebig.«

»Deine Kontakte dort sind besser als die unseren«, gestand Thomas. »An der Stelle werden wir deinen Leuten nur wenig helfen können.«

»Eines der reichsten Länder der Welt und das kann nichts tun?«, zweifelte Max. »Wofür zahle ich denn bitte Steuern.«

»Wir können schon etwas tun«, beruhigte Thomas. »Aber trotzdem sind unsere Kontakte nicht besser als deine. Nicht umsonst hatte man dich zur letzten Westafrikareise der Außenministerin mitgenommen. Eine Hand wäscht die andere.«

»Was wird passieren, wenn ich mich offiziell melde?«, fragte Max.

»Das Krisenreaktionszentrum nimmt sich der Sache an und koordiniert weitere Maßnahmen«, erklärte Thomas. »Dann wird geschaut, ob wir irgendwelche Kontakte zu den Geiselnehmern haben. Und alles weitere muss dich nicht jucken.«

»Du meinst die GSG-9?«

»Die Grenzschutzgruppe 9 ist für solche Aufgaben spezialisiert, mehr musst du darüber nicht wissen.«

»Was kann ich tun, das mir juristisch positiv ausgelegt werden kann?«

»Du meinst wegen der späten Meldung? Befrage dazu am besten deine Anwälte.«

»Die Geiselnehmer fordern die Fortsetzung der Sendung und haben damit gedroht Geiseln umzubringen«, sagte Max.

»Schwierige Frage«, antwortete Thomas. »Da wird das Krisenreaktionszentrum eine Entscheidung treffen.«

»Die Polizei war übrigens schon bei mir«, berichtete Max. »Sie hatten nach dem Verbleib von Meyer gefragt und ich habe denen nicht die ganze Wahrheit gesagt.«

»Aus der Richtung musst du mit starkem Gegenwind rechnen«, sagte Thomas. »Auch wenn den viele nicht leiden konnten, du bist noch mehr Leuten suspekt. Und wenn die herausbekommen, dass du der Polizei Informationen vorenthalten hast, drehen die dir einen Strick daraus.«

»Es war zum Schutz der Geiseln«, verteidigte sich Max.

»Vor mir brauchst du das nicht betonen. Ich bin da nicht dein Problem.«

»Okay, ich danke dir für deinen Input und werde mit meinem Anwalt etwas vorbereiten.«

»Mach's gut«, verabschiedete sich Thomas. »Und ich gehe davon aus, dass dieses Gespräch offiziell nie stattgefunden hat.«

58
Livestream - Smaragdküste

»Ich hätte nicht damit gerechnet, dass du so einfühlsam sein kannst«, sagte Claudia.

»Bei jungen und attraktiven Frauen werde ich schwach«, wiegelte Fabian ab. »Das weißt du doch.«

»Nein, mir machst du da nichts vor. Du spielst nur den Menschenfeind.«

»Vor laufender Kamera werde ich das nicht zugeben«, grinste Fabian sie an.

»Meinst du, es besteht die Möglichkeit, dass alle überleben?«, fragte sie.

»Du darfst nicht vergessen, dass vorgestern zwei Leute ums Leben gekommen sind«, antwortete Fabian. »Aber es ist immer Hoffnung da.«

Sie saßen um das kleine Feuer in der Mitte der Lichtung, auf der sie ihr kleines Lager aufgeschlagen hatten.

»Was machen deine Füße?«, fragte er und deutete auf die Kratzer an ihren Füßen.

»Ich werde mir nicht die Blöße geben und herumjammern«, sagte Claudia. »Die Genugtuung gönne ich ihm nicht.«

»Der war gestern noch richtig sauer«, erinnerte sich Fabian. »Sarah und Stefan haben wohl seinen Plan durchkreuzt.«

»Du meinst, er wird sich dafür noch revanchieren?«

»Ich an seiner Stelle würde das tun.«

Francesca, Kim und Nina kamen gerade aus dem Wald, gefolgt von zwei Wächtern und genauso vielen Drohnen. Sie trugen mit klarem Wasser gefüllte Flaschen.

»Ihr wart erfolgreich?«, fragte Fabian.

»Ja«, bestätigte Kim. »Da gab es eine Quelle. Und sie ist nicht weit weg. Wenn wir noch ein wenig hierbleiben, können wir noch mal auffüllen.«

»Sag das nicht zu laut, sonst kommt der Oberbösewicht und schickt uns direkt weiter«, kommentierte Fabian.

Er nahm mit einem dankbaren Nicken eine der Flaschen entgegen, trank mehrere Schlucke und hielt Kim im Austausch eine Banane entgegen.

»Ihr wart erfolgreich?«, fragte sie.

»Erfolgreich ist übertrieben«, antwortete Claudia. »Aber mit ganz leeren Händen sind wir auch nicht zurückgekommen.«

»Wie lange man wohl von Wasser und Bananen leben kann?«, wunderte sich Nina.

»Das wird den Toilettengang erschweren«, kommentierte Fabian. »Bananen verstopfen.«

»Zumindest wenn man sie in großen Mengen konsumiert«, ergänzte Francesca. »Aber uns geht es ja nur darum, die nächsten sechs Tage zu überleben.«

Als Reaktion auf ihren Kommentar erhielt sie Stille und es dauerte einen Augenblick, bis ihr klar wurde, dass alle die Geiselsituation zumindest kurzzeitig verdrängt hatten.

»Vielleicht können wir ja ein oder zwei Wächter dazu bewegen uns zu helfen«, flüsterte Kim.

»Glaube ich nicht«, sagte SurvivalStefan. »Einerseits kann ich die kaum auseinanderhalten. Durch die Masken sehen alle fast gleich aus und auch die Statur ist bei allen ähnlich. Andererseits haben wir gesehen, was der Oberwächter mit dem Plantagenarbeiter gemacht hat.«

»Wir sollten es zumindest versuchen«, sagte Sarah. »Wer nichts macht, hat schon aufgegeben. Und Aufgeben ist keine Option!«

»Reicht dir nicht, dass Claudia und du ohne Schuhe rumlaufen müsst?«, motzte Francesca. »Halt dich im Interesse der Gruppe einfach zurück.«

Sarah rollte mit den Augen.

»Der Oberwächter hat unser Ende doch sowieso schon angekündigt«, sagte sie. »Wenn wir uns nicht wehren, dann haben wir gar keine Chance.«

»Sarah hat recht«, kommentierte Kim. »Wir müssen etwas tun. Claudia? Wie siehst du das?«

»Euch ist schon bewusst, dass die alles hören und sehen, was wir besprechen?«, fragte sie. »Und barfuß schmerzt zwar, aber ich bewundere Sarah für ihren Mut!«

»Es ist unglaublich, wie schnell man die Kameras und Mikros vergisst«, sagte Nina. »Ich habe das immer nicht glauben können. Egal in welchem Reality-TV Format.«

»Manche vergessen das auch nicht«, sagte Fabian. »Da werden alle Register gezogen, um eine Kunstfigur zu erschaffen, in der Hoffnung, dass man dann die Gunst der Zuschauer erhält. Und das ist eine Sache, die ich zumindest am Dschungelcamp mag. Die meisten Gewinner waren authentisch.«

»Die hohle blonde Nuss?«, erboste sich Francesca. »Dass bei der das Rückenmark zum Atmen und Laufen gleichzeitig reicht, ist schon erstaunlich. Und die ist doch voll künstlich.«

»Wenn du meinst, dass sie sich herausputzt, dann ja«, bestätigte Fabian. »Aber ich fand es augenöffnend, als sie dieser Möchtegernmotivationstrainer gefragt hatte, welche Rolle sie denn spielt, begriff sie seine Frage überhaupt nicht.«

»Zurück zu uns«, sagte Sarah. »Was machen wir jetzt?«

»Morgens nach dem Aufstehen sehe ich immer die wenigsten Wächter«, berichtete SurvivalStefan. »Aber das sagt nichts darüber aus, wie weit weg die anderen sind.«

»Auf dem Weg zur nächsten Prüfung sind auch weniger Wächter um uns«, ergänzte Claudia. »Aber da haben wir keine Ahnung, wo die anderen sind.«

»ANTRETEN!«, brüllte der Oberwächter, der im Laufschritt auf die kleine Lichtung gekommen war.

Zögerlich stellten sich die Promis auf und warteten, während der Oberwächter die Reihe abschritt. Vor Sarah blieb er stehen.

»Na mein kleiner Hitzkopf.« Er grinste sie an. »Hat sich dein Gemüt ein wenig beruhigt?«

»Ich bin nicht ›dein‹ kleiner Hitzkopf«, reagierte sie. »Und im Gegensatz zu dir bin ich die Ruhe in Person.«

Auffordernd sah der Oberwächter Fabian und Stefan an.

»Das hier scheint die Einzige in der Gruppe zu sein, die richtige Eier hat!«

Unvermittelt griff er Sarah mit der rechten Hand in den Schritt und tat überrascht.

»Oh. Da ist ja doch nichts …«

Eine Ohrfeige von Sarah ließ ihn überrascht verstummen, trotzdem hielt er sie weiter fest.

»Aber trotzdem sehr viel Mut!«, sagte er, fast anerkennend, »Da sie ein Vorbild für euch alle sein sollte, zieht ihr jetzt alle eure Stiefel und Socken aus.«

Francesca warf Sarah einen wütenden Blick zu. Der Oberwächter hatte sie losgelassen.

»Für dich müsste ich mir eigentlich noch etwas Besonderes überlegen«, sagte er und griff sich selbst in den Schritt, bevor er weiterging.

»Außerdem ist mir zu Ohren gekommen«, rief er, »dass ihr euch überlegt, meine Wächter zu überrumpeln. Ihr solltet nicht vergessen, dass wir alles mitbekommen, was ihr sagt. Außerdem ist niemand in der Nähe, der euch helfen wird. Selbst wenn ihr es bis ins nächste Dorf schafft, trefft ihr entweder auf meine Leute oder andere, die Angst vor uns haben.«

Er musterte alle Gesichter und konnte sich ein siegessicheres Lächeln nicht verkneifen.

»Ihr gehört mir.«

59
Domplatte Köln

»Ein unauffälligerer Treffpunkt ist Ihnen nicht eingefallen?«, tadelte Max Bauer. »Wir können noch nicht mal verhindern, dass uns hier jemand abhört.«

Der sportliche Mann mit der Kurzhaarfrisur, der neben ihm stand, schüttelte den Kopf.

»Sie lassen sich zu sehr von Filmen beeinflussen«, beruhigte er Max. »Wir machen einen gemütlichen Spaziergang um den Dom, damit ist relativ unwahrscheinlich, dass jemand mithört.«

»Und das sagt Ihnen Ihr Wissen als Söldner?«, fragte Max.

Der Ex-Soldat schüttelte erneut den Kopf.

»Nicht nur«, antwortete er. »Aber kommen wir zu Ihrem … Problem in Smaragdküste. Sie haben Sonderwünsche?«

»Die Aktion kostet mich ja nicht wenig Geld«, erklärte Max.

»Das Sie gerne ausgeben, um Ihre Mitarbeiter und C-Promis wieder in Sicherheit zu bekommen«, kommentierte der Söldner.

»Ich bin derjenige, der bezahlt, also unterbrechen Sie mich nicht!«, tadelte er sein Gegenüber.

Neben ihnen stand eine Gruppe, in der alle bis auf den Tourführer VR-Brillen trugen und deren Köpfe sich in alle Richtungen drehten.

»Ich bin ganz Ohr«, grinste der Söldner.

»Ihre Leute sind ja alle mit hochauflösenden Helmkameras ausgestattet«, sagte Max. »Bei Nachteinsatz vermutlich mit Nachtsichtgeräten. Ich möchte das komplette Rohmaterial der Befreiungsaktion haben und am besten noch zwei Leute, die nichts anderes tun, als sich um gute Aufnahmen zu kümmern.«

»›Zehn kleine Prominente gingen in den Dschungel - Die Befreiung‹«, reagierte der Söldner. »Das ist juristisch ein wenig problematisch.«

»Wir brauchen doch kein Einverständnis der Terroristen, dass sie gefilmt wurden«, sagte Max.

»Nein«, bestätigte der Söldner. »Aber meine Leute könnten filmen, wie sie bei der Befreiung Menschen umbringen. Und daraus ergeben sich - auch in Smaragdküste - juristische Fragen.«

»Das lassen Sie mal meine Sorge sein. Ich habe gute Connections zur dortigen Regierung.«

»Die haben Ihnen bisher nicht viel geholfen. Der genaue Aufenthaltsort Ihrer Crew und Z-Promis ist Ihnen immer noch nicht bekannt.«

Max ärgerte sich über die weitere Degradierung seiner Prominenten, auch wenn ihm klar war, dass es sich, wie bei den meisten solcher Shows, nicht um die erste Reihe handelte.

»Ab wann ist Ihr Trupp denn einsatzbereit?«, fragte Max.

»Morgen Vormittag sind alle Männer vor Ort«, erklärte der Söldner. »Wir haben zwei Hubschrauber, um sie zu transportieren, müssen aber, im Interesse der Geiseln, vermutlich die letzten Kilometer zu Fuß zurücklegen. Unbemerkt. Was eine Herausforderung wird, wenn die Gruppe sich in einem Gebiet bewegt, das sie selbst beherrschen.«

»Morgen werden wir das Auswärtige Amt einschalten«, sagte Max.

»Die können auch nicht sofort ein Sonderkommando losschicken. Das Problem bleibt der Aufenthaltsort. Ohne den können wir nichts machen. Und dann brauchen wir von dort so viele Infos wie nur möglich. Vermutlich werden die Geiseln an zwei Orten festgehalten. Es gibt da eine Menge unbekannte Variablen.«

»Ich werde die nötigen Informationen organisieren«, versicherte Max. »Werden Sie selbst dabei sein und falls ja: Wer ist hier dann mein Ansprechpartner?«

»Ich bleibe Ihr Ansprechpartner«, antwortete der Söldner. »Ich habe zwei Leute in Smaragdküste, die die beiden Trupps leiten werden.«

»Dann melde ich mich über den vereinbarten Weg mit den Daten«, versprach Max. »Wir sehen uns.«

»Wir sehen uns«, verabschiedete sich der Ex-Soldat.

Max blieb einen Augenblick stehen und bewunderte den Dom, dessen über sechshundert Jahre lange Bauzeit wohl das Vorbild für alle Großprojekte in Deutschland war.

»Hey Bauer«, rief jemand über den Platz. »Megagute Sendung! Weiter so!«

Einige Köpfe drehten sich zu ihm herum und manche kamen auf ihn zu, baten ihn um Autogramme. Eigentlich wollte er direkt zurück zum Sender, genoss dann aber das Bad in der Menge.

60
Livestream - Smaragdküste

Die Fußsohlen aller Promis trugen mittlerweile Kratzer und Schnitte und es gab nicht einen, der nicht humpelte.

»Du hättest dein Maul halten sollen!«, schimpfte Francesca. »Wegen dir sind meine Füße ruiniert!«

»Sarah ist nicht dein Feind«, reagierte Claudia. »Lass sie in Ruhe!«

»Ach! Gegen den Gorilla kann die Revolutionärin einen auf hart machen und vor mir muss sie in Schutz genommen werden?«, protestierte Francesca. »Sie ist Schuld!«

»Darauf, dass der Urwald keine Pediküre ist, hättest Du ganz allein kommen können«, sagte Sarah. »Jetzt beiß die Zähne zusammen und achte darauf, wo du deine Füße hinsetzt.«

»Außerdem ist das doch genau die Absicht der Strafe gewesen«, erklärte Claudia. »Mit solchen Strafen versucht man den Zusammenhalt der Gruppe aufzubrechen. Und du fällst da voll drauf rein!«

»Wann machen wir Pause?«, fragte Nina. »Ich habe das Gefühl, dass wir schon seit zwei Stunden ohne Unterbrechung unterwegs sind.«

»Solange ihr noch genug Luft zum Sprechen habt, kann es nicht so anstrengend sein«, sagte der Oberwächter. »Auf! Legt einen Zahn zu!«

Jetzt war es Francesca, die die bösen Blicke der anderen erhielt.

»Was denn?«, fragte sie. »Auf einmal ist es okay, dass er versucht die Gruppe aufeinanderzuhetzen?«

»Wo sie recht hat, hat sie recht«, sagte Fabian, dessen Gesicht von den Spuren der Schlägerei gelblich-grün angelaufen war. Zumindest die Schwellung um sein Auge hatte nachgelassen.

»Meine Wasserflasche ist leer«, verkündete Nina. »Wir müssten die bald auffüllen.«

Stefan ließ sich zu ihr zurückfallen und bot ihr seine Flasche an. Dankbar sah Nina ihn an, nahm einen großen Schluck und gab ihm die Flasche wieder zurück.

»Willst du nicht mehr?«, fragte er.

»Vielleicht später«, antwortete sie. »Ich hätte jetzt Lust auf einen leckeren Eistee. Mit ganz vielen Eiswürfeln!«

Stefan grinste.

»Ein leckerer Cheeseburger würde mir jetzt gefallen. Mit Süßkartoffelpommes und Sour-Cream.«

»Und zum Nachtisch einen Schoko-Muffin!«, schwärmte Nina.

»Das wäre mein Trost gewesen, wenn ich frühe herausgeflogen wäre«, sagte SurvivalStefan. »Fast zwei Wochen im Ressort mit All Inclusive. Was hätte ich mich durchgefressen.«

»Und an der Cocktailbar die Karte rauf und runter getrunken«, träumte Fabian.

»Ich hatte mir vorgenommen, mindestens bis zum fünften Tag durchzuhalten«, sagte Francesca. »Da wäre die Gage sprunghaft angestiegen.«

»Bei mir war das gleichmäßig verteilt«, meldete sich Claudia. »Jeden Tag mehr gibt auch etwas mehr Gage.«

»Die Gage wird es ja wohl immer noch geben«, grübelte Francesca. »Und sowas wie Schmerzensgeld!«

»Wer kannte von euch denn eigentlich alle anderen?«, fragte Stefan. »Ohne dass gegoogelt werden musste?«

Niemand meldete sich.

»Ich kannte nur Claudia, Sophia war ja zwei Winter lang nicht zu übersehen und hatte natürlich von Meyer gehört«, antwortete Fabian. »Und ein wenig noch von Nina.«

»Ich hatte von Sarah und Stefan vorher nichts mitbekommen«, sagte Claudia.

»Sophia war mir unbekannt«, erklärte Francesca. »Und Fabian auch.«

»Das hängt ja auch von den eigenen Interessen ab«, sagte Stefan. »Und vermutlich auch etwas Allgemeinbildung.«

»Und Yellowpress«, ergänzte Fabian.

»Will man da unbedingt herein?«, wunderte sich Stefan.

»Jede Aufmerksamkeit bringt dir Sichtbarkeit«, erklärte Claudia. »Von da aus willst du das. Zumindest solange du nicht der unangenehme Teil eines Skandals bist.«

»Gibt es bei einem Skandal auch einen angenehmen Part?«, fragte Nina.

»Wenn du als Opfer dargestellt wirst«, sagte Claudia.

»Es sind nur zwei Wächter« flüsterte Sarah Stefan zu. »Wäre das nicht eine Gelegenheit?«

Stefan drehte den Kopf und sah nach hinten und entdeckte dort nur einen Wächter. Vorne führte sie der Oberwächter über einen schmalen Pfad und drehte sich nur gelegentlich um. Dann deutete Stefan kurz nach oben, wo man sieben Drohnen erkennen konnte.

»Für jeden eine Persönliche«, kombinierte er. »Zumindest war es so geplant.«

»Wir sollten die Gelegenheit nutzen«, schlug Sarah vor.

»Schneller«, spornte der Oberwächter die Gruppe an. »Wir müssen das ›Labyrinth der Gefahr‹ pünktlich erreichen. Sonst zieht euch Bauer bestimmt etwas von der Gage ab.«

Er lachte laut, ließ die Gruppe an sich vorbeilaufen und musterte dabei alle.

61
Max Bauers Büro, Senderzentrale Köln

Ohne anzuklopfen, trat Irina ins Büro.

»Sie sind wieder da«, sagte sie.

»Wer?«, fragte Max, der sich auf dem Monitor seines Notebooks die aktuellen Zahlen aussah. »Und wir haben die Anzahl der Abonnenten für den Streamingdienst seit dem Sendungsstart verzehnfacht!«

Er lächelte, dann gingen seine Mundwinkel wieder nach unten.

»Aber seit gestern ist da nicht viel passiert«, grübelte er. »So eine Sendung brauchen wir nicht nochmal!«

Sie atmete tief ein.

»Die beiden von der Kripo«, beantwortete sie die Frage, die er - sie war sich sicher - schon vergessen hatte.

»Und was wollen die?«, fragte er. »Hat denen das Videotelefonat nicht gereicht?«

»Scheinbar nicht«, vermutete Irina. »Ich kann sie für dich abwimmeln.«

»Das klingt nach einem guten Plan«, sagte Max. »Ich habe ohnehin zu tun.«

»Hast du mit Huber gesprochen?«, fragte sie.

»Noch nicht, das mache ich nachher noch«, gestand er.

»Der braucht auch etwas Zeit, um die Erklärung ans Auswärtige Amt vorzubereiten«, erklärte sie. »Mach das nicht wieder auf den letzten Drücker.«

»Ja ja«, reagierte Max und Irina war klar, dass er mit dem Kopf nicht mehr bei ihrem Gespräch war.

Wortlos verließ sie das Büro und setzte sich an ihren eigenen Schreibtisch im Vorzimmer. Bis die Polizisten ins Büro kamen, konnte sie noch die E-Mails durchgehen und ging dabei extrem effizient vor. Als es an der Tür klopfte, hatte sie die Anfragen aus fünfzehn Mails entschieden, delegiert oder zur Rücksprache mit Max markiert. Eine der Mails konnte sie nicht genau zuordnen und als sie sich den E-Mail-Header genauer anschauen wollte, um zu sehen, woher sie gesendet wurde, unterbrach sie das Klopfen.

»Herein«, bat sie.

»Hallo Frau Novak«, begrüßte sie Kriminaloberkommissar Müller.

»Hallo«, grüßte Kriminalkommissarin Schmidt.

»Hallo. Wie kann ich Ihnen helfen?«, fragte Irina. »So schnell hatten wir nicht mit einem neuen Besuch gerechnet.«

Müller sah etwas betreten zu Boden, Schmidt hingegen schien angriffslustiger zu sein.

»Wir hätten noch Fragen zu Herrn Meyer«, erklärte sie.

»Sie müssen verstehen«, fiel ihr Müller ins Wort, »dass wir Druck von politischer Seite bekommen.«

Für den Kommentar erhielt er von Schmidt einen vorwurfsvollen Blick.

»Natürlich verstehen wir, dass Sie Ihre Arbeit machen und unterstützen Sie so gut wir können«, entschärfte Irina die Situation. »Aber vielleicht erklären Sie, worum es konkret geht.«

»Herr Meyer ist immer noch nicht erreichbar«, sagte Schmidt. »Und man würde doch gerne mit ihm persönlich sprechen.«

»Sie haben gestern mit ihm persönlich gesprochen.« Irina sah die beiden fragend an.

»Die Person, die die Vermisstenanzeige erstattet hat, möchte mit ihm persönlich sprechen«, sagte Müller. »Ich habe ja gesagt, dass das nicht nötig sei, aber sie besteht darauf.«

»Ich werde mich darum kümmern«, versprach Irina. »Dafür hätten Sie auch nicht herkommen müssen. Ich kann für morgen Nachmittag einen Termin ansetzen.«

Während Müller zufrieden aussah, sah Schmidt angespannt aus.

»Früher geht das nicht?«, fragte sie.

»Sie erinnern sich an die Kontaktsperre? Unser Anwalt wird das mit dem Manager von Herrn Meyer klären und dann werde ich Ihnen drei Termine zur Auswahl anbieten.«

»Könnte einer Ihrer Mitarbeiter uns das mit der Bildmanipulation erklären oder gar vorführen?«, fragte Schmidt und ging gar nicht weiter auf das Angebot von Irina ein.

»Auch das werde ich heute nicht mehr schaffen.« Demonstrativ schaute sie auf ihre Smartwatch. »Aber ich kümmere mich darum, dass morgen vor oder nach dem Telefonat jemand für Sie bereitsteht.«

Sie sah das unzufriedene Gesicht der Kommissarin.

»Sie müssen wissen«, ergänzte Irina, »dass die Kollegen nicht hier im Haus sitzen, sondern in Bonn.«

»Verstehe«, reagierte Müller. »Wir warten dann auf Ihre Nachricht, Allerdings hätte ich noch eine Frage.«

Er wartete kurz.

»Meine Frau hatte versucht, Karten für die Studioshow zur Finalsendung zu bekommen«, erklärte er. »Allerdings ohne Erfolg. Ich dachte mir, dass Sie vielleicht noch ein Kontingent haben, aus dem ich Ihnen zwei Karten abkaufen könnte.«

Irina verkniff sich ein Grinsen.

»Da kann ich sicherlich etwas für Sie arrangieren«, sagte sie. »Wie viele Karten benötigen Sie denn?«

»Zwei«, antwortete Müller.

»Sie auch?« Fragend sah Irina die Kommissarin an.

»Für mich nicht. Danke.«

»Ich bezahle die natürlich auch«, erklärte Müller. »Damit nicht am Ende der Vorwurf der Bestechung kommt.«

»Wie Sie wünschen«, sagte Irina. »Ich melde mich dann mit den Terminen bei Ihnen.«

Die beiden verabschiedeten sich und Irina veranlasste noch, dass morgen zwei Backstagekarten für den Kommissar bereitliegen würden, als Max aus dem Büro trat.

»Du hättest warten können, bis ich dir gemeldet habe, dass die Polizei weg ist«, sagte sie.

»Wieso?«, fragte er, »Ich habe doch nichts zu verbergen.«

»Wenn du meinst. Sie wollen nochmal mit Meyer sprechen.«

»Hat das Gespräch gestern nicht gereicht?«, fragte Max.

»Sie bringen jemanden mit«, erklärte Irina. »Denjenigen, der die Vermisstenanzeige erstattet hat.«

»Oha.« Max legte die Stirn in Falten. »Das wird vermutlich deutlich schwieriger sein.«

»Bis morgen Nachmittag hast du die Meldung beim Auswärtigen Amt gemacht«, erinnerte ihn Irina. »Dann werden die vermutlich entscheiden, wer da mit wem Kontakt haben darf.«

»Das kollidiert alles«, sorgte sich Max.

»Was kollidiert?«, fragte Irina.

»Die Söldner können ab morgen zuschlagen, ich brauche nur noch Infos aus Smaragdküste«, erklärte er.

»Du solltest das dem Staat überlassen«, tadelte sie.

»Ich habe heute mit meinem Kontaktmann gesprochen«, sagte Max.

»Dein Termin heute Morgen?«, fragte Irina.

»Ja«, antwortete Max. »Ich hatte eine Idee, um deren Umsetzung ich mich kümmern musste.«

Er wartete auf eine Reaktion von Irina, die blieb aber aus, also erzählte er einfach weiter.

»Die Kerle vom Rettungskommando haben ja diese hochauflösenden Helmkameras und …«

»Du willst die Rettungsaktion vermarkten?«, fragte Irina. »Du hast auch gar keine Skrupel!«

»Skrupel bringen einen nicht weiter«, sagte Max. »Du arbeitest lange genug für mich, um das zu wissen.«

62
Aktuelle Sendung Boulevardmagazin »Leute des Tages«

»Seit vier Tagen läuft auf dem Sender ›Das Sechste‹ die - laut Aussage des Technik-Milliardärs und Senderchefs Maximilian Bauer -

härteste Survivalshow im deutschen TV«, las Ruth Gold von ihrer Moderationskarte ab. »Hierzu möchte ich Doktor Anke Schwetziger begrüßen. Die Medienexpertin hat über Reality-TV Formate promoviert.«

»Vielen Dank für die Einladung«, grüßte die blonde Frau, die einen Kopf kleiner als die Moderatorin, aber ähnlich schlank war. Nicht nur die Haarfarbe hatten die beiden Frauen gemeinsam, auch den schulterlangen Schnitt und den Scheitel auf der gleichen Seite, als ob sie sich abgesprochen hätten.

»Mit ›Big Brother‹ fing in Deutschland das Zeitalter der Reality-TV Sendungen an und im Laufe der Jahre hatte man den Eindruck, dass es den Sendern darum ging, die Grenzen immer wieder zu überschreiten«, moderierte Ruth.

»Wenn ich da kurz einhaken darf«, meldete sich Schwetziger. »Tatsächlich gab es schon in den Siebzigern in den Vereinigten Staaten die Show ›An American Family‹. In den Neunzigern folgten dann Formate wie ›The Real World‹ und ›Survivor‹.«

»›Survivor‹ klingt ein wenig wie ein Vorläufer von ›Zehn kleine Prominente gingen in den Dschungel‹?«

»Grundsätzlich ja. Zwei Teams wurden an einen abgelegenen Ort gebracht und mussten Herausforderungen meistern. Nach und nach scheiden die Kandidaten aus, bis nur noch der oder die Siegerin übrig bleibt.«

»Das klingt schon sehr nach dem Dschungelcamp, nur dass es dort nicht zwei Teams gab«, sagte Ruth.

»Und auch ›Zehn kleine Promis‹ arbeitete mit dem gleichen Schema«, bestätigte Schwetziger.

»›Scripted Reality‹ habe ich hier als Begriff stehen.« Ruth schaute auf ihre Moderationskarte. »Läuft das nicht dem Prinzip ›Reality‹ entgegen?«

»Für die Produzenten der Serien gibt es ja viele Möglichkeiten, in den Verlauf einzugreifen. Manchmal sehr direkt, manchmal indirekt. Und auch die Kandidaten spielen ja oft - bewusst oder unbewusst - eine Rolle. Ganze Szenen direkt nach Drehbuch spielen zu lassen, ist da kein großer Beinbruch.«

»›Zehn kleine Promis‹ schockt mit der Dramatisierung, dass die Kandidaten der Sendung entführt wurden und rechtfertigt so ungewöhnlich brutale Bilder. Werden da nicht gleichzeitig mehrere Grenzen überschritten?«

»Das kann ich mehrfach bejahen«, erklärte die Expertin. »Das Thema Geiselnahme ist ohnehin sehr emotional und manche Zuschauer werden sich noch an das Drama von Gladbeck erinnern, bei dem sich die Medien mit wenig Ruhm bekleckert hatten und den Geiselnehmern eine Plattform geboten haben. Was die brutalen Bilder betrifft, so muss man sich vor Augen führen, dass manche Kinder bis zu ihrem zwölften Geburtstag schon über eintausend TV-Tode gesehen haben. Das stumpft ab und wenn es dann noch so inszeniert wird wie bei ›Zehn kleine Promis‹ … Ja. Da wurden Grenzen überschritten. Aber genau damit rechnen die Macher der Sendung.«

»Wie lange wird es dauern, bis solche Sendungen wirklich das Leben von Menschen kosten?«, fragte Ruth.

»Das ist bereits passiert«, berichtete Schwetziger. »2013 starb ein Franzose nach der Teilnahme eines Dschungelcamp ähnlichen Formates an Herzversagen. 2015 kamen bei der Kollision zweier Hubschrauber während der Dreharbeiten zu einer Produktion zehn Menschen ums Leben.«

»Aber bisher nicht vor laufender Kamera?« Ruth hatte erschrocken eine Hand vor ihren Mund gehalten.

»Nein. So weit kam es bisher noch nicht. Das ist bisher Spielfilmen und Serien vorbehalten.«

»Bisher?«, fragte Ruth erstaunt.

»Im Moment scheinen wir vor solchen Formaten sicher zu sein«, antwortete die Expertin. »Die Internationalisierung des Fernsehens und Streamings wird da Lücken schaffen, die ein Format wie ›Running Man‹ real ermöglichen. Das ist vermutlich eine Frage des Geldes.«

63
Regieraum Köln

Gerade als der Vorspann lief, betrat Max den Regieraum.

Katrin nickte ihm kurz zu, Irina war ebenfalls auf ihrem Platz. Der Vorspann wurde verändert und die Szenen der ausgeschiedenen Kandidaten waren mit einem schwarzen Trauerflor versehen. Irina fand das etwas makaber, Max aber war der Meinung, dass das zur offiziellen Version passen würde.

»Willkommen zur vierten Livesendung von«, fing Mira an, die auf dem großen Monitor zu sehen war.

»›Zehn kleine Prominente gingen in den Dschungel‹«, verkündete das Moderatorenduo gemeinsam, wieder mit einem Echoeffekt überlagert.

»Nachdem nun auch die anderen Kandidaten ihr Schuhwerk verloren haben und barfuß durch den Dschungel wandern, geht es heute in die vierte Dschungelherausforderung«, sagte Leon.

»Und wer weiß, ob sie sich da nicht verirren«, kommentierte Mira. »Denn heute geht es in ›Das Labyrinth der Gefahr‹!«

»Können wir da nicht einen anderen Audioeffekt nehmen?«, forderte Max. »Das klingt bekloppt.«

»Wir haben schon einige Sachen geändert«, antwortete Katrin, »irgendwann ist es gut. Das irritiert die Zuschauer.«

»Die haben sich ohnehin schon ausgiebig über die gestrige Sendung beschwert«, sagte Irina. »Wirklich schlechte Kritiken. Nicht eine wohlwollende und auch die Zuschauerreaktionen sind schlichtweg miserabel.«

»Ich mag den Soundeffekt nicht und möchte, dass er ausgetauscht wird«, insistierte Max. »Und nun konzentrieren wir uns auf die Sendung!«

Während die kleineren Monitoren zeigten, wie die Promis sich einen Weg entlang quälten, spielten sich Mira und Leon auf dem Hauptbildschirm die Bälle zu.

»Weißt du eigentlich, was der Unterschied zwischen einem Labyrinth und einem Irrgarten ist?«, fragte Mira.

»Nein«, gestand Leon. »Das wusste ich tatsächlich nicht. Aber ich bin mir sicher, dass du mir das erklären wirst.«

»Natürlich Leon«, sagte Mira. »Bei einem Labyrinth gibt es nur einen Weg zur Mitte. Der Irrgarten hat viele Abzweigungen, die in die Irre führen.«

»Wenn ich das richtig verstehe, müsste unsere Herausforderung also den Titel ›Der Irrgarten der Gefahr‹ tragen?«

»Exakt. Und der hat es in sich. Unsere Promis müssen nicht nur den Weg durch diesen Irrgarten finden, neben giftigen - und dieses Mal lebenden - Tieren und Pflanzen gibt es Fallen und Jäger.«

»Unsere Techniker haben sich, was die Fallen betrifft, voll austoben dürfen. Fallgruben mit vergifteten Spießen, versteckte Schussanlagen. Ganz ehrlich: Speziell heute möchte ich nicht mit denen tauschen!«

»Wie viele Jäger gibt es denn?«, fragte Mira. »Und mit was sind die bewaffnet?«

»Sieben Promis, sieben Jäger, kein Schneewittchen«, witzelte Leon. »Sie sind mit Pfeil, Bogen und Messern bewaffnet.«

»Dunkelhäutige, die mit Messern hinter weißen Menschen hinterherlaufen? Welcher Idiot hat sich das ausgedacht? Da ist doch schon wieder der nächste Shitstorm vorprogrammiert«, regte sich Max auf. »Da muss unser Social Media Team proaktiv was draus machen.«

Er nickte Irina zu, die sofort eine E-Mail verfasste.

64
Liveübertragung - Smaragdküste

»Ob wir dann am Ende der Herausforderung überhaupt noch einen Promi übrig haben werden?«, fragte Mira. »Oh, ich höre gerade, dass sie angekommen sind.«

Außer Atem betraten die Kandidaten die Szene von der rechten Seite. Auf der linken Seite stand das Moderatorenduo und rechts hinter ihnen war ein großes Tor, links hinter ihnen konnte man ein ähnliches Tor sehen.

»Willkommen ihr Lieben! Wir hoffen, ihr hattet eine gute Nacht und einen schönen Tag«, begrüßte Leon die Promis. »Wie ich sehe, habt ihr euch heute gegen festes Schuhwerk entschieden. Ob das eine so gute Entscheidung war?«

Hasserfüllte Blicke blitzten Leon entgegen, trotzdem gab sich keiner die Mühe, ihm eine Antwort zu gönnen.

»Unsere heutige Prüfung trägt den Titel ›Das Labyrinth der Gefahr‹, aber wie Leon heute schon lernen durfte, handelt es sich eigentlich um den ›Irrgarten der Gefahr‹.«

Sie wiederholte die Erklärung des Unterschiedes für die Kandidaten, die das nicht wirklich zu interessieren schien. Die Beschreibung der Gefahren bei der Herausforderung sorgte für geschockte Gesichter.

»Wie ihr seht«, erklärte Leon, »sind hinter uns zwei Tore. Das eine ist der Eingang, das andere der Ausgang. Für uns wird es ein einfacher Weg sein, denn wir werden uns nur umdrehen müssen. Ihr hingegen habt einen etwas längeren Weg vor euch. Ich erlaube mir den Hinweis, dass nicht alles, was wie eine Sackgasse aussieht, auch eine sein muss. Ihr werdet das verstehen, wenn ihr an die Stellen gelangt.«

»Neben den Tieren, Pflanzen, Fallen und Jägern habt ihr aber noch einen weiteren Gegner: die Zeit«, ergänzte Mira. »Ihr habt von dem Moment an, wenn das Tor das erste Mal durchschritten wird, fünfundvierzig Minuten, um aus dem Zieltor wieder herauszukommen. Jeder der zu spät kommt, wird disqualifiziert!«

»Und auch heute entscheidet sich die Reihenfolge wieder durch das Zuschauer Voting. Alle ab jetzt abgegebenen Stimmen zählen für die Sendung morgen und wie immer qualifizieren sich auch die Stimmen für die disqualifizierten Promis für die Auslosung der zehntausend Euro«, sagte Leon.

»Habt ihr noch Fragen, bevor es losgeht?«, fragte Mira und drehte sich zu den Promis.

»Dürfen wir uns gegen die Jäger wehren?«, meldete sich Survival-Stefan.

Mira und Leon schauten erst sich gegenseitig und dann den Oberwächter an.

»Wenn du nah genug dran kommst, haben es die Jäger nicht anders verdient«, sagte er und klang dabei fast gleichgültig.

»Zur Zeitmessung haben wir unsere große Sanduhr.« Während Leon erklärte, trugen zwei Wächter eine ungefähr einen Meter große Sanduhr vor das Moderatorenduo. »Und ihr seid sicher schon ganz scharf darauf, die Herausforderung anzutreten.«

»Als Erste betritt ›Das Labyrinth der Gefahr‹ unsere SparkleSarah!«, verkündete Mira. »Die anderen folgen im Minutentakt.«

Sarah drückte alle anderen und trat vor das Eingangstor, das von zwei Wächtern geöffnet wurde und den Blick auf einen langen Gang mit etwa zweieinhalb Meter hohen Wänden freigab. Die Mauern bestanden aus groben Steinen, waren mit Lianen und Kletterpflanzen bewachsen und vermittelten den Eindruck einer Ruinenstadt. Sarah trat über die Schwelle und zwei Wächter drehten die große Sanduhr um, so dass der Sand langsam ins untere Glas rieselte.

»Die Zeit läuft«, sagte Leon.

Während Sarah sich Schritt für Schritt vortastete, wurde das Tor wieder verschlossen. Die Kamera wechselte auf eine Drohne, die über dem Irrgarten schwebte und einen Teil zeigte, der Sarah aus ihrer Perspektive verborgen blieb. Sie stand immer noch kurz hinter dem Tor, zog dann an einer der Kletterpflanzen und kletterte an ihr hoch. Kaum hatte sie den Kopf über die Mauerkante gehoben, zischte wenige Zentimeter an ihrem Kopf ein Pfeil vorbei und sie ließ sich schnell wieder in den Gang herab. Vorsichtig tastete sie sich Schritt für Schritt vorwärts, bis sie die erste Abzweigung erreichte und zögerte. Unsicher lugte sie in den Gang hinein und überlegte dann.

»Gibt es mehrere Wege bis zum Ziel?«, fragte sie laut.

Eine Antwort blieb aus. Dann ging sie den ersten Gang weiter, bis der an einem Rechtsknick endete.

»Okay, keine Antwort ist auch eine Antwort«, sagte sie zu sich selbst. »Offensichtlich muss man sich hier für einen der beiden Wege entscheiden.«

Sie zog eine der Wurzeln aus der Wand, brach sie so ab, dass sie sie als kurzen Stock in der Hand hatte, ging zurück zur ersten Abzweigung und wartete.

»Claudia«, rief Mira, »du darfst als Nächste!«

Das Tor wurde kurz geöffnet und nachdem Claudia die anderen Kandidaten umarmt hatte, folgte sie Sarah, die sie bereits erwartete.

»Mein Vorschlag ist, dass jedes mal, wenn wir an eine Abzweigung vom Hauptgang kommen, jemand hineingeht und den erkundet. Und die anderen gehen den Hauptgang so lange weiter, bis wieder eine Abzweigung kommt.«

»Dann warte ich auf den Nächsten und gehe mit ihm weiter«, kombinierte Claudia. »Generell eine gute Idee. Wenn das, was wir als Hauptgang sehen, aber schnell zur Sackgasse wird und die Abzweigungen selbst lang sind, wird es schwierig. Aber ich habe keine bessere Idee. Außer dass wir Sackgassen mit einem Kreuz markieren sollten.«

Sie brach sich auch eine Wurzel aus der Wand und ritzte einen kleinen Strich in die Mauer.

»Gute Idee! Wir sehen uns«, sagte Sarah und betrat die Abzweigung, die direkt wieder einen Knick machte und zurück in Richtung der Außenmauer führte.

Dort angekommen bemerkte sie, wie SurvivalStefan ins Labyrinth geschickt wurde und wartete, bis sie hörte, wie das Tor geöffnet wurde.

»Stefan«, rief sie, »nicht über die Mauer schauen! Da wird scharf mit Pfeilen geschossen!«

»Danke für die Warnung«, antwortete er.

»Claudia erklärt dir, wie wir vorgehen wollen«, ergänzte sie.

»Ja, sie winkt mir zu«, sagte Stefan.

Sarah folgte dem Weg, der nach der Außenwand wieder in die Gegenrichtung führte und sah an den Wänden vor sich mehrere Spinnen und sie blieb erschrocken stehen.

»Was Sarah da vor sich sieht«, hörte sie Leon sagen, »sind Bananenspinnen. Sie erreichen eine Größe von bis zu achtzehn Zentimetern Beinspannweite, der Körper kann bis zu fünf Zentimeter groß sein und ihr Gift kann für Menschen tödlich sein. Ich bin sicher, dass sich Sarah über diese Information freut!«

Die Spinnen selbst schienen keine Notiz von ihr zu nehmen, aber da auf beiden Seiten des Ganges Tiere saßen, konnte sie sich auch nicht einfach daran vorbeidrücken. Allen Mut zusammennehmend schritt sie durch und sah dann zu, dass sie Abstand zu den Arachniden gewann. Der Gang machte einen Knick nach rechts und Sarah ging zögernd weiter.

»Ich entferne mich immer mehr vom Ziel«, rief sie. »Das kann nicht richtig sein.«

65
Liveübertragung - Smaragdküste

Claudia und Stefan folgten dem Hauptgang und kamen bald an eine Abzweigung zur Linken.

»Ich nehme die Abzweigung und du gehst zurück und wartest auf den Nächsten, Ihr geht dann den Hauptgang weiter«, erklärte Claudia.

Stefan nickte und eilte zur Ecke zurück und winkte Fabian zu sich, der gerade durch das Tor eingetreten war. Der rannte Stefan entgegen, stolperte und verschwand aus Stefans Sichtfeld. Erschrocken sprintete er zurück und sah, dass der Schriftsteller in einer Fallgrube gelandet war und um Haaresbreite angespitzte, im Boden steckende Pfähle verfehlt hatte.

»Gib mir deine Hand«, sagte Stefan und streckte dem anderen Mann die Hand entgegen.

Der nickte und ließ sich im Artistengriff so weit hochziehen, bis er selbst unterstützen konnte.

»Warum hat diese Falle erst bei mir ausgelöst?«, wunderte er sich.

»Der Gang ist breit genug«, vermutete Stefan. »Vielleicht ist bisher niemand sonst auf den Auslöser getreten. Hast du irgendetwas gespürt?«

»Nein«, antwortete Fabian. »Der Boden unter mir öffnete sich einfach.«

»Du zitterst am ganzen Körper«, stellte Stefan fest. »Du solltest dich kurz ausruhen.«

»Wir haben nicht viel Zeit«, erinnerte Fabian ihn an das Zeitlimit. »Lass uns weitergehen.«

Sie folgten dem Gang und kamen an dem Abzweig vorbei, den Claudia erkundete.

»Geh zurück und warte auf die Nächsten«, sagte Stefan. »Ich gehe diesen Gang so lange weiter, bis ein Abzweig kommt und erkunde den.«

Er erklärte das System, das sich Sarah ausgedacht hatte, und setzte den Weg fort, während Fabian langsam wieder zurückging, um auf den Nächsten zu warten. Es dauerte nicht lange, bis Stefan an den nächsten Gang kam, der nach links abging und er betrat ihn.

»Hier gibt es Frösche!«, rief er laut.

»Während Sarah es mit Arachniden zu tun hat, ist Stefan in der Gesellschaft von Pfeilgiftfröschen«, sagte Mira, zu der die Kamera gewechselt hatte. »Er denkt hoffentlich daran, nicht an den giftigen Amphibien zu lecken!«

»Kim«, sagte Leon. »Bitte betritt den Irrgarten!«

»Was ist hier los?«, beschwerte sich Francesca. »Seid ihr sicher, dass ihr die richtige Reihenfolge habt? Ich stehe noch hier draußen und Fabian ist schon drinnen?«

»Die Gunst der Zuschauer kann man schnell verlieren«, erklärte Mira. »Und mit den richtigen Taten kann man auch Sympathien gewinnen!«

Kim durchschritt das Tor, die Kamera wechselte wieder zu Stefan, der vorsichtig Schritt für Schritt weiterging, um ja nicht auf einen der vielen Frösche zu treten.

»Das kann ja wohl kaum artgerechte Haltung sein«, kommentierte er.

Gerade als er auftreten wollte, bewegte sich einer der schwarzgelben Frösche genau dorthin, wo er seinen Fuß aufsetzen wollte. Erschrocken zog er ihn zurück, verlor die Balance und ruderte mit den Armen. Er fand halt an der Mauer, hörte ein Klacken und suchte die Ursache des Geräusches. Dann sprang ein verborgenes Fach in der Mauer auf. Ohne Vorwarnung schoss ein kurzer Pfeil heraus und verfehlte seine Hand an der Mauer nur um wenige Millimeter.

»Fuck«, entfuhr es ihm. »Fuck!«

Die Kamera wechselte auf Claudia, die nach mehreren Richtungswechseln das Ende ihres Ganges erreicht hatte.

»Mein Gang ist eine Sackgasse«, verkündete sie.

Sie drehte sich um und ging den Weg zurück.

Die Kamera wechselte wieder auf das Moderatorenduo.

»Da scheint Claudia einen Gang ohne etwas Giftiges erwischt zu haben«, kommentierte Leon.

»Nina«, sagte Mira. »Du bist an der Reihe!«

Die Sängerin umarmte Francesca kurz, der standen Tränen in den Augen.

»Francesca scheint es nicht gewohnt zu sein, als Letzte gewählt zu werden«, konnte sich Leon nicht verkneifen, wofür er von ihr ein »Idiot!« kassierte.

»Somit sind nun auch die ersten fünf Minuten vorbei«, sagte Mira. »Euch bleiben noch vierzig Minuten, den Ausgang zu erreichen!«

Die Kamera wechselte auf Sarah, deren Gang erneut nach rechts abbog. Sie blieb stehen, schaute nach vorne und überlegte.

»Wenn ich jetzt noch einmal nach rechts abbiege, habe ich mich einmal im Kreis gedreht«, sagte sie zu sich selbst. »Aber in den Labyrinthen führen ja auch zwei Spiralen zum Zentrum.«

Sie ging weiter und achtete auf die Mauern, auf denen zwar keine großen Spinnen zu sehen waren, dafür aber viele Kakerlaken und Käfer.

Fabian erreichte die nächste Abzweigung nach rechts und ging zitternden Schrittes hinein.

»Irgendwo müssen doch auch die Jäger sein«, kommentierte er.

Beim Versuch, genau auf den Boden zu achten, beachtete er die Wände zu wenig und griff beim Abstützen in eine der Kletterpflanzen.

»Da hätte Fabian besser aufpassen sollen«, sagte Mira, zu der die Kamera gewechselt hatte. »Schon der Kontakt zur ›Roten Lilie‹ kann zu Reizungen führen und Rötungen wären nur das geringste Problem für den Schriftsteller.

»Scheiße«, schimpfte der, als die Kamera ihn wieder im Fokus hatte und versuchte, seine Hand an seinem Hemd abzureiben. Die Rötung war bereits deutlich zu sehen. »Was ein Mist!«

Er ging fluchend weiter und achtete sowohl auf den Boden als auch auf die Pflanzen, gelangte aber schon bald an das Ende des Ganges.

»Und das alles nur für eine Sackgasse!«, regte er sich auf.

»Francesca«, verkündete Mira, als die Kamera wieder das Moderatorenduo zeigte. »Es ist nun auch Zeit für dich ›Das Labyrinth der Gefahr‹ zu betreten!«

»Wir sehen uns am Ausgang wieder«, sagte Leon und deutete auf das andere Tor.

Francesca wartete, bis das Tor für sie geöffnet wurde und ging hindurch.

»Dann wollen wir auch mal unserer Reise antreten«, lachte Leon. Mira und er drehten sich einfach in die andere Richtung mit Blick auf das Ausgangstor. »Ein Liegestuhl wäre jetzt praktisch. Aber lieber hier stehen als durch ›Das Labyrinth der Gefahr‹ laufen.«

66
Liveübertragung - Smaragdküste

Eine Drohne erfasste den Irrgarten von oben und zeigte einige der Promis in ihren Gängen. Bevor man jedoch mehr erkennen konnte, wechselte die Perspektive auf Francescas Stirnkamera. Die ging langsam an der Grube vorbei, in die Fabian gefallen war, und stützte sich an der gegenüberliegenden Wand ab. Ein kurzes Klacken ertönte und sie blieb erstarrt stehen.

Direkt vor ihr öffnete sich eine Klappe, zwei kurze Pfeile schossen heraus und wenn sie nur einen Schritt weiter gegangen wäre, hätten sie ihren Kopf getroffen.

»Ich will hier raus!«, schrie sie. »Ich kann das nicht mehr!«

Wie bei der Herausforderung am Vortrag bewegte sie sich nicht mehr.

»Francesca«, rief Nina. »Du musst weitergehen!«

»Ich gehe keinen Schritt weiter«, rief sie zurück, »bleibe genau hier stehen, bis die Herausforderung fertig ist.«

»Ich würde mich auch hinsetzen«, flüsterte sie. »Habe aber Angst, dass ich dann wieder eine Falle auslöse.«

Die Kamera wechselte zu Fabian, auf dessen Arm sich eine große rötliche Blase gebildet hatte. Er ging Schritt für Schritt weiter, achtete auf jede Bodenplatte und vermied es, Kontakt mit den Wänden zu haben. Dann hörte er aber doch ein verräterisches Knacken, als er mit ganzem Gewicht auf einer der Bodenplatten stand. Er war bereit, in die eine oder andere Richtung zu springen, und sah dann auf Höhe seiner Knie eine sich öffnende Klappe. Kurz entschlossen sprang er etwa einen Meter weiter, schaute nach hinten und erschrak, als der Boden unter ihm nachgab. Auf ganzer Gangbreite tat sich ein Schacht auf und er fiel hinein. Wasser spritzte auf, er tauchte unter, berührte den Boden und stieß sich ab. Eine Drohne erfasste ihn von oben und filmte, dass der Schacht bis zur Wasseroberfläche etwa eineinhalb Meter tief war. Fabian versuchte herauszuklettern, fand an den Wänden aber keinen Halt.

»Hilfe!«, rief er. »Ich komme hier nicht allein heraus!«

Die Kamera wechselte auf das Moderatorenduo.

»Na zumindest hat Fabian jetzt eine Abkühlung für seine Vergiftung«, kommentierte Leon. »Ich finde es schade, dass die Kandidaten uns kaum hören können. Ein Megafon wäre jetzt gut!«

Wieder wechselte das Bild zur Drohne über Fabian, der weiter nach einem Weg aus dem Schacht suchte und immer wieder versuchte, an verschiedenen Stellen herauszuklettern, nur um immer wieder ins Wasser zu fallen. Claudia kam ins Bild.

»Ich helfe dir«, kündigte sie an.

Sie sah sich um und legte sich dann so auf den Boden, dass ihr Kopf und ihre Arme über den Schacht ragten. Dann hielt sie Fabian den Arm entgegen.

»Wenn ich dich mal nicht mit herunterziehe«, sagte er und ergriff ihren Arm.

Sie versuchte, ihm Halt zu geben, aber er rutschte wieder ab.

»Nochmal!«, feuerte sie ihn an. »Wir schaffen das, wir haben schon ganz andere Abenteuer zusammen erlebt!«

»Die waren alle angenehmer als das hier«, reagierte Fabian. »Wesentlich angenehmer.«

Wieder packte er im Artistengriff zu, schaffte es dieses Mal mit der anderen Hand bis zum Rand des Schachts und zog sich langsam hoch. Er rutschte ab, aber Claudia hielt ihn fest. Beim nächsten Versuch schafften sie es, ihn mit gemeinsamen Kräften herauszuziehen. Außer Atem lagen sie nebeneinander und lachten.

»Danke!«

»Gerne«, sagte sie.

Langsam wurde beiden wieder bewusst, dass die Herausforderung noch nicht bestanden war.

»Wir müssen weiter«, sagte Fabian. »Am besten nicht mehr allein.«

Claudia nickte.

»Vor allem müssen wir jetzt erstmal auf die andere Seite. Auch wenn das nur ein Meter ist.«

»Und wir wissen nicht, wo man auf der anderen Seite auftreten kann, ohne eine weitere Falle auszulösen«, ergänzte Fabian.

Sie standen auf, nickten sich zu und Fabian wagte den ersten Sprung. Er gelangte auf die andere Seite und als nichts passierte, streckte er seine Hand Claudia entgegen.

»Hier, auf die Platte, da passiert nichts. Hoffe ich.«

Sie ergriff seine Hand, sprang, wurde von ihm gezogen und war auf der anderen Seite. Ohne, dass etwas passierte.

Die Perspektive wechselte auf die Stirnkamera von Sarah, die erneut nach rechts abgebogen war und die nächste Ecke schon vor sich sah. Zögernd wagte sie sich vor und war überrascht, als sie erkannte, dass der Weg dahinter nach links abbog. Sarah ging weiter, der Weg bog erneut nach links ab und sie sah bereits die nächste Ecke.

»Ich glaube, hier geht es weiter!«, rief sie und bog um die nächste Ecke.

67
Liveübertragung - Smaragdküste

Am Ende des Ganges sah Sarah einen der Jäger. Er trug Pfeilköcher und Bogen über den Schultern und ein langes Messer im Gürtel. Ein kurzer Schurz und eine Maske, die das ganze Gesicht bedeckte, ergaben das stereotype Bild eines Stammeskriegers.

Der Mann zog einen Pfeil aus dem Köcher, spannte den Bogen und zielte auf Sarah. Geistesgegenwärtig drehte sie um und rannte los. Gerade rechtzeitig, denn der Pfeil sauste dort durch die Luft, wo sie gerade noch gestanden hatte. Sie hörte, wie der Mann sich in Bewegung setzte, und eilte zur nächsten Ecke. Bei einem der längeren Gänge hatte er sie wieder im Blickfeld und schoss einen Pfeil, verfehlte sie aber erneut. Als sie die Stelle mit den Bananenspinnen erreichte, blieb sie stehen und wartete. Der Jäger kam um die Ecke, schien überrascht, dass seine Beute nicht weiter vor ihm weggelaufen war, hob den Bogen und spannte ihn.

In dem Moment warf Sarah mit jeder Hand eine der Spinnen auf den nackten Bauch ihres Verfolgers. Er sah erst nach unten, ließ dann den Bogen fallen und versuchte, die Spinnen von sich herunterzuschlagen. Sarah zögerte nicht, ergriff zwei weitere Spinnen, warf sie auf den Mann und lief dann weiter, bis sie den Hauptgang erreichte, wo sie Francesca fast über den Haufen rannte.

»Wir müssen weiter«, feuerte sie die Schauspielerin an. »Wir haben einen Jäger im Nacken.«

Francescas Blick folgte dem Gang, aus dem Sarah gekommen war, und setzte sich gemeinsam mit ihr in Bewegung.

»Wer hätte gedacht, dass es unsere Jäger sind, die medizinische Versorgung brauchen«, kommentierte Mira und sie gab sich nicht mal Mühe, ein Lächeln zu verbergen. »Gut gemacht Sarah! Du bist meine Heldin!«

»Ich muss eindeutig sagen, dass ›Das Labyrinth der Gefahr‹ eindeutig spannender ist, als ›Das Giftbecken‹«, sagte Leon. »Und wir haben gerade erst angefangen!«

Nina und Kim waren am Wasserschacht angelangt und zögerten.

»Wie seid ihr über das Wasser gekommen?«, fragte Kim laut.

»Springen«, kam die Antwort von Fabian. »Der Boden auf der anderen Seite scheint sicher zu sein.«

»›Scheint‹«, wiederholte Nina zweifelnd, da hatte Kim schon zum Sprung angesetzt.

Gerade als sie auf der anderen Seite landete, erreichte Stefan die gleiche Stelle.

»Es sollte niemand mehr allein gehen«, schlug er vor. »Es gibt genügend Stellen, an denen wir uns gegenseitig helfen können.«

»Das hört sich nach einer guten Idee an«, sagte Nina, die problemlos auf die andere Seite sprang und dort von Kim in Empfang genommen wurde. Sie ging sofort zwei Schritte weiter, damit auch Stefan folgen konnte. Kurz hinter der nächsten Ecke teilte sich der Weg in drei Gänge auf.

»Na super«, kommentierte Stefan.

»Welchen Gang habt ihr an der Dreifachgabelung genommen?«, fragte Kim laut.

»Den Rechten«, antwortete Claudia.

»Sarah? Francesca?«, rief Kim. »Nehmt bei der Dreifachgabelung den linken Weg!«

»Den linken Weg«, antwortete Sarah. »Verstanden!«

Im Gänsemarsch gingen sie weiter. SurvivalStefan führte die kleine Gruppe an, Nina folgte ihm und Kim bildete den Abschluss. Als sie um die zweite Ecke gingen, kreischte Nina. Die Wände und der Boden des Ganges waren voller Bananenspinnen.

»Ich dachte immer, die wären Einzelgänger«, sagte Stefan. »Das müssen mindestens fünfzig sein!«

»Das wollte ich nicht wissen.« Nina schnappte sichtlich nach Luft. »Müssen wir da alle durch? Kannst du die nicht wegmachen?«

»Soll ich dir etwas verraten?«, fragte Stefan. »Ich habe vermutlich mehr Angst vor Spinnen als du.«

»Der große SurvivalStefan hat Angst vor Spinnen?«, wunderte sich Kim. »Nicht, dass du die nicht haben dürftest, aber es ist schon ein wenig seltsam. Du hast doch bestimmt immer mal wieder beim Outdoor Übernachten mit ihnen zu tun gehabt?«

»Und es hat mich jedesmal große Mühe gekostet, nach außen hin ruhig zu wirken«, grinste Stefan.

»Und nun?«, fragte Kim. »Augen zu und durch?«

»Ich hoffe einfach, dass das bei der nächsten Ecke aufhört«, sagte Stefan und ging langsam und vorsichtig weiter. »Und dass wir keine zertreten.«

Sichtlich angespannt machte er Schritt um Schritt, die beiden Frauen folgten ihm. Er fixierte den Blick auf die spinnenfreie Wand vor sich und schielte immer wieder auf den Boden, um zu sehen, wohin er seine Füße setzte. Die meisten Spinnen blieben an ihrer Position sitzen, wenige bewegten sich, nur um dann an einer anderen Stelle zu bleiben.

»Ich glaube, die interessieren sich gar nicht für uns«, grübelte Kim. »Und vermutlich haben die mehr Angst vor uns als wir vor denen.«

»Wenn die mehr Angst vor mir als ich vor ihnen habe«, reagierte Nina, »müssten die alle mit einem Herzinfarkt tot umfallen.«

»Haben Spinnen überhaupt ein Herz?«, fragte Kim.

»Können wir bitte aufhören, auch noch über sie zu reden?«, bat Stefan. »Es ist nur noch ein Meter.«

Die Kamera wechselte zu Francesca und Sarah. Beide Frauen schauten immer wieder hinter sich in der Befürchtung, dort den Jäger zu sehen.

»Bist du dir sicher, dass da wirklich jemand war?«, fragte Francesca.

»Ja!«, antwortete Sarah gereizt. »Er hat nach mir geschossen. Mindestens zweimal.«

»Es war kein Schuss zu hören«, zweifelte Francesca.

»Mit Pfeil und Bogen«, erklärte Sarah.

»Warum folgt er uns nicht?«

»Ich habe ihn mit Spinnen beworfen«, erklärte Sarah. »Das hat ihn zumindest kurz aufgehalten.«

Francesca machte ein angeekeltes Gesicht.

»Wenn wir Glück haben, wurde er von ihnen gebissen«, sagte Sarah. »Vielleicht kommt er deshalb nicht hinter uns her.«

Sie waren beim Wasserschacht angelangt und ohne groß zu warten, sprang Sarah auf die andere Seite. Zu ihrem sichtlichen Erstaunen folgte Francesca ohne Zögern und sie erreichten ebenfalls die Gabelung, an der sie den Gang nach links betraten.

»Ich habe die Orientierung verloren«, gestand Francesca.

»Vom ersten Gang ausgehend müssten wir jetzt nach links laufen«, vermutete Sarah. »Also im Grunde in Richtung des Ausgangs.«

Der Weg bog nach rechts ab und nach der Ecke blieben die beiden Frauen stehen. Vor ihnen war eine etwa drei Meter lange Grube, deren Boden nicht zu sehen war, weil er mit Abertausenden Kakerlaken bedeckt war.

»Zumindest ist es kein Wasserbecken«, witzelte Francesca. »Und wie tief kann das schon sein?«

Zögernd näherten sich beide dem Rand und Francesca gab Sarah die Hand.

»Halt mich fest und zieh mich raus, wenn es nötig ist«, sagte sie, Ihr nackter Fuß näherte sich dem Insektengewimmel.

68
Liveübertragung - Smaragdküste

Nach mehreren Richtungswechseln ihres Gangs erreichten Claudia und Fabian eine Stelle, an der es entweder nach links oder rechts weiterging.

»Aufteilen?«, schlug Claudia vor.

»Nein. Auf keinen Fall.«

»Und welche Seite zuerst?«

»Lass uns rechtsherum gehen«, entschied Fabian und setzte sich in Bewegung.

Sie achteten auf jeden Schritt, blieben immer wieder stehen, um zu hören, ob sie nicht eine weitere Falle ausgelöst hatten. Nach einer weiteren Ecke standen sie ebenfalls vor einer drei Meter langen und ein Meter tiefen Grube. Im Boden steckten angespitzte Pfähle und ein Holzstamm, wenig breiter als fünfzehn Zentimeter überbrückte das Hindernis. Zwischen den Pfählen schlängelten sich Kobras, schwarze und grüne Mambas.

»Durch die Grube gehen scheidet wohl aus«, sagte Claudia mit Blick auf die Schlangen. »Wollen wir nicht doch erst den anderen Weg versuchen?«

»Klingt verführerisch«, antwortete Fabian. »Aber wer weiß, was uns dort erwartet.«

»Na dann«, sagte Claudia. »Jetzt wird sich mein Ballettunterricht bezahlt machen. Auch wenn der schon Jahrzehnte her ist.«

Fabian sah sie fragend an.

»Balance und Gleichgewicht, mein Lieber«, erklärte sie und betrat mit dem Fuß den Stamm, der trotz des geringen Durchmessers sehr stabil zu sein schien.

Ohne große Probleme brachte sie zwei Drittel des Weges hinter sich und drehte dann den Kopf zu Fabian.

»Wenn man nicht daran denkt, was unter einem ist, ist es ganz einfach«, sagte sie.

»Du weißt schon, dass Menschen mit dem Konzept ›nicht‹ nichts anfangen können?«

Claudia war auf der anderen Seite angelangt.

»Verstehe ich nicht«, sagte sie.

»Wenn ich dir sage ›Denke jetzt nicht an einen rosa Elefanten‹, an was denkst du im ersten Moment?«, fragte Fabian.

»Okay.« Claudia nickte. »Ich verstehe, was du meinst. Dann mal los!«

Skeptisch beäugte Fabian die Schlangengrube.

»Na was ein Glück bin ich nicht Indiana Jones«, sagte er.

»Für jemanden der sich als Literat bezeichnet, kennst du dich erstaunlich gut mit Unterhaltung aus«, lachte Claudia.

Fabian setzte den linken Fuß auf den Stamm und legte etwas Gewicht darauf.

»Scheint stabil zu sein«, kommentierte er.

»Wenn der mich aushält, hält er auch dich aus!«, sagte sie.

»Da wäre ich nicht so sicher«, sagte er, als er den zweiten Schritt machte und komplett auf dem Stamm stand. »Ich habe doch etliche Kilos mehr als du.«

Er wackelte kurz und presste die Lippen zusammen.

»Vielleicht solltest du dich auf den Weg konzentrieren«, schlug Claudia vor.

Fabian nickte und machte den nächsten Schritt. Je weiter er zur Mitte kam, desto mehr federte der Stamm bei jeder seiner Bewegungen und er musste mit den Armen immer wieder die Balance ausgleichen.

»Bewege dich nicht so hektisch«, riet Claudia. »Entspann dich.«

»Du hast gut reden, du bist ja schon auf der anderen Seite«, sagte Fabian.

In dem Moment kippte er zur rechten Seite und konnte sich an der Wand abfangen. Die Schlangen unter ihm bekamen das nicht mit und Fabian hielt den Atem an.

»Hast du etwas gehört?«, fragte er. »Ich glaube, da hat etwas geknackst.«

»Nein«, beruhigte sie ihn. »Vermutlich waren das nur deine Knochen.«

Fabian drückte sich von der Wand ab, ruderte etwas mit den Armen, da er sich zu viel Schwung gegeben hatte, schaffte es dann aber, das Gleichgewicht zu halten. Er setzte seinen Weg fort und erreichte die andere Seite. Gerade als er Claudia umarmen wollte, hörte man es deutlich klacken und eine Klappe neben ihnen öffnete sich.

69
Liveübertragung - Smaragdküste

Nach vielen Richtungswechseln schien der Gang in einer Sackgasse zu enden. Erst als Stefan, Nina und Kim ganz ans Ende gingen, erkannten sie, dass es sich bei dem grünen Pflanzenteppich nicht um Moos, sondern um Wasserpflanzen handelte. Stefan kniete sich hin und tauchte die Hand ein.

»Ob das eine dieser ›Nicht jede Sackgasse ist eine‹ Stelle ist, die Leon angekündigt hat?«, fragte er.

»Meinst du, der Weg geht dort weiter?«, antwortete Kim mit einer Rückfrage.

»Es gibt nur einen Weg das herauszufinden«, sagte Stefan und stieg ins Wasser, das ihm etwa bis zur Taille reichte.

»Es ist so kalt«, grinste er und deutete mit Daumen und Zeigefinger einen kurzen Abstand an.

Vorsichtig tauchte er bis zur Schulter unter und bewegte sich auf die Mauer vor sich zu. Nach einer kurzen Weile sagte Stefan: »Okay, da ist ein Gang im Wasser. Ich werde versuchen durchzutauchen.«

»Bitte lass das nicht den einzigen Weg sein«, sagte Kim. »Da bekommen wir Francesca niemals durch!«

Stefan war bereits untergetaucht und die beiden Frauen betrachteten das aufgewirbelte Wasser, in dem die Pflanzen nun ihre Kreise zogen.

»Ein Kinderspiel«, hörten sie Stefan hinter der Mauer rufen. »Das ist nicht mal ein Meter.«

»Kannst du schon etwas erkennen? Geht es da weiter?«, fragte Nina.

»Der Weg geht zwei Meter weiter und dann geht je ein Gang nach links und rechts ab.«

»Wir kommen«, sagte Nina und ließ sich in das kleine Becken herab.

Die Kamera wechselte wieder auf das Moderatorenduo.

»Man muss sich nur laut genug melden, dann wird einem geholfen«, sagte Leon und präsentierte ein Megafon, das er direkt vor seinen Mund hielt und sich dann in Richtung des Irrgartens drehte.

»Liebe Promis! Die Hälfte der Zeit ist vorbei. Ihr solltet euch beeilen!«

Francescas Fuß verschwand im Gewimmel, ohne dass sie ihr Gesicht dabei verzog.

»Okay, es sind zwar ziemlich viele Viecher, aber richtig versinken kann man nicht«, berichtete sie und ließ Sarahs Hand los. Sie schob ihre Füße Stück für Stück nach vorne, um dabei so wenig Insekten wie möglich zu zertreten.

»Die beißen«, motzte Francesca. »Wenn ich Schuhe anhätte, würde ich euch einfach tottrampeln!«

Beim Weitergehen wischte sie immer wieder ein paar Tiere ab, die versuchten, an ihrem Bein hochzuklettern. Sarah folgte ihr und sah ihr den Ekel klar und deutlich im Gesicht an. Schneller als erwartet, erreichte Francesca die andere Seite und kletterte aus der Grube heraus. Grinsend beobachtete sie Sarah, während sie die letzten Kakerlaken von ihren Beinen entfernte.

»Ich habe mal Fischpediküre gemacht«, sagte sie. »Das war im Grunde ganz ähnlich.«

Sarah nickte.

»Zumindest ist die Grube nur ekelhaft und nicht … Shit!«

»Was ist los?«

»Der Stein unter mir hat etwas nachgegeben.«

Sarah sah sich besorgt um und schrie überrascht, als ein schwerer runder Stein über die Mauer rollte, direkt vor sie fiel und sie dabei nur um Haaresbreite verfehlte.

»Verdammter Mist!«, brüllte sie. »Ich will hier heraus!«

Sie bewegte sich um die Kugel herum, erreichte den Rand der Grube und ließ sich von Francesca heraushelfen.

»Spürst du, wie ich zittere?«, flüsterte Sarah.

»Ja. Vollkommen verständlich. Und jetzt?«

»Weiter, wir müssen hier raus!«

70
Liveübertragung - Smaragdküste

Fabian warf sich nach vorne und zog Claudia mit sich. Beide landeten unsanft auf den Boden und drehten sich zur Klappe herum, doch nichts passierte.

»Ob das eine Finte war, um uns in die nächste Falle zu locken?«, fragte Claudia.

Sie warteten, aber nichts passierte.

»Lass uns weitergehen«, sagte Fabian. »Die Zeit drängt.«

Er stand auf, bot Claudia die Hand und sie ließ sich von ihm hochziehen. Vorsichtig arbeiteten sie sich bis zur nächsten Ecke vor und er lugte in den Gang.

»Nichts«, kommentierte er trocken.

Nach mehreren Abbiegungen blieb Claudia stehen.

»Hast du eine Idee, in welche Richtung wir gerade laufen?«

»Nein«, gestand er. »Ich habe die Orientierung verloren.«

»Was ich mich frage ist, wieso wir bisher nur einem Jäger begegnet sind. Da müssen noch sechs irgendwo vor uns sein.«

»Du verstehst es, Leute zu motivieren«, sagte Fabian. »Aber du hast recht. Vielleicht sind die eher am Ende positioniert.«

Sie waren in einem langen Gang, dessen Wände vollkommen nackt waren.

»Das sieht schon verdächtig aus«, sagte Claudia. »Wir sollten uns wirklich nur Schritt für Schritt fortbewegen.«

»Zeit?«, zweifelte Fabian. »Haben wir die Zeit dazu?«

Kurz entschlossen ging er selbstbewusst mit großen Schritten bis zur nächsten Ecke.

»Ihr wollt mich wohl verarschen?«, rief er.

Die Kamera wechselte zu Stefan, der gerade Kim aus dem Becken heraushalf. Die nasse Kleidung klebte an ihren Körpern und halbherzig versuchte jeder, sie ein wenig auszuwringen. Kim hatte den Blick auf den Gang fixiert.

»Links oder rechts?«, fragte sie. »Oder aufteilen?«

»Wir bleiben zusammen«, beschloss Nina. »Dann können wir uns gegenseitig helfen.«

»Na dann los«, sagte Stefan. »Lasst uns rechts herumgehen.«

Er ging voran, bog um die Ecke, nur um die nächste Abzweigung zu sehen. Langsam folgten ihm Kim und Nina.

»Zumindest muss man sich jetzt nicht entscheiden, ob man links oder rechts gehen soll«, sagte Fabian und linste um die nächste Ecke.

»Karma is a bitch.« Er pfiff leise durch die Zähne.

»Was meinst du?«, fragte Kim, die sich an ihm vorbeischob. »Oh.«

Vor ihnen zog sich ein Gang in die Länge, von dem auf der linken und rechten Seite je fünf Abzweigungen abgingen.

»Wir werden ewig brauchen, alle Gänge zu kontrollieren«, erkannte Kim. »Das kann doch nicht sein. Da haben wir keine Chance!«

»Denkt nach«, sagte Nina. »Es muss doch irgendwie zu schaffen sein. Die können doch nicht wollen, dass alle Promis bei einem Spiel ausscheiden?«

»Sollen wir uns doch aufteilen?«, schlug Stefan vor. »Ich nehme mir links und rechts die ersten beiden Gänge vor, Kim die hinteren drei links und Nina die hinteren drei rechts?«

Zögernd nickten die beiden Frauen und gingen zu ihren ersten Abzweigungen. Die Sicht blieb bei Stefan, der sich vorsichtig, aber schnell durch seinen Gang bewegte. Er bog das dritte Mal um die Ecke, als er erschrocken stehen blieb.

71
Liveübertragung - Smaragdküste

»Gibt's doch gar nicht«, staunte Sarah.

Auch vor ihnen öffnete sich ein Gang, von dem mehrere Wege abzweigten.

»Die Gänge kontrollieren oder einfach durchgehen?«, fragte Francesca.

»Eure Zeit wird knapp«, hörten sie Leon über das Megafon. »Die letzten fünf Minuten haben angefangen!«

»Augen zu und durch«, sagte Francesca und ging mutig voran.

Sarah folgte ihr mit etwas Abstand und erschrak, als Francesca plötzlich mit einem Schrei im Boden verschwand.

»Geht es dir gut?«, fragte Sarah, tastete sich vor und spähte in den Schacht.

»Ich weiß nicht«, wimmerte Francesca. »Ich bin unglücklich gelandet, mein Knöchel schmerzt.«

Der Schacht war etwa zwei Meter tief und schien sonst ohne weitere Fallen oder Tiere zu sein.

»Kannst du aufstehen?«, sorgte sich Sarah und überlegte, wie sie es allein schaffen sollte, der anderen Frau herauszuhelfen.

Francesca stand mühevoll auf und humpelte zum Rand.

»Aufstehen ja, aber es tut total weh«, sagte sie. »Kannst du mir heraushelfen?«

»Das dürfte schwierig werden«, reagierte Sarah, »aber versuchen wir es.«

Sie griff nach Francescas Händen und bekam sie etwa einen halben Meter hoch. Es fehlte jedoch noch Einiges bis zur Kante und Sarah spürte, wie Francesca ihren glitschigen Händen entglitt.

»Aua«, kommentierte sie den erneuten Aufprall, den sie diesmal etwas geschickter abfangen konnte. Sogar ohne dabei ihren verletzten Knöchel zu belasten.

Sarah schaute sich um, sah aber nichts, was ihnen hätte helfen können.

»Schlimmstenfalls ziehst du mich mit hinein«, sagte sie. »Und wir müssen auf alle Fälle einen der vorderen Gänge erkunden. Wenn du wieder oben bist.«

»Wieso?«, fragte Francesca und spähte nach oben. »Oh, Ich sehe es.«

Der Schacht ging bis zu den sechs mittleren Abzweigungen.

»Entweder das, oder wir müssen gemeinsam auf der anderen Seite aussteigen«, sagte sie.

»Ich schaue …« Sarah unterbrach sich selbst. »Hörst du das Rauschen?«

»Ja«, antwortete Francesca. »Wo das wohl herkommt?«

Dann entdeckte Sarah das Wasser im Schacht und Francesca wurde klar, dass sie bald im Wasser stehen würde.

»Es ist alles okay, Francesca! Du musst diesmal nicht tauchen. Im Gegenteil. Wenn das Wasser hoch genug ist, kannst du besser aussteigen.«

»Und wenn da noch irgendwas im Wasser ist?«, fragte sie. »Vielleicht wissen die ja jetzt, wie sie diese Seewespen lebend in das Becken bekommen.«

Sarah setzte sich an den Rand, drehte sich um und ließ sich in den Schacht herab.

»Tolle Idee«, kommentierte Francesca mit Sarkasmus in der Stimme. »Schlimmstenfalls sitzen wir nun beide fest!«

»Oh nein!«, entfuhr es Sarah und Francesca drehte sich, um zu sehen, was die andere Frau sah.

Die Perspektive wechselte auf die Stirnkamera von Claudia.

»Was ist los, Fabian?«, fragte sie.

»Wir sind im Kreis gelaufen«, ärgerte er sich. »Wir hätten uns die Balanciernummer komplett sparen können!«

»Das konnten wir doch nicht wissen«, beruhigte sie ihn. »Dann lass uns zurückgehen und einen anderen Weg nehmen.«

»Wir wissen doch nicht, welcher der richtige ist«, sagte Fabian.

»Nein«, bestätigte Claudia. »Wissen wir nicht. Aber die Zeit wird knapp.«

»Und für welchen entscheiden wir uns?«

»Wir folgen den Mädels. Gefühlt waren die in der richtigen Richtung unterwegs.«

Skeptisch sah Claudia Fabian an.

»Okay«, sagte sie. »Dann los.«

Sie gingen den Weg zurück bis zur Dreifachgabelung, folgten dem linken Abzweig und standen vor der Kakerlakengrube.

»In der nächsten Staffel möchte ich in der Redaktion sein, die sich die Herausforderungen ausdenkt«, sagte Fabian. »Schaffst du das?«

»Ich dachte, du gibst den Kavalier und trägst mich auf die andere Seite«, sagte Claudia mit einem Lächeln.

»Bei der nächsten Kakerlakengrube. Versprochen. Außerdem brennen mir immer noch die Hand und der Unterarm.«

»Die Beule sieht auch nicht gut aus. Die muss behandelt werden«, sorgte sich Claudia.

»Wir müssen erstmal hier raus«, sagte er und stieg in die Grube.

Claudia wartete nicht lange und kam hinterher. Ähnlich wie Sarah und Francesca versuchten sie sich so zu bewegen, dass sie möglichst wenig der Insekten zerquetschten. An der anderen Seite angekommen, stiegen sie aus der Grube heraus und hörten das Rauschen.

»Wasser«, sagte Claudia. »Aber weiter den Gang herunter.«

Sie folgten dem Gang und sahen, wie Sarah sich gerade in die Grube herabließ.

»Verdammt«, flüsterte Fabian. »Da ist ein Jäger!«

Claudia linste an ihm vorbei und sah den Mann mit Maske, Pfeil und Bogen an einem der Durchgänge neben der Grube stehen, in die Sarah gerade gestiegen war. Der Jäger legte an, spannte den Bogen und zielte genau in dem Moment, als eine Hand aus der Grube kam und seinen Knöchel ergriff. Der Pfeil löste sich und schnellte in die Grube. Der Mann verlor die Balance und stürzte nach vorne, versuchte sich noch zu beugen, war damit aber zu spät. Mit einem dumpfen Schlag traf sein Kopf die gegenüberliegende Kante, die Maske fiel von seinem Kopf und er sackte in die Grube.

»Hab ich dich, Drecksack«, triumphierte Sarah. »Was bist du denn für ein armseliger Jäger!«

»Sei doch froh«, hörte man Francesca sagen. »Wenn der besser wäre, wären wir tot.«

Fabian und Claudia gingen vorsichtig bis zur Grube und spähten immer wieder zu den verschiedenen Durchgängen, in der Erwartung, dort die nächsten Jäger zu sehen. An der Grube angekommen, sahen sie, dass das Wasser den beiden jungen Frauen bis zur Hüfte reichte.

»Braucht ihr Hilfe?«, fragte Fabian.

»Weniger als der Typ hier.« Sarah hatte ihm das Messer sowie Pfeil und Bogen abgenommen.

»Ich glaube nicht, dass du das behalten darfst«, sagte Fabian.

»Bei dem Kerl lasse ich es nicht. Selbst wenn der gleich ertrinkt.«

Sein Kopf versank gerade im Wasser, als das Rauschen sich veränderte und der Wasserspiegel zu sinken anfing.

»Echt jetzt?«, schimpfte Sarah. »Für die wird das gemacht und uns würde man verrecken lassen?«

»Es ist halt nicht jeder gleich«, sagte Fabian. »Habt ihr einen Plan?«

»Wir wollten auf der anderen Seite aussteigen«, erklärte Sarah. »Mein Orientierungssinn sagt mir, dass dies der Weg nach draußen ist.«

»Und was macht dich so sicher?«, fragte Claudia. »Es gibt hier elf Wegmöglichkeiten!«

»Weibliche Intuition«, antwortete Sarah.

»Es gibt viele Situationen, in denen ich mich auf die verlassen würde«, kommentierte Fabian. »Aber bei Orientierung?«

»Vertrau mir. Und kommt jetzt herunter, ihr müsst mir helfen, Francesca herauszuheben. Sie hat sich den Knöchel verstaucht.«

Claudia und Fabian stiegen in den sich wieder leerenden Schacht herab, ließen den bewusstlosen Jäger links liegen und halfen erst Sarah heraus. Dann folgte Claudia und gemeinsam konnten sie Francesca herausziehen, während Fabian von unten stützte. Als Letztes zogen sie Fabian heraus.

»Los!«, feuerte Sarah an. »Weiter!«

»Sollten wir nicht noch auf die anderen warten?«, fragte Claudia.

72
Liveübertragung - Smaragdküste

»Du hast mich zu Tode erschreckt«, sagte Nina.

»Du mich auch«, reagierte Stefan. »Die verschiedenen Gänge kreuzen sich. Damit dürfte das hier vermutlich eine Sackgasse sein.«

»Dann müssen wir auf die andere Seite zu Kim«, schlug Nina vor.

Ein Schrei ließ beide aufblicken.

»Kim«, erkannte Stefan und rannte los. »Bleib hier, bis ich dich rufe!«

Er gelangte an die Stelle mit den Abzweigungen und entschied sich für die mittlere auf der gegenüberliegenden Seite, als Kim ihm bereits humpelnd entgegenkam. Ihr Oberschenkel blutete stark und sie hielt sich immer wieder an der Wand fest.

»Ein Jäger?«, fragte Stefan.

Kim zuckte zusammen, sah ihn, nickte stumm und deutete in den Gang hinter ihr.

»Die Pfeilspitze ist noch drinnen.«

Stefan sah sich um, zog dann Kim in einen anderen Gang und drückte sie an die Wand.

»Leise«, flüsterte er ihr zu.

Dann drückte er sich selbst an die Wand und wartete. Auf dem Boden waren Blutspuren von Kim zu sehen und Stefan musste klar geworden sein, dass sie ihre Position verraten würden. Instinktiv duckte er sich und deutete Kim, sich ebenfalls kleinzumachen, was ihr Schmerzen bereitete.

Der Jäger sprang mit angelegtem Bogen vor ihren Durchgang, zielte und wurde von Stefans Bodycheck überrascht. Der Pfeil löste sich und krachte direkt über Kim in die Wand. Noch hatte Stefan den Vorteil der Überraschung, der Bogen machte den Nahkampf aber schwierig und mit geweiteten Augen sah Stefan, wie der Jäger nach seinem Messer griff. Er ließ sich mit seinem gesamten Gewicht auf den Mann fallen, der trotzdem seine Waffe aus dem Gürtel befreit hatte. Zwei Hände griffen nach dem Unterarm des Jägers, ein Kopf erschien, der Angreifer schrie auf und ließ das Messer fallen. Stefan nutzte die Gelegenheit, ergriff das Messer und schnitt dem Mann über den Oberschenkel, sodass der sofort anfing stark zu bluten.

»Wir müssen los«, sagte Stefan und zerschlug den Bogen des Mannes an der Wand. »Kannst du laufen?«

Kim nickte und gemeinsam gingen sie zum Becken zurück. Mit schmerzerfülltem Gesicht stieg Kim ins Becken und tauchte auf die andere Seite. Nina folgte und mit einem Blick zurückschwamm auch Stefan zum anderen Gang.

»Wir haben den Ausgang!«, hörten sie Sarah rufen. »Folgt unserem Gang. Gerade durch den Schacht durch und dann könnt ihr es nicht mehr verfehlen.«

Nina ging vor, Kim humpelte und wurde von Stefan gestützt.

Die Kamera wechselte und zeigte das Moderatorenduo vor dem geöffneten Ausgangstor. Neben ihnen standen Sarah, Claudia,

Francesca und Fabian, die in den Gang hineinschauten. Francesca verzog immer wieder das Gesicht und wurde von Claudia gestützt.

»Na wenn ich so laut wie du wäre, hätte ich das Megaphon nicht gebraucht«, witzelte Leon. »Aber die Zeit läuft langsam ab und das sollten eure Mitspieler wissen.«

»BEEILT EUCH!«, rief Sarah.

»Danke liebe Sarah«, sagte Leon, »aber ich mache das mit der Technik.«

»Liebe Promis«, tönte er über das Megafon. »Die letzte Minute läuft!«

Die Drei erschienen im Gang und hatten Kim in der Mitte. Nur noch wenige Meter trennten sie vom Ausgang und auf ihren Gesichtern konnte man ein Lächeln sehen.

»Passt auf!«, schrie Fabian. »Hinter euch ist ein Jäger!«

Er hatte es kaum ausgesprochen, als jener mit seinem Bogen zielte und einen Pfeil abschoss.

Kim zuckte, die Pfeilspitze durchbrach ihre Brust und sie sackte sofort zusammen. Stefan überlegte nicht, packte sie und zog sie durch den rettenden Ausgang. Zwei Wächter schlossen das Tor und damit den Blick auf den Jäger. Auf dem Boden lag Stefan neben Kim und gelangte langsam wieder zu Atem.

»Wir habe es geschafft!« Er klopfte Kim auf die Schulter.

Kim bewegte sich nicht und blieb mit offenen Augen bewegungslos liegen.

DIE FÜNFTE SENDUNG: DAS SPINNENNETZ

Kommentar:

#ZKP zeigt es doch noch! Die vierte Sendung war grandios

Kommentar:

@SparkleSarah ist jetzt schon die Siegerin #ZKP 4ver

Kommentar:

Was ist ein Menschenleben wert? Einschaltquote! #NoZKP

Kommentar:

#ZKP gescriptete unechter Mist

Kommentar:

Von wegen #bestesurvivalshow #ZKP ist gekünstelt

Kommentar:

#Ethikrat bitte stoppt diese Kacke!
#HaltDieFresseBauer

Kommentar:

#KI Bildmanipulation? Am Arsch. In Echtzeit geht das noch nicht #NoZKP

Kommentar:

Echte Tote im Reality-TV? Wer glaubt, dass das mit AI geht, glaubt auch, dass Zitronenfalter Zitronen falten

73
Max Bauers Büro, Senderzentrale Köln

Max las die E-Mail von Huber und war gespannt. Der würde am Vormittag offiziell Kontakt mit dem Auswärtigen Amt aufnehmen und Max war gespannt, wie die reagieren würden. Gleichzeitig hatte Huber das Team seiner Kanzlei in Stellung gebracht und kooperierte mit zwei weiteren Anwaltbüros um besser auf internationale Forderungen reagieren zu können. Die Sache mit der Kripo dürfte sich für ihn damit vermutlich auch mit dem Verweis auf die Zuständigkeit des Krisenreaktionszentrums des Amts erledigen. Irina hatte ihm von Müllers Kartenanfrage für die Finalshow erzählt und er würde dem Mann einen Minimalpreis für die Karten abnehmen lassen. Gerade so viel, dass es wie selbst bezahlt wirkte, man es aber trotzdem auch als Einflussnahme bewerten könnte. Bauers Anwälte würden ihn da heraushauen. Das Gehalt des Polizisten würde für so einen Rechtsbeistand nicht reichen. Es schadet nicht, jemanden bei der Kripo zu haben, der einem einen Gefallen schuldet.

Es klopfte und sofort öffnete sich die Tür.

»Verdammt Irina«, tadelte er. »Wenn du mich jetzt bei irgendwas erwischt hättest!«

Sie schloss die Tür hinter sich und lächelte.

»Ich weiß, dass du gerade keinen Besuch hast und wenn du zu viel Druck hast, ziehst du dich für gewöhnlich in dein Badezimmer zurück.«

»Das weißt du?«, fragte Max überrascht.

»Ich bin deine persönliche Assistentin.«

»Aber deswegen bist du nicht hier, nehme ich an.«

»Wir haben unangenehme Presse«, erklärte sie. »Und vermutlich eine undichte Stelle.«

Sie warf die aktuelle Ausgabe eines bekannten Boulevardblatts auf den Tisch.

»Es ist zwar nicht die große Titelgeschichte, wird aber trotzdem auf der Titelseite angeteasert.«

Er sah sich die Titelseite an, auf der ihm sein eigener Name entgegensprang.

»Bildmanipulation durch KI? Was verheimlicht Max Bauer?«

»Nur Leute, die ich leiden kann, dürfen mich Max nennen«, motzte er.

Dann las er weiter.

»›Deutschland ist geschockt von den vermeintlich mit KI bearbeiteten Livebildern der Ekelsendung ›Zehn Kleine Promis‹ … bla bla bla … lesen Sie weiter auf Seite 5«

Ungeduldig blätterte er weiter.

»Hier ist es. ›Eine interne Quelle berichtete, dass die Echtzeitbildmanipulation wie sie von dem egozentrischen Max Bauer‹ - Technik-Milliardär gefällt mir viel besser als egozentrisch.«

»Max«, sagte Irina. »Das eine schließt das andere nicht aus.«

»Zurück zum Bericht - ›wie sie von dem egozentrischen Max Bauer erklärt wurde, aktuell nicht möglich ist. Weiter erklärt der Techniker, dass davon auszugehen ist, dass der Sender massiv von einem Dienstleister betrogen wird. Es stellt sich an dieser Stelle die Frage, ob ›Das Sechste‹ echte Todesfälle zeigt und wer darüber im Bilde ist. Vom Sender haben wir kein offizielles Statement erhalten.‹«

Er legte die Zeitung zur Seite.

»Ein Techniker«, grübelte er. »Das wird doch nicht dieser Kameramann sein? Dieser Uwe Bender.«

»Ulrich Bender«, korrigierte Irina. »Ich habe ihn schon herrufen lassen.«

»Gut«, sagte Max. »Hat dieses Drecksblatt denn bei uns um ein Statement gebeten?«

»Wir werden gerade von Presseanfragen überhäuft. Da kann schon mal etwas übersehen werden.«

»Aber gerade bei der auflagenstärksten Zeitung? Da haben wir doch bestimmt einen direkten Kontakt. Warum wurde der nicht gewählt?«

»Vielleicht ein übereifriger Redakteur? Ich werde nachfragen.«

»Haben wir noch andere Anfragen übersehen?«, fragte Max.

»Zwei große Computerzeitschriften haben Interesse an einem Bericht über die Technik zur Bildmanipulation«, antwortete sie. »Im Grunde ertrinken wir in Presseanfragen. Die Unternehmenskommunikation hat auf Firmengeheimnisse verwiesen und Termine in einigen Wochen angeboten. Manche werden darauf eingehen, andere werden auf eigene Faust Nachforschungen anstellen.«

Es klopfte an der Tür.

»Ist deine Assistentin nicht da?«, fragte Max.

»Herein!«, rief Irina und wandte sich dann an Max. »Die ist auf einer Fortbildung.«

Die Tür öffnete sich und Ulrich Bender steckte den Kopf herein.

»Hallo Uli, komm doch herein und setzt dich«, bat Max.

Unsicher ging der Mann auf den großen Schreibtisch zu, setzte sich auf den Besucherstuhl und warf immer wieder einen Blick auf die auf der Tischplatte liegende Boulevardzeitung.

»Kümmerst du dich bitte um …« Max sah Irina auffordernd an. »… die Sachen?«

Irina nickte und verließ das Büro.

Max lehnte sich zurück und sah seinem Mitarbeiter in die Augen. Wie von ihm erwünscht, verunsicherte das sein Gegenüber. Wortlos drehte er die Zeitung so, dass Bender sie sehen konnte.

»Hast du etwas zu sagen?«, fragte Max.

»Ich wollte gestern Abend mit Ihnen sprechen«, stotterte Bender. »Aber Ihre Assistentin und Sie waren nicht zu erreichen.«

»Und dann hast du nichts Besseres zu tun, als direkt zum größten Schundblatt Deutschlands zu gehen und Interna auszuplaudern?«

»Ich bin nicht dahingegangen«, verteidigte sich Bender.

»Man hat dich kontaktiert?«

Bender schüttelte den Kopf.

»Ich bin nach der Arbeit noch in das Pub, direkt um die Ecke. Und dort wurde ich von dieser Frau angesprochen.«

»Und dann hast du mal munter ausgeplaudert?«

»Nein. Sie hat so geschickt gefragt, dass ich es gar nicht bemerkt habe.«

»Wieviel hast du dafür bekommen?«, fragte Max.

Bender blickte auf den Boden.

»Nichts.«

Max zog die Augenbrauen hoch.

»Und am Ende hast du der Frau auch noch den Deckel bezahlt?«

Die ausbleibende Antwort des Mannes sprach Bände.

»In Zukunft werde ich einen Idiotentest ins Recruiting einbauen lassen«, sagte er mit emotionsloser Stimme.

Benders Kopf lief hochrot an.

»Was hast du festgestellt?«

»Wie bitte?«, fragte der Kameramann.

»Du hast die beiden Videos untersucht«, sagte Max.

»Achso. Ja. Deswegen wollte ich eigentlich zuerst mit Ihnen sprechen.«

Er rutschte aufgeregt auf seinem Stuhl hin und her.

»Ich denke, ich habe Beweise, dass das Video mit dem Sturz das echte ist und das mit dem Netz die bearbeitete Version.«

»Wie hast du das erkannt?« Max entschied sich demonstrativ beim ›Du‹ zu bleiben, um die Machtverhältnisse zwischen ihnen auch sprachlich zu verdeutlichen.

»Es ist mir erst sehr spät aufgefallen«, erklärte Bender. »Das Bildmaterial lässt da keine klare Aussage zu. Aber der Ton ist auf dem Video mit dem Netz nicht bildsynchron.«

»Kann der Versatz nicht andere Ursachen haben?«, fragte Max.

»Hätte ich nur das bearbeitete Video gehabt, hätte man tatsächlich technische Ursachen vermuten können. Da wir aber das andere Video mit dem echten Sturz haben, kann man das ausschließen.«

»Okay. Ich werde mich mit meinem Anwalt besprechen und mich später bei dir melden.«

»Bin ich in Schwierigkeiten?«

Max genoss den angstvollen Blick des Kameramanns.

»Es wäre gut, wenn du kein weiteres Gespräch mit den Medien führst, egal ob absichtlich oder nicht.«

»Das versteht sich von selbst!«

»Und ich erwarte, dass du für uns erreichbar bist.«

Max drehte sich demonstrativ zum Bildschirm und fing an, so zu tun, als ob er seine E-Mails lesen würde. Sein Mitarbeiter saß irritiert auf dem Stuhl und wusste nicht recht, was er tun sollte.

»Unser Gespräch ist beendet«, erklärte Max gönnerhaft. »Ich denke du hast einen Job zu tun.«

»Ja. Natürlich Herr Bauer! Auf Wiedersehen.«

Er stand auf und verließ eilig das Büro. Kaum war die Tür zu, ging sie wieder auf.

»Keine Kündigung?«, fragte sie.

»Der Mann ist eine Nervensäge«, sagte Max. »Aber ich glaube, er sieht Dinge, die anderen nicht auffallen. Solange ich ihn nicht ganz beseitigen kann, habe ich den lieber auf meiner Lohnliste.«

»Wir haben ein Schreiben von der Landesanstalt für Medien bekommen«, wechselte Irina plötzlich das Thema.

»Was wollen die?«, fragte Max.

»Wenn man es aus dem Behördendeutsch ins Deutsche übersetzt: Weniger Gewalt in der Sendung, sonst wird die Absetzung der Sendung erwirkt. Alternativ könnten wir die Gewaltszenen auch nach 22 Uhr senden.«

»Da soll sich Huber drum kümmern«, entschied Max.

»Vor dem Haus wird demonstriert«, sagte sie. »Etwa vierzig Leute, die gegen den ›Schmutz und Dreck in TV und Internet‹ protestieren.«

Max grinste.

»Auch vor dem Büro in der Stadt?«, fragte er.

»Ja. Da ist die Gruppe sogar noch größer.«

»Lass den Leuten Kaffee und Donut auf Kosten des Senders bringen«, lachte er. »Billiger können wir keine Werbung bekommen.«

»Bevor ich es vergesse: Als ich gestern deine E-Mails durchgegangen bin, konnte ich mit einer nichts anfangen. Irgendeine TV-Agentur die dir einen Termin bestätigt hat.«

»Und wieso konntest du mit der nichts anfangen?«, fragte Max.

»In deinem Kalender ist kein Termin eingetragen und ich konnte auch sonst keine Nachricht vom Absender finden«, erklärte Irina. »Ich habe mir den Header der Mail angeschaut, konnte aber nichts Auffälliges entdecken. Die Jungs aus der IT haben sie sich angeschaut, meinten aber, dass sie unauffällig sei.«

»TV-Agentur sagtest du?«

»Ja, der Name ist mir entfallen. Ich kann aber gerne nachschauen.«

»Musst du nicht, ich weiß wer das ist. Kannst du ignorieren.«

»Wenn du meinst. Wir haben dann noch mehrere Anfragen nach Lizenzen für ›Zehn kleine Prominente gingen in den Dschungel‹«, berichtete Irina. »Frankreich, Peru, Argentinien, Neuseeland und Korea.«

»Nord oder Süd?«

»Die Frage meinst du nicht ernst.«

»Natürlich nicht«, sagte Max. »Dann setzen wir unsere besten Leute in die Verhandlungen und schauen, dass Geld hereinkommt, ohne dass wir was dafür machen müssen.«

74
Livestream - Smaragdküste

Auf Befehl der Wächter packten die Promis ihre einfachen Zelte zusammen. Immer noch barfuß legten sie die Rucksäcke an und warteten, bis einer der Wächter das Signal zum Aufbruch gab. Seit dem Abend zuvor wurde wenig gesprochen, alle Gesichter wirkten eingefallen, teilweise verheult.

Im Gänsemarsch verließen sie die kleine Lichtung und folgten einem schmalen Pfad durch den Wald. Ohne große Absprache wechselten sie sich dabei ab, Francesca zu stützen, deren Knöchel stark angeschwollen war. Die Versuche, eine Krücke herzustellen, waren mangels Werkzeugen gescheitert und der Versuch, die Wächter dazu bewegen, eine zu besorgen, wurde von denen mit Lachen beantwortet. Fabians Blasen am Unterarm und der Hand waren aufgeplatzt und ohne Behandlung drohten ihm Entzündungen.

»Das ist so sinnlos«, sagte Sarah. »Ihr wart doch schon draußen.«

»Und die anderen Jäger vollkommen untauglich«, sagte Stefan. »Warum musste ausgerechnet der letzte so gezielt treffen.«

»Wie kann man nur so sinnlos brutal sein und einem ein Menschenleben so wenig wert sein?«, beschwerte sich Fabian.

»Menschenleben so wenig wert sein?«, echote es hinter ihnen.

Der Oberwächter holte auf und lief neben Fabian.

»Wer gibt dir das Recht zu diesem Urteil?«, fragte er.

»Wir sind diese Brutalität nicht gewohnt. Bei uns gilt das Leben eines Menschen etwas.«

»Aber nicht alle«, sagte der Oberwächter.

»Wie?«, fragte Fabian. »Nicht alle.«

»Für die Schokolade, die du isst, werden in unserem Teil der Welt Kinder entführt oder gar von ihren Eltern verkauft, damit sie auf den

Kakaoplantagen ein Sklavendasein führen. Während eure Kinder vor dem Problem stehen, mit welchem Spielzeug sie sich beschäftigen und sich vor Überfluss langweilen, schleppen hier Zehnjährige schwere Säcke mit Kakaobohnen durch die Plantagen. So viel kann euch das Leben eines Menschen also nicht wert sein.«

»Du kannst mich nicht verantwortlich für die Lebensverhältnisse hier machen!«, verteidigte sich Fabian. »Und Kim konnte auch nichts dafür.«

»Seit Jahrhunderten werden unsere Länder ausgebeutet. Klar, nicht nur von euch, es gibt auch hier Leute, die davon profitieren und das überhaupt nicht verändern wollen. Aber viel verändert hat sich seit dem Ende der Kolonialzeit nicht. Euer Hunger an billigen Rohstoffen ist unerschöpflich und während ihr euch mit den Amerikanern, Russen und Chinesen darum streitet, sterben hier Menschen an den Folgen eurer Konsumsucht und kämpfen immer noch Stellvertreterkriege.«

»Das ist doch nicht allein unsere Schuld!«, sagte Fabian. »Andere ehemalige Kolonien stehen doch auch auf den eigenen Beinen.«

»Trotzdem sterben überall Menschen auf der Welt wegen eurer Gier nach immer mehr. Ihr seht es nur nicht, weil es weit weg von euch ist.«

»Ich laufe nicht durch mein Land und erschieße willkürlich Menschen!«, redete sich Fabian in Rage.

Der Oberwächter packte ihn am Kragen.

»Nicht willkürlich, aber wegen dir sterben Menschen. Durch deine Fahrlässigkeit. Weil du nicht über den Tellerrand schauen willst.«

»Und wie hilft unsere Entführung und unser Tod dabei, das zu ändern?«

Ohne ein weiteres Wort schob er Fabian von sich fort und ließ sich wieder hinter die Gruppe fallen.

»Hattest du keine Angst?«, flüsterte Nina.

»Wenn ich genügend Flüssigkeit in mir hätte«, antwortete Fabian, »hätte ich mir vermutlich in die Hose gepinkelt.«

»Können wir eine Pause machen?«, forderte Sarah. »Francesca kann kaum noch laufen.«

Als sie keine Antwort erhielt, blieb sie stehen und wartete, bis der Oberwächter zu ihr kam.

»Na da bin ich jetzt gespannt«, sagte er.

»Francesca braucht eine Pause«, sagte sie. »Und den anderen würde sie auch guttun.«

»Ich entscheide, wann ihr Pause macht«, erklärte er. »Geh weiter.«

»Ohne Erholung werden wir bei den weiteren Herausforderungen nicht viel machen können«, sagte Sarah. »Das kann doch auch nicht in eurem Sinne sein.«

»Als ob eine Frau das verstehen könnte«, reagierte der Oberwächter.

»Ich verstehe zumindest, wann jemand eine Pause machen muss und Francesca braucht die ganz dringend«, sagte sie. »Und eine Krücke benötigt sie auch.«

»Übertreib es nicht!«, fuhr er sie an.

Dann blieb er stehen.

»Wir machen fünfzehn Minuten Pause«, rief er.

»Danke«, sagte Sarah.

75
Max Bauers Büro, Senderzentrale Köln

Max' Smartphone klingelte, was ihn überraschte. Wenige Menschen hatten diese Nummer und noch weniger riefen ihn direkt an.

»Hallo«, sagte er.

»Hallo Max«, grüßte Thomas. »Eure Nachricht ist hier wie eine Bombe eingeschlagen. Ihr werdet heute Abend während der Sendung Besuch vom Krisenreaktionszentrum haben. Da es in meinen Zuständigkeitsbereich fällt, werde ich auch da sein.«

»Dann bist du schon unterwegs?«, fragte Max.

»Ja, bin gerade auf dem Weg zum Flughafen.«

»Und die Sendung wird demnach nicht abgesetzt?«

Thomas ließ sich mit der Antwort Zeit.

»Vorerst nicht«, sagte er. »Wir brauchen ein genaues Lagebild und eine Einschätzung, in welcher Gefahr sich die Geiseln befinden.«

»Das sollte recht offensichtlich sein.«

»Ja. Dein Anwalt hat uns das erste Video der Entführer zugespielt. Es ist nicht das Härteste, was wir bisher zu sehen bekommen haben, aber es geht Einigen doch ziemlich nah.«

»Ja, das kann ich verstehen. Ich habe nicht nur eine Mitarbeiterin verloren, sondern auch eine Freundin.«

»Verständlich.«

»Wie wurde denn darauf reagiert, dass wir uns erst jetzt an euch wenden?«, fragte Max.

»Das hat einige Diskussionen ausgelöst. Aber Stress auf der einen Seite und die Gefahr für die Geiseln auf der anderen Seite mildern das ab. Dein Anwalt wird schon dafür sorgen, dass ihr gut wegkommt.«

»Gibt es schon einen Plan, bis wann ihr eingreifen könnt?«

»Du meinst in Smaragdküste selbst?«, fragte Thomas.

»Ja.«

»Unsere Leute arbeiten rund um die Uhr daran, da etwas zu organisieren. Allerdings ist schon jetzt klar, dass wir Logistikprobleme haben, unsere Leute und Zeug da hinunterzubekommen.«

»Du machst Witze«, sagte Max.

»Leider nicht. Anfang der Neunziger standen wir besser da. Wesentlich besser. Jetzt fehlt es der Bundeswehr hinten und vorne an Material und auch bei der GSG9 könnte es besser sein.«

»Man sollte nicht meinen, dass der Westen seit zwanzig Jahren einen Krieg gegen den Terror führt.«

»Da sprichst du was aus.«

»Ich habe hier noch Leute von der Kripo, die nach Meyer fragen, weil jemand eine Vermisstenanzeige erstattet hat.«

»Schick die zu uns. Wir geben denen so viele Infos, wie sie benötigen.«

»Ich hatte gehofft, dass du so etwas sagen würdest. Wann wirst du hier ankommen?«

»Bei dir im Sender? Vermutlich nicht vor 20 Uhr«, antwortete Thomas.

»Also kurz vor der Sendung?«

»Ja. Bereite dich auf eine lange Nacht vor.«

»Mit wie vielen Leuten kommt ihr?«

»Ich und zwei Mitarbeiter. Mitarbeiterinnen. Ach. Ein Kerl und ein Mädel. Er ist ziemlich okay, sie ist auf Karriere aus. Da musst du aufpassen, was du sagst.«

»Ist notiert.«

»Muss jetzt auflegen. Wir sehen uns nachher!«

Er wollte das Smartphone gerade weglegen, als es erneut klingelte.

»Hallo«, grüßte Max.

»Hallo«, hörte er James, seinen Informanten. »Ich habe mir die Excel-Datei deiner Location Manager etwas genauer angeschaut und etwas Interessantes entdeckt.«

»Spann mich nicht auf die Folter!«

»Wenn man sich die Versionen der Datei anschaut und einen älteren Stand wiederherstellt, tauchen zwei Arbeitsblätter mit verworfenen Drehorten auf«, erklärte James. »Lange Rede, kurzer Sinn: Wir haben das Labyrinth und auch die Container gefunden, in denen der mobile Regieraum untergebracht sein muss. Daneben vermuten wir die Container, in denen die Crew gefangen gehalten wird.«

»Sende mir schnellstmöglich die Koordinaten«, forderte Max.

»Die habe ich schon abgeschickt, als ich dich an der Strippe hatte«, sagte James. »Das Gebiet ist etwas abgelegen, aber nach allem, was ich gesehen habe, würde ich sagen, dass da schon seit Monaten dein Geld hereingeflossen ist.«

»Was meinst du?«, fragte Max.

»Wenn man sich die Pläne für die Kulissen anschaut, scheinen die bisher alles fast exakt so gebaut zu haben, wie ihr das geplant habt«, berichtete James. »Nur an einem anderen Ort.«

»Das hätte doch auffallen müssen?«

»Wie oft warst du denn hier? Du hast ja regelmäßig Berichte vom Fortschritt bekommen. Und deine Mitarbeiter, die zur Kontrolle heruntergeflogen sind, haben wahrscheinlich mehr auf den All Inclusive Club geachtet als auf die Geolocations ihrer Smartphones.

Noch dazu sind die geplanten Orte von den tatsächlich genutzten Orten etwa zweihundert Kilometer entfernt.«

»Das muss doch jemandem aufgefallen sein. Es macht doch ganz klar einen Unterschied, ob ich in Köln oder Frankfurt bin. Das sehe ich doch, wenn ich die Kartenapp auf dem Smartphone aufmache.«

»Deutschland ist etwas dichter besiedelt als Smaragdküste«, erinnerte ihn James. »Aber wie gesagt, ich gehe davon aus, dass es da Insiderwissen gab.«

Max kontrollierte sein spezielles E-Mail-Postfach und sah sich die Nachricht von James an.

»Okay, ich habe gerade deine Mail offen vor mir. Die Bilder sind nicht schlecht. Geht das vielleicht noch detaillierter?«

»Ich habe damit gerechnet, dass du nachfragen würdest, und seit einer Stunde habe ich eine Aufklärungsdrohne, die bald Bilder liefern wird.«

»Lass die mir sofort zukommen!«, forderte Max.

»Mache ich«, antwortete James. »Ich habe auch jemanden in der Regierung nach der Region befragt und er hat mir gesagt, dass es höchst unwahrscheinlich sei, dass das Militär oder die Polizei von Smaragdküste dort eine Befreiungsaktion starten.«

»Langsam bekomme ich eine Idee, warum das Dschungelcamp in Australien produziert wird«, sagte Max.

»Okay. Ich will dich nicht weiter aufhalten und melde mich, falls ich noch etwas Neues herausbekomme.«

Wieder legte Max auf und betrachtete sein Handy erwartungsvoll, als ob es wieder direkt vibrieren würde. Dieses Mal blieb es ruhig.

76
Livestream - Smaragdküste

»Lange kann sie nicht weiterlaufen«, sagte Claudia. »Ich habe das Gefühl, dass der gesamte Fuß immer dicker wird und einige der Schnitte und Kratzer entzünden sich.«

»Wie weit ist es noch bis zur nächsten Herausforderung?«, fragte Sarah den Wächter, der mit verschränkten Armen neben ihr stand.

Der reagierte nicht.

»How far to the place of the next challenge?«, versuchte sie es auf Englisch.

Der Mann behielt die Arme verschränkt und schaute durch sie durch.

»Hey«, rief sie. »Kann mir jemand sagen, wie weit es noch ist?«

»Du kannst es wohl nicht abwarten, bis eure Gruppe noch kleiner wird?«, fragte der Oberwächter.

»Ich mache mir Gedanken, wie wir Francesca dorthin bekommen«, sagte Sarah. »Sie kann kaum noch laufen. Selbst mit Unterstützung nicht.«

»Wenn ihre eine Trage hättet, könntet ihr sie transportieren«, schlug der Oberwächter vor.

»Wir haben keine Trage«, reagierte Sarah. »Kannst du uns eine geben?«

»Das ist eine Survival-Show«, sagte er. »Ihr habt doch vorher bestimmt gelernt, wie man Feuer macht, Unterstände baut, Nahrung sucht.«

»Da hatten wir aber zumindest Messer gehabt, mit denen wir etwas abschneiden konnten.«

»Ihr habt eine halbe Stunde, um euch um Essen, Trinken und die Trage zu kümmern. Dann geht es los, egal wie weit ihr seid.«

»Francesca, du legst deinen Fuß auf den Rucksack und hältst ihn ruhig«, kommandierte Sarah. »Stefan und ich bauen eine Trage. Fabian, Nina und Claudia suchen Wasser und wenn ihr dabei noch über ein paar Beeren oder Bananen stolpert, wäre das nicht verkehrt.«

»Ich habe Hunger und Durst«, meldete sich Fabian. »Und ich bin total übermüdet.«

»Das sind wir alle, aber jetzt müssen wir zusehen, dass wir die Aufgaben erledigt bekommen«, sagte Stefan. »Auf! Packen wir es an.«

Ein Ruck ging durch die Gruppe und während die Dreiergruppe sich direkt auf den Weg machte, stellten sich Stefan und Sarah neben Francesca.

»Fuß hoch«, sagte sie. »Mache ich sofort.«

»Was können wir für die Trage nehmen?«, fragte Sarah.

»Wir könnten einen der Rucksäcke opfern«, schlug Stefan vor. »Wichtig wären aber zwei gerade und stabile Äste, die gut zu greifen sind. Etwa zwei Meter lang, besser noch ein wenig länger.«

Skeptisch sahen sich alle drei um.

»Wir sind mitten im Wald«, sagte Sarah. »Wir werden schon irgendetwas finden, das man als Stangen verwenden kann.«

»Lass uns auf die Suche gehen«, schlug Stefan vor. »Vom Herumstehen finden wir nichts. Francesca. Leere meinen Rucksack aus und schaue, ob du ein paar der Nähte aufbekommst.«

Er gab ihr seinen Rucksack und zeigte auf verschiedene Nähte.

»Die, die und die.«

»Womit?«, fragte sie.

»Kraft. Zähne. Versuche es einfach irgendwie.«

Dann gingen sie, verfolgt von einem Wächter und zwei Drohnen in den Wald.

»Ich bin weniger optimistisch«, gestand er. »Wollte das aber nicht vor Francesca sagen.«

»Warum nicht?«

»Je präziser deine Vorstellung von etwas ist, desto schwieriger ist es, genau das zu finden«, erklärte er. »Selbst im Baumarkt passiert dir das.«

»Oder beim Klamottenkauf«, grübelte Sarah.

Dann zeigte sie aufgeregt auf einen jungen Baum.

»Da haben wir doch schon die erste Stange«, sagte sie.

»Ohne Axt oder Säge bekommen wir den nicht.«

»Wir könnten ihn mit roher Gewalt umknicken.«

»Das funktioniert nur, wenn er morsch wäre, aber dann könnten wir ihn nicht als Stange für eine Trage nutzen.«

»Du hast es echt drauf, einem den Optimismus zu nehmen«, sagte Sarah.

»Lass uns einfach den Boden absuchen« schlug er vor. »Da drüben der Stock, der ist zwar etwas zu dünn und vor allem zu kurz. Aber von dem suchen wir zwei größere Brüder.«

»Bananenblätter und Lianen könnten wir auch nutzen.«

»Wir haben nur eine halbe Stunde Zeit«, mahnte Stefan.

»Ich glaube, du bist dir der Schwere der Lage nicht bewusst.« Ernst sah sie ihn an. »Ohne Trage wird Francesca den Weg nicht schaffen und ich möchte mir nicht vorstellen, was man mit ihr macht, wenn sie nicht weiterlaufen kann.«

»Und wer soll sie tragen? Fabian und ich? Uns fehlt es auch an Kraft«, reagierte er. »Und wenn ihr die Kraft fehlt, wie soll sie dann die Herausforderung bestehen?«

»Da machen wir uns Gedanken darüber, wenn es soweit ist.«

»Ich bewundere deinen Optimismus.«

Er drehte sich weg, offensichtlich um dem Gespräch aus dem Weg zu gehen.

»Ich habe einen Ast gefunden, der passt«, meldete Stefan nach wenigen Minuten.

»Siehst du«, freute sich Sarah. »Wir schaffen das!«

Nach fünf Minuten hatten sie einen weiteren passenden Ast gefunden sowie einige kurze Lianen und sie begaben sich zurück zu Francesca, die sich mit dem Rucksack abmühte.

»Sorry, da ging kaum etwas«, sagte sie. »Wie wollt ihr das überhaupt in eine Trage verwandeln?«

»Wir haben die beiden Stangen, die führen wir durch die Gurte des Rucksacks«, erklärte Sarah. »Dann nehmen wir ein paar der Lianen, unsere Ersatzhosen, Bananenblätter und T-Shirts und machen daraus die Liegefläche.«

»In zehn Minuten?«, wunderte sich Francesca.

»Zumindest soweit wir in der Zeit kommen.«

Während die anderen drei mit vollen Wasserflaschen und ein paar Beeren zurückkamen, entstand nach den Ideen von Sarah eine einfache Trage.

»Die muss ja nur bis zur Herausforderung reichen«, sagte sie, als sie das fertige Werk präsentierte. »Heute Abend können wir uns mehr Zeit zur Verbesserung nehmen.«

»Weiter geht es«, rief der Oberwächter.

Francesca legte sich auf die Trage, Fabian und Stefan hoben sie hoch.

»Klappt doch«, freute sich Sarah.

»Wir werden sehen«, kommentierte der Oberwächter. »Jeder den eigenen Rucksack und die Person auf der Trage. Das wird Kraft kosten.«

Still schaute Stefan Sarah an, die lächelte zurück und die Gruppe setzte sich in Bewegung.

77
Max Bauers Büro, Senderzentrale Köln

Max nahm sein Smartphone und wählte die Nummer des Söldners.

»Hallo, Herr Bauer«, meldete der sich.

»Hallo«, grüßte Max. »Ich habe Koordinaten und weitere Infos für sie.«

»Wie präzise und wie aktuell?«, fragte der Söldner.

»Die letzten Bilder sind keine Stunde alt«, erklärte Max. »Ich kann Sie regelmäßig mit Updates versorgen.«

»Das ist sehr gut.«

»Ich musste heute das Auswärtige Amt kontaktieren. Dort ist man über die Geiselnahme im Bilde.«

»Das ist nicht so gut, aber bis die aktiv werden, können noch Tage vergehen. Wenn ich das richtig in Erinnerung habe, haben Ihre Crew und die Promis diese Tage nicht mehr?«

»Exakt«, sagte Max. »Wie viele Tage brauchen Sie für die Vorbereitungen?«

»Das hängt von der Qualität der Informationen ab. Und natürlich von der Höhe der ausgelobten Boni.«

Max grübelte. Die Rettungsaktion würde tolles Bildmaterial und eine entsprechende Berichterstattung ergeben. Wenn man die für eine der Liveshows planen und die Promis bei laufender Kamera aus den Herausforderungen retten würde - spannender könnte man es nicht machen.

»Sind Sie noch dran?«, fragte der Söldner.

»Ja. Entschuldigung. Ich war mit den Gedanken etwas weiter. Was halten Sie davon, die Befreiung während einer der Liveshows zu machen? Während der Herausforderung?«

Es dauerte eine Weile, bis der Söldner antwortete.

»Geht es Ihnen um die Sicherheit Ihrer Promis und der Crew oder um einen Showeffekt?«

»Ich habe beides im Auge«, erklärte Max. Hatte er das nicht gerade erst jemandem gesagt? »Und für Ihre Leute wäre dann auch noch ein zusätzlicher Boni drin.«

»Sie sind der Kunde und bezahlen. Aber der Zeitpunkt scheint mir tatsächlich gut geeignet, weil der Fokus der Entführer auf der Sendung liegt und die Wachsamkeit darunter leiden wird.«

Es klopfte an der Tür und Irina kam herein.

»Die Abordnung vom Auswärtigen Amt und dem Krisenreaktionszentrum sind am Empfang«, sagte sie. »Kommst du in den Meetingraum?«

»Gleich, ich beende nur noch das Telefonat.«

Irina ging wieder und schloss die Tür.

»Okay. Ich lasse mir das mit dem Zeitpunkt auch noch mal durch den Kopf gehen. Lassen Sie uns morgen gegen Mittag telefonieren.«

»Bis bald.«

Max legte auf, steckte das Handy in die Tasche und verließ sein Büro. Irina hatte zwar nicht gesagt, welchen Meetingraum sie genau meinte, aber wenn sie keinen speziellen erwähnte, war es der auf der anderen Seite des Flures. Es hatte seine Vorteile, Chef zu sein.

»Wir wissen, wo sie sind«, sagte Max, als er sich sicher war, dass nur er und Irina im Raum waren. »Und so können wir eine Befreiungsaktion planen.«

»Wie schnell?«, fragte Irina.

»Kann ich noch nicht sagen. Es braucht vorher noch etwas Aufklärungsarbeit.«

»Das sind gute Nachrichten. Ich nehme an, dass wir die nicht mit den Leuten des Krisenreaktionszentrums teilen?«

»Weder die genaue Position noch die Befreiungsaktion«, antwortete Max.

»Du solltest das noch mal überdenken.«

»Habe ich schon gemacht. Die Bilder der Helmkameras der Söldner werden uns traumhafte Quoten und Views liefern!«

Irina durchbohrte ihn mit ihrem Blick.

»Max. Es geht um Menschenleben. Unsere Quoten sind schon gut, es gibt keinen Grund, unnötig weitere Leben zu riskieren. Der Fokus sollte auf der Sicherheit der Leute liegen, die du nach Smaragdküste gebracht hast.«

»Mach mir eine Tasse Kaffee.«

»Echt jetzt? Du spielst die Chef-Karte aus?«

»Irina! Du bist die einzige Person, die so mit mir sprechen darf. Trotzdem musst du mal wieder daran erinnert werden, wer hier das Sagen hat. Ich bin dir keine Rechenschaft schuldig.«

Irina nahm eine der Edelstahlkannen von der Mitte des Tisches, füllte eine Tasse mit Kaffee und gab sie Max.

»Bitte«, sagte sie kalt.

»Ich hätte noch gerne etwas Zucker«, beschwerte sich Max.

Irina griff nach dem Zuckerstreuer, hielt kurz inne und ließ dann Zucker in die Tasse rieseln. Max lächelte siegesgewiss.

»Wie der Herr wünschen«, presste Irina heraus und schüttete weiter Zucker in den Kaffee.

Max nahm die Tasse so schnell, dass etwas Kaffee überschwappte und der Zucker aus dem Streuer direkt in die kleine Pfütze rieselte, bevor sie reagieren konnte und ihn wieder wegstellte.

Es klopfte an der Tür und eine sportliche Dreißigjährige und ein etwa gleich alter Mann traten gefolgt von Thomas ein.

»Thomas«, grüßte Max und gab seinem Bekannten die Hand. »Oh, Entschuldigung. Wo sind denn meine Manieren. Stellst du uns bitte vor?«

»Hallo Max«, reagierte Thomas. »Das sind meine Kollegen Vanessa Schreiber und Tim Winter.«

»Sehr erfreut.« Max schüttelte erst die Hand von Vanessa Schreiber dann die ihres Kollegen. »Und das ist meine geschätzte und langjährige Mitarbeiterin Irina Novak.«

Irina hatte die Zeit genutzt, mit einer Serviette den Tisch zu säubern, und nickte den anderen zu.

»Darf ich ihnen Kaffee oder Wasser anbieten?«

»Wir bedienen uns einfach selbst«, sagte Thomas und nahm am Tisch Platz. »Können wir die nächsten Tage diesen Raum blockieren? Und es wäre gut, wenn wir die Blenden herunterlassen.« Er deutete auf die zum Flur zeigenden Glasscheiben.

»Irina wird sich um beides kümmern«, reagierte Max und nahm gegenüber von Thomas Platz. Schreiber und Winter setzten sich neben ihn und nachdem Irina die Blenden heruntergelassen hatte, nahm sie den Stuhl neben Max ein.

»Ich nehme an, Herr Schönau hat sie über Telefon schon informiert?«, fragte Vanessa Schreiber mit skeptischem Blick Richtung Thomas. »Unsere Möglichkeiten in Smaragdküste sind generell eingeschränkt. In den Rebellenregionen ist es noch schlechter.«

»Ja.« Max nickte. »Thomas hatte das schon angedeutet.«

»Unser Ziel ist die Sicherheit der Geiseln und nach unseren bisherigen Analysen habe ich auch hier keine guten Nachrichten. Ein Menschenleben bedeutet den Terroristen nicht viel, das Einzige, was zumindest die Prominenten schützt, ist die Aufmerksamkeit, die die Entführung erzeugt.«

Sie machte eine kurze Pause.

»Das von Ihnen erfundene Spiel sieht das tägliche Ausscheiden von Kandidaten vor. Daran hält man sich aber nicht. Die Sendung gestern hat aber gezeigt, dass man die Dschungelprüfungen bis zum letzten Moment konsequent durchzieht.«

»Herausforderungen«, korrigierte Max. »Unsere Kandidaten stehen vor Herausforderungen.«

Mit hochgezogenen Augenbrauen fixierte Schreiber Max.

»Es sterben Menschen und Sie versuchen, Ihr nachgemachtes Format mit Wortklauberei schönzureden?«

»Vanessa«, ermahnte Thomas.

»Entschuldigung. Die Pferde gingen mit mir gerade etwas durch.«

»Kann ja mal passieren«, sagte Max.

»Um es kurz zu machen: Unsere Möglichkeiten innerhalb der verbleibenden Zeit sind recht eingeschränkt.«

»In der verbleibenden Zeit?«, fragte Irina.

»Damit sind die noch geplanten Sendungen gemeint«, meldete sich Winter. »Wir schaffen keine Befreiung in so kurzer Zeit.«

»Die Entführung der Landshut wurde nach fünf Tagen erfolgreich beendet! Das war in den Siebzigern!«, sagte Max. »Wenn ich überlege, wie viel Steuern meine Unternehmen in Deutschland bezahlen, muss ich mich wundern.«

»Max«, beruhigte Thomas. »Bei der Befreiung der Landshut waren die Beziehungen zu Somalia nicht gut, aber um einiges besser als zu Smaragdküste heute. Das Risiko hätte dir doch bewusst sein müssen? Und so schwer es uns fällt, das einzugestehen: Deine Beziehungen dorthin sind besser als die unseren.«

»Was könnt ihr dann überhaupt für meine Leute machen?« Max fixierte mit seinem Blick kurz Irina.

»Wir sammeln alle Informationen und werten sie aus«, antwortete Winter. »Im Hintergrund ziehen wir alle diplomatischen Fäden. Aber das braucht leider Zeit.«

»Wie schnell könnten Sie denn ein Spezialkommando vor Ort haben?«, fragte Max und spürte den bohrenden Blick von Irina.

»Das könnte morgen vor Ort sein«, sagte Vanessa Schreiber. »Wenn wir es denn nach Smaragdküste einfliegen dürften.«

»Und wenn wir wüssten, wo genau sich die Geiseln befinden«, ergänzte Winter. »Wir haben einfach zu viele unbekannte Faktoren. Auch das war bei der Landshut damals anders.«

Irinas auf dem Tisch liegendes Smartphone vibrierte. Ohne darauf zu schauen, schaltete sie es ab.

»Die Sendung geht gleich los«, erklärte sie. »Bitte folgen Sie mir in den Regieraum. Sie können Ihre Sachen hier stehenlassen, der Raum wird abgeschlossen.«

78
Liveübertragung - Smaragdküste

»Herzlich Willkommen zu ›Zehn kleine Prominente gingen in den Dschungel‹«, grüßte Mira in die Kamera.

»Heute kommen wir zur fünften Herausforderung«, kündigte Leon an. »Es ist das …«

Er machte eine kunstvolle Pause und rief dann gemeinsam mit seiner Kollegin: »Spinnennetz!«

»Auch wenn wir nicht in Australien sind, haben wir auch hier eine Auswahl giftiger Spinnen«, erklärte Mira. »Und in unserem …«

»Spinnennetz«, riefen beide gemeinsam, »… befinden sich einige Exemplare. Diese Sendung ist also nichts für Arachnophobiker!«

»Dank des Klimawandels wird vermutlich auch bald in Deutschland die ein oder andere besonders giftige Spezies eine neue Heimat finden«, ergänzte Leon. »Aber zurück zu …«

»›Zehn kleine Prominente gingen in den Dschungel‹«, riefen beide wieder gemeinsam.

Sie saßen in einem faltbaren Campingstuhl und im Hintergrund war ein beinah klischeehaftes Forschercamp mit verschiedenen Zelten aufgebaut.

»Wie ihr auf dem Livestream nachverfolgen konntet, befinden sich unsere einfallsreichen Prominenten auf dem Weg zu uns und müssten bald hier eintreffen«, fuhr Leon fort.

»Über unsere App und YouTube könnte ihr euch auch Clips der letzten Tage anschauen und für eure Favoriten abstimmen!«, sagte Mira und hielt ein Smartphone in die Kamera, auf der die App zu sehen war.

»Denn auch heute könnt ihr ihnen einen wichtigen Vorteil verschaffen«, forderte Leon auf. »Also schnell anrufen oder abstimmen!«

Die Kamera wechselte auf eine erschöpft wirkende Francesca. Ihre Kleidung war verdreckt und verschwitzt, die Haare unordentlich und ihr Fuß stark geschwollen und blau-rot verfärbt. Außer ihr war niemand der anderen zu sehen und mit leerem Blick schaute sie in die Kamera.

»Ruft für mich an oder stimmt für mich ab«, flehte sie fast. »Wie ihr seht, kann ich jeden Vorteil gebrauchen, denn das hier ist keine Show mehr. Wir kämpfen hier um unser Leben!«

Immer wieder schielte sie an der Kamera vorbei.

»Helft mir! Bitte!«

Schon war SurvivalStefan im Bild. Auch wenn seine Klamotten ähnlich aussahen wie die von Francesca, wirkte er vitaler.

»Hallo Leute!« Der genervte Tonfall passte kaum zu seiner Körperhaltung, der die Strapazen der letzten Tage kaum anzusehen waren. »Ihr wisst, wie das geht! Stimmt bitte für mich ab. Reicht das?«

Es wurde auf Sarah übergeblendet.

»Wir sind jetzt den fünften schrecklichen Tag hier und eigentlich würde ich gerne hier raus. Dafür muss mich aber die weiteren Prüfungen bestehen. Also: Stimmt für mich ab!«

Dann schwieg Fabian eine Weile in die Kamera, schien nach Worten zu ringen.

»Hallo! Wie ihr alle sicherlich verfolgen konntet, ist unsere Show außer Kontrolle geraten. Wir haben Kandidaten verloren und das bringt mich zu folgender Überlegung: Muss man Last Man Standing sein, um diese Show zu überleben?«

Er kam gegen eine der riesigen Blasen auf seinen Arm und verzog das Gesicht.

»Ich möchte gerne überleben und meine Kinder wiedersehen. Mir ist bewusst, dass ich nicht der beste Vater war. Wenn ich … falls ich zurückkomme, schwöre ich, es wieder gutzumachen. Liebe Zuschauer! Helft mir, den Vorteil zu bekommen, damit ich meinen Kindern der Vater sein kann, den sie verdienen!«

»There is no business as show business!«, sagte Nina nach dem nächsten Kamerawechsel. »Diese Show verdient den Namen nicht, trotzdem sollen wir euch dazu animieren, für uns anzurufen, um uns einen Vorteil bei der nächsten Herausforderung zu verschaffen. Bitte unterstützt mich.«

Sie drehte den Kopf zur Seite und giftete jemanden an: »Passt euch das so?«

Ein weiterer Bildschnitt und Claudia war im Fokus.

»Hallo Leute! Bitte stimmt für mich ab und betet für uns!«

Es wurde wieder auf das Moderatorenduo umgeschaltet.

»Na da waren ja einige dramatischen Appelle dabei«, sagte Leon lächelnd. »Also liebe Zuschauer, stimmt für eure Favoriten ab!«

»Ja«, bestätigte Mira. »Ich bin echt überrascht, welche Dramaqueens wir haben!«

»Ist dir aufgefallen, dass Fabian der Erste zu sein scheint, der auf Einzelkämpfermodus umschaltet?«, fragte Leon.

»Ich bin gespannt, wie unsere Zuschauerinnen und Zuschauer darauf reagieren werden!«

»Wer ist denn dein Favorit?«, fragte Leon und sah erwartungsvoll Mira an.

Die versuchte sichtbar, sich ein Lächeln aufzuzwingen.

»Ich würde jedem den Sieg gönnen«, antwortete sie diplomatisch. »Hast du denn einen Liebling unter den Kandidaten?«

Leon lächelte und wirkte dabei weniger gekünstelt.

»Ich bin sehr beeindruckt von Sarah«, gab er zu. »Die legt sich richtig ins Zeug und setzt sich für andere ein.«

»Aber hat sie auch das Zeug dazu, die Herausforderungen zu meistern? Gerade wenn es um Kraft und Durchhaltewillen geht, dürfte doch SurvivalStefan klar im Vorteil sein.«

»Kraft möglicherweise«, gestand Leon, »aber ob sein Durchhaltewillen wirklich so groß ist, werden wir noch sehen.«

79
Regieraum Köln

Gemeinsam mit Thomas verfolgte Max den Sendungsanfang auf dem großen Bildschirm und versuchte, nach außen besorgt zu wirken.

»Wenn man mal vom ernsten Hintergrund absieht«, kommentierte er, »ist es die perfekte Sendung!«

Vanessa Schreiber sah ihn skeptisch an.

»Ich verstehe nicht, wieso die Leute sich so etwas freiwillig anschauen«, sagte sie.

»Vanessa«, ermahnte Thomas. »Das gehört jetzt nicht hierher.«

»Das ist okay«, verteidigte Max. »Ich schätze ehrliche Menschen. Und wenn ihr mir versprecht, es nicht weiterzusagen, dann gestehe ich, dass ich es auch nicht verstehe.«

»Trotzdem produziert Ihr Sender Reality-TV Sendungen wie am Fließband«, warf Schreiber ihm vor. »Und Sie leben gut davon.«

Max lächelte. »«Steve Jobs gestattete seinen Kindern keine iPads und auch Bill Gates schränkte die Computerzeit für seine Kinder dramatisch ein. Wenn Sie ein wenig nachforschen, werden Sie viele finden, die das eigene Produkt nicht benutzen.«

»Und wenn Steve Jobs von einer Brücke gesprungen wäre, hätten sie das auch gemacht?«, legte Schreiber nach.

»Ich versuche dort zu investieren, wo ich für mich gute Chancen sehe«, erklärte Max. »Das muss mir nicht zwingend gefallen. Die Hauptsache ist, dass es sich verkaufen lässt. Natürlich könnte ich versuchen, ein kulturell ansprechendes Programm auf die Beine zu stellen. Das Publikum dafür dürfte auch zahlungskräftig sein, aber die Masse macht es nicht aus. Und Reality-TV Formate sind immer noch Cashcows. Niedrige Produktionskosten, Einnahmen durch Werbung und die Zuschaueranrufe. Je nach Format kommt dann noch die Weitervermarktung hinzu. Man braucht keine großen Experten, keine richtigen Schauspieler, keine Drehbuchautoren.«

Er schaute kurz auf den Monitor.

»Okay, bei ›Zehn kleine Prominente‹ haben wir einige Leute angestellt, die sich die Herausforderungen und die Gags für das Moderatorenteam ausdenken sollten. Und die ganzen Kulissen haben uns einiges gekostet. Mit dem Verkauf der Sendung in andere Länder können wir die Locations aber weiterhin benutzen und spielen so die Kosten wieder ein.«

»Fünf Menschen sind gestorben!« Die Crew im Regieraum drehte sich zu dem Wortgefecht. »Und Sie denken weiterhin darüber nach, wie Sie Geld damit verdienen können?«

Max bemerkte die fragenden Blicke seiner Mitarbeiter und warf Schreiber einen bösen Blick zu.

»An dieser Stelle möchte ich euch alle auf die Verschwiegenheitsklausel in euren Arbeitsverträgen aufmerksam machen«, sagte er. »Wie Sie dem recht - offenen - Dialog zwischen mir und Frau Schreiber vom Krisenreaktionszentrum des Auswärtigen Amtes entnehmen können, und möglicherweise manche auch schon vermutet habe, haben wir keine Kontrolle über unser Dschungelcamp. Unsere Crew und die Kandidaten in Smaragdküste wurden entführt und die Herausforderungen, die als Spiel für die Kandidaten geplant waren, sind für unsere Kandidaten bitterer Ernst. Die Geiselnehmer zwingen uns zur Ausstrahlung der von ihnen gelieferten Bilder. Man hat mit dem Töten weiterer Geiseln aus der Crew gedroht, wenn wir dies nicht machen.«

»Weitere Geiseln?«, fragte jemand.

»Während der Ausstrahlung der ersten Sendung wurde uns ein Video mit den Forderungen und die Hinrichtung von Sabine zugesandt«, erklärte Max.

Einige schlugen die Hände vor den Mund, anderen blieb der Mund offen stehen.

»Wir wissen aktuell weder, wo sich die Crew noch wo sich die Kandidaten befinden«, fuhr Max fort. »Thomas Schönau, Frau Vanessa Schreiber und Tim Winter sind Mitarbeiter des Auswärtigen Amtes und Teil des Krisenreaktionszentrums. Wir versuchen alle uns zur Verfügung stehenden Kanäle zu nutzen, um herauszufinden, wo sich unsere Leute befinden und wer die Entführer sind. Ich scheue keine Kosten und Mühen, sie zu befreien und wieder nach Hause zu holen.«

»Das hätten Sie uns sagen müssen!«, meldete sich jemand.

»Das macht so keinen Sinn«, rief jemand anderes.

»Wieso hätte ich das sagen müssen?«, fragte Max. »Was würde sich für euch ändern?«

»Wir haben zugesehen, wie Menschen sterben«, kam die Antwort. »Das ist verstörend!«

»Bis eben hast du gedacht, dass es nur Show ist«, sagte Max.

»Ist es aber nicht. Und ich bin doch nicht hier, um mir Snuff Clips anzuschauen!«

»Ich empfinde die körperliche Sicherheit unserer Crew im Moment wichtiger als dein Wohnbefinden. Und wenn das Ganze beendet ist, dann kümmern wir uns um euch«, beendete Max die Diskussion.

»Es macht immer noch keinen Sinn«, wurde die Frage wiederholt. »Bei Terroristen geht es doch auch darum, dass jeder weiß, wer hinter der Tat steckt.«

»Meine Güte!«, reagierte Max. »Irgendeine Splittergruppe im Norden von Smaragdküste möchte die Unabhängigkeit ihrer Region erpressen und verlangt von uns, Druck auf die Regierung auszuüben.«

Manche Crewmitglieder waren aufgestanden, hatten ihre Kopfhörer auf die Pulte gelegt und schauten unschlüssig zum größten Monitor, auf dem Mira und Leon zu sehen waren.

»Okay«, sagte Max. »Ich werde niemanden zwingen, hier weiter mitzumachen. Wer gehen möchte, kann das jetzt machen. Wer jetzt durch diese Tür da drüben geht, ist aus dem Team draußen. Wir werden uns in den nächsten Tagen um den Wechsel in andere Teams kümmern und niemand wird entlassen.«

Er deutete auf die Tür und wartete.

»Allen, die hierbleiben, verdoppele ich das Gehalt für die nächsten zwölf Monate und garantiere, dass wir uns um psychologische Betreuung für euch kümmern. Und zwar nicht wie bei einem dieser kassenzugelassenen Therapeuten, die erst in sechs Monaten Zeit für ein Erstgespräch haben, sondern schon nächste Woche.«

Nacheinander setzten sich alle wieder an ihren Platz. Max drehte sich zu Schreiber.

»Ich hätte erwartet, dass jemand in Ihrer Funktion weiß, was Verschwiegenheit bedeutet. Je nachdem, wie das hier weitergeht, werde ich mich bei Ihrem Vorgesetzten über dieses Gespräch äußern.«

Schreiber setzte zu einer Antwort an, wurde aber von Thomas unterbrochen, der auf den Monitor deutete.

»Die Kandidaten kommen.«

80
Liveübertragung - Smaragdküste

Begleitet von den maskierten Wächtern erreichten die Kandidaten die Zeltlagerkulisse, in der Mira und Leon auf sie warteten.

Mira begrüßte sie: »Herzlich willkommen, liebe Kandidaten von …«

»›Zehn kleine Prominente gingen in den Dschungel‹«, stimmte Leon mit ein.

Außer dem Moderatorenduo lächelte niemand.

Leon schaute auf seine Moderationskarte und schüttelte kurz den Kopf.

»Nach dem gestrigen Ausscheiden von Kim steht den verbleibenden sechs Kandidaten die nächste Prüfung bevor!«

»Ihr solltet auf keinen Fall Angst vor Spinnen haben«, sagte Mira. »Denn eure heutige Prüfung ist ›Das Spinnennetz‹!«

»Unsere besten Webdesigner haben sich um den Aufbau dieser Herausforderung gekümmert«, verkündete Leon. »Und ein riesiges Netz konstruiert, über das ihr nur herüberklettern müsst!«

»Da es aber nicht zu einfach sein sollte, wird das Netz von einigen achtbeinigen Kreaturen bewohnt und am Boden der Grube gibt es Skorpione«, ergänzte Mira. »Aber wie man mir versichert hat, sind deren Stiche für Menschen nicht tödlich. Zumindest wohl unwahrscheinlich.«

»Vielleicht hätten wir die Sendung doch in Australien produzieren sollen«, las Leon von seiner Karte ab. »Immerhin leben dort die tödlichsten Landtiere der Welt!«

Die Kandidaten standen schweigend in einer Reihe und hörten der Moderation zu. Ihre Wächter zogen sich in den Hintergrund zurück, wo sie mit hinter dem Rücken verschränkten Armen stehen blieben.

»Ihr fragt euch sicherlich«, sagte Leon, »wie sich der Vorteil durch das Zuschauer Voting - das immer noch läuft - auswirkt.«

»Am besten gehen wir dazu zur Arena«, erklärte Mira, »und schauen uns ›Das Spinnennetz‹ an.«

Ohne auf eine Reaktion zu warten, gingen sie und Leon los, gefolgt von den Kandidaten und den Wächtern.

81
Liveübertragung - Smaragdküste

»Bist du nicht froh, dass wir diese Dschungelherausforderung nicht machen müssen?«, fragte Leon, als sie die Spinnennetzarena erreichten.

Die Zuschauer sahen zunächst nur einen etwa sechs Meter hohen Bretterzaun und direkt vor ihnen befand sich eine kleine Tribüne, deren Treppe Kandidaten und Moderatoren erklommen. Es wurde auf eine Drohnenkamera umgeschaltet, die schnell in die Höhe stieg, bis sie die gesamte Arena im Blickfeld hatte. Sie war kreisrund, hatte einen Durchmesser von etwa 100 Metern, während außen mit Holz ein Wächtergang konstruiert war. Ein Stahlnetz, das einem Spinnennetz nachempfundenes war, spannte sich über die gesamte Arena und wurde von sieben Hauptdrähten gehalten.

»Ich bin froh, dass ich gar keine der Dschungelherausforderungen machen muss«, antwortete Mira. »Aber unsere Kandidaten haben keine Wahl!«

Von der Tribüne aus konnten sich alle die Arena genau anschauen.

»Könnt ihr euch die blöden Sprüche nicht einfach sparen?«, fragte Fabian, »Das Ganze ist so schon beschissen genug!«

»Das können wir uns nicht«, antwortete Leon. »Unsere Freunde und unser Publikum bestehen darauf, dass wir euch aufheitern!«

»Ihr habt sicherlich die sieben dicken Stränge gesehen, die das Netz halten«, erklärte Leon. »Bei einem seht ihr die Fahne, dort ist euer Ziel. Ihr müsst nichts weiter machen, als von eurem Startpunkt dorthin zu klettern.«

»Und eure Startpunkte richten sich nach dem Zuschauer Voting«, sagte Mira. »Der Punkt direkt vor uns ist für den oder die mit den wenigsten Stimmen. Wie ihr seht, ist der am weitesten vom Zielpunkt entfernt.«

»Je mehr Stimmen ihr bekommen habt, desto näher ist euer Startpunkt«, ergänzte Leon. »Es steht natürlich denen mit mehr Stimmen auch frei zurückzuklettern, um anderen zu helfen.«

»Allerdings habt ihr nicht ewig Zeit dafür.« Die Moderatorin deutete auf das Ende des Stahlseiles beim Startpunkt vor der Tribüne. Ein klobiger Kasten mit großen Ösen auf beiden Seiten verband das Seil mit dem Pfosten. »In diesen Kästen ist ein ferngesteuerter Mechanismus. Jedes Mal, wenn einer das Ziel erreicht, wird eine Verbindung gekappt und das Seil fällt herunter.«

»Was ist, wenn alle Seile gekappt sind?«, fragte Sarah.

»Gut, dass du fragst!« Leon schien sich über die Rückfrage zu freuen. »Wenn alle Seile gekappt sind, fällt das ganze Netz in die Arena. Wer es bis dahin nicht zum Zielpunkt geschafft hat, ist ausgeschieden.«

Sarah schaute in die Arena.

»Wie tief ist das?«, fragte sie. »Fünf Meter? Sechs Meter?«

»Du hast gut geschätzt. Es sind tatsächlich fünf bis sechs Meter«, antwortete Mira.

»Wenn keiner zum Ziel klettert«, grübelte Fabian, »dann wird auch kein Seil getrennt?«

»Wenn die Zeit abgelaufen ist«, erklärte Leon, »werden alle Seile gekappt.«

»Wie viel Zeit haben wir?«, fragte Stefan.

»Das wissen wir nicht«, gestand Mira. »Und genau das macht diese Dschungelherausforderung so spannend.«

»Wenn ich das recht verstehe«, meldete sich Fabian, »hat der oder die Letzte kaum eine Chance, das Ziel zu erreichen?«

82
Regieraum Köln

»Eins noch Frau Schreiber«, flüsterte Max der Frau zu. »Ich bin Ihnen noch eine Antwort schuldig. Ja, wir setzen die Show und die Vermarktung trotz der Todesfälle fort. Das mag Sie schockieren, ist aber ein vollkommen normaler Vorgang. Auch in Wettbewerben wie der Formel Eins wurde nach Unfällen weitergefahren. Und wissen Sie warum? Weil es um viel Geld geht. Sehr viel Geld. Und wenn Sie in die Wirtschaft schauen, finden Sie immer wieder Unternehmen, die Verletzungen und gar den Tod von Menschen in Kauf nehmen, weil die Kosten für eine Rückrufaktion eines Automodells um einiges höher wären, als die zu erwartenden Zahlungen an die Geschädigten - oder deren Hinterbliebenen - wenn wirklich etwas passieren würde.«

Schreiber starrte ihn an.

»Allein in meinem Sender habe ich hunderte Mitarbeiter, in meiner ganzen Firmengruppe arbeiten so viele Menschen, dass man damit eine Großstadt bevölkern könnte. Die verlassen sich darauf, dass ihnen pünktlich ihr Gehalt ausgezahlt wird.«

»Die Rennfahrer in der Formel Eins setzen sich freiwillig einem Risiko aus und jeder, der in ein Auto steigt, weiß, dass er ein Risiko eingeht«, konterte sie.

»Ja, das macht jeder. Wenn der Hersteller aber einfach einen Mangel verschweigt, nimmt er den Kunden die Möglichkeit, die Gefahr richtig einzuschätzen«, sagte Max. »Auch meine Promis und Crew waren sich bewusst, dass sie in ein Land fahren, das nur relativ stabil ist. Das Auswärtige Amt holt doch immer wieder Menschen aus Ländern heraus, die nicht als sicher eingestuft werden.«

»Meistens werden die für die Rückholaktion auch zur Kasse gebeten«, sagte Schreiber.

»Max«, wurden sie von Thomas unterbrochen. »Können wir vielleicht wieder in den Meetingraum gehen und die Sendung dorthin übertragen?«

»Warum? Hier sehen wir verschiedene Kameras und können uns einen Überblick verschaffen. Und wenn du Sorgen hast, dass wir einen Maulwurf in der Crew haben, der hat euch ohnehin schon gesehen.«

»Okay Max, wir bleiben für die heutige Sendung hier und reden morgen nochmal darüber. Ich würde gerne eine ständige Konferenzschaltung zum Krisenstab einrichten, und zwar ohne dass es mehr Leute als notwendig mitbekommen.«

»Wie wäre die heutige Dschungelprüfung eigentlich ohne möglichen Todesfall gewesen?«, fragte Tim Winter. »Oder wurde das von den Terroristen komplett neu erfunden?«

»Tatsächlich ist jede Dschungelherausforderung …« Max betonte jede Silbe von Herausforderung, »… bisher genau die, die wir auch geplant hatten. Bei der Brücke fehlte das Netz, die Krokodile hätten kleiner sein sollen, das Giftbecken nicht mit tödlich giftigen Quallen und das Labyrinth … sollte keine tödlichen Waffen haben. Auch keine giftigen Pflanzen.«

»Wie wollten Sie im Sumpf garantieren, dass es dort keine größeren Krokodile gibt?«, grübelte Winter.

»Unsere Ranger hätten schon Tage vorher angefangen, einen Bereich zu säubern und während der Herausforderung wären sie in unmittelbarer Nähe mit Booten neben den Kandidaten gewesen.«

»Zu säubern?«

»Krokodile einfangen und an einem anderen Ort wieder aussetzen«, erklärte Max.

»Das muss doch unheimlich viel gekostet haben?«, fragte Winter.

»Sogar mehr als wir kalkuliert haben«, gestand Max. »Aber mittlerweile können wir uns wohl sicher sein, dass die Terroristen von Anfang an meine Teams in Smaragdküste infiltriert haben und ihre Herausforderungen direkt mitgebaut haben. Von meinem Geld.«

»Das ist Ihnen nicht aufgefallen?«, wunderte sich Winter.

»Viele Projekte werden teurer als ursprünglich geplant. Das ist nicht nur bei deutschen Großbaustellen so.«

»Haben Sie Lohnlisten oder Personallisten Ihrer Partner in Smaragdküste?«, fragte Schreiber. »Vielleicht lässt sich da etwas finden, was auf die Terroristen schließen lässt.«

»Wenden Sie sich bitte an Irina, die kann Ihnen helfen, die Daten zu bekommen«, sagte Max.

Thomas' Handy klingelte und er schaute aufs Display.

»Kann ich hier irgendwo ungestört telefonieren?«

»Da hinten.« Irina deutete auf die Tür des kleinen Meetingraums.

83
Liveübertragung - Smaragdküste

»Der Titel unserer Show lautet ›Zehn kleine Prominente gingen in den Dschungel‹«, belehrte Leon die Kandidaten. »Dass jeden Tag jemand ausscheiden wird, dürfte niemanden wirklich überraschen.«

»Ersetze ›ausscheiden‹ durch ›sterben‹ und sag das noch mal«, forderte SurvivalStefan.

Betroffen sah Leon Richtung Boden.

»Für uns ist das doch auch kein Spiel«, nuschelte er.

»Aber ihr sterbt nicht!«, schrie Fabian.

»Wie kannst du dir da sicher sein?«, kreischte Mira und brach in Tränen aus.

Leons Augen weiteten sich und er drückte seinen In-Ear-Kopfhörer ins Ohr.

Nach einem kurzen Augenblick sagte er: »Okay Leute! The show musst go on und wir erwarten bald das Ergebnis des Zuschauer Votings!«

Er wartete darauf, dass Mira übernahm, doch die war immer noch in Tränen aufgelöst.

»Mira und ich würden gerne wissen, wem ihr den Sieg am meisten gönnt?«, fragte Leon.

Die sechs Promis schauten ihn verständnislos an.

»Ich denke, es ist kein Geheimnis, dass jeder von uns weiterleben möchte«, antwortete Fabian. »Von daher glaube ich, für alle sprechen zu können und sage, dass jeder es sich selbst am meisten gönnt.«

Wieder drückte Leon seinen Ohrhörer und lauschte den Anweisungen.

»Ich - äh - also«, zögerte er. »Ihr wärt also alle bereit, die anderen für euer eigenes Überleben zu opfern?«

Sarahs Ohrfeige traf Leon unvorbereitet und mit so viel Kraft, dass er Mühe hatte, sich auf den Beinen zu halten.

»Was soll das?«, schrie er sie an. »Ich werde dazu gezwungen, das zu sagen.«

»Ich tausche gerne die Position mit dir«, reagierte Sarah. »Vielleicht fällt es dir ja einfacher, bei der Dschungelprüfung mitzumachen.«

»Es heißt Dschungelherausforderung!«, korrigierte Leon sie laut.

»Das ist mir scheißegal!«, konterte sie. »Wir alle wissen doch, dass das Ganze hier ein Abklatsch des Dschungelcamps ist. Tauschst du jetzt mit mir - oder mit irgendeinem von uns? Oder versteckst du dich weiter hinter deiner ach so schweren Aufgabe?«

»Du verstehst nicht, ich - ich kann es dir noch nicht erklären«, stotterte Leon.

»Wenn wir alle tot sind, kannst du es auch nicht mehr«, sagte Sarah. »Moderiere weiter du Feigling!«

Wieder drückte er seinen Ohrhörer fest.

»Es tut mir leid«, fuhr Leon fort. »Wir ...« Er warf Mira, die immer noch laut am weinte einen Blick zu. »... Ich muss euch die weiteren Regeln und Gefahren erklären.«

Er schluckte kurz.

»Neben den sieben Drahtseilen, die das Netz halten, gibt es die große Spirale, die euch tragen kann. Alles in den Zwischenräumen sind entweder echte Spinnweben oder dünner Stoff, der eure achtbeinigen Freunde trägt, euch aber nicht.«

»Die sind mindestens zwei Meter auseinander«, schätzte Survival-Stefan. »Sollen wir uns nur an den Drahtseilen festhalten?«

»Eigentlich solltet ihr Handschuhe bekommen«, erklärte Leon. »Mir wurde aber gerade gemeldet, dass die verschwunden sind. Wie ihr euch durch das Netz bewegt, ist eure Sache. Wer herunterfällt, scheidet aus.«

»Ich höre gerade, dass das Ergebnis des Zuschauer Votings da ist«, schluchzte Mira.

Dann wurde ihre Stimme wieder stabiler.

»Ich verkünde nun die Reihenfolge!«

84
Regieraum Köln

»Gute Nachrichten«, meldete Thomas, der aus dem Meetingraum zurückgekommen war und sich neben Max stellte. »Wir werden noch heute nacht eine Einsatzgruppe nach Smaragdküste fliegen. Wenn nichts dazwischenkommt, könnte morgen spätestens übermorgen ein zweites Team folgen. Die Briten werden uns auch unterstützen. Wie genau steht noch nicht fest. Beratend auf alle Fälle, möglicherweise werden sie auch ein Einsatzkommando senden.«

Max zog die Augenbrauen hoch.

»Da hat sich aber auf dem diplomatischen Teppich viel bewegt?«

»Du kannst dir denken, wie das läuft«, sagte Thomas. »Es sind verschiedene Handelsabkommen auf Halde und - das dürfte wohl entscheidend - wurde ein Waffenexport bisher von uns blockiert.«

»Deutsche Waffen gegen die Unterstützung bei der Befreiung deutscher Geiseln«, kommentierte Schreiber. »Nicht unüblich.«

»War das nicht schon bei der Befreiung der Landshut so?«, erinnerte sich Max. »Das bedeutet, dass eine Befreiungsaktion frühestens übermorgen stattfinden kann?«

Er fixierte mit seinem Blick Schreiber.

»Und dass wir noch zwei unserer Promis verlieren werden?«

Thomas zögerte etwas.

»Um ehrlich zu sein ist das schon besser als das, was ich erwartet habe. Allerdings halte ich übermorgen für unwahrscheinlich. Bisher haben wir immer noch keinen Anhaltspunkt, wo sich die Geiseln befinden.«

»Ihr bekommt von uns jede Unterstützung, die ihr braucht. Ich lasse euch von der IT Zugriff auf alle Daten des Projektes geben.«, erklärte Max und behielt für sich, dass nicht alle relevanten Daten im IT-System verfügbar waren. »Und wenn Ihr Leute braucht die bei der Analyse der Daten helfen, bekommt Ihr die.«

»Davon ging ich auch aus«, sagte Thomas. »Und wenn wir die Location haben, brauchen wir noch Infos zu den Terroristen. Wir wollen unsere Einsatzkommandos auf keinen Fall sinnlos verheizen.«

»Wie läuft so eine Aktion ab?«, fragte Irina. »Wer bestimmt wann es losgeht?«

»Das macht die Einsatzleitung der Bundespolizei«, antwortete Schreiber. »Die Kollegen aus dem Innenministerium autorisieren die Spezialeinheit für den Einsatz und die nehmen zunächst eine Lagebeurteilung vor, gehen dann in Planung und Vorbereitung über. Da ist man jetzt quasi dabei. Erschwert wird die Planung momentan dadurch, dass wir nicht genau wissen was uns erwartet und es wird wesentlich mehr Material nach Smaragdküste geflogen, als vermutlich benötigt wird.«

»Wenn ihr logistische Unterstützung benötigt …«, fing Max an, wurde aber von Thomas unterbrochen.

»Auch wenn die Flugbereitschaft genügend Herausforderungen hat, bekommen wir das hin. Aber danke für dein Angebot. Ihr könnte aber schonmal die Rückführung der Geiseln planen.«

Winter räusperte sich: »Auch wenn das jetzt herzlos klingt, möchte ich darauf hinweisen, dass man auch den Transport von Leichen nicht ausschließen sollte. Und zwar mehr, als es bisher ohnehin schon sind.«

85
Liveübertragung - Smaragdküste

»Vom Startpunkt sechs startet …« Mira zögerte mit der Verkündigung. »Von der Sechs startet Fabian.«

»War ja klar«, kommentierte er trocken.

»Begib dich bitte direkt zum Start«, wies Leon ihn an.

Sechs Wächter waren vorher ebenfalls auf die Tribüne gekommen und einer begleitete Fabian.

»Seid ihr auch so gespannt wie ich?«, fragte Leon und setzte sein bestes Moderatorenlächeln auf.

Die Kandidaten reagierten mit Schweigen.

»Von Platz fünf startet Francesca«, sagte Leon.

Gefolgt von einem der Wächter, humpelte sie zu ihren Startpunkt.

»Claudia«, rief Mira. »Du darfst von der Vier starten!«

»In der Zuschauergunst liegen momentan Nina, SparkleSarah und SurvivalStefan an der Spitze!«, sagte Leon. »Machen die Führung zwei Frauen unter sich aus oder gelingt es unserem Outdoor-Experten, gegen so viel Schönheit anzukommen?«

»Ich verspreche dir«, sagte Sarah, »wenn wir hier lebend rauskommen, dann mache ich dir das Leben zur Hölle. Fällt dir echt nichts Besseres ein wie ›starker Mann‹ und ›schöne Frau‹? Aus welchem Jahrzehnt kommst du denn?«

»Na da sind wir aber ein wenig überempfindlich«, ließ Leon den Vorwurf an sich abperlen. »Und tatsächlich machen die Frauen die ersten beiden Plätze unter sich aus. SurvivalStefan startet von der Drei!«

»Ich verkünde jetzt den zweiten Startplatz«, sagte Mira und ließ sich sehr lange Zeit. »Von der Zwei startet - Nina! Sarah hat somit den kürzesten Weg durch das Spinnennetz!«

Die Kameras folgten abwechselnd den Kandidaten und ihren Wächtern zu den Startpunkten links und rechts um die Arena herum.

Dann wurde wieder auf das Moderatorenduo fokussiert.

»Die Zuschauer möchten bestimmt wissen, welche Spinnen gleich von unseren Kandidaten gestört werden«, sagte Leon.

Eine Kamera zeigte eine nähere Ansicht des Netzes und man konnte den dünnen Stoff und unzählige braune und dunkelbraune Spinnen erkennen.

»Einmal haben wir Bananenspinnen. Sie haben eine Beinspannweite von etwa 15 Zentimeter und schaffen es immer mal wieder in die lokalen Nachrichten Europas und Nordamerikas, weil ein Exemplar sich zwischen Bananen versteckt hatten und Supermarktkunden einen Schreck verpassten«, erklärte Mira.

»Die zweite Spezies Arachnoide, die wir haben, ist die Afrikanische Holzspinne, auch bekannt als Goliath-Vogelspinne, und eine der größten Spinnenarten überhaupt«, sagte Leon. »Für unsere Promis gut zu wissen: Der Biss von beiden Spinnen ist in der Regel nicht tödlich. Bei mehreren Bissen und unter ungünstigen Umständen vielleicht …«

»Damit nicht genug befinden sich auf dem Boden der Arena noch Tunesische Skorpione«, wechselte der Fokus auf Mira. »Mich würde schon eine der drei Tierarten abschrecken!«

»Das geht mir genauso«, stimmte Leon zu. »Aber was einigen Kandidaten wohl entgangen ist, möchte ich unseren Zuschauerinnen und Zuschauern nicht vorenthalten. Bei den verbleibenden Spielen wird immer jemand ausscheiden.«

»Ich hatte den Eindruck, dass es manchen Promis schon aufgefallen ist«, sagte Mira, »und man darf gespannt sein, ob es jetzt noch zu Kooperationen und gegenseitiger Hilfe kommen wird!«

Alle Startpunkte waren besetzt, hinter jedem Kandidaten stand ein Wächter und es wurde auf das Startsignal gewartet.

»Liebe Zuschauerinnen und Zuschauer von ›Zehn kleine Prominente gingen in den Dschungel‹«, verkündet Leon. »Nach einer kurzen Unterbrechung geht es mit der Dschungelherausforderung ›Das Spinnennetz‹ weiter. Bleiben Sie dran!«

86
Regieraum Köln

»Wäre das auch Ihr richtiges Konzept gewesen?«, fragte Winter.

»Sie meinen, dass bei einer Herausforderung unbedingt jemand ausscheidet?«, reagierte Max. »Ja. Da wir auf eine Kennenlernphase wie es sie zum Beispiel bei der anderen Dschungelshow gibt, verzichten und vom ersten Tag an Leute ausscheiden können, war es die Idee, in den ersten Tagen den Eindruck zu erwecken, Zusammenarbeiten wäre eine Option.«

»Um sie dann zu Gegnern werden zu lassen?«

»So funktionieren viele der Shows«, sagte Max. »Bei den meisten Casting Shows gibt es nur eine Gewinnerin oder einen Gewinner. Auch wenn die sich anfangs über die Erfolge der anderen freuen, erreichen alle irgendwann den Punkt, an dem sie bemerken, dass die anderen Konkurrenten sind. Schon wenn es ›nur‹ um den Gewinn eines Titels - und meistens auch einen Haufen Geld - geht, zeigen manche dann ihre unangenehmsten Seiten. Ich kann mir aber nur im Ansatz vorstellen, wie es meinen Promis geht und zu was die bereit sein werden.«

»Das ›Trolley-Problem‹«, kommentierte Thomas. »Nur statt die Weichen so zu stellen, dass es andere trifft, liegt man selbst auf einem der Gleise.«

»Was meinst du damit?«, fragte Winter.

»Das ist ein moralphilosophisches Gedankenexperiment. Eine Straßenbahn - das amerikanische Wort dafür ist Trolley - droht bei der Weiterfahrt mehrere Menschen zu überrollen. Als Weichensteller könnte man den Zug nun auf einen anderen Gleis umleiten, allerdings würden dort andere Menschen getötet. Als Weichensteller entscheidet man, wer weiterleben darf.«

»Verstehe.« Winter nickte. »Und die Kandidatinnen riskieren den eigenen Tod, wenn sie jemand anderem helfen.«

»Exakt«, bestätigte Thomas. »Und wenn man sich die Zusammenfassung der letzten Tage anschaut, haben die Promis bisher mehr oder weniger gut zusammengearbeitet. Egal wie das ausgeht, wird es auch Folgen für das Miteinander außerhalb der Dschungelprüfungen haben.«

Max hatte zugehört und überlegte, ob er Thomas korrigieren und noch mal erklären sollte, dass es bei ›Zehn kleine Prominente gingen in den Dschungel‹ Herausforderungen und nicht Prüfungen ging, hatte aber den Eindruck, dass das sinnlos war.

»Entschuldigt mich bitte kurz«, sagte er. »Ich bin gleich wieder da.«

»Du gehst ausgerechnet jetzt?«, fragte Irina mit einem strengen Blick.

»Ich muss mal kurz wohin, wo ich gerne allein wäre. Du verstehst? Ein menschliches Bedürfnis«, antwortete er, verließ den Regieraum und suchte sich einen Raum, in dem er ungestört war. Max holte sein Handy aus der Tasche, durchsuchte seine Anrufliste und ließ das Telefon wählen.

»Ja?«, meldete sich der Söldner am anderen Ende.

»Ich möchte, dass morgen während der Liveshow zugeschlagen wird«, forderte er. »Nicht direkt am Anfang, die Kandidaten sollen schon in der Prüfung - verdammt - in der Herausforderung sein. Da dürften die Wächter auch abgelenkt sein.«

»Verstehe«, sagte der Söldner. »Ich lasse Ihnen die Zugangsdaten für die Livestreams der Helmkameras zukommen.«

»Die werde ich leider nicht live verwenden können«, sagte Max. »Aber nach der Befreiung können wir die verbreiten.«

»Auf der gleichen Adresse werden Sie die Streams auch versetzt herunterziehen können«, erklärte der Söldner. »Sie können die Aktion noch bis kurz vor dem Start abbrechen. Eine kurze Textnachricht mit dem vereinbarten Codewort reicht.«

»Wunderbar«, sagte Max. »Ich melde mich danach.«

Er wartete nicht auf eine Antwort, legte auf, ging auf dem Rückweg zum Regieraum noch bei der Toilette vorbei, um sich die Hände zu waschen, und trat kurz darauf zu den anderen.

»Fast eine Punktlandung«, kommentierte Thomas. »Aber ich finde es schon frech, dass du euren Zuschauern Werbung zumutest und du sie selbst für deine Toilettenpause nutzt!«

87
Liveübertragung - Smaragdküste

Mira lächelte in die Kamera.

»Willkommen zurück bei ...«

Leon stimmte mit ein: »›Zehn kleine Prominente gingen in den Dschungel‹«

»Und die heutige Dschungelherausforderung ist«, fuhr Mira allein fort, bevor Leon wieder dazukam »›Das Spinnennetz‹«

»Unsere Promis müssen nichts weiter machen, als von ihrem Startpunkten aus über das Spinnennetz zum Zielpunkt zu klettern und wer als Letztes noch im Netz ist, scheidet aus.«

»Seid ihr bereit?«, fragte Mira und die Kameras wechselten kurz durch alle sechs Kandidaten, bevor Mira und Leon wieder im Bild waren.

»Eure Zeit läuft«, rief Mira und ein Signal ertönte.

Eine über der Arena schwebende Drohne übernahm das Bild und zeigte wie sich Fabian, ohne zu zögern, auf das Drahtseil vortastete und die Hände nach dem quer laufenden Spiralseil ausstreckte. Der Abstand war aber etwas zu weit, sodass er sich herunterließ und an den Händen hängend langsam voran hangelte. Relativ schnell kam er zum ersten Spiralseil, schaute kurz nach oben und hangelte weiter.

Die anderen zögerten und beobachteten Fabian und es dauerte eine Weile, bis sich auch SurvivalStefan in Bewegung setzte. Im Gegensatz zu Fabian drehte er sich um, ergriff das Stahlseil und hakte sich dann mit den Beinen ebenfalls ein. So arbeitete er sich Stück für Stück vor, wechselte bei der ersten Gelegenheit auf eines der Spiralseile, um so auf den schnellsten Weg in Richtung Ziel zu kommen.

Fabian sah, wie SurvivalStefan sich vorarbeitete, hielt kurz an und versuchte ebenfalls, die Beine über die Drahtseile zu bekommen. Durch die Bewegungen der beiden Männer zitterte das ganze Netz, und an einigen Stellen fielen Spinnen auf den Boden. Eine fiel auf die Schulter von Fabian, der aber damit beschäftigt war, nicht den Halt zu verlieren. Es gelang ihm schließlich, das erste und das zweite Bein einzuhaken und bemerkte dann erst die Bananenspinne, die sich über seine Schulter zur Brust vorgearbeitet hatte.

»Ahh«, schrie er und fegte sie mit einer Hand weg. »Hau ab!«

Heulend hielt er sich wieder mit beiden Händen fest und verharrte eine Weile in der Position.

»Während die Herren sich schon aufs Netz vorgewagt haben, zögern die Damen noch«, kommentierte Leon. »Sollte die Angst vor den Spinnen so groß sein?«

»Ich überlege noch, wie ich den anderen helfen kann«, schrie Nina.

»Vielleicht kannst du das nicht?«, mutmaßte Mira.

Fast gleichzeitig wagten sich die vier Frauen in das Netz und kopierten dabei den Stil von SurvivalStefan, der mittlerweile das Trägerseil erreichte, über das SparkleSarah klettern musste. Fabian hatte ein Viertel seiner Strecke hinter sich und fegte immer wieder Spinnen von sich.

»Wer hätte gedacht, dass Fabian hier so viele Freundinnen finden würde«, sagte Leon. »Aber es ist nicht sehr gentlemanlike, sie gleich wieder loszuwerden!«

Fabian ignorierte den Moderator und arbeitete sich weiter vor. Sein Gesicht war vom Schmerz verzerrt, denn er klammerte sich mit seinen nackten Händen an das Drahtseil.

An ihrem Startpunkt hing Francesca bereits mit den Händen im Netz und wagte sich langsam vor. Noch lagen ihre Beine auf der Umrandung und sie schwang erst das unverletzte Bein über das Drahtseil, holte mehrmals tief Luft und zog dann mit zusammengebissenen Zähnen das andere Bein hinterher.

In atemberaubender Geschwindigkeit und fast artistischer Sicherheit bewegte sich SparkleSarah voran, bis sie direkt hinter Survival-Stefan war.

»Ob Sarah jetzt über Stefan klettert?«, fragte Mira.

Alle Kandidaten waren nun so weit im Netz, dass sie die Stoffbahnen mit den Spinnen erreicht hatten. Durch die viele Bewegung im gesamten Netz fielen immer mehr Tiere auf den Boden der Arena, wo ein hektisches Gewusel von Spinnen und Skorpionen herrschte.

»Ihr macht das alle sehr gut«, feuerte Leon die Promis an.

»Geh weg!«, kreischte Fabian, dem eine Spinne auf den Kopf gefallen war und ins Gesicht krabbelte. Er schüttelte hektisch den Kopf, die Spinne ließ sich aber nicht abschütteln und untersuchte die Nase und den Mund des Schriftstellers. Der presste die Lippen zusammen, versuchte ruhig zu atmen und schob das Tier mit der Hand weg, dass es herunterfiel.

»Sie hat mich gebissen«, schrie Fabian. »Sie hat mich gebissen.«

»Da wollen wir mal hoffen«, sagte Mira, »dass du keine Allergie hast!«

»Es scheint, als ob unsere Kandidatinnen besser mit den Spinnen zurechtkommen als Fabian«, merkte Leon an.

Tatsächlich krabbelten auf allen mindestens zwei Spinnen, aber sie schafften es, diese zu ignorieren und hangelten sich weiter voran.

Stefan wechselte auf das rettende Drahtseil zum Zielpunkt, wischte kurz zwei Spinnen von seinen Beinen und arbeitete sich weiter vor.

»Beeil dich!«, trieb SparkleSarah ihn an.

»Ich habe mich am Seil geschnitten«, rief Claudia. »Ich blute!«

Leon drückte wieder seinen Ohrhörer fest und er schüttelte leicht den Kopf.

»Das wird das Klettern für dich vermutlich nicht einfacher machen«, sagte er.

Claudia musste immer häufiger nachgreifen, hängte sich dann mit den Unterarmen ins Seil und verweilte an einer Stelle.

SurvivalStefan erreichte die Holzumrandung und stand vor der Herausforderung, auf die andere Seite zu kommen. Mit einer Hand griff er links vom Seil nach der Umrandung, mit der anderen hielt er sich weiter am Seil fest und mit etwas Schwung hievte er ein Bein auf die andere Seite. Sein rechtes Bein hing an der Bretterwand herunter. Mit viel Kraft schaffte er es sich hochzuziehen und konnte mit dem rechten Arm schließlich über die Umrandung greifen. Da auf der anderen Seite ein geeigneter Griff fehlte, rutschte er etwas zurück, dann gelang es ihm aber den Körper auf die andere Seite zu heben. Erschöpft ließ er sich auf den Wächtergang fallen.

»Ich hab's geschafft!«, jubelte er, wurde dann aber von einem Sirenenton erschreckt.

Eine Kamera zeigte die komplette Arena und wie das Drahtseil, auf dem SurvivalStefan gestartet war, gekappt wurde. Das ganze Netz zitterte, ein Teil sackte schlagartig ab und die im Netz hängenden Kandidaten hatten Schwierigkeiten sich festzuhalten. Claudia rutschte mit beiden Händen ab und hing nur noch mit den Kniekehlen im Netz, die anderen konnten sich schneller wieder mit beiden Händen festhalten.

Eine Kamera nahm Claudia ins Visier, deren Kopf vier Meter über den Boden hing. Sie schluchzte.

»Du schaffst das!«, feuerte SparkleSarah sie an, die sich angeschaut hatte, wie SurvivalStefan der Arena entkommen war. Sie hatte sich umgedreht, damit sie mit den Füßen zuerst den Rand erreichte.

Claudia schaukelte mit ihrem Körper ein wenig vor und zurück und versuchte dann, nach dem Drahtseil zu greifen. Sie verfehlte es knapp, dafür schaukelte sie stärker im zitternden Netz. Mit verbissenem Gesicht versuchte sie es erneut. Mit den Fingerspitzen der rechten Hand schaffte sie es, das Seil zu greifen, rutschte aber ab und wurde wieder in eine Schaukelbewegung geworfen. Ein befreiender Schrei schien ihr die Kraft zu geben und sie schaffte es, mit beiden Händen Halt zu finden und sich wieder hochzuziehen.

Sarah erreichte den Rand, schob die Beine darüber und nahm dankbar Stefans helfende Hand an, der sie auf die andere Seite zog.

»Danke«, keuchte sie.

SurvivalStefan nickte nur und schaute sorgenvoll nach Sarahs Startpunkt. Die Sirene ertönte und dann wurde das Seil genau dort gekappt. Diesmal waren alle darauf vorbereitet und hielten sich fest. Da auf einer Seite nun zwei Halteseile fehlten, hing das Netz dort herunter, wodurch Francescas Weg schwieriger wurde. Sie versuchte über die Spiralseile ihren Weg abzukürzen, anstatt über das Zentrum zu klettern.

Auf Fabians Gesicht konnte man eine rötliche Schwellung sehen, trotzdem arbeitete er sich verbissen weiter vor und hatte es schon bis über die Mitte geschafft. Nina war auf der von Sarah und Stefan gegenüberliegenden Seite den kurzen Weg gegangen und erreichte als Nächste die letzten Meter des Drahtseils zum Zielpunkt. Genau wie Sarah drehte sie sich an der Kreuzung. An der Umrandung angekommen, wurde ihr von Stefan und Sarah aus dem Netz geholfen. Gespannt schauten die drei auf das Netz und wie vermutet, wurde nach dem Sirenenton Ninas Seil gekappt. Claudias Blut klebte am Drahtseil, wurde dann teilweise von ihren Beinen verwischt.

»Die Regie hat mich gebeten euch auszurichten«, sagte Mira, »dass nach Ablauf der Zeit alle Seile gekappt werden. Ihr solltet euch nicht zu lange Zeit lassen!«

Fabian drehte sich an der letzten Kreuzung ebenfalls und erreichte dann die Umrandung, wo er von den drei anderen in Empfang genommen wurde.

»Danke«, sagte er und fing an zu heulen.

Genau wie ein von übermütigen Jungs zerstörtes Spinnennetz hing das Drahtnetz nur noch an drei Halteseilen. Durch den Wegfall der drei Seile auf der rechten Seite kam der Rest der Spannung hauptsächlich vom Zielseil und dem von Francesca, hing aber in der Mitte so weit durch, dass es keine drei Meter über dem Boden war. Das vereinfachte den beiden Frauen den Weg bis zur Mitte, aber von dort würden sie es schwerer haben, wieder hochzuklettern.

Francesca und Claudia waren beide knappe drei Meter von der Mitte entfernt, wo sich alle Halteseile trafen, und beide schienen gleichzeitig zu erkennen, dass die Erste, die dort sein würde, die bessere Chance hatte, die Herausforderung zu überleben.

88
Regieraum Köln

Im Regieraum herrschte eine angespannte Stille und trotz der laufenden Lüfter der Computer hätte man eine Stecknadel fallen hören. Einigen Crewmitgliedern stand der Schrecken im Gesicht, so als ob ihnen erst jetzt bewusst wurde, dass gleich eine Kandidatin ausscheiden, dass sie sterben würde.

»Wir sollten das Testbild einblenden«, schlug jemand vor.

»Das können wir nicht«, erklärte Max. »Damit würden wir das Leben der anderen Geiseln gefährden.«

»Aber die anderen Kandidaten werden ohnehin sterben.«

»Die Terroristen erpressen uns mit der ganzen Crew. Solange noch eine Chance besteht, die zu befreien, werden wir tun, was nötig und möglich ist.«

»Wir werden mit Sicherheit unsere Senderlizenz verlieren«, vermutete jemand.

»Lasst das meine Sorge sein«, antwortete Max. »Und die unserer Anwälte.«

89
Liveübertragung - Smaragdküste

Hektisch hangelten beide weiter, bissen die Zähne zusammen und ließen die anderen nicht aus den Augen. Claudia war ein wenig schneller und konnte mit den Händen auf das Zielseil wechseln. Francesca erreichte die Mitte kurz nach ihr, noch bevor ihre Konkurrentin auch mit den Beinen am neuen Seil hing und schlug ihr gegen die Unterschenkel. Als das keine Wirkung zeigte, schlug sie von unten dagegen.

Claudia wurde klar, was Francesca vorhatte, und trat ihrerseits mit einem Fuß in Richtung der Schauspielerin. Die erkannte das zu spät und kassierte zwei Tritte gegen den Kopf, bevor Claudia sich wieder mit beiden Beinen am Seil festklammerte.

»Lass das!«, heulte sie. »Ich will dir nicht weh tun.«

»Ich will leben«, schrie Francesca, »lass mich vorbei!«

»Ich will auch leben, aber ich bin vor dir! Du hast verloren. Gib auf!«

Am Rande der Arena beobachteten die anderen Kandidaten mit tränenden Augen den Kampf und das Wortgefecht.

Claudia hangelte sich weiter und schien zunächst etwas Abstand gewinnen zu können. Den eigenen Tod vor Augen sammelte Francesca letzte Reserven und holte wieder etwas auf, bis sie direkt hinter Claudia war. Sie wartete einen geeigneten Moment und schlug dann so plötzlich von unten gegen Claudias Bein, dass die tatsächlich den Halt verlor und sich wieder mit den Unterarmen festklammern musste. Unerbittlich schlug Francesca gegen das andere Bein, blieb aber erfolglos und auch Claudia gelang es nicht, genug Halt zu bekommen, um nach Francesca zu treten.

Ein gut gezielter Treffer ließ Claudias zweites Bein vom Seil rutschen und sie sackte herunter. Mit vor Schmerzen verzehrtem Gesicht hielt sie sich fest und versuchte auszupendeln. Francesca kletterte weiter, fixierte mit den Augen Claudias Hände.

»Es tut mir leid«, stammelte Francesca, als sie in Reichweite war. Sie holte aus und gerade, als sie zuschlagen wollte, ließ Claudia mit einer

Hand los, hangelte sich ein Stück weiter und nutze den Schwung, um Francesca einen Tritt zu verpassen. Die war vom Gegenangriff so überrascht, dass sie auch mit der zweiten Hand den Halt verlor und nur noch an den Kniekehlen über dem Arenaboden hing.

Claudia arbeitete sich mit den Händen weiter in Richtung Ziel, bevor sie ihre Beine wieder hochschwingen und den Abstand zwischen sich und Francesca vergrößern konnte. Die versuchte, genau wie Claudia kurz zuvor, wieder mit den Händen Halt zu bekommen, verfehlte aber immer wieder das Seil. Schluchzend arbeitete sich Claudia weiter vor, vermied es zurückzuschauen und erreichte schließlich die Umrandung. Stefan und Sarah halfen ihr aus dem Netz heraus und sofort rollte sie sich auf dem Wehrgangboden in Embryohaltung zusammen.

Die Sirene ertönte erneut und Claudias Seil wurde gekappt. Die plötzliche Veränderung in der Spannung ließ Francesca abrutschen und sie fiel kopfüber Richtung Arenaboden. Mit den Armen versuchte sie den Fall abzudämpfen, aber man hörte, wie ihre Knochen brachen. Bevor sie schreien konnte, schlug sie mit dem Schädel auf den Steinboden und ihr Körper blieb mit in unnatürlichen Winkeln abstehenden Gliedmaßen liegen, während sich langsam eine Blutlache um ihren Kopf ausbreitete.

90
Talkrunde »Ehrlich & Direkt«

»Mit dem Schrott soll das Volk doch von den echten Problemen abgelenkt werden«, echauffierte sich Heinz Hirmar, der Vertreter der konservativen Partei ›Stramm Vorwärts‹. »So können die Altparteien weiter ihre Schäfchen ins Trockene bringen, ohne dass wir Bürger es merken. Anstatt echter Fakten zu bringen, wird so das Volk verdummt. Aber das Volk lässt sich das nicht mehr gefallen und geht auf die Barrikaden.«

»Der Sender gehört Herrn Bauer. Gehört er nicht zu einem Ihrer Parteispender?«, fragte die Moderatorin. Sie blätterte durch ihre Moderationskarten. »Es ging um mehrere Millionen Euro.«

»Herr Bauer kann mit seinem Geld machen, was er möchte«, antwortete Hirmar. »Und soweit ich weiß, beschwert er sich regelmäßig über die engen Vorgaben, die die Medien erfüllen müssen. Alles brav auf Linie. Systemmedien. DDR 2.0!«

»Wäre es Ihnen lieber, wenn ›Das Sechste‹ einen Wechsel aus deutschen Heimatfilmen und Volksmusik zeigen würde?«, stichelte Veronika Engel, die politische Sprecherin der Ökologischen Partei.

»Die deutsche Kultur hat Bedeutenderes zu bieten. Dramen von Goethe und Schiller, Musik von Bach, Wagner und Beethoven. Dazu richtige Nachrichten mit echten Fakten und nicht dieses grüngewaschene woke Zeug«, sagte Hirmar.

»Ich kann nicht verstehen, warum man Ihnen die Plattform für die immer wieder gleichen platten Parolen gibt«, sagte Engel. »Das ist total am Thema vorbei.«

»Und das Thema bei ›Ehrlich & Direkt‹ ist heute ›Wie weit darf Fernsehen gehen?‹«, meldete sich die Moderatorin. »Auch in der fünften Sendung von ›Zehn kleine Prominente gingen in den Dschungel‹ griff der Sender wieder tief in die Ekelkiste und ließ auf dem Bildschirm eine weitere Kandidatin sterben. Geht der Senderchef Maximillian Bauer mit diesem Format zu weit? Begrüßen Sie bitte mit mir die Reality-TV Expertin Doktor Anke Schwetziger.«

Das Publikum applaudierte, während Schwetziger sich auf einen freien Sessel zu der Runde setze.

»Guten Abend«, sagte sie. »Vielen Dank für die Einladung.«

»Gerne«, sagte die Moderatorin. »Ich vermute, in den letzten Tagen ist die Anzahl der Terminanfragen bei Ihnen explodiert?«

»Das ist tatsächlich so«, bestätigte sie. »Dabei werden wir ja quasi von Reality-TV Formaten überschwemmt.«

»Ist ›Zehn kleine Prominente gingen in den Dschungel‹ überhaupt ein solches Format?«, fragte die Moderatorin.

»Als das Konzept vorgestellt wurde, war es das noch. Aber direkt in der ersten Sendung gab es den Bruch mit den manipulierten

Bildern. Im Grunde könnte man schon von eine Mockumentary sprechen.«

»Was versteht man unter ›Mockumentary‹?«

»Vereinfacht gesagt handelt es sich um fiktionale Dokumentarfilme. Es wird gerne mit Überzeichnung gearbeitet und ›Zehn kleine Promis‹ bedient sich einerseits bei Formaten wie ›Ich bin ein Star, holt mich hier raus‹ und kombiniert das mit dem Konzept aus ›Tribute von Panem‹, gibt aber vor, eine normale Reality-TV Show zu sein. Die Zuschauer können sogar anrufen, um für ihre Favoriten abzustimmen.«

»Als ob das einen Einfluss auf das Ergebnis hätte«, warf Hirmar ein. »Das steht doch schon vorher fest wie viele Wahlergebnisse.«

»›Das Sechste‹ gibt an, dass die Votings notariell überwacht werden«, erklärte Schwetziger. »Eine Manipulation halte ich für sehr unwahrscheinlich.«

»Aber nicht für unmöglich«, platzte es aus Hirmar heraus.

»Speziell nach der heutigen Sendung, in der am Ende zwei Kandidatinnen gegeneinander gekämpft haben, wirkt so ein Voting doch zynisch«, kommentierte die Moderatorin. »Im Grunde entscheiden die Zuschauer damit, wer die schlechtesten Chancen zum Überleben hat. Das geht doch noch einen Schritt weiter als Voyeurismus.«

»Mit dem Wissen, Zuschauer eines Schauspiels zu sein, verändert sich das doch«, sagte Schwetziger. »Und man entscheidet ja nicht über den fiktiven Tod, sondern über die Chancen, die die Kandidaten im Spiel haben. Nehmen wir ein anderes Beispiel: Auch wenn oft so getan wird, als ob sogenannte Ego-Shooter Menschen zu Mördern machen, gibt es bisher keine Studie, die dies eindeutig belegt. Es geht den Konsumenten beim Spiel und bei der Sendung in erster Linie um Unterhaltung.«

»Sie erwähnten ›Die Tribute von Panem‹ und wenn man sich nach ähnlichen Formaten umschaut, wird man sehr schnell fündig. Gerade mit ›Squid Game‹ und ›Alice in Borderland‹ gibt es hier weitere sehr erfolgreiche Formate, die das Konzept ›Spiel mit möglichem Tod der Kandidaten‹ anwenden.«

DIE SECHSTE SENDUNG: DER WASSERFALL DES TERRORS

Kommentar:

Wer wirklich #survival sehen möchte, schaut sich #7vswild an!

Kommentar:

@ClaudiaHartmann ist ein hinterlistiges Biest

Kommentar:

#ZKP Insider hat ausgepackt: Alles ist echt!

Kommentar:

Geskripted? Egal! #ZKP Rocks! Besser als #ibes und #tributevonpanem

Kommentar:

Petition #noZKP gestartet! Link ist in der Bio

Kommentar:

#HaltdieFresseBauer und stampfe #ZKP ein

Kommentar:

@SparkleSarah wird #Dschungelkaiserin #ZKP

91
Provisorischer Krisenstabsraum, Sendezentrale Köln

Max hatte gut geschlafen und als er die Einschaltquoten sah, wurde seine Laune noch besser. Nun betrat er den Meetingraum, in dem die Vertreter des Krisenreaktionszentrums hinter ihren Notebooks saßen. Die IT-Abteilung hatten den Raum mit zwei großen Displays ausgestattet. Auf eines zeigte die aktuellen Bilder des Livefeeds aus Smaragdküste, der andere war für die Meetings mit dem eigentlichen Krisenstab gedacht.

»Guten Morgen«, grüßte er und achtete darauf, nicht zu zufrieden auszusehen.

Thomas, Vanessa Schreiber und Tim Winter grüßten zurück und Max setzte sich zu Thomas.

»Konntet ihr schon irgendwas mit den Daten anfangen?«, fragte er.

»Bisher noch nicht«, antwortete Thomas. »Aber das sind eine Menge Dateien und viel Personal, das ihr in Smaragdküste eingesetzt habt.«

»›Zehn kleine Prominente‹ ist als langfristige Investition geplant«, sagte Max. »Sowas wird dann sehr schnell ein großes Projekt.«

»Sie planen die Fortführung der Sendung?«, fragte Schreiber.

»Frau Schreiber, wir haben schon gestern darüber diskutiert. So bedauerlich die Morde sind: Wir werden mit der Sendung nächstes Jahr weitermachen. Natürlich mit besseren Sicherheitsvorkehrungen und vermutlich auch an einem anderen Ort.«

»Im Grunde profitieren Sie von den Ereignissen«, warf sie ihm vor.

»Ja, das stimmt und ich kann und will Ihnen da nicht widersprechen. Vermutlich würde mancher so etwas inszenieren, um mehr Aufmerksamkeit und somit Zuschauer zu bekommen.«

»Haben Sie das inszeniert?«, fragte Sie und starrte ihn an.

Max hielt ihrem Blick stand.

»Vanessa, das reicht«, sagte Thomas. »Max steht hier nicht vor Gericht.«

»Thomas, du solltest deiner Kollegin nicht in den Rücken fallen«, sagte Max. »Sie stellt gute Fragen und lässt sich nicht davon abschrecken, dass ich ein schwerreicher Mann mit viel Beziehungen bin.«

»Dann können Sie auch meine Frage beantworten.«

»Nein Frau Schreiber, ich habe die Entführung und die Tötung meiner Crew und Kandidaten nicht inszeniert«, sagte Max und hielt weiter ihrem Blick stand.

Nach einem kurzen Moment schien Schreiber genug zu haben.

»Ich suche weiter nach Hinweisen«, sagte sie und schaute wieder auf das Display ihres Notebooks.

»Die GSG9-Einheit ist in Smaragdküste angekommen, eine zweite fliegt in einer Stunde los«, berichtete Thomas. »Unsere Forensiker versuchen aus den verschiedenen Streams Metadaten auszulesen. Jemand ist dabei, Landschaftsaufnahmen aus den Aufzeichnungen zu extrahieren, um damit eine KI für Geolokalisierung zu füttern. Optimalerweise werden Orte wiedererkannt und dann hätten wir auch Koordinaten.«

»Gerade die Schlucht vom ersten Tag müsste doch etwas hergeben«, sagte Max. »Dass wir da nicht von selbst draufgekommen sind!«

»Im Camp gibt es Bewegung«, sagte Winter und deutete auf den großen Monitor.

92
Livestream - Smaragdküste

»Je näher man am Äquator ist, desto kürzer sind Morgen- und Abenddämmerung«, erklärte SurvivalStefan.

Das Camp der Kandidaten hätte den Namen nicht verdient. In der kleinen Lichtung hatte sich jeder einen eigenen Schlafplatz gesucht, der notdürftig mit der Zeltplane abgedeckt wurde und auch nach dem Aufstehen war jeder dortgeblieben.

»Und was bringt uns dieses spezielle Wissen?«, giftete Fabian. »Du bist doch der Survival-Profi. Hast du keinen Einfall wie man Waffen herstellen kann?«

»Ich könnte schon tödliche Waffen bauen, allerdings haben wir damit keine Chancen gegen die automatischen Waffen unserer Entführer«, erklärte Stefan. »Dein Gesicht sieht übrigens übel aus. Und dein Arm scheint sich zu entzünden.«

»Hast du zumindest da einen guten Survival-Trick? Irgendeine Pflanze mit einem Gegenmittel?«

»Sorry Fabian, da muss ich leider passen«, sagte Stefan.

»Hast du denn irgendwelche Fähigkeiten, die uns helfen könnten, aus dieser Hölle zu entkommen?«, fragte Fabian und ging zu Stefan. »Es ist doch klar, dass wir fliehen müssen.«

»Lass ihn doch einfach in Ruhe«, mischte sich SparkleSarah ein. »Glaubst du, das wissen wir nicht alle schon längst?«

Fabian drehte sich zu ihr um.

»Wir haben gestern viel Energie verbraucht, um Francesca bis zu ihrer Hinrichtung zu bringen. Das hätten wir uns sparen können.«

Stefan stürmte vor, griff in Fabians Hemd und zog den Schriftsteller so dicht an sich, dass sich ihre Nasen fast berührten.

»Ich habe dir Wurm aus dem Netz geholfen«, sagte er gepresst. »Vielleicht hätte ich mir die Energie ja auch sparen können?«

»Vielleicht hättest du das tun sollen.«

Fabian ließ seinen Kopf vorschnellen und seine Stirn traf Stefans Nase. Überrascht schubste er den anderen Mann so stark von sich weg, dass Fabian strauchelte und auf dem Hintern aufsetzte. Bevor der wieder aufstehen konnte, verpasste Stefan ihm einen Tritt in den Unterleib. Fabian schrie auf, krümmte sich und hielt sich die Eier. Stefan stellte sich über sein Opfer, als ein Schuss ertönte.

Alle Köpfe drehten sich um und sahen den Oberwächter, der breitbeinig im Camp stand. Seine rechte Hand zeigte mit der Pistole in die Luft.

»Wenn du den Idioten umbringst, muss ich dir beide Hände brechen.«

Langsam entfernte sich Stefan, während Fabian wimmernd erst auf alle Viere ging und sich dann langsam aufrichtete.

»Wir sind doch sowieso alle schon tot!«, schrie er. »Warum sollten wir uns noch quälen?«

Der Oberwächter ging auf ihn zu, zögerte kurz und gab ihm dann eine Ohrfeige, die ihn wieder zu Fall brachte.

»Weil nicht ihr entscheidet, wann jemand von euch stirbt, sondern ich.«

Er verließ das Camp und verschwand hinter den Bäumen.

»Also gilt jetzt jeder gegen jeden?«, fragte Nina, die mit angewinkelten Beinen auf dem Boden kauerte.

»Das ist eigentlich seit der ersten Prüfung so«, antwortete Fabian. »Nur gestern wurde das so deutlich wie noch nie zuvor.«

»Dann können wir auch nichts mehr füreinander tun?«, fragte sie.

Niemand antwortete und ihre Augen wurden wässrig.

»Dann haben wir alle mit heute noch maximal fünf Tage.« Es war keine Frage, sondern klang eher wie eine emotionslose Feststellung.

»Vielleicht lassen sie den Sieger überleben«, vermutete Stefan. Seine Nase war rot und angeschwollen. »Was sollte das?«

»Ich fühle mich machtlos«, gestand Fabian. »Und hatte gehofft, dass der toughe SurvivalStefan eine Lösung parat hätte. Aber da kam nichts und ich wurde wütend. Bin es immer noch.«

»Ich kann nichts für unsere Situation«, sagte Stefan.

»Genau das meine ich. Wenn jemand von uns das Zeug hätte, uns hier rauszuboxen, dann wärst du es gewesen. Aber du bist kein Heilsbringer, du bist eine Enttäuschung.«

»Sprichst du vielleicht von dir selbst?«, fragte Sarah. »Denkst du jetzt an die vielen verpassten Gelegenheiten, das Richtige getan zu haben und meinst, jemanden dafür bestrafen zu müssen?«

»Ach fick dich doch.« Fabian spuckte auf den Boden. »Bist du hier jetzt die Dschungelcamppsychologin?«

»Einer muss es ja sein«, giftete Sarah zurück. »Die Rolle des Arschlochs war ja schon vergeben.«

Fabian setzte zu einer Antwort an, zögerte und winkte ab. Humpelnd ging er zu seinem Rucksack und setzte sich auf den Boden.

»Sie hat angefangen«, schluchzte Claudia. »Sie fing plötzlich an, nach mir zu schlagen.«

Die anderen Vier schauten sie an.

»Ich habe mich nur gewehrt. Ich wollte doch nicht, dass sie stirbt.«

Sarah stand auf und kniete sich neben Claudia.

»Sie war doch noch so jung. Ich hätte sie vorlassen sollen.«

»Claudia …« Sarah nahm sie in den Arm.

»Jetzt werde ich für immer die alternde Schauspielerin sein, die die junge hübsche Konkurrentin hat sterben lassen.«

»Niemand denkt das«, versuchte Stefan sie zu beruhigen.

»Woher willst du das wissen?« Claudias Stimme zitterte. »Wäre ich lieber daheim geblieben. Man hätte mich zwar vergessen, aber das wäre besser gewesen, als für alle als neidische alte Frau in Erinnerung zu bleiben.«

»Dich vergessen?«, wunderte sich Sarah. »Die Leute erkennen dich doch überall.«

»Hättest du mich erkannt, bevor du die Kandidatenliste für die Show erhalten hast? Wusstest du, wer ich bin?«

Sarah schaute betreten zu Boden.

»Siehst du! Selbst in meiner Heimatstadt kann ich einfach so einkaufen gehen, ohne dass ich angesprochen werde. Das war in den Siebzigern und Achtzigern noch ganz anders.«

Sie schluchzte ein wenig.

»Aber nun? Nun bin ich die alternde Diva, die die hübsche Francesca getreten hat, um ein Spiel zu gewinnen.«

»Tut dir das mehr leid als Francescas Tod?«, fragte Fabian.

»Was erlaubst du dir? Sie hat als Erstes nach mir geschlagen!«

»Francesca wollte nur überleben«, sagte Fabian. »Und du auch. Und wir anderen ebenfalls. Nur hatten wir im Gegensatz zu dir den Vorteil, nicht um den letzten Platz kämpfen zu müssen.«

»Ich fühle mich so, als ob ich sie selbst getötet habe.«

»Das hast du nicht«, versuchte Sarah sie zu beruhigen. »Du hattest keine Wahl.«

»Man hat immer eine Wahl«, sagte Claudia.

93
Max Bauers Büro, Senderzentrale Köln

Mit hinter dem Rücken verschränkten Armen stand Max Bauer vor dem großen Panoramafenster und genoss die Aussicht. Die Geiselnahme hatte der Sendung ungeahnte Aufmerksamkeit gebracht.

»Ich möchte, dass die Jungs mit den Social Media Bots dafür sorgen, dass die Geiselnahme der Promis in die Top Ten der Hashtags kommt«, wies er Irina an.

»Willst du das wirklich? Das ist noch nicht die offizielle Version.«

»Ich möchte das volle Programm. Gerüchte streuen, vermeintliche Insiderinformationen an Verschwörungsblogs und -videokanäle weitergeben. Dabei aber darauf achten, dass es keine echten Beweise sind. Bilder und Filmaufnahmen müssen von einem anderen Ort kommen. Mittelamerika oder Südostasien. Egal. Hauptsache, es hält eine flüchtige Untersuchung durch diese Möchtegernexperten aus.«

»Was willst du erreichen?«, fragte sie.

»Natürlich mehr Aufmerksamkeit«, antwortete Max und schaute über seine Schultern zu ihr. »Und den Verschwörungstheoretikern etwas geben, mit dem sie später darauf verweisen können, dass sie ja Recht gehabt hätten.«

»Du hast Anfragen für mehrere Talkshows bekommen«, berichtete sie.

»Welche?«

»Muss ich schauen. Bestimmt fünfzehn verschiedene.«

»Suche mir die zwei mit der größten Reichweite heraus«, grübelte er. »Und knüpfe es daran an, dass auch andere interessante Gäste da sind. Keine Nobodys. Ich verlasse mich da auf dich.«

»Tust du das nicht immer?«, fragte Irina.

»Fast immer.«

Fabian setzte sich in seinen Stuhl und scrollte durch die E-Mails auf seinem Smartphone.

»Es wird einen Livefeed von der Befreiungsaktion geben. Die Helmkameras der Söldner«, erklärte er. »Der Link dorthin sollte mit dem Start der Aktion zuverlässig verbreitet werden. Und zwar so, dass es nicht zu uns zurückverfolgbar ist.«

»Versteht sich von selbst«, kommentierte Irina.

»Und man soll sich darum kümmern, dass genügend Bandbreite zur Verfügung steht. Vorher sollten schon Gerüchte gestreut werden, dass es heute Abend etwas Besonderes zu sehen gibt, was die Geiselnahme bestätigen wird.«

»Wir werden nach der Aktion Einiges zu erklären haben«, ermahnte Irina.

»Das lassen wir unsere Anwälte machen«, antwortete Max. »Magst du einen Kaffee haben?«

In dem Moment klopfte es.

94
Livestream - Smaragdküste

»Dir war das gestern sofort klar«, stellte Stefan fest. »Also dass es ums eigene Überleben geht. Warst du weshalb so schnell im Netz?«

»Aber ja doch. Das war doch offensichtlich, ich hatte den schwierigsten Weg und meine einzige Chance war, nicht zu zögern.«

Die beiden saßen im Camp und beobachteten, wie sich Sarah um Claudia kümmerte, während Nina mit leerem Blick vor- und zurückwippte.

»Es tut mir leid«, entschuldigte sich Fabian. »Die Pferde sind mit mir durchgegangen.«

»Das sollte es auch«, sagte Stefan. »Du kannst allerdings richtig froh sein, dass dieser Oberwächter gekommen ist.«

»Hättest du mich weiter geprügelt?«

Stefan antwortete nicht und zuckte nur mit den Schultern.

»Wir reden später«, sagte er, stand auf und ging zu Sarah, um ihr etwas ins Ohr zu flüstern.

Sie schaute erst Claudia, dann ihn an, nickte und beide entfernten sich von den anderen Kandidaten.

»Fabian hat Recht«, flüsterte er ihr zu. »Wir müssen hier weg.«

»Das schaffen wir niemals«, flüsterte sie zurück. »Weder bei Claudia noch bei Nina weiß ich, ob sie noch die Kraft dazu haben. Fabian vermutlich auch nicht. Und du weißt, wie es Sophia ergangen ist.«

»Du verstehst nicht«, sagte er. »Mit ›wir‹ meinte ich nicht alle.«

»Sondern?«

»Nur du und ich«, erklärte er. »Wir haben noch die Fitness und den Willen. Die Restlichen sind schon tote Leute.«

»Du willst sie ihrem Schicksal überlassen?«

»Im Moment sind wir alle wie Rinder auf dem Weg zur Schlachterei. Jetzt haben wir noch die Möglichkeit, uns zu retten. Wir können es zumindest versuchen.«

»Du kannst dich aber schon noch erinnern, was mit Sophia passiert ist, als sie flüchten wollte?«

»Ja. Aber das wird uns nicht passieren.«

»Wieso nicht? Und dir ist schon bewusst, dass die uns hören können?«

Stefan nickte, was Sarah sichtlich erstaunte.

»Ich gebe dir Bescheid. Mache dich einfach bereit, das alles hier hinter dir zu lassen.«

»Nichts lieber als das!«

»Auch die Anderen. Nur wir zwei.«

»Ich weiß nicht.«

95
Max Bauers Büro, Senderzentrale Köln

Die Tür ging auf und eine Mitarbeiterin steckte den Kopf durch den Spalt.

»Irina? Max? Da sind die beiden Herrschaften von der Polizei.«

In dem Moment wurde die Tür aufgeschoben und Kommissarin Schmidt und ihr Kollege Müller betraten ungebeten das Büro.

»Guten Tag, Herr Bauer«, sagte sie. »Wir haben neue Fragen.«

»So sehr ich das Gespräch mit Ihnen genieße, muss ich Sie bitten, mein Büro und mein Gebäude zu verlassen.« Max ging ihnen entgegen. »Bitte wenden Sie sich an meine Anwälte.«

»Ich denke, dafür brauchen wir keine Anwälte …«

»Frau Kriminalkommissarin Schmidt«, unterbrach Max. »es geht nicht darum, was Sie denken. Das Kriseneinsatzkommando des Auswärtigen Amtes hat sich des Falls angenommen. Damit haben ich Ihnen schon mehr gesagt, als ich eigentlich müsste. Wenn Sie weitere Fragen haben, wenden Sie sich bitte dorthin oder an meine Anwälte.«

»Dann ist Herr Meyer wirklich gestorben?«, fragte Schmidt.

»Würden Sie jetzt bitte gehen?«

Unsicher beobachtete die Mitarbeiterin, die die Tür geöffnet hatte, den Schlagabtausch.

»Meine Mitarbeiterin bringt Sie ins Foyer. Ich empfehle mich und bis das Kriseneinsatzkommando mit der Arbeit nicht fertig ist, werde ich mich nicht vor Ihnen äußern.«

»Sie stehen nicht über dem Gesetz«, erklärte Schmidt.

»Nein, das tue ich nicht. Aber ich habe auch Rechte und die kenne ich sehr gut. Auf Wiedersehen.«

Widerwillig verließen die Polizisten das Büro. Bevor Max die Tür schließen konnte, kam Thomas aus dem gegenüberliegenden Meetingraum und rief ihm zu: »Max! Auf ein Wort.«

Er ging an Polizisten vorbei, musterte sie verwundert und betrat das Büro.

»Wer war das?«

»Die örtliche Polizei«, antwortete Max. »Ich habe Sie an euch verwiesen. Und an meine Anwälte.«

»Du hättest sie auch direkt zu mir schicken können«, sagte Thomas.

»Das hätte ich. Aber lass die ruhig den langen Weg gehen.«

»Dich möchte ich nicht zum Feind haben.« Thomas grinste. »Wir haben bei den Daten etwas gefunden. Noch nichts Konkretes, aber es scheint, dass Dateien aus dem Dateisystem entfernt wurden. Deine Experten konnten teilweise einige Dateinamen rekonstruieren und interessant ist, dass Dateien mit dem Namen ›Locati‹ fehlen.«

»Dürfte von den Location Managern stammen. Es wundert mich, dass die gelöscht wurden«, sagte Max.

»Es wundert mich, dass du nicht sofort an diese Dateien gedacht hast«, warf Thomas ihm vor.

»Ich bin mir sicher, dass die vor Kurzem noch da waren, denn ich habe hereingeschaut. Aber aus irgendeinem Grund wurden die aufgegebenen Orte gelöscht.«

»Mensch, Max! Man kann bei vielen Anwendungen einen älteren Versionsstand wiederherstellen. Du wirst nicht glauben, welche Infos die Leute teilweise aus Versehen herausgeben, weil sie glauben, dass das Löschen eines Absatzes die Information unwiderruflich aus dem Dokument entfernt. Mit welchem Rechner hattest du die Datei geöffnet?«

»Mit meinem Notebook.« Max deutete zu seinem Schreibtisch.

»Lass uns gerade mal schauen, vielleicht können wir die Informationen wiederherstellen!«

Ungefragt setzte sich Thomas auf Max' Bürostuhl und wartete auf Max, der sich neben ihn stellte und sein Notebook entsperrte.

»Und jetzt?«

»Öffnest du das Programm, mit dem du die Datei geöffnet hattest.«

Max öffnete die Tabellenkalkulation. Ein Dialog bot ihm eine lange Liste der zuletzt geöffneten Dateien an. Thomas scrollte durch die Liste und deutete mit dem Finger auf die Datei. Mit einem

Doppelklick öffnete er sie und neugierig durchsuchte Thomas die vorhandenen Tabellenblätter.

»Es sind nur die Locations drinnen, die wir für die eigentliche Show geplant haben. Die anderen wurden gelöscht«, erklärte Max.

»Über Datei und dann Informationen kommt man an den Versionsverlauf. Siehst du?«

Max setzte ein interessiertes Gesicht auf und unterdrückte ein Grinsen. Die Datei war so manipuliert, dass sie die relevanten Versionen nicht wiederherstellen konnte. Thomas durchsuchte die angebotenen Versionen und schüttelte den Kopf.

»Darf ich die Datei an unseren Forensiker weiterleiten?«

»Natürlich«, sagte Max und war sehr gespannt, wer gewinnen würde. Sein freier Mitarbeiter, der die Datei angelegt hatte, oder der Forensiker, der die Manipulation entdecken würde.

»Wie hast du die Datei eigentlich bekommen?«, fragte Thomas.

»Ich bin mir nicht sicher. Entweder auf irgendeinem unserer Laufwerke oder es kam als Anhang einer E-Mail.«

Er grübelte kurz.

»Ich gebe unserer IT Bescheid, ob sie eine andere Version finden und durchsuche mein eigenes Postfach.«

»Das wäre vermutlich der Jackpot. Leite sie sofort an uns weiter.«

96
Livestream - Smaragdküste

Der Oberwächter betrat das Camp. Nina saß immer noch auf dem Boden und schaute ins Leere, Sarah war dabei, Claudia zu trösten, Fabian betastete sein geschwollenes Gesicht und seinen vom Pflanzengift geröteten Arm.

»Ihr habt genug ausgeruht, wir müssen los!«, befahl der Oberwächter.

Niemand setzte sich in Bewegung.

»Bewegt euch!«, schrie er. »Ihr seid hier nicht auf einem Wellnessurlaub.«

Widerwillig setzten sich Fabian, Sarah und Stefan in Bewegung.

»Auch die beiden Damen!«

Claudia stand zitternd auf, Nina bewegte sich immer noch nicht. Ein Wächter trat hinter sie und hieb ihr den Gewehrkolben zwischen die Schultern.

Nina schrie und versuchte, zur Seite zu rollen, wurde aber vom Wächter an den Haaren hochgezogen. Mit der anderen Hand riss er an ihrem Hemd, bis der Stoff nachgab.

»Stop!«, schrie der Oberwächter.

Der Wächter zögerte kurz und ließ dann von Nina ab. Stattdessen feuerte er seinem Vorgesetzten einen Wortschwall in einer westafrikanischen Sprache entgegen. Immer wieder deutete er auf Nina, griff sich in den Schritt und zeigte auf die anderen Wächter.

Der Oberwächter ging auf ihn zu, drängte sich zwischen Nina und ihn und stellte sich breitbeinig mit in die Seite gestemmten Fäusten hin. Der andere Mann verstummte und die eben noch selbstsichere Körperhaltung verschwand.

Gespannt schauten die anderen Wächter und alle Kandidaten außer Nina zur Auseinandersetzung und für eine gefühlte Ewigkeit passierte nichts.

Der Wächter versuchte, mit kleinen Tippelschritten etwas Abstand zu gewinnen, als die linke Hand des Oberwächters vorschnellte und die rechte Hand seines Gegenübers ergriff. Mit der eigenen Rechten holte er die Machete aus dem Gürtel, hob sie hoch und ließ sie hinunterschnellen. Blut spritzte aus dem Armstumpf. Verzögert erreichte der Schmerz das Gehirn des Mannes und er fing zu kreischen an. Der Oberwächter warf die Machete und die Hand achtlos weg, griff die andere Hand seines Opfers, drehte ihn um und den Arm auf den Rücken und hielt mit seiner Hand dessen Mund zu. Er drehte sich um und erklärte seinen Männern etwas in der anderen Sprache.

Stefan sprang auf, hechtete mit einer Rolle nach vorne und ergriff die Machete. Bevor er aber wieder zum Stehen kam, traf ihn der Armeestiefel des Oberwächters an der gebrochenen Nase. Den

Schmerz ignorierend, hielt er die Machete fest und versuchte, festen Stand zu bekommen, wurde aber durch einen weiteren Tritt aus der Balance gebracht und warf die Machete wieder weg. Am Boden liegend, suchte er die Waffe, streckte sich danach, doch der Stiefel des Oberwächters senkte sich auf seine Hand.

»Schaut euch euren Helden an«, spottete der Oberwächter. »Habt ihr gehofft, er würde euch helfen? Euch befreien? Nein. Der Egoist hat eben der lieben Sarah vorgeschlagen, gemeinsam mit ihr zu fliehen und euch eurem Schicksal zu überlassen.«

Der verletzte Wächter ging auf die Knie und der Oberwächter signalisierte einem anderen Mann ihn wegzuschaffen.

»Also SparkleSarah! Stimmt es? Wollte SurvivalStefan mit dir abhauen und die anderen verraten?«

Sarah nickte fast unmerklich.

»Aber ihr haut nicht einfach ab. Ich habe euch doch schon erklärt, dass ich entscheide, wann ihr sterbt!«

Er musterte nacheinander alle Promis.

»Und jetzt packt euer Zeug. Wir müssen zur nächsten Herausforderung laufen.«

97
Max Bauers Büro, Senderzentrale Köln

»Die Bots zeigen schon Wirkung«, berichtete Irina.

»#ZKPGeiselnahme rankt auf mehreren Plattformen in den Top 20. Zumindest für Deutschland. Und auch verschiedene YouTube und TikToker haben sich auf das geleakte Material gestürzt.«

»Fantastisch, was man mit ein bisschen Geld und ein paar gutgläubigen Leuten alles erreichen kann«, freute sich Max. »Könntest du dir das vorstellen? Bundespräsident Maximilian Bauer!«

»Nein«, reagierte Irina. »Einmal hat der Bundespräsident nur symbolische Macht, das würde dir nicht gefallen. Außerdem hast du als serieller Monogamist das nötige Ansehen.«

»Keine Macht«, wiederholte Max. »Aber Bundeskanzler. Das wäre es doch!«

»Auch da ist dir der Familienstand im Weg.«

»Wird heutzutage nicht jede dritte Ehe geschieden? Damit wäre es doch Zeit für einen ungebundenen Politiker an der Macht. Und wenn ich erstmal das Land wie ein Unternehmen führe, dann wird es auch wieder aufwärts gehen. Vollbeschäftigung. Als Wirtschaftsmacht vorne dabei.«

»Kommst du bitte wieder auf den Boden zurück?«, ermahnte Irina. »Ich könnte mir auch vorstellen, dass die Kandidaten entsprechend durchleuchtet werden und ich glaube nicht, dass du das möchtest.«

»Scholz ist mit der CumEx-Sache auch durchgekommen. Und Kohl mit den Schwarzgeldkonten. Ein Ehrenwort hier, ein Gedächtnisverlust dort.«

»Wir haben eine Krise zu meistern. Und müssen zusehen, dass wir anfangen, den Dreck wegzuräumen.«

»Du meinst unsere Söldner?«, fragte Max. »Das geht über so viele Umwege, da kommt keiner dahinter.«

»Hochmut kommt vor dem Fall!«

»Entspanne dich. Wenn ich es schaffe, Sachen vor dir geheimzuhalten, dann schaffen wir das auch vor anderen.«

»Hältst du Sachen vor mir geheim?«

»Das wüsstest du jetzt gerne, oder?«

»Manchmal frage ich mich, wie du es geschafft hast, so ein Unternehmen aufzubauen«, sagte Irina.

Gespielt empört verschränke Max die Arme vor der Brust: »Das meinst du nicht so. Du weißt, dass ich einfach gut und überzeugend bin.«

»Wie willst du Thomas den Einsatz der Söldner überzeugend erklären?«

»Na, dass ich seine Leute nicht in Gefahr bringen wollte.«

»Und wie erklärst du ihm, dass du den Aufenthaltsort der Geiseln geheim gehalten hast?«

»Danach fragt morgen früh niemand mehr«, antwortete Max. »Die Staffel ist dann zwar schon nach sechs Sendungen fertig, aber wir haben genügend Material für die nächsten Wochen. Und jedes

Mal, wenn die Überlebenden irgendwo hin eingeladen werden, ist das Werbung für uns.«

»Und was machst du, wenn die Befreiungsaktion schief gehen sollte?«

98
Regieraum Köln

Kurz vor Ausstrahlung der Livesendung betraten Thomas und seine Leute den Regieraum.

»Sie können sich mit uns in die hintere Reihe setzen«, erklärte Irina.

»Wie heißt die heutige Prüfung?«, fragte Schreiber.

»Würden Sie es bitte ›Dschungelherausforderung‹ nennen?«, bat Max.

»Meinetwegen. Was für eine ›Dschungelherausforderung‹ kommt heute?« Schreiber konnte sich nicht verkneifen, jede Silbe zu betonen.

»Es ist ›Der Wasserfall des Todes‹«, antwortete Max. »Wie der Name schon andeutet, müssen die Promis sich in einem reißenden Wasserfall abseilen. Damit nicht genug werden noch Bälle und Fässer aus Schaumstoff den Wasserfall heruntergelassen.«

»Klingt nicht besonders schwer«, kommentierte Schreiber. »Aber vermutlich werden die Geiselnehmer das abgeändert haben.«

»Einmal das«, sagte Max. »Dann darf man nicht vergessen, dass die Promis am sechsten Tag nicht unterernährt, aber zumindest ziemlich hungrig und erschöpft sind. Das wäre auch bei normalem Verlauf so gewesen.«

»Und wie entscheidet sich, wer weiterkommt?«, fragte Thomas.

»Bei den Bällen sind vier blaue dabei. Die müssen gefangen und irgendwie mit nach unten gebracht werden.«

»Der Wasserfall könnte hilfreich sein«, sagte Winter. »Ist er echt oder wurde er von ihren Leuten konstruiert?«

»Wir hatten uns für einen echten entschieden«, erklärte Max. »Da gab es bei den Locations wohl einige, die sich für die Prüf... Herausforderung eignen.«

»Sobald wir Bilder davon bekommen, jagen wir sie durch die KI. Vielleicht bekommen wir dann schon während der Sendung Koordinaten«, sagte Winter.

»Wie würde es dann weitergehen? Schicken Sie sofort die Einsatzkommandos los?«

»Nein«, antwortete Thomas. »Mit den Koordinaten können wir auf aktuellen Satellitenaufnahmen das Camp mit der Crew suchen. Auch die Orte der anderen Herausforderungen müssten sich dann finden lassen und mit etwas Glück vielleicht auch die Promis.«

»Wenn wir das eingeengt haben, werden wir Aufklärungsdrohnen nutzen. Die haben den Vorteil, dass sie vom Boden aus schwer zu erkennen sind, uns aber auch die Identifizierung von Menschen erlauben«, sagte Winter. »Das reicht dann vielleicht auch schon, um die Befreiung zu planen.«

»Können die Einsatzkommandos auch bei Nacht zuschlagen?«, fragte Max.

»Bei Tag, bei Nacht. Bei Hitze, bei Kälte. Im Trockenen, im Wasser«, antwortete Winter.

»Könnte noch heute eingegriffen werden?«, fragte Irina.

»Wir wollen die Einsatzkommandos nicht leichtsinnig in Gefahr bringen«, sagte Schreiber. »Außerdem müssen die Drohnen und Kommandos erstmal in die Nähe gebracht werden. Selbst wenn das nicht alles zufällig in der Nähe der Hauptstadt und des Flughafens dort ist, wäre das unwahrscheinlich.«

Auf dem Display war das Intro der Sendung zu erkennen und aus dem Lautsprecher das Lied von Nina zu hören.

99
Liveübertragung - Smaragdküste

»Herzlich Willkommen zu ›Zehn kleine Prominente gingen in den Dschungel‹«, grüßte Mira in die Kamera.

»Heute kommen wir zur sechsten Herausforderung«, kündigte Leon an. »Es ist der …«

Er machte eine kunstvolle Pause und rief dann gemeinsam mit seiner Kollegin: »Wasserfall des Todes!«

»Gestern durften wir einen drastischen Kampf zwischen Claudia und Francesca beobachten«, fasste Leon den Ausgang der Sendung des Vortages zusammen. »Wir dürfen gespannt sein, wie gut sich die Promis von der Dschungelherausforderung und dem Verlust von Francesca erholt haben!«

Die Kamera wurde gewechselt und zeigte einen mehrstufigen Wasserfall, in dem das Wasser weiß herunterrauschte. Mira erklärte die Aufgabe den Kandidaten und Leon hielt einen blauen Ball in der Hand.

»Alle Promis, die mit so einem Ball das Ziel erreichen, kommen weiter«, sagte Mira. »Und das dürfte schwer werden, denn es sind nur vier Bälle.«

»Aber Mira.« Leon drehte sich zu ihr. »Was passiert, wenn sie den Ball nicht im Wasserfall fangen und er unten ankommt?«

»Aus dem Becken unten fließt ein Bach. Wenn der Ball ihn erreicht hat, ist er für die Kandidaten verloren«, antwortete sie. »Es gilt also gut aufzupassen und den anderen Bällen und Fässern auszuweichen.«

»Und da kommen schon unsere fünf Promis!«, kündigte Leon an.

Begleitet von je einem Wächter vor und einem hinter der Reihe betraten Sarah, Nina, Claudia, Fabian und Stefan die Lichtung.

»Ich muss sagen, ihr saht alle schonmal besser aus«, kommentierte Leon. »Und besser gerochen habt ihr auch schonmal.«

Während Stefans Nase breit war wie die eines Boxers, war es bei Fabian vor allem die Schwellung im Gesicht, die ihn entstellte. Die nackten Füße waren zerkratzt und schmutzig, die Kleidung verdreckt und verschwitzt.

»Naja, zumindest deine Sprüche waren auch schon vor dieser Sendung scheiße«, reagierte Fabian und bekam zustimmendes Nicken von den anderen Promis.

»Lieber Fabian, don't kill the messenger!«, verteidigte sich Leon. »Seid ihr bereit für die nächste Herausforderung.«

»Haben wir denn eine Wahl?«, fragte Sarah. »Ich bin ein Star, holt mich hier raus!«

»Wir grüßen die Kollegen von RTL und weisen dezent darauf hin, dass dieser Spruch bei uns nichts bewirkt«, sagte Mira.

»Bis zum Start der Herausforderung haben wir noch etwas Zeit, in der die Zuschauer weiterhin für euch abstimmen können«, sagte Leon. »Ihr habt jetzt die Möglichkeit für euch zu werben! Sarah! Fang du bitte an.«

SparkleSarah schaute in die Kamera: »Hey Leute, ich bin's. Wenn ihr mir helfen wollt, dann stimmt noch schnell für mich ab. Bitte!«

»Und nun Nina«, sagte Mira.

Die starrte mit leeren Augen durch die Kamera und reagierte nicht.

»Nun gut, man kann für sich werben, muss es aber nicht«, übernahm Leon. »Aber nun zu dir, liebe Claudia!«

»Hallo Leute! Bitte gebt mir die Chance zu zeigen, dass ich kein Monster bin.«

»Ich bin gespannt, was SurvivalStefan zu sagen hat«, freute sich Mira.

»Hey Leute. Stimmt bitte für mich.«

»Kurz und knapp.« Leon nickte. »Und nun zu Quasimodo. Entschuldigung Fabian, das konnte ich mir nicht verkneifen.«

»Lasst uns das einfach hinter uns bringen.«

»Ein paar Minuten könnte ihr noch abstimmen, wir sind gleich nach der Werbung wieder da«, moderierte Mira.

100
Regieraum Köln

»Wir haben einige gute Bilder erhalten«, triumphierte Winter. »Mit ein wenig Glück sollte die KI damit etwas anfangen können.«

»Na das sind doch gute Nachrichten«, sagte Max. »Dann hat der Schrecken hoffentlich bald ein Ende!«

»Die Nachricht ist draußen«, sagte Schreiber, die auf das Display ihres Notebooks schaute. »Das wollte ich vorhin schon erzählen, aber in den Sozialen Medien und Kommentarspalten wird heiß über die Geiselnahme der ›Zehn kleine Promis‹-Kandidaten diskutiert. Sogar

›Freiheit für NKOSI‹ taucht auf. Entweder haben da ein paar Leute gut getippt oder jemand in ihrer Organisation hat geplaudert.«

»Das kann ich leider nicht ausschließen«, gestand Max. »Aber können Sie ausschließen, dass es keiner von Ihren Leuten war?«

»Unwahrscheinlich«, gab Schreiber zurück. »Die sind es gewohnt mit Verschwiegenheit umzugehen.«

»Wenn Sie meinen«, sagte Max. »Was würde sich denn ändern, wenn die Wahrheit herauskommen würde?«

»Ein Riesenaufschrei und die Forderung nach Absetzung der Sendung«, antwortete Thomas. »Und damit stünde die Sicherheit sämtlicher noch lebender Geiseln auf dem Spiel.«

Die anderen bemerkten den vorwurfsvollen Blick nicht, den Irina Max zuwarf.

»Sollte man ein Dementi vorbereiten?«, schlug Winter vor.

»Nein«, reagierte Max. »Wenn wir auf alles reagieren würden, was in den Sozialen Medien diskutiert wird, wären mehrere Leute nur damit beschäftigt, Dementis zu schreiben. Wir ignorieren das. Vorerst.«

Thomas' Smartphone vibrierte, er schaute aufs Display und nahm dann das Gespräch an.

»Ja?«

Er wartete eine Weile, seine Augen weiteten sich und er warf Max einen kritischen Blick zu.

»Ist das sicher?«

»Ich kümmere mich darum.«

Er legte das Handy wieder weg.

»Bist du bekloppt?«, schnauzte er Max an. »Stimmt es, dass du morgen bei ›Ehrlich & Direkt‹ Gast bist?«

101
Liveübertragung - Smaragdküste

»Willkommen zurück«, begrüßte Mira die Zuschauer. »Bei der sechsten Sendung von …«

»›Zehn kleine Prominente gingen in den Dschungel‹«, sagte sie im Duett mit Leon.

»Die verbleibenden fünf Promis stellen sich diesmal dem«, fuhr Leon fort.

»›Wasserfall des Todes‹«, sagten sie wieder gemeinsam.

»Noch wenige Augenblicke habt ihr Zeit, für eure Favoriten anrufen«, sagte Mira.

»Diesmal entscheidet die Menge der Anrufe, wer als Erstes starten darf«, erklärte Leon. »Dabei ist es gut zu wissen, dass Bälle und Fässer erst zu Wasser gelassen werden, wenn alle Kandidaten im Wasserfall sind.«

»Die zu überwindende Höhe beträgt insgesamt etwas mehr als sechzig Meter, verteilt auf vier Stufen«, sagte Mira. »Es gibt auf jeder Stufe mehrere Seile, an denen die Promis hinunterklettern können.«

»Und wir erinnern uns, dass nur die Promis weiterkommen, die am Ende einen der blauen Bälle haben«, fügte Leon hinzu. »Ah, ich höre gerade, dass wir die Ergebnisse des Zuschauer Votings haben und somit die Startreihenfolge!«

»Als Erstes darf SparkleSarah in den ›Wasserfall des Todes‹«, verkündete Mira.

Leon nickte.

»Ihr folgt Nina!«

»Da schau an«, kommentierte Mira. »Die Zuschauer haben sich dazu entschieden, den Damen den Vortritt zu lassen! Claudia geht als Dritte!«

»Es bahnt sich eine Überraschung an.« Leon machte eine kunstvolle Pause. »Dieses Mal ist Fabian nicht Letzter! Er geht als Viertes in den ›Wasserfall des Todes‹.«

»Und somit bildet SurvivalStefan das Schlusslicht«, beendete Mira die Startreihenfolge. »Vermutlich fanden die Zuschauer es nicht so toll, dass du deine Mitcamper zurücklassen wolltest!«

»So oder so«, sagte Leon, »nach den letzten Tagen bin ich sicher, dass euch allen ein Bad und eine Dusche guttun wird! Stellt euch bitte auf und macht euch bereit!«

Die Promis standen am Anfang des Wasserfalls und fünf Seile, wie man sie aus dem Klettersport kannte, waren an mehreren Stämmen befestigt und hingen in den Wasserfall hinein. Sarah wurde das erste in die Hand gedrückt. Dann wurde sie zum Vorsprung geführt, von dem sie herunterklettern sollte.

102
Regieraum Köln

»Ohne Sicherungen und Handschuhe?« Irina schlug die Hände vor dem Mund zusammen.

»Die Sicherheit der Promis hat für die Geiselnehmer keine Relevanz«, sagte Max.

Auf dem großen Monitor sahen sie, wie Sarah über den Vorsprung spähte, prüfend am Seil zog und es dann probeweise um den Fuß wickelte.

»Ich bin mir nicht sicher, wie gut diese Technik mit einem nassen Seil funktioniert«, kommentierte Winter.

Sarah hielt sich mit beiden Händen fest, setzte sich auf den Vorsprung und ließ die Beine herunterbaumeln. Dann gab sie sich einen Ruck, hing sich ins Seil und ließ sich langsam heruntergleiten. Sie klemmte das Seil zwischen die Beine, brauchte mehrere Versuche, bis ihr Fuß sich eine kleine Schleife mit dem Seil drehen konnte und fand so Halt. Ein Lächeln huschte über ihr Gesicht und sie griff mit ihren Händen weiter runter, ließ dann das Seil am Fuß etwas lockerer und glitt herunter, bis ihre Arme gestreckt waren.

»Wenn man sich ihre YouTube-Videos anschaut, hätte man nicht vermutet, was in ihr steckt«, sagte Max.

Nina wurde als Nächstes zu einem der Seile geführt. Die schaute sich erst die Technik von Sarah ab und versuchte, dem Beispiel zu folgen. Schon beim Verlassen des Vorsprungs wäre sie fast ausgerutscht, schaffte es aber, sich festzuhalten.

Die beiden arbeiteten sich Stück für Stück nach unten, während erst Claudia und wenig später Fabian ins Seil stiegen. Stefan spähte in den Abgrund und wartete, bis ihm der Wärter das letzte Seil in die Hand drückte. Er bewegte sich flinker als alle anderen vor ihm und es dauerte nicht lange, bis er Fabian überholt hatte.

»Verdammt«, stieß der hervor und rutschte schneller herunter.

Sarah erreichte die erste Stufe und tastete sich zu den nächsten Seilen vor. Die ersten zehn Meter waren geschafft.

103
Liveübertragung - Smaragdküste

»Nun, da alle in den Seilen hängen«, sagte Leon, »dauert es nur wenige Augenblicke, bis die Bälle und Fässer losgelassen werden. Also! Gut festhalten!«

An der Kante des Wasserfalls tauchten die ersten hölzernen Fässer auf, fielen aber zunächst nicht herunter. Sarah spähte zum zweiten Absatz hinunter. Nina wurde von Stefan überholt und Claudia und Fabian schauten gespannt nach oben, wo das erste Fass gerade über den Rand kippte. In sicherer Entfernung zu den Seilen fiel es an den Promis vorbei und zerschellte auf dem Absatz.

Als Stefan nur noch zwei Meter vor sich hatte, sprang er, fing sich geschickt auf dem nassen Untergrund ab und hängte sich in das nächste Seil. Ein zweites Fass krachte auf den Absatz und Nina krallte sich an ihrem Seil fest.

Ihre Lippen bewegten sich, doch vor dem Hintergrund des Rauschens des Wasserfalls konnte man nicht hören, was sie sagte. Ein weiteres Fass schnellte herunter, streifte Claudias Schulter und wurde so abgelenkt, dass es am ersten Absatz vorbei in die Tiefe fiel.

Dann kamen die ersten Bälle. Groß wie Basketbälle in rot, gelb und grün, versehen mit stählernen, etwa fünf Zentimeter langen Stacheln. Fabian hatte gerade den ersten Absatz erreicht, als einer der Bälle direkt neben ihm einschlug. Seine Augen weiteten sich, er warf einen kurzen Blick nach oben und beeilte sich dann, an das zweite Seil zu kommen.

»Wie die Kandidaten wohl schon gemerkt haben«, sagte Leon, »wurden die Bälle etwas verändert und sind mit Stahlstacheln versehen. Auch die Fässer sind nicht - wie ursprünglich geplant - aus Kunststoff, sondern aus Holz und Aluminium. Treffer werden also definitiv Schmerzen erzeugen!«

Eine Kamera zeigte die obere Kante des Wasserfalls, an der sich Fässer und Stachelbälle stauten. Auch zwei der blauen Bälle waren zu erkennen. Eine Welle brachte Bewegung und mehrere Bälle und Fässer stürzten in die Tiefe.

Einer der Stachelbälle traf Claudias Schulter und hinterließ eine lange Wunde. Claudia presste die Lippen zusammen, verlor mit der Hand des getroffenen Arms den Halt und auch ihre Beine baumelten plötzlich neben dem Seil. In dem Moment traf sie einer der Volleyballgroßen, blauen Bälle direkt am Kopf und sie ließ los.

104
Regieraum Köln

Diesmal vibrierte das Handy von Schreiber, die das Gespräch über ihre In-Ears annahm.

»Hi«, grüßte sie und wartete kurz. »Ja. Wir sind im Regieraum in Köln und folgen der Übertragung.«

Sie hörte dem Gesprächspartner zu.

»Seid ihr euch sicher?«

Es folgte wieder eine Pause.

»Bitte schick mir den Link!«

Sie legte das Smartphone zur Seite, schaute auf das Display ihres Notebooks und klickte etwas an.

»Nicht nur die Sache mit der Geiselnahme macht die Runde im Netz«, berichtete sie. »Wie es scheint, startet ein Kommando eine Befreiungsaktion und überträgt die Helmkameras live ins Internet.«

»Das ist doch ein Witz?«, fragte Max.

»Ich denke nicht«, widersprach Schreiber. »Eine Kamera zeigt den Wasserfall und man kann auf dem Bild die Promis erahnen. Kann ich mich an einen der Monitore anschließen?«

Max stand auf: »Kann bitte jemand den Laptop bitte mit einem der Monitore verbinden?«

Einer seiner Mitarbeiter eilte zu ihnen und kurz darauf war auf einem der größeren Monitore das Notebookdisplay gespiegelt. Das

Bild war in sechs Kacheln unterteil, auf jedem war die Perspektive einer anderen Helmkamera zu sehen.

»Was sehen wir da?«, fragte Thomas.

»In einigen Foren und Kommentarspalten sind verschiedene Links zu diesem Livefeed aufgetaucht«, erklärte Schreiber. »Es wird behauptet, dort könne man in Echtzeit verfolgen, wie eine Spezialeinheit die Promis und die Crew befreien.«

»Das ist doch ein schlechter Scherz!«, wütete Thomas. »Warum sollte jemand das Risiko eingehen und woher haben die die Informatio…«

Mit offenem Mund drehte er sich in Max' Richtung.

105
Helmkameras Befreiungsaktion Smaragdküste

Der Helmträger beobachtete eine Lichtung, in der mehrere Container standen. Große Satellitenschüsseln zeigten in den Himmel und überall lagen Kabel. Zwei bewaffnete Männer liefen Patrouille und schienen die Gefahr nicht zu bemerken. Als die beiden Männer hinter einem der Container verschwanden, eilte der Helmträger zur nächsten Deckung, drehte sich dann um und gab Handzeichen. Bevor er den Kopf wieder zurückdrehte, konnte man zwei weitere Männer, bekleidet in Tarnkleidung, mit Gesichtsmasken und Helmen erkennen.

Der Träger der Helmkamera, die den Wasserfall im Blick hatte, drehte den Kopf und zeigte ein Zielfernrohr und den Lauf eines Gewehrs. Ein Blick zur Seite zeigte einen zweiten Mann, der mit einem Fernglas in Richtung des Wasserfalls spähte, was die beiden als Scharfschützenteam identifizierte.

Eine weitere Perspektive zeigte die Containerlichtung aus einer anderen Richtung, eine befand sich in der Nähe des Beckens am Ende des Wasserfalls, eine andere hatte das Moderatorenduo mit ihren Kameraleuten im Visier. Die letzte Kamera befand sich in der Nähe der Wächter, die teilweise vom Vorsprung den Wasserfall hinunter spähten, während andere mit langen Stangen die Fässer und Bälle im Wasser in Richtung Abgrund schoben.

106
Liveübertragung - Smaragdküste

Claudia fiel, vorbei an Nina und landete mit voller Wucht auf dem Absatz. Sie riss den Mund auf, aber ihr Schrei wurde durch das Rauschen des Wasserfalls übertönt. Ein Fass traf sie an der Schulter und sie wankte gefährlich nah an der Kante, knickte nach hinten um und lag in dem kleinen Becken, das der Wasserfall dort gegraben hatte.

Stefan war derweil rasant das zweite Seil heruntergeklettert und verzichtete komplett auf die Absicherung mit den Füßen im Seil. Auch dieses Mal ließ er sich die letzten beiden Meter fallen und spähte den Absatz herunter, während direkt neben ihm eines der Alufässer aufschlug, hochsprang und weiter herunterfiel.

Nina half Claudia beim Aufstehen. Die Kleidung klebte an ihren Körpern und erschwerte ihnen jede Bewegung. Gestützt aufeinander, arbeiteten sie sich zu den Seilen vor, erreichten sie und Nina ergriff eines. Dabei verlor Claudia die Balance, rutschte aus und wedelte mit den Armen, um nicht den Halt zu verlieren. Einer der Stachelbälle verfehlte sie knapp und schlug neben ihr ein. Der Schreck reichte aber aus, sie verlor die Balance und fiel in die falsche Richtung. Ihr Seil festhaltend, versuchte Nina nach Claudia zu greifen, verfehlte sie aber und sah schreiend hinterher, wie die Schauspielerin den Wasserfall hinunterfiel, vorbei am nächsten Absatz, auf dem SurvivalStefan ihr mit offenem Mund hinterherschaute. Ungebremst schlug ihr Körper flach auf dem Boden neben dem Becken auf und Claudia blieb regungslos liegen.

Während Stefan sich an einem der nächsten Seile festhielt, fiel ein weiterer blauer Ball an ihm vorbei. Er spähte in die Tiefe, zögerte etwas und sprang.

107
Helmkameras Befreiungsaktion Smaragdküste

Die Helmkamera des Scharfschützen zeigte, wie sich ein Schuss aus dem Gewehr löste. Ob jemand getroffen wurde, war nicht zu erkennen, dazu waren die Ziele zu weit entfernt.

Der Söldner am Ende des Wasserfalls schaute nach der abgestürzten Claudia, dann auf zwei Wächter und feuerte los.

Die Wächter oben am Vorsprung hatten sich in Richtung des Schusses des Scharfschützen gedreht und gingen sofort in Deckung. Mira und Leon warfen sich auf den Boden und kauerten sich zusammen. Neben dem Söldner knatterte es kurz und zwei der Wächter wurden von Kugeln getroffen. Überrascht vom Hinterhalt drehten sich die Wächter und schossen blind in die Richtung der Kamera.

Im Containerdorf erledigten die Söldner die beiden Männer der Patrouille und arbeiteten sich weiter vor. Die Tür eines Containers öffnete sich und ein uniformierter Mann trat heraus, nur um dann im Kugelhagel der Söldner zusammenzubrechen. Vorsichtig pirschte sich ein Söldner zum Container, entsicherte eine Granate, warf sie in den Container und begab sich in Deckung. Die Explosion ließ den Container erzittern und Rauch quoll aus den zersplitterten Fenstern. Die Prozedur wiederholten die Söldner bei mehreren der als Wohn- und Büroräume genutzten Container.

Der zweite Söldner im Containerdorf hatte sich zu einem Seecontainer durchgeschlagen, der im Gegensatz zu den Büro- oder Wohncontainern keine Fenster hatte. Mit einem Bolzenschneider entfernte ein anderer Söldner das Schloss und sie öffneten die schwere Tür.

Mit einer Taschenlampe leuchtete der Mann in den Container, in dem etwa zwanzig Menschen zusammengekauert auf dem Boden hockten und ängstlich in das Licht schauten.

»Stand up«, hörte man die Stimme des Mannes. »You are safe now. We're getting you out!«

Niemand regte sich, einige wichen sogar zurück.

»Wir helfen euch«, sagte der Söldner auf Deutsch.

Eine Frau stand zitternd auf und ging wackelig auf den Söldner zu.

»Come on!«, forderte der Söldner.

Er ging zu den Geiseln und hielt der ersten die Hand zum Aufstehen entgegen.

108
Liveübertragung - Smaragdküste

Stefan sprang mit vor der Brust verschränkten Armen ab, fiel etwa dreißig Meter, traf auf die Oberfläche und verschwand im aufgewirbelten Wasser. Es dauerte eine Weile, bis sein Kopf wieder über Wasser erschien. Sofort schaute er suchend um sich und schwamm dann mit kräftigen Zügen in Richtung des blauen Balles.

Nina stand immer noch regungslos auf dem ersten Absatz, der Schreck über Claudias Absturz stand ihr noch ins Gesicht geschrieben. Neben und hinter ihr fielen immer wieder Stachelbälle und Holzfässer herunter, sammelten sich am Rand, um dann von den nachfolgenden Bällen über die Kante gedrückt wurden. Ein blauer Ball erregte ihre Aufmerksamkeit und holte sie aus der Lähmung. Vorsichtig schob sie die Stachelbälle zur Seite, ergriff den blauen Ball und kehrte zum Seil zurück. Dort angekommen, fiel ihr auf, dass sie nicht gleichzeitig den Ball halten und am Seil klettern konnte. Dann zog sie das Hemd aus, wickelte den Ball darin ein, verknotete das Hemd und hing es sich dann wie eine Umhängetasche über die Schulter. Vorsichtig machte sie sich an den Abstieg zum zweiten Absatz.

Nina hatte den bereits erreicht und bereitete sich auf den nächsten Abstieg vor. Fabian war dicht hinter ihr. Von der Schießerei schienen die Promis nichts mitzubekommen, dazu war das Rauschen des Wasserfalls zu laut.

Wie ein Wasserballer schwamm SurvivalStefan bis zum Ufer des Teichs und verließ das Wasser. Erst jetzt sah er Claudias Körper auf der gegenüberliegenden Seite und begann das Gewässer zu umrunden. Im Hintergrund fielen immer wieder Stachelbälle und Fässer in den Teich und verteilten sich auf der Oberfläche. Schon beim Näherkommen zögerte Stefan. Er ging neben Claudia auf die Knie, legte zwei Finger an den Hals, um den Puls zu prüfen, aber schon das im sandigen Boden liegende Gesicht war ein Hinweis gewesen.

Ein weiterer blauer Ball erregte seine Aufmerksamkeit und ohne zu zögern, legte er seinen neben Claudia, watete wieder in den Teich und konnte den zweiten Ball im hüfttiefen Wasser erreichen.

109
Helmkameras Befreiungsaktion Smaragdküste

Zögernd standen die Geiseln auf und gingen bis zur Containertür. Dort stand ein anderer Söldner, der ihnen mit einer Handbewegung deutete, dass sie warten sollten und der das Gelände überprüfte. Zwei weitere Söldner standen an geschützten Stellen und gaben ihm ein Daumen-Hoch-Signal, worauf der Mann sich mit den Geiseln im Gänsemarsch von der Containertür in Richtung schützendem Wald aufmachte.

Als die Hälfte der Geiseln den Container verlassen hatte, stürmten drei der Geiselnehmer mit Waffen im Anschlag um die Ecke. Bevor sie abdrücken konnten, wurden zwei von den Kugeln der Söldner getroffen. Der Dritte hechtete zurück und brachte sich hinter dem Container in Sicherheit.

»Quick! Quick!«, trieb der Söldner die Geiseln an.

Ein Mann blieb neben ihm stehen: »Wir sind nur ein Teil.«

»Don't understand. English?«

»We are not all of the hostages«, erklärte der Mann auf Englisch. »I don't know where the others are.«

»We will find them«, beruhigte ihn der Söldner. »Now move! Quick!«

Der Mann reihte sich wieder ein und folgte den restlichen Geiseln. Als die letzte am Söldner vorbei war, folgten er und ein anderer Söldner rückwärts laufend, um die Flucht zu schützen.

»Aren't we going to support the other group?«, fragte der andere, ob sie nicht der anderen Gruppe helfen würden.

Der Mann mit der Helmkamera erklärte, dass sie erst ihre Geiselgruppe in Sicherheit bringen würden, um dann zurückzukehren.

Sie erreichten den Wald und schlugen sich durchs Unterholz. Abwechselnd ging einer von ihnen rückwärts, damit sich niemand unbemerkt von hinten anschleichen konnte. Einige der Geiseln waren geschwächt und wurden von Söldnern gestützt. Die Gefechtsgeräusche vom Camp wurden durch den Wald gedämpft und sie erreichten den ersten Sammelpunkt. Die Geiseln wurden von weiteren Söldnern mit Getränken und Energieriegeln versorgt und lagen sich - teilweise weinend - in den Armen.

110
Liveübertragung - Smaragdküste

Mit großen Schritten beeilte sich Stefan, wieder ans Ufer zu kommen, und legte den zweiten Ball zum Ersten. Gespannt schaute er zunächst den anderen beim Abstieg zu, dann schien ihm aufzufallen, dass etwas nicht stimmte. Er spähte zur oberen Kante des Wasserfalls und dann in den Wald hinter sich, als er einen Schuss hörte.

»Beeilt euch!«, schrie er. »Hier stimmt was nicht!«

Die anderen reagierten nicht auf ihn und seilten sich weiter ab.

Kurz nach Sarah begann auch Fabian, sich vom letzten Absatz abzuseilen. Nina lag weit zurück, achtete aber darauf, ihren Ball nicht zu verlieren.

In etwa fünfzehn Meter Höhe stieß sich Sarah ein wenig ab und ließ sich in Becken fallen. Genau wie Stefan verschränkte sie die Arme vor der Brust, bevor sie fast gerade eintauchte. Der eilte wieder ins Wasser und als ihr Kopf die Oberfläche durchbrach, schrie er.

»Sarah! Hier!«

Sie schwamm zu ihm und er half ihr aus dem Wasser.

»Ich kann nicht glauben, dass du von da oben gesprungen bist!«, sagte sie.

»Du bist es doch auch.«

»Das war mindestens doppelt so hoch.« Sie war noch etwas außer Atem.

»Reden wir später drüber. Hier stimmt etwas nicht. Es wird geschossen und ich sehe weder oben an der Kante noch hier unten einen Wächter. Es kommen auch keine weiteren Bälle und Fässer mehr«

»Werden wir befreit?«, fragte sie voller Hoffnung.

»Ich hoffe es. Wir warten, bis die anderen beiden unten sind und schlagen uns dann in den Wald.«

»Wäre es nicht besser, auf die Befreier zu warten? Wenn wir sie suchen, könnten wir sie verfehlen.«

Ein blauer Ball fiel an Fabian vorbei, der ließ kurzerhand los und sprang die letzten sieben Meter herunter. Aus dem Wasser aufgetaucht, entdeckte er den Ball, der von der Strömung zum abfließenden Bach getragen wurde. Mit ein paar Kraulzügen erreichte er ihn und rettete sich ans Ufer. Er bemerkte Sarah und Stefan auf der anderen Seite des Teichs und ging zu ihnen.

»Den brauchst du vielleicht nicht mehr«, meinte Stefan und deutete auf den Ball, den Fabian fest in beiden Händen hielt.

»Wieso nicht?«, fragte er.

»Siehst du oben oder hier einen Wächter? Außer uns und den Drohnen ist keiner da«, antwortete Sarah. »Außerdem hat Stefan vorhin Schüsse gehört.«

»Ihr müsst die doch auch gehört haben.«

»Ich habe nur das Rauschen des Wasserfalls gehört«, sagte Fabian, der jetzt erst Claudias Körper sah. »Ist sie …?«

Stefan nickte.

»Wären unsere Befreier nur etwas früher gekommen«, sagte Stefan.

»Was macht dich so sicher, dass es Befreier sind und nicht eine andere Gruppe Terroristen?«, fragte Fabian. »Vielleicht haben die auch einfach untereinander Streit. Du hast ja gesehen, wie rabiat die mit den eigenen Leuten umgehen, nur weil der eine Kerl Nina angefasst hatte.«

»Dann sollten wir die Gelegenheit nutzen und gleich in den Wald flüchten, sobald auch Nina unten ist«, schlug Sarah vor.

»Dem stimme ich zu«, sagte Fabian und legte seinen Ball zu den anderen beiden.

»Nina hat nur noch den letzten Abstieg vor sich«, erklärte Stefan und deutete auf das untere Viertel des Wasserfalls.

111
Helmkameras Befreiungsaktion Smaragdküste

Eine der anderen Helmkamera zeigte gerade, wie das Schloss eines weiteren Seecontainers mit einem Bolzenschneider geöffnet wurde. Die Söldner öffneten die Tür, leuchteten hinein und man sah eine weitere Gruppe Geiseln.

»Quick! We are here to save you«, sagte der Kameraträger.

Zwei seiner Leute stürmten in den Container und halfen den Geiseln auf die Beine, die wackeligen Schrittes auf den Ausgang zugingen. Dann drehte sich der Mann um. An einigen Stellen des Containerdorfes stieg Rauch auf aber es waren keine Schüsse mehr zu hören. Trotzdem bewegte sich der Kopf des Mannes und damit die Kamera immer wieder nach links und rechts.

Die Geiseln wurden angewiesen, geduckt in einer Reihe zum Wald zu laufen, während die Söldner die Flucht absicherten, und es dauerte keine Minute, bis die ganze Gruppe zwischen den Bäumen verschwand. Nach einer Weile stießen sie auf weitere Söldner, die die Geiseln notdürftig versorgten.

Am Wasserfall wagte sich der Söldner aus der Deckung und ging zum Körper des ersten Geiselnehmers. Mit seinem Gewehr zielte er auf dessen Brustkorb und schoss. Nacheinander wiederholte er das bei den anderen am Boden liegenden Terroristen. Dann ging er zu Mira und Leon.

»Get up! We'll get you out of here!«

Das Gewehr des Scharfschützen bewegte sich wie auf der Suche nach einem neuen Ziel. Dann drehte sich der Mann zum anderen Söldner, der mit dem Fernglas in Richtung Wasserfall spähte.

112
Regieraum Köln

»Max!«, sagte Thomas. »Was ist da los?«

»Würdest du mir glauben, wenn ich dir sage, dass ich das nicht weiß?«

Max zögerte mit einer Antwort.

»Wer sind diese Leute?«, fragte er. »Arbeiten die für dich?«

»Vielleicht sind es Leute der Armee von Smaragdküste? Oder irgendein Polizeikommando?«

Thomas deutete auf die Tür des kleinen Meetingraums.

»Auf ein Wort.«

Er stand auf und wartete gar nicht erst, ob Max ihm folgte. Als der in den Raum trat, schloss Thomas die Tür.

»Woher haben diese Leute die Informationen?«

»Ich habe angekündigt, alles mir Mögliche zu tun, um meine Leute zu befreien«, erklärte Max. »Ich wollte mich nicht allein auf eine Option verlassen.«

»Das hättest du mit uns absprechen müssen«, warf Thomas ihm vor. »Und auch, wieso du uns nicht mit den Koordinaten versorgt hast! Das hat uns kostbare Zeit gekostet! Ist dir das klar?«

»Hast du nicht zugesehen? Meine Crew ist befreit und auch die Geiselnehmer bei den Söldnern sind ausgeschaltet. Wir haben ein Happy End!«

»Wir haben mehrere Tote zu beklagen. Das ist kein Happy End. Und wenn die Befreiung schief gegangen wäre …«

»… dann wären immer noch eure Einsatzkommandos da. Sei doch froh. Eure Leute müssen sich nicht in Gefahr bringen.«

Mit aufgerissenen Augen sah Thomas Max an.

»Ist das für dich alles nur ein Spiel? Einfach nur eine Show? Geht es dir wirklich nur um die Quote?«

»Ich will meine Leute sicher zurückholen«, sagte Max. »Und habe einige meiner Kontakte genutzt.«

»Und die haben zufällig zur besten Sendezeit zugeschlagen? Mit Livestream?«

»Ich kann denen doch nicht vorschreiben, wann und wie sie ihre Arbeit machen sollen.«

»Du bezahlst sie. Ich glaube schon, dass du da mit entscheiden darfst.«

»Ich kann dir nicht vorschreiben, was du glaubst.«

Thomas schüttelte den Kopf.

»Seit wann hast du die Koordinaten? Und warum hast du sie uns verheimlicht? Verheimlichst du uns noch andere Sachen? Dir ist schon klar, dass jede Information für unsere Einsatzkommandos wertvoll ist? Sieh zu, dass wir die Daten bekommen!«

»Wozu denn noch? Die Leute sind befreit. Jetzt geht es nur noch darum, sie wieder nach Hause zu bekommen.«

»Dir ist schon klar, dass das ein juristisches Nachspiel für dich haben wird?«

113
Liveübertragung - Smaragdküste

Nina kletterte an ihrem Seil, bis ihre Füße die Wasseroberfläche berührten, und ließ sich erst dann fallen. Sie entdeckte die anderen und schwamm zu ihnen hinüber.

»Ich habe es geschafft«, triumphierte sie. »Und ich habe einen Ball!«

»Ich helf' dir«, sagte Stefan und ging ihr entgegen, um sie aus dem Wasser zu ziehen.

Nina sah ihn entgeistert an.

»Du willst doch nur meinen Ball! Bleib weg!«

»Was?«, fragte Stefan verdutzt.

»Man braucht einen blauen Ball, um nicht ausscheiden und du willst dir jetzt meinen nehmen!«

»Nina«, mischte sich Sarah ein. »Wir haben alle einen Ball. Dort liegen unsere.«

Sie deutete auf die Stelle, an der die drei blauen Bälle lagen.

»Lass dir helfen.«

Zögernd reichte Nina Stefan die Hand, der sie aus dem Wasser zog.

»Wir nutzen die Chance zu fliehen«, erklärte er ihr. »Also nimm all deine Kraft zusammen. Jetzt gilt es!«

»Wieso sollte ich fliehen? Die werden uns schnappen.«

Skeptischen Blickes presste sie ihren Ball an sich.

»Siehst du hier oder oben einen der Wächter?«, fragte Fabian. »Da ist keiner mehr.«

»Aber die Drohnen beobachten uns noch.« Nina deutete auf die fliegenden Kameras.

»Das ist ein guter Einwand«, bestätigte Fabian.

»Trotzdem haben wir gerade keine Bewacher hier«, sagte Stefan. »Vielleicht werden die Kameradrohnen automatisch gesteuert? Kann ja auch so ein KI-System sein.«

»Solange die Drohnen uns folgen, sind wir einfach zu finden«, sagte Sarah.

»Lasst uns einfach losgehen und schauen, ob sie uns wirklich folgen«, schlug Stefan vor und lief los.

»Eure Bälle!«, rief Nina.

»Die brauchen wir nicht mehr«, winkte Fabian ab und folgte Stefan.

Auch Sarah ging ohne Ball los. Zögernd folgte Nina, nahm ihren Ball aber in ihrer provisorischen Umhängetasche mit.

Nachdem sie einen Meter durch den Wald geeilt waren, drehte sich Stefan um.

»Ich glaube, sie folgen uns nicht.«

»Dann lasst uns noch unsere Kameras wegwerfen«, schlug Fabian vor.

Schnell waren die ActionCams eingesammelt und nachdem Stefan sie unter eine Baumwurzel gelegt hatte, hörte man nur noch über die Mikrofone der Kameras, wie sich die Promis weiter entfernten.

114
Helmkameras Befreiungsaktion Smaragdküste

Die Pause für beide Geiselgruppen währte nur kurz und die Söldner trieben sie an, sich wieder in Bewegung zu setzen. Als die beiden Gruppen kurz darauf aufeinandertrafen, war die Wiedersehensfreude groß, trotzdem gönnten die Söldner ihnen nur einen kurzen Augenblick, bevor sie weiterliefen.

Der Scharfschütze zog sich rückwärts von seiner Position zurück, bis er eine Stelle erreicht hatte, an der eine längliche Tasche lag. Er öffnete sie, zerlegte sein Gewehr und legte es in die vorgesehenen Einbuchtungen. Dann schloss er die Tasche und gemeinsam mit dem anderen Mann zogen sie sich weiter rückwärts zurück.

Auch die Helmkameras des Söldnerteams oben am Wasserfall zeigten, wie sie sich gemeinsam mit Mira und Leon durch den Wald schlugen.

115
Regieraum Köln

»Werbung schalten«, ordnete Katrin Sternberg an.

Der Livestream zeigte nur noch das Bild einer Drohne, die über dem Teich schwebte.

Wortlos kehrten Thomas und Max zurück und setzten sich an ihre Plätze.

»Unsere KI konnte den Ort identifizieren«, berichtete Winter. »Wir haben nun Koordinaten und es werden gerade Satellitenbilder ausgewertet.«

»Gut gemacht«, lobte Thomas. »Allerdings hätten wir die einfacher haben können.«

Er konnte sich einen bösen Blick in Richtung Max nicht verkneifen.

»Wir bekommen kein vernünftiges Bildmaterial mehr«, sagte Katrin. »Sollen wir den Livestream des Einsatzkommandos anzapfen?«

Max nickte ihr zu.

»Seht zu, dass ihr da ein paar spannende Bilder zeigt. Und schneidet was von den Aktionen an den Containern zusammen.«

»Wo sind die Kandidaten?«, fragte Schreiber. »Die haben eben ihre Kameras abgelegt, aber bei einem der Befreier sind sie auch nicht?«

Thomas stand auf.

»Ich spreche mit der Einsatzleitung. Vielleicht können unsere Kommandos die Befreiung noch unterstützen und dabei helfen, die Promis zu sichern.«

Dann verschwand er im kleinen Meetingraum.

Mit dem Ende der Werbepause wurde auf dem Hauptmonitor eine Tafel eingeblendet.

»Geiselnahme bei ›Zehn kleine Prominente gingen in den Dschungel‹ wurde beendet. Einsatzkommando hat die Geiseln befreit. Bleiben Sie dran!«

»Die Nachrichtenredaktion hat etwas gezaubert«, berichtete Katrin. »Ein fünfminütiger Clip, ein Sprecher nimmt gerade noch die Tonspur auf.«

»Können wir den nicht schon jetzt senden und einer der Nachrichtensprecher spricht live?«, fragte Max.

»Ich geb's weiter«, antwortete Katrin.

Wenig später erschien auf dem Bildschirm das Nachrichtenstudio mit der Anchorwoman des Senders. Etwas kleiner im Hintergrund startete ein aus der Befreiungsaktion zusammengeschnittener Clip.

»Guten Abend, meine Damen und Herren«, sagte die Nachrichtensprecherin. »Wie wir eben gemeldet bekommen haben, fand in Smaragdküste eine Befreiungsaktion statt. Die Teilnehmer und die Crew der erfolgreichen Sendung ›Zehn kleine Prominente gingen in den Dschungel‹ wurden zum Anfang der Staffel von Terroristen entführt. Ein Einsatzkommando bisher unbekannter Herkunft hat vor wenigen Augenblicken die Crew befreien können. Sobald wir mehr über den Verbleib der Kandidaten wissen, melden wir dies unverzüglich.«

Max' Smartphone vibrierte und er spähte auf seine Smartwatch. Neugierig zog er das Handy aus der Tasche und las die Nachricht.

»Wenn nicht sofort auf unser Signal zurückgeschaltet wird, stirbt heute noch ein Crewmitglied.«

»Schaltet zurück auf deren Signal«, ordnete Max an.

»Was?«, fragte Katrin. »Da passiert nichts!«

»Schalte sofort zurück«, schrie er.

Die Nachrichtensprecherin verschwand vom Bildschirm, stattdessen wurde wieder auf die Liveübertragung aus Smaragdküste geschaltet.

Das Signal zeigte einen Waldrand. Nichts passierte und alle starrten gespannt auf den Monitor.

»Wo ist das?«, fragte Max. »Das ist weder beim Ort der Herausforderung noch beim Containerdorf.«

Niemand antwortete.

Nach einer Minute meldete sich Katrin.

»Ich habe doch schon gesagt, dass da nichts passiert.«

»Ich habe eine Nachricht der Terroristen erhalten, auf deren Signal zurückzuschalten«, erklärte Max.

»Das Befreiungskommando ist immer noch mit den Geiseln unterwegs«, kommentierte Schreiber und deutete auf den Monitor, auf dem die Perspektiven der Helmkameras zu sehen waren. »Kann es denn sein, dass ein Kontaktmann der Terroristen die Befreiung noch nicht mitbekommen hat?«

Die Tür des Meetingraums öffnete sich und Thomas kam zurück. Erstaunt schaute er auf den Monitor.

»Was ist passiert?«

116
Liveübertragung - Smaragdküste

SurvivalStefan trat als Erster aus dem Wald heraus und schaute direkt zur Drohne. Unvermittelt blieb er stehen und Sarah rannte in ihn hinein.

»Nicht stehenbleiben«, schimpfte sie.

»Sorry.« Er ging einen Schritt zur Seite und deutete zur Drohne. »Wir sind nicht allein.«

»Das heißt, die wissen, wo wir sind?«, fragte Sarah.

Fabian und Nina folgten den beiden und blieben mit offenem Mund stehen.

»Lasst uns wieder umdrehen«, schlug Fabian vor. »Im Wald können sie uns nicht verfolgen.«

Am Rande des Bildes trat der Oberwächter aus dem Wald, auf der anderen Seite zwei seiner Leute.

»Ihr habt doch nicht wirklich geglaubt, dass ihr mir entkommen könnt.«

Weitere Wächter kamen aus dem Wald und umzingelten die Promis. Mit festem Schritt und mit hinter dem Rücken verschränkten Armen näherte sich der Oberwächter und blieb etwa zwei Meter vor ihnen stehen.

»Stellt euch in einer Reihe auf!«, befahl er.

Zögernd wurde seine Anweisung befolgt.

»Ihr wollt doch nicht das Ende der Herausforderung übergehen. Wir schulden den Zuschauern noch das Ergebnis.«

»Claudia ist tot«, warf Sarah ihm entgegen. »Das hat man doch gesehen!«

»Die Regel war, am Ende einen blauen Ball zu haben«, belehrte er die Promis. »Und ich sehe hier nur eine Kandidatin mit Ball.«

»Wir haben unsere am Teich liegen lassen«, meldete sich Fabian. »Das habt ihr doch gesehen.«

»Schafft sie zur Seite«, ordnete der Oberwächter an und ein Wächter trat vor, nahm Nina am Arm und schob sie weg von den anderen.

»Das ist doch ein Witz! Wir haben die Regeln befolgt«, verteidigte sich Sarah.

»Du vergisst, dass ich der Schiedsrichter bin«, belehrte er sie. »Kniet euch hin.«

Fabian stand die Angst im Gesicht und Stefans Augen füllten sich mit Tränen.

»Wir gehen nicht auf die Knie!«, schrie Sarah. »Da kannst du lange warten.«

Der Oberwächter nickte nur kurz seinen Männern zu und drei stellten sich hinter Fabian, Sarah und Stefan und traten ihnen so in die Kniekehlen, dass sie gezwungen waren, auf die Knie zu gehen. Sarah versuchte sofort wieder aufzustehen, wurde aber von dem Wächter hinter ihr heruntergedrückt.

»Deine Stärke ist beeindruckend«, sagte der Oberwächter und hielt ihr Kinn mit der Hand fest. »Deine Eltern können stolz auf dich sein.«

Er ging weiter zu SurvivalStefan, dem die Tränen über die Wange kullerten und spuckte vor ihm auf den Boden.

»Du hingegen bist eine Schande für alle Männer. Nimm dir ein Beispiel an Sarah!«

Während der Oberwächter zu Fabian ging, nahm er seine Pistole aus dem Halfter.

»Ich frage mich nur, wo ich anfangen soll.« Dann richtete er die Waffe auf Fabians Stirn.

117
Helmkameras Befreiungsaktion Smaragdküste

Vor der Geiselgruppe öffnete sich der Wald und auf dem Weg standen vier Militär-Lastkraftwagen. Der vorderste Söldner hob den Arm und signalisierte der Gruppe anzuhalten. Langsam näherte er sich dem Lkw, der ihm am nächsten war und pirschte sich um das Fahrzeugheck.

Ein Söldner lag neben der Fahrertür am Boden. In dem Moment knallte es. Der Kameraträger zuckte und ging zu Boden. Im Fallen drehte er sich um und als er auf den Boden knallte, hatte seine Kamera die Geiselgruppe im Blick. Weitere Schüsse folgten, dann kamen mehrere der Wächter aus dem Wald und richteten ihre Waffen auf die Geiseln.

Eine Helmkamera lief hinter Leon, vor dem Mira einem weiteren Söldner folgte.

»Endlich ist der Albtraum zu Ende«, keuchte Leon.

»Weiter, weiter«, feuerte der Söldner mit der Kamera an.

Dann war ein Knall zu hören und der führende Söldner brach zusammen. Hektisch blickte sich der Mann mit der Helmkamera um, als er getroffen wurde und zu Boden ging.

Das Scharfschützenteam konnte sich ohne Geiseln schneller durch den Wald bewegen. Das Knattern einer halbautomatischen Waffe ertönte und die Kamera ging zu Boden.

118
Liveübertragung - Smaragdküste

»Beim so wichtigen Schriftsteller?«

Der Oberwächter hielt die Waffe unendlich lange auf Fabians Stirn gerichtet, der die Augen fest verschlossen hatte. Unvermittelt ging er zurück zu Sarah.

»Oder soll ich bei der Influencerin anfangen?«

Er zielte ihr zwischen die Augen und sie starrte ihn herausfordernd an. Wieder wartete er sehr lange, um dann zu Stefan zu gehen und die Waffe auf ihn zu richten.

»Bei der Memme wäre die Kugel ja fast zu schade.«

Er lachte laut. Dann grinste er und schaute zu Nina.

»Ich möchte die Entscheidung nicht treffen«, erklärte er. »Aber ich weiß, wer das für mich macht. Unsere Nina darf bestimmen, in welcher Reihenfolge ich vorgehen werde!«

Nina sah ihn geschockt an.

»Wen soll ich als Erstes nehmen?«, fragte der Oberwächter.

»Ich … ich …«, stotterte Nina. »Ich möchte das nicht.«

»Es geht nicht darum, was du möchtest«, sagte er und richtete die Waffe auf sie. »Es geht darum, was ich will.«

»Fabian! Fang mit Fabian an«, rief Nina und brach in Tränen aus.

»Du hast entschieden«, sagte der Oberwächter.

Er stellte sich vor den Schriftsteller, drückte die Pistole an dessen Stirn und zog den Abzug.

Ein metallisches Klacken ertönte und er brach in schallendes Gelächter aus.

»Ich brauche doch noch Kandidaten für die nächsten Herausforderungen. Schafft sie weg!«

119
Regieraum Köln

Max presste die Lippen zusammen und erschrak, als sein Smartphone erneut vibrierte. Er schaute auf das Display und las die Nachricht.

»Der Tod unserer Leute hat Konsequenzen. Die Kameras ihrer Söldner sind noch aktiv.«

Die Helmkamera des Söldners beim LKW bewegte sich und nahm die Geiseln ins Visier, die zusammen mit den überlebenden Söldnern auf der Straße mit hinter dem Kopf verschränkten Armen knieten. Hinter jedem der Söldner stand ein Wächter und wie auf ein gemeinsames Zeichen richteten sie ihre Pistolen auf die Männer vor sich und schossen. Die Geiseln schrien los und ein Wächter schnappte sich einen der Männer, um ihn näher an die Kamera zu ziehen. Dort presste er ihn auf den Boden, zielte auf die Schläfe und drückte ab. Dann wurde das Bild aller Helmkameras schwarz.

Thomas stand auf.

»Max«, sagte er. »Wir werden uns jetzt lange unterhalten und du wirst uns alle Infos geben, die du hast.«

DIE SIEBTE SENDUNG: DER TRAIL DES TODES

Kommentar:

#ZKP ist besser als jeder Actionfilm

Kommentar:

#DasSechste erfindet Fernsehen neu #ZKP

Kommentar:

Schlechtestes Showkonzept ever! #NoZKP

Kommentar:

Unterschreibt die Petition! #NoZKP

Kommentar:

Der Oberwächter rockt! #ZKP

Kommentar:

Was muss man genommen haben um so ein Showkonzept zu schreiben #NoZKP

120
Provisorischer Krisenstabsraum, Sendezentrale Köln

»Es ist fünf Uhr morgens!«, beschwerte sich Max. »Ich kann beim besten Willen keinen Kaffee mehr sehen.«

»Du bist nicht der Einzige, der müde ist«, tadelte Thomas. »Aber diese Sitzung hätten wir uns vielleicht sparen können, wenn du von Anfang an mit offenen Karten gespielt hättest.«

»Und im Gegensatz zu Ihren Promis und Crew in Smaragdküste geht es Ihnen hier noch ziemlich gut«, fügte Schreiber hinzu. »Von den erschossenen Männern ganz zu schweigen.«

»Ich habe ein Update«, meldete sich Winter. »Nach den Satellitenbildern haben wir nun auch Aufnahmen von der Aufklärerdrohne. Wir konnten alle Locations für die Herausforderungen finden. Allerdings scheint das Containerdorf verlassen zu sein. Ein Einsatzkommando ist dorthin unterwegs. Unsere Leute werden von Einheiten der Armee von Smaragdküste begleitet.«

»Der Livestream ist auch seit dem Ende der Livesendung abgeschaltet«, fügte Schreiber hinzu. »Und neue Nachrichten sind auf dem Handy noch nicht eingegangen?«

»Nein«, bestätigte Max. »Da herrscht Funkstille. Die werden sich melden, wenn sie den neuen Ort erreicht haben.«

»Wir haben Satellitenbilder von allen Orten, die deine Location Manager auf der Liste hatten.« Thomas warf Max einen skeptischen

Blick zu. »Vorausgesetzt, du hast uns nicht noch etwas verheimlicht. Bei keinen war irgendeine Aktivität zu entdecken.«

»Die könnten im ganzen Land sein«, sagte Winter.

»Schlimmstenfalls in einem Nachbarland«, vermutete Schreiber. »Wir befinden us wieder fast am Anfang.«

»Wir stehen auch mit den Nachbarländern in Kontakt«, sagte Thomas. »Da könnten wir auch direkt die Einsatzkommandos hinschicken.«

Er schaute auf die Uhr und stand auf.

»Seht zu, dass ihr alle etwas Schlaf bekommt. Wir sehen uns um zwölf wieder hier. Zumindest, solange es keine neue Entwicklung gibt.«

121
Max Bauers Büro, Senderzentrale Köln

»Wach auf!«, hörte er Irinas Stimme aus weiter Ferne.

Max öffnete kurz die Augen und registrierte unbewusst, dass er auf der Couch in seinem Büro lag. Müde schloss er die Augen wieder und spürte, wie er in den Schlaf abdriftete.

»Verdammt Max!«, schimpfte Irina. »Wach auf! Sie senden wieder einen Livestream.«

Diesmal öffnete er die Augen nur einen kleinen Schlitz, das Tageslicht blendete ihn. Umständlich richtete er sich auf und stellte fest, dass er tatsächlich in seiner Kleidung geschlafen hatte.

»Wissen wir schon, wo sie sind?«, fragte er, überrascht, dass sein übermüdeter Verstand so schnell die Puzzleteile zusammenbauen konnte.

»Vielleicht weißt du es ja?«, fragte sie und sah ihn skeptisch an.

»Was willst du damit sagen?«

»Ich habe mir Gedanken gemacht, ob du Sachen vor mir verheimlichst. Mir ist bewusst, dass du mir nicht alles sagen musst. Aber gerade im Moment wäre es besser, wenn du keine Geheimnisse vor mir hast.«

»Ein nicht unbeachtlicher Teil meines Erfolges hängt damit zusammen, dass ich manches für mich behalte. Am Ende profitieren davon alle meine Mitarbeiter. Auch du. Und du wirst mir weiterhin vertrauen müssen.«

»Ich versuche dich vor dir selbst zu schützen. Und gerade im Moment bin ich mir nicht sicher, ob du dir der Tragweite des gestrigen Abends bewusst bist? Da kommt auf alle Fälle ein juristisches Nachspiel auf dich zu.«

»Denkst du, dass ich das nicht schon mit einkalkuliert habe? Wir lassen einige Millionen an Stiftungen und soziale Projekte auszahlen und dann werden die Verfahren entweder eingestellt oder es bleibt bei symbolischen Strafen«, sagte Max. »Aber du sagtest etwas von einem Livestream?«

»Seit 11:00 Uhr«, erklärte Irina. »Ich bin sofort in dein Büro gekommen. Thomas und seine Leute werden gleich eintreffen. Was es sehr speziell macht, ist, dass Mira und Leon gemeinsam mit den Promis unterwegs sind.«

»Das ist nicht gut«, kommentierte Max.

122
Livestream mit den Promis

»Du hättest mich töten lassen«, schimpfte Fabian.

»Sie hatte keine Wahl und musste einen Namen sagen«, verteidigte Stefan Nina. »Wärst du an ihrer Stelle gewesen, hättest du auch irgendeinen Namen als Erstes sagen müssen.«

»Warum hat sie nicht deinen genommen?«, fragte Fabian. »Oder den von Sarah?«

Die Gruppe bewegte sich über einen Trampelpfad in einer langen Reihe durch den Urwald. Den Anfang machten zwei Wächter, denen folgten Sarah und Nina, dahinter waren zwei weitere Wächter. Die Mitte bildeten Mira und Leon, die nun ebenfalls Action-Kameras trugen, und den Abschluss bildeten Fabian und Stefan mit je zwei Wächtern vor und hinter dem Männerduo.

»Nimm' das einfach nicht persönlich«, versuchte Stefan den Schriftsteller zu beruhigen. »Wir brauchen unsere Kraft noch.«

»Du«, schimpfte Fabian. »Du warst bereit uns alle zurückzulassen. Du hättest das verdient.«

Stefan hielt an und drehte sich zu Fabian, um dem etwas zu sagen, wurde aber unterbrochen.

»Go!«, befahl der Wächter. »No rest for you.«

Mit der Maschinenpistole in der Hand verlieh er seinen Worten Nachdruck.

Widerwillig drehte sich Stefan zurück und ging weiter.

»Warum müssen wir mitlaufen?«, jammerte Leon. »Wir sind doch nur die Moderation und nicht die Kandidaten.«

»Männer, die uns befreien wollten, sind gestorben und du beschwerst dich, dass du laufen musst?«, regte sich Mira auf. »Du hast so gar keine Empathie.«

»Ist was anderes, als sich über uns lustig zu machen!«, rief Fabian.

»Das ist mein Job«, verteidigte sich Leon. »Und die meisten Ansagen bekomme ich vorgegeben oder sogar direkt ins Ohr diktiert.«

»Niemand zwingt dich, sie zu sagen«, klagte Stefan ihn an.

»Das stimmt nicht«, sagte Leon. »Wenn ich nicht mache, was die wollen, werden die jemanden aus der Crew töten.«

»Shut up and walk!«, bellte einer der Wächter und das Gespräch verstummte.

123
Provisorischer Krisenstabsraum, Sendezentrale Köln

»Sie könnten in jedem Urwald in Westafrika sein«, erklärte Winter. »Der Livestream ist seit etwa einer Stunde wieder verfügbar und in der Zeit sind sie nur gelaufen. Seitdem hat sich der Wald nicht verändert. Aber vielleicht lässt man sie auch einfach nur im Kreis laufen. Den Sonnenstand können wir auch nicht nutzen, um zumindest die Richtung einschätzen zu können.«

»Und wir wissen nicht, was zwischen dem Ende der Sendung und dem Neustart des Livestreams passiert ist«, ergänzte Thomas. »Sind sie nur gelaufen? Dann können sie nicht weit gekommen sein. Wurden sie mit Fahrzeugen oder gar Hubschraubern oder Flugzeugen transportiert … das ist wie die Suche nach der berühmten Stecknadel im Heuhaufen.«

»Ihre Verhandlungen mit der Regierung von Smaragdküste haben vermutlich auch zu nichts geführt?«, fragte Schreiber.

»Was meinen Sie?«, fragte Max.

»Die Geiselnehmer haben gefordert, dass Sie Einfluss auf die Regierung von Smaragdküste geltend machen«, präzisierte sie ihre Frage.

»Ach das«, sagte Max. »Es ist ja nicht so, als ob ich da einfach das Telefon nehmen kann und direkt beim Präsidenten bin. Die Reaktion, die ich aus den Regierungskreisen bekommen habe, ist, dass sie nicht mit Terroristen und Rebellen verhandeln werden.«

»Geld kann halt doch nicht alles kaufen«, sagte Schreiber.

»Da der Livestream wieder gestartet hat«, ging Max über die Bemerkung hinweg, »gehe ich davon aus, dass die Geiselnehmer erwarten, dass die Show weiterläuft.«

Ungläubig schauten die drei Vertreter des Auswärtigen Amtes ihn an.

»Ich glaube nicht, dass wir das nach der gestrigen Aktion machen können«, antwortete Thomas. »Das muss dir doch klar sein?«

»Bisher hat sich noch niemand bei mir gemeldet. Der Livestream geht auch noch nicht über unsere Portale«, erklärte Max. »Wie soll ich reagieren, wenn wieder gedroht wird?«

»Die Drohung war die Tötung einer Geisel alle sechs Stunden, wenn unterbrochen wird«, erinnerte Winter. »Wer kann hier denn die Entscheidung treffen?«

»Die Landesmedienanstalten können einem Sender die Lizenz entziehen«, berichtete Schreiber. »Das geht aber nicht ohne Weiteres und so ein Verfahren kann Wochen dauern.«

»Also liegt die Entscheidung beim Sender?«, fragte Max.

»Die Entscheidung ist, das zu tun, was am besten für die Geiseln ist«, sagte Thomas. »Allerdings sollte uns klar sein, dass mit der gestrigen Sendung die Geiselnahme öffentlich wurde.«

»Bisher sind wir der einzige Sender, der ein entsprechendes Statement formuliert hat«, erklärte Max. »Und zur Geiselnahme gab es schon vorher ein Gerücht. Daraus haben dann andere konstruiert, dass die ganze Show ein Schauspiel sei. Also auch die Geiselnahme.«

»Dann soll das jetzt die offizielle Variante sein?«, fragte Schreiber. »Das ist geschmacklos. Die Menschen haben die Wahrheit verdient!«

»Und die Geiseln ihre Sicherheit«, ermahnte Thomas sie.

»Die Wahrheit«, grübelte Max. »Die machen sich ohnehin die meisten so, wie sie sie gerade brauchen. Egal was wir machen: Die Leute werden diskutieren, ob es echt oder gespielt ist. Da müssen wir noch nicht mal eine neue Pressemitteilung oder irgendwelche Beiträge in unseren Feeds veröffentlichen.«

»Am Ende wird aber die Wahrheit ans Licht kommen«, sagte Winter. »Und dann werden Sie sich verantworten müssen.«

»Was er ohnehin schon muss«, ergänzte Schreiber. »Wegen mangelnder Kooperation.«

»Es ist ja nicht so, als ob ich das freiwillig mache«, verteidigte sich Max. »Im Grunde bin ich auch ein Opfer der Terroristen und werde für etwas geradestehen müssen, das ich nicht zu verantworten habe.«

Sein auf dem Konferenztisch liegende Smartphone vibrierte einmal und er schaute auf das Display seiner Smartwatch.

»Eine neue Nachricht«, berichtete er, nahm sein Handy und las vor.

»Spätestens um 14:00 Uhr wird der Livestream wieder über die Portale von ›Das Sechste‹ verteilt. Es wird eine Ankündigung für die heutige Show geben.«

Er legte das Smartphone wieder weg.

»Ich werde das gleich weiterleiten«, sagte er. »Sie entschuldigen mich kurz.«

Er erledigte zwei Telefonate und auf einem der Monitore im Meetingraum erwachte der YouTube-Stream der Sendung wieder zum Leben.

»Man muss sich wundern, dass weder Meta noch Alphabet den Stream abgeschaltet haben«, kommentierte Schreiber.

»Möglicherweise ist es deren Beobachtern entgangen«, sagte Winter. »Immerhin werden jeden Tag hunderttausende Stunden neuer Videos hochgeladen. Die können nicht alle kontrolliert werden.«

»Trotzdem haben die doch automatisierte Systeme, mit denen die Videos überprüft werden«, sagte Schreiber. »Und mit Sicherheit werden solche Videos und Streams auch von Usern gemeldet.«

»Es ist ein amerikanisches Unternehmen und die haben mehr Probleme mit Nacktheit oder der weiblichen Brust als mit Gewalt und Brutalität«, erklärte Thomas.

»Ich kann da Licht ins Dunkle bringen«, meldete sich Irina. »Wir haben für die Livefeeds die Altersfreigabe 16 beantragt. Die ersten Stunden wurden dann akzeptiert und danach folgte möglicherweise keine weitere Prüfung. Die hohen Zugriffszahlen dürften da auch eine Rolle spielen, wodurch hohe Werbeeinnahmen erbracht werden.«

»Oder die Tatsache, dass in den TV-Livesendungen die richtig brutalen Szenen vorkommen?«, mutmaßte Schreiber.

»Auch die sind über den Internetfeed zu sehen«, sagte Irina.

»Dann gilt wohl Umsatz vor Moral?«, fragte Schreiber.

»Wir sind nicht hier, um diese Frage zu diskutieren«, beendete Thomas die Diskussion. »Unser Ziel ist die Rettung der Geiseln.«

124
Livestream mit den Promis

An einer etwas breiteren Stelle eines Pfades standen die Promis gemeinsam mit dem Moderatorenduo im Kreis. Die Wächter waren mit hinter dem Rücken verschränkten Armen hinter ihnen und behielten sie im Blick. Im Gegensatz zu sonst sahen Mira und Leon ähnlich erschöpft aus wie die Kandidaten. Ihre Kleidung, die zwar moderations- aber nicht dschungeltauglich war, zeigte deutliche Spuren der Abnutzung und war teilweise zerrissen. Beide hatten Moderationskarten in der Hand und zitterten.

»Es ist 14:00 Uhr«, verkündete Leon. »Und wir begrüßen die Zuschauer von …«

»›Zehn Prominente gingen in den Dschungel‹«, unterstützte ihn Mira.

»Wie ihr sicherlich bemerkt habt«, fuhr Leon fort, »melden wir uns diesmal nicht zur Primetime und auch nicht in der Hauptsendung, sondern im Livefeed.«

Mira schaute auf ihre Moderationskarte.

»Und das hat gute Gründe«, sagte sie. »Die Show gestern Abend lief nicht ganz so, wie sie sollte und wurde gewaltsam durch bewaffnete Söldner gestört. Unsere Gastgeber lassen ausrichten, dass dieser feige Angriff sieben ihrer mutigen Freiheitskämpfer das Leben gekostet hat.«

»Aber das hat ›Freiheit für NKOSI‹ nicht aufgehalten«, las Leon. »Alle Angreifer konnten ihrer gerechten Strafe zugeführt werden, das Blut unserer Brüder wurde gerächt. Da davon auszugehen ist, dass die Söldner im Auftrag des Senders gearbeitet haben, wurde auch ein weiteres Crewmitglied hingerichtet.«

Er steckte die vorderste Karte nach hinten, überflog den Inhalt der nächsten und blieb mit offenem Mund stehen. Nach einem kurzen Augenblick hielt einer der Wächter seine Waffe in Leons Rücken.

»Bei der nächsten Einmischung von außen«, zitterte seine Stimme. »werden sie mich hin…«

Leon brach in Tränen aus und er schaffte es nicht mehr weiterzusprechen. Ein Wächter gab Mira ein Zeichen, der der Schrecken genauso im Gesicht anzusehen war. Die Promis hingegen schienen die Verkündung stoisch hinzunehmen.

»Der sinnlose Angriff macht die Verlegung des Sendeorts notwendig«, verkündete Mira. »Und das hat auch Auswirkungen auf die verbleibenden Herausforderungen. Die eigentlich für heute vorgesehene ›Klinge der Verzweiflung‹ fällt aus und auch die weiteren drei Dschungelherausforderungen können wohl nicht wie geplant durchgeführt werden.«

Hoffnung flackerte in den Gesichtern der Kandidaten auf, während Mira umblätterte.

»Stattdessen wird es improvisierte Herausforderungen geben«, erklärte sie. »Die Erste fängt jetzt an und trägt den schlichten Namen ›Trail des Todes‹. Die Regel ist einfach: Nicht der Weg ist das Ziel oder gar tödlich, entscheidend ist, wer das Ziel als Letztes erreicht, der oder diejenige scheidet aus. Jeder von euch wird von zwei Wächtern begleitet. Der Weg ist markiert. Unsere Wege werden sich hier trennen, wir werden am Ziel auf euch warten.«

»Wann geht es los?«, fragte Stefan.

»Jetzt sofort«, antwortete Mira.

Im Laufschritt machte sich SurvivalStefan auf den Weg, gefolgt von zwei Wächtern. Die anderen drei Kandidaten schauten ihm erst ungläubig hinterher, folgten ihm, wenn auch nicht ganz so schnell. Zurück blieben Mira und Leon, die den Promis noch eine Weile hinterherschauten.

125
Max Bauers Büro, Senderzentrale Köln

Max saß an seinem Schreibtisch und schaute sich die Zugriffszahlen der letzten Tage an. Genauso wie die Quote der Livesendungen von Show zu Show besser wurde, stieg die Zahl der Views einzelner Videos genauso in die Höhe wie die Zuschauerzahlen der Livestreams. Der Wiedereinstieg nach der Unterbrechung übertraf seine Erwartungen. Innerhalb weniger Minuten hatten sich doppelt so viele Leute wie bisher den Feed angeschaut. Max fragte sich, welche Menschen am frühen Nachmittag Zeit hatten, sich den Stream anzuschauen, vermutete dann, dass ihn manche sich im Büro nebenbei laufen lassen würden. Auch wenn die Befreiungsaktion fehlgeschlagen war, trug sie zur steigenden Popularität der Sendung bei.

Sein Smartphone klingelte und Max erkannte die Nummer des Söldners. Er wartete kurz und nahm dann das Gespräch an.

»Ich dachte, Sie hätten die besten Männer«, tadelte er ohne Begrüßung. »Was für eine Krückenmannschaft haben Sie mir da untergeschoben? Ist Ihnen bewusst, wie schwer meine Position in der Verhandlung mit dem Krisenstab und den Behörden jetzt ist?«

»Sie machen sich allen Ernstes Gedanken um irgendwelche juristischen Auseinandersetzungen? Das werden Sie doch an sich abperlen lassen können. Meine Männer sind tot.«

»Ihnen ist klar, dass ich für den Fehlschlag nicht zahlen werde!«

»Wir hatten Auslagen und werden den Hinterbliebenen der Söldner noch etwas zukommen lassen. Außerdem habe ich Sie darauf hingewiesen, dass wir einerseits keine Erfolgsgarantie geben können, andererseits stellte der übereilte Start ein schwer kalkulierbares Risiko dar«, verteidigte sich der Söldner.

»Wie schnell können Sie wieder zuschlagen?«, fragte Max.

»Wie bitte?«

»Wie schnell Sie wieder zuschlagen können«, wiederholte Max. »Ich habe da immer noch Menschen, die befreit werden müssen.«

»Selbst wenn ich so schnell ein weiteres Team zusammenstellen könnte«, erklärte der Söldner, »sind da zwei Sachen, die mich davon abhalten.«

»Ich dachte, dass sich bei Ihnen alles mit Geld regeln lassen könnte«, provozierte Max.

»Geld allein reicht da nicht«, sagte der Söldner. »Sie hatten mitgeteilt, dass die GSG9 schon vor Ort ist. Es ist unwahrscheinlich, dass wir die Gelegenheit haben, vor denen zuzuschlagen. Und wenn ich richtig informiert bin, haben wir keine Ahnung, wo sich die Crew und die Kandidaten gerade befinden.«

»Das lässt sich herausfinden.«

»Und die Information wird sich das Krisenreaktionszentrum als Erstes holen«, argumentierte der Söldner.

»Vielleicht hätte ich doch mit Blackwater zusammenarbeiten sollen.«

»Vielleicht hätten Sie das«, reagierte der Söldner. »Es ist jedoch fraglich, ob die erfolgreicher gewesen wären. Außerdem nennen die sich schon ewig nicht mehr Blackwater.«

»Werden Sie jetzt ja nicht kleinlich!«, drohte Max.

»Lassen wir das«, nahm der Söldner Max den Wind aus den Segeln. »Eigentlich hatte ich einen Grund, weshalb ich angerufen habe.«

»Und der wäre?«

»Die Daten, mit denen Sie mich versorgt haben, waren sehr präzise. Die Gefangenen befanden sich dort, wo wir sie vermutet haben, und auch der Ort der Herausforderung war exakt wie vorhergesagt. Was mich jedoch wundert, ist, wie wenig Gegenwehr meine Leute im ersten Moment hatten.«

»Wenig Gegenwehr? Ihre Leute wurden alle getötet!«

»Die Zahl der Wächter im Containerdorf und bei der Herausforderung war erstaunlich niedrig. Es wirkte auf mich wie ein Hinterhalt.«

Eine Pause entstand und Max brauchte eine Weile, bis das Gesagte bei ihm angekommen war.

»Ein Hinterhalt?«

»Als ob die Geiselnehmer wussten, dass ein Angriff kommen würde.«

»Warum haben Sie dann die eigenen Verluste hingenommen?«, fragte Max.

»Vielleicht um meine Leute in Sicherheit zu wiegen?«, vermutete der Söldner. »Was ich damit sagen möchte, ist, dass Sie eine undichte Stelle in Ihrem Team haben. Jemand, der Zugriff auf viele Informationen hat. Jemand, dem Sie vertrauen. Vielleicht werden Sie auch abgehört oder sonst wie überwacht.«

»Haben Sie ein IT-Sicherheitsunternehmen an der Hand, dem Sie vertrauen können? Das wäre ein Start.«

»Dann muss ich mich für den etwas ruppigen Einstieg in unser Gespräch entschuldigen und mich für den Hinweis bedanken.«

»Es ist immer kompliziert, wenn eine Aktion fehlschlägt«, antwortete der Söldner, verabschiedete sich und legte auf.

Max ließ das Gespräch Revue passieren und überlegte, ob er die eigene IT-Abteilung beauftragen sollte, ein IT-Sicherheitsunternehmen zu engagieren, nahm sich dann aber vor, das selbst in die Hand zu nehmen.

Es klopfte an die Tür und ohne zu warten, trat Irina ein.

»Ich habe mit Huber gesprochen«, sagte sie. »Der stellt gerade ein juristisches Team zusammen, das sich auf die kommenden Vorwürfe und Anklagen vorbereiten und der Justiz vielleicht schon Wind aus den Segeln nehmen soll.«

»Und ich habe gerade mit dem Söldner gesprochen«, sagte Max. »Der geht davon aus, dass die Geiselnehmer wussten, dass die Befreiungsaktion ansteht und die Söldner in einen Hinterhalt haben laufen lassen.«

»Woher sollten sie die Informationen haben?«

»Er meinte, dass wir vermutlich einen Maulwurf haben«, erklärte Max. »Und da nur du und ich davon wussten, müsste es einer von uns sein.«

Er genoss den erschrocken und gleichzeitig beleidigten Gesichtsausdruck von Irina.

»Du glaubst doch nicht wirklich, dass ich …«

»Nein«, beruhigte er sie. »Die andere Idee ist die Überwachung meines Telefons oder vielleicht auch meines Mailkontos. Ich werde eine Firma beauftragen das zu untersuchen.«

»Du solltest den Verdacht mit Thomas teilen«, schlug Irina vor.

126
Livestream SurvivalStefan

Im lockeren Laufschritt bewegte sich SurvivalStefan den Pfad entlang. Die Wächter hatten Mühe mitzuhalten und zwischendurch verlor die Kameradrohne seine Aufpasser ganz aus dem Visier. Dafür schaute Stefan direkt in die Kamera und wechselte zum Gehen.

»Hallo Leute! Ich weiß, dass viele von euch mich jetzt für einen linken Hund halten. Aber es sollte mittlerweile allen klar sein, dass nur derjenige überhaupt Chancen hat zu überleben, wer alle anderen über… wer bis ins letzte Spiel kommt. Und ich werde alles Nötige tun, damit ich dieser Jemand bin. Das tut mir auch sehr leid, speziell für Sarah und auch Nina. Selbst für den Idioten Fabian.«

Er hielt kurz an, fegte mit der Handfläche beide Fußsohlen ab und setzte dann seinen Weg fort.

»Und gerade die heutige Herausforderung zeigt, wie wichtig körperliche Fitness im Survival ist. Auf meinem YouTube-Kanal findet ihr einige Workouts, die in erster Linie Richtung Kardiotraining gehen, denn Ausdauer ist das A und das O!

Und natürlich ist es auch Kopfsache. Wenn du nicht das entsprechende Mindset hast, scheiterst du. Ihr fragt euch sicherlich, warum ich mich gegen einen Kampf entschieden habe. Wenn ihr die Natur beobachtet, werdet ihr feststellen, dass selbst die stärksten Raubtiere dem Kampf meistens aus dem Weg gehen. Warum ist das so?«

Er ließ eine Pause.

»Ganz klar: Jeder Kampf bedeutet eine Gefahr der Verletzung und selbst für das Tier am Ende der Nahrungskette bedeutet ein gebrochenes Bein das Ende! Man sollte nur dann kämpfen und Verletzungen riskieren, wenn es keinen anderen Ausweg gibt. Unsere Geiselnehmer sind ausgeruhter und haben Feuerwaffen. Eine direkte Auseinandersetzung wäre fast nicht zu gewinnen. Also spielt man besser nach deren Regeln und wartet auf eine passende Gelegenheit.«

Er hielt kurz an und schaute hinter sich.

»Okay, ich denke, ich habe ordentlich Vorsprung! Eine andere Sache beim Survival ist die Flucht. Je nach Katastrophenlage ist es vermutlich die einzige Option. Zum Beispiel bei einer Überschwemmung oder Waldbränden, wie wir sie mittlerweile auch bei uns im Sommer haben. Eine Flucht vor unseren Geiselnehmern wird aber wieder von deren Übermacht unterbunden. Aber auch in solchen Situationen kann man auf die passende Gelegenheit warten.«

Er ging einige Schritte, ohne etwas zu sagen.

»Jetzt fragt ihr euch sicherlich, warum ich mich nicht im Dauerlauf befinden. Auch das ist einfach zu beantworten. Ich weiß nicht, wie weit unser Ziel entfernt ist und die Fitness der anderen macht mir weniger Gedanken. Was das Ziel betrifft, habe ich nachgedacht und schätze die Entfernung, die wir laufen sollen, zwischen 10 und 15 Kilometern. Das wäre für einen trainierten Langstreckenläufer weniger problematisch, aber wir befinden uns im Dschungel und sind barfuß. Wie ich auf die Entfernung komme? Um 14 Uhr wurde die Dschungelprüfung verkündet und wenn wir zur Livesendung ankommen sollen, haben wir sechs Stunden Zeit. Ich werde also ständig in Bewegung bleiben, nicht zu schnell gehen und immer wieder hinter mich schauen. So müsste ich meinen Vorsprung bis ins Ziel halten.«

Die Wächter machten etwas Boden gut und Stefan wirkte nachdenklich.

»Normalerweise geht es beim Survival auch um Zusammenarbeit und darum, den Schwächeren zu helfen. Nur manchmal muss man überlegen, wie weit man gehen würde. Helfe ich den anderen und riskiere ich damit das eigene Überleben?«

Er zerdrückte eine Träne.

»Je nachdem, wie das hier ausgeht, möchte ich noch etwas sagen. Ich möchte mich bei meinen Eltern bedanken, die mich in allem, was ich getan habe, immer unterstützt haben. Papa, du warst und bist mein Vorbild und hast geholfen, einen richtigen Mann aus mir zu machen! Und Mama, du bist die Frau, die ich immer lieben werde!«

Er erreichte eine Gabelung des Pfades, an der ein weiterer Wächter auf ihn wartete. Ein großer roter Pfeil, in Kopfhöhe an einem der Bäume angebracht, zeigte die Richtung. Kurz entschlossen riss er das Schild vom Baum, warf es ins Unterholz und folgte dann dem Weg.

127
Livestream Sarah, Fabian und Nina

Sarah führte das Feld der Verfolger an, drehte sich aber immer wieder um und Tränen kullerten ihr über die Wangen.

»Diese Arschlöcher«, schimpfte sie vor sich her.

»Meinst du SurvivalStefan?«, fragte Fabian, der etwas zu ihr aufschloss. »Weil er einfach abgezogen ist?«

»Das überrascht mich nicht, er hat ja schon vorher klargemacht, dass er eine Flucht mit allen nicht als Option sieht«, antwortete Sarah. »Nein, Ich rege mich auf, weil wir wieder in der Situation sind, wie es Claudia im Spinnennetz war. Ich würde Nina gerne helfen, aber was bringt das? Am Ende muss eine - oder einer - Letzter sein.«

»Du könntest versuchen, mich aufzuhalten und damit Nina retten«, kommentierte Fabian.

»Bring mich nicht auf Ideen!«, schimpfte sie. »Es ist eine Sache, jemanden nicht zu helfen, aber eine andere, jemanden aktiv zu sabotieren.«

»Ich bin mir nicht sicher, ob ich diese Option nicht in Betracht ziehen würde, wenn ich hinten liegen würde«, gab er zu.

»Das ist aber auch eine andere Situation. Eben wie bei Claudia und Francesca, die sich auf einmal im direkten Kampf um den letzten Platz befanden«, sagte Sarah. »Und wenn ich mir Nina anschaue, die verliert immer mehr an Boden.«

Fabian drehte sich um und sah, wie Nina über den Pfad humpelte und immer wieder das eine Bein hinter sich herzog.

»Ob es noch einen Befreiungsversuch geben wird?«, wechselte er das Thema. »Und waren das die Leute von der GSG9?«

»Ich weiß es nicht. So wie es lief, glaube ich nicht, dass es so schnell einen weiteren Versuch geben wird. Vermutlich wissen die auch nicht, wo wir sind. Wir wissen das ja selbst nicht. Nur dass wir einige Stunden in einem Lkw saßen. Ich habe aber keine Ahnung, wie schnell der fuhr und die verbundenen Augen haben auch nicht geholfen.«

»Ich finde der Wald hier sieht genauso aus wie der zwischen den anderen Herausforderungen«, sagte Fabian. »Falls das irgendwie hilft.«

»Du bist eigentlich gar nicht so ein Arschloch wie du immer tust«, befand Sarah. »Ganz im Gegensatz zu SurvivalStefan.«

»Das solltest du auf alle Fälle für dich behalten«, sagte er und grinste. »Wir spielen doch alle eine Rolle, je nachdem wo wir gerade sind. Der Literaturpreisträger Fabian Ritter ist nicht identisch mit Fabian Ritter. Natürlich haben beide gewisse Gemeinsamkeiten, aber der Schriftsteller traut sich Sachen zu, die die Person niemals tun oder sagen würde. Und SparkleSarah kann offenbar wesentlich mehr, als hübsch auszusehen, lächeln und Produkte in die Kamera zu halten.«

»Die Leute lästern über Influencer und sehen nur die paar Figuren, die das richtig fette Geld kassieren. Dass auch wir hart arbeiten, sieht keiner. Im Grunde habe ich kein Privatleben mehr, weil ich mir die ganze Zeit überlege, wie ich Content generieren könnte.«

»Und ›Zehn kleine Promis‹ sollte dir neue Türen öffnen?«, vermutete Fabian.

»In meinem Fall neue Türen, bei Claudia vielleicht einige alte Türen und auch du wirst ja deinen Grund gehabt haben mitzumachen. Einige Spiegel-Bestseller, Übersetzungen und Verfilmungen, dazu Lesungen. Man sollte meinen, dass du ausgedient hast.«

»Wenn man ein großes Leben führt, kostet das auch großes Geld. Da ist der Vorschuss für den neuen Roman schnell verbraucht, bevor man fertig geschrieben hat. Außerdem gehöre ich nicht zur ersten Liga der Schriftsteller. Das obere halbe Prozent machen knappe fünfzig Prozent des Umsatzes. Und wenn man sieht, wie ehemalige Nationalspieler und Millionäre an solchen Shows teilgenommen haben, kann man noch heftiger abstürzen als ich.«

Er schwieg kurz und grinste dann.

»Mit meinem Tod werden sich vermutlich meine Bücher kurzfristig gut verkaufen lassen. Und wenn mein Agent geschickt ist, bringt der noch ein paar unfertige Sachen auf den Markt.«

»Das darf der?«, wunderte sich Sarah.

»Wenn du finanziell Druck hast, machst du Zugeständnisse«, erklärte Fabian.

»Aber wer will denn ein unfertiges Buch lesen?«

»Es muss ja nicht unfertig bleiben. Man kann einen Ghostwriter nehmen oder in ein paar Jahren vermutlich eine KI etwas fertig schreiben lassen. Und dann veröffentlichen.«

Sie erreichten die Gabelung, an der Stefan das Schild entfernt hatte.

»Na toll«, schimpfte Sarah. »Und in welche Richtung sollen wir jetzt gehen?«

»Da liegt etwas«, sagte Fabian und verließ den Pfad, um kurz darauf mit dem roten Pfeil wieder zurückzukommen.

»Großartig«, sagte er. »Nur wissen wir nicht, in Richtung der hing.«

»Zeig mal her.« Sarah hielt Fabian die Hand entgegen, der gab ihr das Schild und sie schaute von Baum zu Baum. »Da hing etwas!«

Sie ging zum Stamm, hielt das Schild erst in die eine und dann in die andere Richtung.

»Da hängt noch ein kleines Stück vom Schild«, jubelte sie und untersuchte das Schild. »Und da fehlt es.«

Sie fügte das Puzzle zusammen. »Wir müssen in die Richtung!«

»Das Schild nehmen wir mit und hauen es Stefan um die Ohren«, knurrte Fabian.

Trotz der Unterbrechung hatte Nina die beiden nicht eingeholt.

128
Provisorischer Krisenstabsraum, Sendezentrale Köln

»So gut es war, dass Sarah Hinweise gegeben hat«, sagte Thomas. »Wirklich weiter helfen uns die nicht. Wir haben keine Ahnung, wie schnell sie mit dem Lkw unterwegs waren.«

»Zumindest können wir aber wohl ausschließen, dass sie ein Flugzeug genutzt haben«, widersprach Max. »Und bei dem Straßenverkehrsnetz in Smaragdküste und den Nachbarländern können die zumindest nicht hunderte Kilometer gefahren sein.«

»Warum wurde das Gebiet nicht mit den Aufklärungsdrohnen überwacht?«, fragte Thomas. »Als unsere vor Ort waren, waren die Geiseln schon weg. Aber die Drohnen die deine Söldner genutzt haben. Warum haben die nichts mitbekommen und vor allem warum ist denen der Hinterhalt verborgen geblieben?«

»Das weiß ich nicht so genau«, antwortete Max. »Die Koordinaten hatte ich auch von einer anderen Quelle und standen uns nur kurz zur Verfügung. Ich hätte gedacht, dass die Söldner mit eigenen Drohnen gearbeitet haben, aber der Kontakt zu deren Aufklärern ist auch abgebrochen.«

»Womit es einen weiteren Beleg dafür gibt, dass es entweder bei denen oder bei dir einen Maulwurf gibt. Oder beides.«, sagte Thomas.

»Bei der Menge an Mitarbeitern kann ich nicht für jeden die Hand ins Feuer legen«, verteidigte sich Max. »Und bei den Söldnern ging ich davon aus, dass mein Kontakt sich darum kümmert, dass man den Leuten vertrauen kann.«

»Und Sie sind jetzt ehrlich verwundert, dass es Menschen gibt, denen Geld wichtiger ist als die Moral?«, höhnte Schreiber. »Eigentlich müssten Sie mit denen doch ausgezeichnet zurechtkommen. Außerdem reden wir nicht von irgendwelchen Mitarbeitern. Immerhin muss ein Maulwurf Zugriff auf wichtige Daten haben.«

»Außer Irina und mir hat keiner direkten Zugriff auf meine Zugänge«, sagte Max.

»Sie profitieren von der Aufmerksamkeit«, warf Schreiber ihm vor. »Das wäre auf alle Fälle ein Motiv.«

»Muss ich ab sofort meinen Anwalt mit zu unseren Gesprächen mitnehmen?«, fragte Max.

»Ich weiß nicht«, antwortete Schreiber. »Sagen Sie es uns?«

»Was ist mit deiner IT-Abteilung?«, fragte Thomas. »Die haben doch auch Zugriff auf deine E-Mail-Konten? Und wer verwaltet eure Telefone?«

»Ihr habt die Kontaktdaten der IT-Abteilung und könnt die fragen«, erklärte Max. »Die verwalten auch unsere Telefone. Mobil und Festnetz.«

»Wir können auch nicht ausschließen, dass es einer von denen ist«, sagte Schreiber. »Wir brauchen da einen IT-Forensiker, der mit jemandem von deinen Leuten zusammenarbeitet. Jemandem, dem vertraut werden kann.«

»Wenn mir schon nicht vertraut wird, wie könnt ihr dann jemandem vertrauen, dem ich vertraue?«, fragte Max.

129
Livestream SurvivalStefan

Selbstbewusst führte Stefan seinen Weg fort. Soweit er es beurteilen konnte, hatten die Wächter gewechselt. Mit ihrer Ausrüstung hatten sie zwar mehr zu tragen als er, waren aber vermutlich auch etwas ausgeruhter und vor allem besser ernährt. Er hob sein Hemd und befühlte den wohl definierten Sixpack, der schon am ersten Drehtag zu erahnen war, sich aber jetzt deutlich abzeichnete.

»Leute«, sagte er in die Kameras, »ich muss ja sagen, dass ich schon ein wenig enttäuscht bin. Wenn die Show unter normalen Bedingungen auch so ähnlich verlaufen wäre, hätte ich mir viele Sachen, die ich für den Urwaldaufenthalt gelernt habe, auch einfach sparen können.

Wenn ihr eine Survival-Tour plant, solltet ihr euch immer damit vertraut machen, welche essbaren Pflanzen in dem Gebiet wachsen, welche Pflanzen giftig sind und wo ihr am besten Wasser herbekommt.«

Er kam an eine Wegkreuzung. Grinsend warf er das Richtungsschild um und folgte dem Weg geradeaus. Der Wächter, der daneben stand, reagierte nicht und folgte ihm wortlos. Eine Weile ging Stefan weiter, ohne etwas zu erzählen.

»Ich bin überzeugt, dass die anderen schon den richtigen Weg finden. Das wird sie etwas Zeit kosten und verschafft mir einen kleinen Vor…«

Er blieb stehen und hielt eine Hand ans Ohr, um ein Geräusch besser orten zu können. Ganz leise hörte er ein Miauen.

»Eine Katze?«, wunderte er sich. »Oder vielleicht ein Leopardenkätzchen? Leoparden leben in Westafrika sowohl in der Steppe als auch im Dschungel.«

Stefan hörte eine Weile und zeigte dann auf ein Gebüsch, nicht weit vom Pfad entfernt.

»Da drüben scheint es zu sein. Besser ich gehe weiter, um nicht der Mutter zu begegnen.«

Langsam ging er weiter und blieb dann abrupt stehen. Aus dem Unterholz kam die erwachsene Raubkatze geduckt auf ihn zu und er befand sich nun genau zwischen der Mutter und ihrem Nachwuchs. Abwehrend hielt Stefan die Hände hoch.

»Ich will dir nichts Böses, geh einfach an mir vorbei!«

Die Antwort kam mit einem lauten Fauchen. Alle Muskeln der Katze waren gespannt, der Schwanz bewegte sich hektisch hin und her. Tatze für Tatze näherte sie sich Stefan, der langsam rückwärts ging. Mit einem Fauchen sprang die Katze auf ihn zu und im letzten Moment konnte er ihr durch einen geschickten Schritt zur Seite ausweichen. Schnell drehte er sich um, nur um zu sehen, dass die Raubkatze sich abgefangen und wieder umgedreht hatte.

»Du bist jetzt bei deinem Kind«, versuchte Stefan ruhig zu erklären. »Ich gehe einfach weiter.«

Während er sich wieder rückwärts von der Leopardin wegbewegte, sah diese hektisch zwischen den zwei Wächtern hinter ihr und Stefan vor sich hin und her.

»Ignoriere mich«, flehte SurvivalStefan. »Die Männer mit den Waffen sind eine viel größere Gefahr für dich und deine Familie.«

Langsam arbeitete sich das Muttertier wieder auf ihn zu und ließ ihn nicht aus den wachsamen Augen. In einem Anfall von Verzweiflung machte Stefan zwei stampfende Schritte auf sie zu, hob die Arme und schrie sie dabei an. Die Leopardin wich zurück, schaute hinter sich und rannte dann auf die beiden Wächter zu. Beide hoben ihre Waffe, als die Katze zum Sprung ansetzte.

130
Livestream Sarah und Fabian

Ein lauter Knall ertönte und ließ einige Vögel erschrocken aus den Wipfeln wegfliegen.

»Das kam von vorne«, sagte Sarah besorgt. »Ob sie Stefan ...«

»Das glaube ich nicht«, beruhigte sie Fabian. »Gestern haben wir doch gemerkt, wie wichtig es denen ist, für jeden Tag genug Kandidaten zu haben.«

Ein zweiter Knall war zu hören, danach war es still, bevor langsam wieder die Geräusche des Waldes einsetzten. Sarah lief plötzlich los.

»Was hast du vor?«, rief Fabian ihr hinterher.

»Was wohl. Ich will schauen, was mit Stefan ist.«

Fabian drehte sich und schaute nach Nina, die kaum noch zu sehen war, und wechselte dann in einen Laufschritt, um Sarah zu folgen. Bei der Kreuzung wartete sie und zeigte erbost auf den umgeworfenen Wegweiser.

»Dieses Arschloch«, presste sie zwischen den Lippen hervor. »Ich mache mir Sorgen um ihn und er macht es uns so schwer.«

Gemeinsam versuchten sie, das Schild wieder aufzustellen. Stefan hatte aber ganze Arbeit geleistet: Der kleine Balken ließ sich nicht wieder zusammensetzen, aber zumindest ergab sich aus den Bruchstücken die Richtung. Fabian nahm das abgebrochene Stück und stellte es so gegen einen der Bäume, dass auch Nina die Richtung erkennen würde.

Langsamer als zuvor gingen sie weiter, bis sie die Stelle erreichten, an der die erschossene Leopardin lag. Aus einem Gebüsch in der Nähe war ein aufgeregtes Fiepen und Miauen zu hören. Sarah näherte sich, schob Zweige zur Seite und entdeckte zwei junge Leopardenkätzchen.

»Könnt ihr euch um die beiden kümmern?«, forderte sie von den Wächtern, die ihnen folgten. »Ohne die Mutter, die euer Kumpel erschossen hat, haben die beiden keine Überlebenschance.«

Keiner der Wächter reagierte auf sie.

»Please help them. One of your men killed their mother!«, versuchte sie es auf Englisch.

Die Wächter zuckten mit den Schultern, unternahmen aber nichts.

»Wir können sie doch nicht hier lassen«, klagte Sarah.

»Was erwartest du?«, fragte Fabian. »Sollen ausgerechnet wir sie mitnehmen? Und dann? Fehlt ihnen immer noch die Mutter. Wir können doch im Moment nicht mal für uns selbst sorgen.«

»Aber …«, fing Sarah an, redete dann aber nicht weiter.

»Ich finde es toll, dass du dir diese Sorgen machst, aber du bist nicht schuld am Tod der Mutter und nicht verantwortlich für ihre Kinder«, sagte Fabian. »Ich gehe jetzt weiter.«

Sarah sah ihm hinterher, schaute immer wieder zurück zu den Leopardenkätzchen und folgte dann weinend dem Schriftsteller.

131
Livestream Nina

Die vor wenigen Tagen noch fröhliche Frau folgte mechanisch dem Pfad. Ein Fuß vor und dann den anderen hinterherziehend, bewegte sie sich fort. Leise sprach sie zu sich selbst. So leise, dass die Mikrofone es nicht erfassen konnten. Die Explosionen der Schüsse kamen bei ihr zwar gedämpft, aber immer noch laut an, Nina zeigte dennoch keine Reaktion.

Sie stolperte, fiel hin und schürfte sich das Knie auf. Ihre Hände bewegten sich viel zu langsam, um sie aufzufangen, und sie landete mit dem Gesicht auf den Boden. Ein Knacken ertönte, gefolgt von einem Stöhnen und wie in Zeitlupe richtete sie sich wieder auf. Aus dem Mund floss Blut und sie bewegte den Unterkiefer. Ein Zahn tauchte zwischen den blutverschmierten Lippen auf und fiel auf den Boden direkt neben dem Stein, an dem sie sich ihn ausgeschlagen hatte.

Benommen stolperte sie weiter, folgte wieder dem Pfad.

Nach zehn Metern blieb sie stehen, schaute sich um und setzte sich unbeholfen auf den Boden. Es dauerte endlos lange, bis sie die Beine im Schneidersitz angewinkelt hatte. Nina umarmte sich selbst und fing leise an die Melodie ihres ersten Charterfolgs zu summen. Sie umarmte sich und wiegte den Oberkörper langsam vor und zurück. Ihre beiden Wächter schauten erst Nina und dann sich gegenseitig an und warteten.

132
Max Bauers Büro, Senderzentrale Köln

»Das zieht doch runter«, beschwerte sich Max, als er den Livestream von Nina sah. »Und auch das mit den kleinen Leoparden. Das will doch niemand sehen!«

»Nina ist apathisch«, befand Irina. »So wie jemand, der auf die eigene Hinrichtung wartet. Und man kann es ihr nicht verdenken. Das beschreibt ihre Situation.«

»Wenn die nächsten drei Tage genauso werden, wird die Show mit Studiopublikum ein Reinfall«, befürchtete Max. »Und wir haben keine Möglichkeit, das zu steuern.«

»Max!« Irina schüttelte den Kopf. »Wir wissen nicht, ob der oder die Finalistin überleben wird. Was soll den Leuten in der Studioshow gezeigt werden? Wie die Promis nacheinander gestorben sind?«

»Die Show braucht ein Finale!«, schrie er sie an. »Sonst geht sie sang und klanglos unter.«

»Es gibt keinen Grund mich anzuschreien«, sagte sie mit provokativ ruhiger Stimme. »Du benimmst dich wie ein kleiner Junge, der nicht das bekommt, was er möchte.«

»Hast du mich gerade ein störrisches Kind genannt?«

»Ja.«

»Verstehe doch. Wenn die Studiosendung ausfällt, ist es nicht komplett. Da wird etwas fehlen.«

»Es ist die erste Staffel«, erklärte Irina. »Niemand wird das wirklich bemerken.«

»Wir haben groß Werbung dafür gemacht und die Tickets waren sehr begehrt! Hast du gesehen, was die auf dem Schwarzmarkt kosten? Wir könnten vermutlich ein doppelt so großes Studio füllen.«

»In der Show sollte der Dschungelkaiser oder die -kaiserin gefeiert werden«, sagte Irina. »Wer auch immer am Ende übrig ist, dem wird nicht zum Feiern zumute sein. Und wir können nicht ewig weitermachen und so tun, als ob das alles nur eine Show wäre.«

»Solange die Terroristen noch unsere Crew als Geiseln hat, geht die Sendung weiter«, sagte Max. »Wir können nicht einfach abbrechen.«

»Du bist der Chef«, gab Irina klein bei.

»Ich möchte, dass wir diese Expertin für Reality-TV Shows einladen«, erklärte Max. »Wenn ich schon nicht in andere Sendungen gehen darf, so sollen es bei der Studioshow interessante Gäste sein.«

»Einige der Gäste die ursprünglich zugesagt hatten, haben mittlerweile abgesagt.«

»Darum sollen sich unsere Anwälte kümmern. Die verklagen wir.«

»Das solltest du dir gut überlegen«, gab Irina zu bedenken. »Das wird sich herumsprechen und wird zukünftig einige Leute davon abhalten Verträge mit einer Show von uns zu unterschreiben.«

»Meinetwegen. Dann lassen wir das mit dem Klagen eben.«

»Und die für nächste Woche geplante Heimkehrershow sollten wir schnellstmöglich absetzen.«

»Damit warten wir noch bis zum Ende des Finales«, beschloss Max.

133
Liveübertragung - Smaragdküste

»Herzlich Willkommen zu ›Zehn kleine Prominente gingen in den Dschungel‹«, grüßte Mira in die Kamera.

»Anstatt ›Der Klinge der Verzweiflung‹ ist die heutige Herausforderung ›Der Trail des Todes‹, verkündete Leon. »Und wir dürfen gespannt sein, denn das erste Mal startete die Dschungelherausforderung nicht in dieser Sendung, sondern schon am frühen Nachmittag.«

»Der ›Trail des Todes‹ ist etwas mehr als zwölf Kilometer lang«, erklärte Mira. »Und sollte für einen Marathonläufer kein Problem darstellen.«

»Nur haben wir keine Marathonläufer, sondern vier Promis, die in den letzten Tagen nur wenig zu Essen und zu Trinken hatte«, sagte Leon. »Und auch seit einigen Tagen ohne festes Schuhwerk herumlaufen.«

»Die Zuschauer des Livestreams konnten den ›Trail des Todes‹ ja bereits verfolgen und sicherlich waren manche überrascht, wie skrupellos SurvivalStefan vorgegangen ist«, berichtete Mira. »Fairplay geht definitiv anders.«

»Dafür muss man ihm zugute halten«, sagte Leon, »dass er sich gegen die Leopardin gut geschlagen hatte. Allerdings glaube ich auch, dass es ohne die Wächter schlecht für ihn ausgegangen wäre.«

Am Rande der Lichtung war Bewegung zu sehen und kurz darauf stolperte SurvivalStefan ins Bild.

»Wenn man vom Teufel spricht!«, rief Leon. »Hallo Stefan, willkommen und Glückwunsch zur Runde der letzten Drei!«

Stefan sah sich verwirrt um und ging dann humpelnd auf das Moderatorenduo zu.

»Wie fühlst du dich?«, fragte Mira. »Du bist ja schon Marathon gelaufen und hast am Iron Man teilgenommen. Was war härter?«

»Ich … ich«, stotterte er. »Hier ist härter. Das Laufen selbst weniger. Aber das Ganze.«

»Die Zuschauer und wir konnten dich beobachten«, erklärte Leon »und wie wir eben schon in der Moderation anmerkten: Einen Preis für Fairplay wirst du definitiv nicht gewinnen.«

»Aber es geht doch nicht um Fairplay«, verteidigte sich Stefan. »Es geht ums Überleben. Und jeder, der in meiner Situation wäre und sagt, er würde sich für jemand anderen opfern, lügt!«

»Das mag vielleicht sein«, sagte Mira. »Das ist das eine. Es ist etwas anderes, Hinweise zu zerstören und so den anderen das Beenden der Dschungelherausforderung zu erschweren.«

»Das habt ihr gesehen?«, flüsterte Stefan.

»Wir sehen alles!«, rief Leon. »Und ich bin immer wieder verwundert, wie schnell Kandidaten vergessen, dass sie fast ununterbrochen von Kameras umgeben sind!«

»Ich weiß nicht, was mich da geritten hat«, sagte Stefan. »Das muss ein Aussetzer gewesen sein. Dehydration.«

»Ein Aussetzer?«, lachte Mira. »Du hast drei Wegweiser zerstört. Du lügst dich gerade selbst ein wenig an, oder?«

»Ihr habt gut reden«, regte Stefan sich auf. »Bei euch geht es ja nicht ums Überleben und jetzt urteilt ihr einfach. Was hättet ihr denn in meiner Situation gemacht?«

»Mit dem Vorsprung, den du hattest?«, fragte Leon. »Auf alle Fälle den Anderen keine Steine in den Weg gelegt.«

»Dann lade ich dich ein, an der Herausforderung morgen teilzunehmen!«, forderte Stefan. »Und dann werden wir sehen, wie selbstlos du bist!«

134
Regieraum Köln

»Du willst hier im Studio das Finale zelebrieren?«, fragte Thomas sichtlich geschockt. »Bist du von allen guten Geistern verlassen?«

»Die Terroristen haben gefordert, dass wir weitersenden«, erklärte Max. »Und solange meine Crew noch als Geisel da unten ist und wir sie nicht befreit haben, machen wir alles, um ihre Sicherheit zu gewährleisten.«

»Das ist so makaber«, sagte Thomas. »Wenn herausgekommen ist, dass die Geiselnahme nicht Teil des Showkonzepts ist, wird dein Sender dafür bluten. Vielleicht sogar die Lizenz verlieren.«

»Da haben meine Anwälte auch noch ein Wort mitzureden!«

»Und was passiert danach?«, fragte Thomas. »Wenn die Finalshow fertig ist? Ziehen die Geiselnehmer einfach ab? Gab es da irgendwelche Versprechen?«

»Ich denke, die werden sich bei uns melden«, antwortete Max.

»Die Verbrecher, die dann den Tod von mindestens neun deiner Promis, zwei deiner Crewmitglieder und unzähliger Söldner - die du ins Verderben geschickt hast - zu verantworten haben, sollen so vernünftig sein und die Geiselnahme für beendet erklären? Keine der Forderungen wurde erfüllt. Was glaubst du, werden die mit den Geiseln machen?«

»Hör zu«, sagte Max. »Ich habe mir deine Bedenken angehört und teile sie. Trotzdem muss ich den Sender für alle Optionen vorbereiten und dazu zählt auch die Möglichkeit, die Show mit Studiopublikum stattfinden zu lassen.«

»Wir konnten die Leopardin identifizieren«, unterbrach Winter das Gespräch.

»Wir konnten was?«, fragte Thomas.

»Leoparden haben ein einzigartiges Fleckenmuster«, erklärte Winter. »Wir haben eine Nachricht eines Biologen bekommen, der uns aufgeklärt hat, dass man sie darüber identifizieren kann. Das ist ein wenig so wie ein Fingerabdruck. Wenn ein Tier durch eine Fotofalle gelaufen ist, lässt es sich identifizieren und genau das ist passiert. Unsere Leopardin lebt in Smaragdküste, keine fünfzig Kilometer von der alten Location entfernt. Und da das Review einer Leopardin selten größer als 30 Quadratkilometer ist, können wir das Gebiet einschränken.«

»Das ist immer noch eine riesige Fläche«, sagte Thomas.

»Aber es ist besser als alles, was wir bisher hatten«, pflichtete Max bei. »Wir müssen in dem Gebiet nur ein kleines Lager mit großer Satellitenschüssel und Sendeanlage finden. Wie schwer kann das schon sein?«

135
Liveübertragung - Smaragdküste

»Willkommen zurück, liebe Zuschauer zu…«, begrüßte Mira.

»›Zehn kleine Prominente gingen in den Dschungel‹«, verkündete sie gemeinsam mit Leon.

»Heute lief die Dschungelherausforderung anders und der erste Promi der letzten Drei steht fest!«

»Mit einer Mischung aus Disziplin, Fitness und Skrupellosigkeit hat SurvivalStefan als Erstes den ›Trail des Todes‹ überstanden«, erzählte Leon. »Wer werden die anderen beiden sein und wird es vielleicht noch eine Überraschung geben?«

»Solange Fabian und Sarah sich nicht verletzen oder dumm anstellen, wohl nicht«, kommentierte SurvivalStefan, der sehr genervt wirkte. »Was hätte ich denn tun sollen? Nina die ganze Zeit tragen?«

In dem Moment betrat Fabian die Lichtung, sah Stefan und stürzte sich sofort auf ihn. Der hielt den anderen Mann ausgeruht und mit Leichtigkeit und längeren Armen fern.

»Du Schwein!«, schrie Fabian ihn an. »Was sollte das?«

»Ruhig Blut, alter Mann«, reagierte Stefan. »Ich habe nur dafür gesorgt, dass ich auf alle Fälle eine Runde weiterkomme.«

Fabian beruhigte sich.

»Du bist das Allerletzte. Glaub nicht, dass du von mir Hilfe bekommen wirst.«

»Verstehst du es denn immer noch nicht? Es kommt nicht darauf an, sich gegenseitig zu helfen! Wenn du überleben willst, musst du bei den Gewinnern sein! Und das wird man nicht, wenn man einen auf ›Friede, Freue, Eierkuchen‹ und ›Wir sind alle Freunde macht‹! Das Arschloch sein konntest du doch recht gut? Wo ist das hin? Hast du nur den starken Mann gespielt?«

»Liebe Zuschauer«, moderierte Leon, »Ich denke, dies sind Bilder und Dialoge, für die sie eingeschaltet haben! Kurz vor der Zielgeraden wird der Ton schärfer!«

»Und nebenbei sei angemerkt«, sagte Mira, »das mit Fabian schon der zweite der drei letzten Plätze vergeben ist. Die Männerrunde wird noch durch mindestens eine Frau ergänzt und wir dürfen gespannt sein, wer es sein wird!«

»Fabian«, rief Leon, »möchtest du uns vielleicht noch sagen, wie du den ›Trail des Todes‹ fandest?«

»Es war ein beschissen langer Marsch und tödlich ist doch nur der Ausgang für eine von uns Vieren«, antwortete Fabian. »Ich hatte heute Morgen ja gehofft, dass ihr auch die Dschungelprüfungen mitmachen müsst!«

»Herr Schriftsteller«, ermahnte Mira, »gerade als jemand, der mit Worten umgehen kann, weißt du doch, dass es Dschungelherausforderungen sind!«

»Ihr geht mir so auf den Keks«, sagte Fabian. »Ich bin froh, dass ich euch bald nicht mehr sehen muss.«

»Na da ist aber jemand empfindlich«, sagte Leon. »Wem der beiden Damen gönnst du denn das Weiterkommen?«

»Darauf antworte ich nicht«, sagte Fabian.

»Aber vielleicht lässt sich SurvivalStefan zu einer Antwort herab«, provozierte Leon. »Immerhin hat er ja dem ›Wir sind ein Team‹ Gedanken abgeschworen.«

»Ich würde es beiden gönnen. Was eine Frage.«

»Wäre dir nicht SparkleSarah lieber? Immerhin warst du bereit, mit ihr abzuhauen und die anderen zurückzulassen?«, fragte Mira.

»Wärmt doch nicht die ollen Kamellen auf!«

»So sensibel?«, fragte Leon. »Nur um deiner Erinnerung auf die Sprünge zu helfen: Du bist erst eine knappe Woche hier und deine Fluchtpläne sind noch jünger.«

»Macht, was ihr wollt.«

SurvivalStefan ließ Leon stehen und setzte sich einige Meter entfernt hin.

Leon zuckte mit den Schultern und drehte sich zu Fabian.

»Fabian! Du hast dir ja viel Mühe gegeben, deinen Ruf als arroganten Schnösel aufzubauen. Und dann erfahren wir, dass das nur eine Rolle von dir ist?«

»Jeder von uns spielt eine Rolle«, sagte Fabian. »Bei manchen ist die ganz nah an der echten Persönlichkeit. Bei anderen liegen Welten dazwischen. Das ist doch auch bei Mira und dir nicht anders.«

»Um uns geht es hier nicht«, reagierte Mira. »Was ich mich allerdings frage, ist: Welcher Teil deiner Persönlichkeit hat beschlossen, die nun mutterlosen Leopardenkätzchen ihrem Schicksal zu überlassen?«

»Wenn dir so viel an ihnen liegt, kannst du sie gerne aus dem Wald holen«, schlug Fabian vor. »Und wer weiß, vielleicht hast du ja im Gegensatz zu uns eine echte Überlebenschance.«

Mira stiegen die Tränen in die Augen und sie versuchte, Haltung zu bewahren.

»Wenn uns Stefan schon nicht die Frage beantworten möchte: Wem gönnst du den ersten Platz unter den letzten Dreien?«, mischte sich Leon ein.

»Dir auf alle Fälle nicht«, antwortete Fabian. »Und Mira auch nicht.«

»Haben wir hier vielleicht ein Wutproblem?«, fragte Leon. »Hattest du nicht diesbezüglich mehrere Therapien?«

»Da muss ich nicht drüber sprechen«, reagierte Fabian. »Aber wenn wir bei direkt und ehrlich sind garantiere ich dir, dass aus dir niemals ein guter Moderator werden wird. Auch ohne diese Scheiße hier hast du kein Gespür für Humor, nicht für den richtigen Moment und kaum Empathie. Aber vermutlich warst du billig zu haben.«

»Leute, da kommt SparkleSarah«, meldete Mira. »Und damit ist diese Dschungelherausforderung vorbei!«

So erschöpft Sarah auf die Lichtung getreten war, so sehr änderte sich ihre Körperhaltung und Bewegung, als sie Stefan sah. Mit wenigen Schritten war sie bei ihm und verpasste ihm eine Ohrfeige.

»Ich kann ja verstehen, dass du nicht auf uns gewartet hast. Dass du es uns aber noch schwerer gemacht hast, werde ich dir nie verzeihen!«

Der Survival-Experte rieb sich die gerötete Wange.

»Das ›nie‹ wird ja vermutlich nicht so lange sein«, kommentierte er trocken.

Ein einzelner Schuss war dumpf aus dem Wald zu hören. Die Promis und das Moderatorenduo drehten sich in die Richtung, aus der der Knall gekommen war, und senkten dann die Köpfe.

136
Die Investigatoren - Reportagemagazin

»Guten Abend, meine Damen und Herren.«

Souverän grüßte der ehemalige Sprecher einer etablierten Nachrichtensendung der Öffentlich-Rechtlichen das Publikum. Im Hintergrund erschien eine Collage, bestehend aus Bildern von ›Zehn kleine Prominente‹, Max Bauer und paramilitärischen Einheiten, die den Wächtern ähnelten.

»Ich begrüße Sie zur Sondersendung ›Zehn kleine Prominente - Fake oder Real‹. Unsere Investigatoren haben bei ihren Recherchen Einblicke erhalten, die wir Ihnen auf keinen Fall vorenthalten möchten. Die Frage, die wir uns stellen müssen: Ist der Technikmilliardär Drahtzieher oder Opfer in diesem perfiden System? Begleiten Sie uns auf der Spurensuche.«

Es wurde zu einem Beitrag übergeblendet, der zunächst einige bekannte Milliardäre zeigte. Eine Stimme aus dem Off berichtete.

»Wer Geld hat, der hat Einfluss und während einige eher im Hintergrund agieren, drängen andere ins Rampenlicht und lechzen nach Aufmerksamkeit. Maximilian Bauer ist da keine Ausnahme.

Der Mann, der die Basis seines Vermögens mit einer Fintech Software startete, gehört zu den reichsten Männern Deutschlands. Mit der Gründung des Fernsehsenders »Das Sechste« verschaffte er sich ein Sprachrohr, das er auch dazu nutzt, ungefiltert seine Meinung zu verbreiten.

Mit ›Zehn kleine Prominente‹ kopiert er nun die erfolgreiche RTL-Show ›Ich bin ein Star - Holt mich hier raus!‹. Dass eine Kopie schlechte Erfolgsaussichten haben würde, war Bauer und seinem Team klar. Man musste vom Konzept her weiter gehen als das Original. Der selbst gestellte Anspruch war, die Produktion in einen echten Dschungel zu verlegen, und die Kandidaten sollten auch im Dschungel leben. Damit hatte man ein Crossover mit den mittlerweile sehr beliebten Survival-Shows.«

Der Bericht zeigte Aufnahmen des jungen Max' im Büro seiner Fintechfirma, Szenen von der Eröffnung des Sendergebäudes und Szenen aus der RTL-Show und verschiedener Survival-Formate.

»Spätestens mit ›Squid Game‹ etablierte sich erneut eine Verfilmung eines fiktiven Showkonzepts bei dem Kandidaten sterben können. ›Das Sechste‹ übernimmt das Konzept der Dschungelprüfung aus der RTL-Sendung und versucht mit der Umbenennung in ›Dschungelherausforderung‹, dies zu kaschieren. Da der eigene Anspruch war, brutaler als das Original zu sein, sollten sich die sogenannten Prominenten - denn genau wie im Original sucht man aktuelle Prominente vergeblich - in echte Gefahr begeben.«

Der Bericht zeigte verschiedene Ausschnitte von Prüfungen aus der RTL-Sendung und dann Bilder der bisherigen Dschungelherausforderungen.

»Die Show gibt vor, sich in ein gescriptetes Reality-TV Format gewandelt zu haben. Eine Gruppe Rebellen soll die Kandidaten und Crew in Smaragdküste als Geiseln halten und die Dschungelherausforderungen haben für die Verlierer einen tödlichen Ausgang.«

Es wurde wieder ins Studio auf den Moderator geschnitten. Der Mann schaute mit sehr ernstem Gesicht in die Kamera.

»Die Ergebnisse unserer Investigationen zeigen …«

Er machte eine lange Pause, schaute kurz zur Seite, nickte dann und schaute zurück in die Kameras.

»Unsere Investigationen zeigen, dass die Geiselnahme kein Narrativ ist. Wir konnten Kontakt mit der Rebellengruppe ›Freiheit für NKOSI‹ aufnehmen und man bestätigte, dass man sowohl die Kandidaten als auch die Crew als Geiseln genommen hat. Entgegen den Behauptungen von ›Das Sechste‹ wurden die Aufnahmen mitnichten durch neuartige KI-Algorithmen bearbeitet, sondern zeigen das wirkliche Geschehen. Dies bedeutet, dass bisher allein sieben der Kandidaten den Tod gefunden haben, deren Sterben live ausgestrahlt wurde.«

Er schluckte kurz und ließ sich erneut Zeit, bevor er weitersprach.

»Eine Behauptung aufzustellen, ist einfach, sie zu belegen etwas anderes. Wir haben unsere Erkenntnisse mit der Polizei geteilt und hoffen, dass man dem Schrecken ein Ende bereiten wird und die Sendung umgehend einstellt.«

Im Hintergrund erschien das durchgestrichene Logo von ›Zehn kleine Prominente gingen in den Dschungel‹.

»Aber damit nicht genug. Es lässt sich nicht widerlegen, dass der Sender von den Terroristen unter Druck gesetzt wird. Die erschreckende Frage ist aber, ob Maximilian Bauer der Drahtzieher hinter der Geiselnahme ist. Hat er die Terroristen im Kampf um die Quote auf seine eigenen Leute angesetzt? Bleiben Sie dran. Wir haben uns mit Familien, Freunden und Bekannten der Promis unterhalten, die seit dem Sendungsbeginn keinen Kontakt mehr zu ihnen haben. Unsere Investigatoren geben einen Überblick über das Finanzimperium von Bauer und seine Verbindungen nach Smaragdküste, die nicht nur in Regierungskreise gehen. Wie kann Profitgier und Geltungsbedürfnis so vor Moral gehen? Bleiben Sie dran! Nach einer kurzen Werbepause geht es weiter!«

DIE ACHTE SENDUNG: DIE SPEISEKAMMER

Kommentar:

#NoZKP ist gescriptete Kacke. Man sollte den Sender auf Entschädigung verklagen. Vor allem wenn man für Kandidaten angerufen hat

Kommentar:

Die Petition zu #NoZKP braucht noch stimmen! Schnell noch mitmachen

Kommentar:

#ZKP hat den Zenith überschritten. Narrativ der Geiselnahme funktioniert nicht.

Kommentar:

Wo war der Oberwächter? #ZKP

Kommentar:

Das war die langweiligste Dschungelherausforderung ever! #ZKP

Kommentar:

Reicht es nicht, die Y- und Z-Promis zu quälen? Warum musste nun ein Tier dran glauben #NoZKP

Kommentar:

Gelungener Twist bei #ZKP Welche improvisierte Dschungelherausforderung folgt heute?

Kommentar:

#TeamSarah sie hat die Dschungelkrone sowas von verdient

Kommentar:

@ninabergeroffiziell hat ausgesungen

Kommentar:

Boykottiert den asozialen @survivalstefan

137
Provisorischer Krisenstabsraum, Sendezentrale Köln

»Das ist Bullshit«, sagte Max. »Allein, dass ich hier ohne Anwalt auftauche, sollte dir doch Beleg genug sein.«

»Die Vorwürfe werden geprüft und nach dem kurzen Update, das ich heute morgen erhielt, haben die Leute von ›Die Investigatoren‹ eine Menge Material geliefert, das dich belastet«, sagte Thomas.

»Erfolg bringt Neider mit sich«, verteidigte sich Max. »Deren Senderchef ist immer noch sauer auf mich, weil ich dem ein paar Werbekunden weggeschnappt habe.«

»Sie müssen aber zugeben«, meldete sich Schreiber, »dass Sie die Geiselnahme nicht allzusehr zu bedauern scheinen.«

»Sie haben doch keine Ahnung, wie es in mir aussieht! Von Klein auf bin ich es gewohnt, mich kontrolliert zu verhalten. Es dauert lange, bis ich die Fassung verliere und wenn es dann soweit ist, dann meistens richtig. Natürlich nimmt mich das alles mit und ich bin extrem gestresst, aber trotzdem muss ich funktionieren. Meine Mitarbeiter hier, in Smaragdküste … auf der ganzen Welt verlassen sich auf mich.«

»Es wird gegen dich ermittelt«, offenbarte Thomas. »Das macht deine Anwesenheit hier zum Problem für mich.«

»Es ist mein Sender. Und was ist mit ›In dubio pro reo‹? Im Zweifel für den Angeklagten? Unschuldig bis Schuld bewiesen? Nur weil ein Reportagenmagazin auf einem drittklassigen Sender irgendeine Behauptung aufstellt, soll ich wie ein Verbrecher behandelt werden?«

»Kannst du denn die Vorwürfe mit den Verbindungen zu ›Freiheit für NKOSI‹ widerlegen?«, fragte Thomas.

»Nochmal. Das sind Behauptungen und nach meiner Rechtsauffassung müssen die beweisen, dass ich da eine Verbindung habe und nicht ICH muss belegen, dass ich sie nicht habe!«

»Aber meine Anwälte kümmern sich um die Belege«, fügte Max nach einer Pause hinzu. »Können wir jetzt bitte weiter daran arbeiten, meine Leute aus den Klauen der Terroristen zu befreien?«

Thomas schaute sein Team an, beide nickten ihm kurz zu.

»Können wir. Zumindest bis ich nichts anderes von den Ermittlern höre.«

Der große Bildschirm zeigte eine Satellitenaufnahme, auf der fast nur Wald zu sehen war.

»Man erkennt kaum Wege und genauso wenig die kleinen Siedlungen«, erklärte Thomas. »Es wird so viel von der Vegetation verdeckt. In dem Gebiet könntest du die Einwohner einer mittelgroßen Stadt verstecken und man würde nichts sehen.«

»Wenn man ein TV Signal übertragen möchte, braucht es aber freie Sicht zum Satelliten«, erklärte Max. »Und müsste man nicht irgendetwas mit Wärmebildkameras entdecken?«

»Es kann sein, dass der Übertragungswagen nur für die Livesendung aufgebaut wird und der Rest läuft über StarLink. Da braucht es keine direkte Sichtverbindung«, sagte Thomas. »Und um mit Wärmebildkameras zuverlässig etwas entdecken zu können, braucht es mehr Menschen oder eindeutigere Wärmesignaturen.«

»Die GSG9 hatte noch das Containerdorf untersucht«, meldete sich Schreiber. »Man sollte meinen, dass sich dort verwertbare Spuren finden würden, aber bisher Fehlanzeige. Kein Computer, kein Handy, kein Notizblock, gar nichts. Die Ausrüstung oder die Container, die wir irgendwie zurückverfolgen konnten, stammen alle direkt von der Produktion. Wie schonmal festgestellt: Der Sender hat quasi die gesamte TV-Ausrüstung der Terroristen bezahlt.«

»Wäre das nicht eine Spur?«, fragte Max. »Es braucht doch jetzt noch einen Übertragungswagen, einen Wagen oder Container, der die Drohnen steuert. Wir könnten da unsere Equipmentlisten durchgehen und dann sehen, was fehlt. Das müsste dann bei den Geiselnehmern sein.«

»Es ist bisher nicht aufgefallen, dass man mehr als doppelt so viel für die Produktion gekauft hat als nötig gewesen wäre«, sagte Thomas. »Ich bezweifle, dass deine Leute jetzt schnell eine Inventur machen und man dann weiß, welches Equipment die Terroristen noch haben.«

»Und wenn wir versuchen, die Signalquelle während der nächsten Livesendung lokalisieren zu lassen?«, fragte Winter.

»Geht das?«, fragte Thomas. »Und wenn ja: Wieso haben wir das nicht vorher gemacht?«

»Ich weiß nicht, ob das bei einer Satellitenübertragung möglich ist, das müsste man prüfen. Und wenn wir vorher noch nicht an die Möglichkeit gedacht haben, brauchen wir uns auch nicht zu wundern, dass wir es noch nicht gemacht haben. Außerdem hatten wir die Koordinaten über andere Quellen bekommen.«

»Okay«, sagte Thomas. »Überprüfe das bitte. Und auch, ob wir über Starlink lokalisieren können. Max, kannst du schauen, ob du Daten zu eurem gekauften Inventar sammeln kannst?«

138
Livestream mit den Promis

»Ich bin so verdammt hungrig«, beklagte sich Fabian. »Wir hätten zumindest noch Bananen pflücken sollen.«

Neben ihm ging Sarah, einige Meter hinter den beiden Stefan. Ihr Weg führte sie wieder durch den Wald auf einem Pfad, ähnlich dem des vorherigen Tages.

»Mir macht die Dehydrierung mehr Gedanken«, sagte Sarah. »Wir müssen unbedingt etwas trinken.«

»Man macht sich normalerweise keine Gedanken, wie schwer es eigentlich ist trinkbares Wasser zu haben«, philosophierte Fabian. »Aufstehen, zum Wasserhahn gehen, aufdrehen und einfach trinken. Man muss dazu noch nicht mal aus dem Haus gehen.«

»Dabei ist der Luxus von fließendem Wasser in Haushalten noch gar nicht so alt. Zumindest nicht in den Häusern normaler Menschen«, sagte Sarah. »Aber man gewöhnt sich schnell daran und nimmt es dann als gegeben an.«

»Wie Strom«, bestätigte Fabian. »Wenn man Licht möchte, drückt man einfach auf den Schalter und es wird hell. Kannst du dir es vorstellen, wie es wäre dauerhaft ohne Strom zu leben?«

»Das haben wir doch jetzt ein paar Tage hinbekommen«, lächelte Sarah.

»Ja, aber so ganz ohne Strom!«, bekräftigte Fabian. »Da hängt noch so viel dran. Die ganzen Lieferketten, aber auch Gas- und Wasserversorgung.«

Der Wald öffnete sich und sie gelangten an eine kleine Schlucht, die ihnen den Weg versperrte. Auf der anderen Seite befand sich ein Gruppe von Wächtern und über die Schlucht waren Drahtseile gespannt. Auf beiden Seiten der Schlucht waren zwei Kästen an kurzen Stangen, etwa drei Meter voneinander entfernt. An den Drahtseilen hingen an weiteren Drähten Gitter, wie sie oft in Industrieanlagen als Treppenstufen genutzt wurden.

»Ich ahne Ungutes«, flüsterte Fabian. »Ist das die nächste Herausforderung? Erinnert an die vom ersten Tag.«

»Nehmt das«, brummte der Oberwächter, der plötzlich hinter ihnen erschienen war, und drückte jedem eine Kette mit einem Sicherheitsschlüssel in die Hand.

Er bemerkte die fragenden Blicke der Drei.

»Es braucht zwei Schlüssel, um die Behelfsbrücke auszufahren. Sie müssen gleichzeitig betätigt werden.«

Sarah begriff es als Erste.

»Wir müssen zusammenarbeiten, um auf die andere Seite zu kommen!«

»In welcher Reihenfolge sollen wir gehen?«, fragte SurvivalStefan den Oberwächter.

»Das ist mir egal. Macht das unter euch aus.«

Die Wächter postierten sich in einem großen Halbkreis um die Brücke.

»Der einzige Weg ist über die Brücke«, erkannte Fabian und spähte in die etwa zwanzig Meter tiefe Schlucht.

»Das sind etwas mehr als fünf Meter«, erkannte Stefan. »Wenn ich fit genug wäre, könnte ich rüberspringen.«

»Vielleicht kann einer beide Schlösser betätigen?«, schlug Fabian vor.

»Lasst uns erstmal schauen, wie das funktioniert«, bestimmte Sarah, ging zum ersten Kasten und deutete Fabian, an den anderen zu gehen.

Jeder steckte seinen Schlüssel in das Schloss und drehte. Sofort fuhren die ein Meter breiten Brückenteile wie eine Jalousie heraus.

»Wirklich stabil sieht das nicht aus«, zweifelte Fabian.

»Ich kann es als Erster testen«, sagte Stefan und ging auf die Brücke zu.

Sofort ließ Fabian seinen Schlüssel los und die Brücke fuhr wieder zurück.

»Du glaubst doch nicht allen Ernstes, dass wir dich als Erstes rübergehen lassen?«, fragte SparkleSarah. »Du gehst als Letzter.«

»Damit ihr mich zurücklassen könnt?«, rief er. »Auf keinen Fall. Ich gehe maximal als Zweiter.«

»Du wirst uns vertrauen müssen«, widersprach Fabian. »Wir können uns nicht sicher sein, dass du abhaust, sobald du auf der anderen Seite bist.«

»Ihr habt mein Wort, dass ich das nicht mache!«

»Und du hast unser Wort, dass wir dich nicht zurücklassen«, konterte Sarah.

»Wir könnten es auslosen«, schlug Stefan mit panischer Stimme vor. »Strohhälme ziehen oder Knobeln. Das wäre gerecht.«

»Du hast mehrfach belegt, dass wir dir nicht trauen können«, blockte Sarah ab. »Dir wird nichts anderes übrig bleiben, als uns zu vertrauen.«

»Dann bleiben wir wohl alle auf dieser Seite«, trotzte Stefan. »Ich lasse mich von euch nicht abhängen.«

»Wir werden die Brücke in fünfzehn Minuten abschlagen«, tönte es vom Oberwächter. »Wer bis dahin nicht auf der anderen Seite ist, wird ausscheiden.«

»Ich schlage vor, dass Sarah als Erste geht«, sagte Fabian. »Dann ich und Stefan als Letzter.«

»Damit kann ich gut leben«, reagierte Sarah.

Beide schauten Stefan an.

»Ich möchte nicht als Letzter gehen. Ich sollte als Zweiter gehen. Sarah kann dann ja aufpassen, dass ich nicht weglaufe.«

»Wir wissen alle, dass ich im Zweifelsfall keine Chance gegen dich habe. Nein. Du gehst als Letzter und musst uns vertrauen.«

»Du musst nicht glauben, dass wir so schlecht sind wie du«, sagte Fabian.

»Eure Zeit läuft«, kommentierte der Oberwächter.

»Meinetwegen«, gab sich Stefan geschlagen und ging zum Kasten, an dem Sarah stand.

Die nahm ihren Schlüssel heraus, wartete, bis die beiden Männer ihre Schlüssel in die Schlösser steckten und betätigten. Es dauerte eine Weile, bis die Brücke komplett ausgefahren war. Jedes Gitter war etwa dreißig Zentimeter tief und zwischen ihnen blieb etwa genauso viel Platz frei. Sarah hielt sich an den Führungsseilen fest und betrat das erste Gitter, das sofort zu wackeln anfing. Zitternd nahm sie den zweiten Fuß vom Boden und machte damit einen Schritt auf das nächste Gitter.

»Ist ein wenig wie in einem der Kletterparks«, sagte sie und klang dabei unsicher.

»Einfach einen Schritt vor den anderen«, feuerte Fabian sie an. »Dann fangen sie auch nicht an, zu sehr zu wackeln.«

Sarah ging über die nächsten drei Gitter und wurde sicherer. An ihren Knöcheln konnte man aber erkennen, wie sehr sie sich an den Drahtseilen festhielt. Schneller als erwartet, erreichte sie die andere Seite der Schlucht und jubelte. Stefan ließ seinen Schlüssel locker und schien zu grübeln. Die Brücke fing an, sich zurückzuziehen.

»Vielleicht …«, fing er an.

»Versuche es gar nicht erst.« Fabian nahm seinen Schlüssel aus dem Schloss und hing die Kette um seinen Hals. Sarah hatte ihren Schlüssel schon ins Schloss gesteckt und schaute Stefan fordernd an. Der nickte und betätigte seinen Schlüssel. Die Brücke hielt inne und fuhr wieder heraus. Skeptisch warf er Stefan einen Blick zu und wagte sich dann auf die Brücke. Er kam bis zum mittleren Gitter, auf das er sich mit beiden Füßen stellte, als es zu wackeln anfing.

»Du musst mit einem Fuß auf eines der anderen Gitter«, rief Sarah ihm zu. »Dann sollte es wieder stabiler werden.«

Er befolgte ihren Rat und auch wenn es wackelig blieb, wurde es zumindest etwas ruhiger, und er legte die nächsten Schritte schnell hinter sich. Erschöpft fiel er auf alle Viere und fing an zu lachen. Hinter sich hörte er, wie die Brücke sich wieder zurückzog. Sarah stand vor ihm und reichte ihm die Hand.

»Wir könnten ihn jetzt zurücklassen«, flüsterte sie Fabian zu.

Stefan hatte seinen Schlüssel ebenfalls aus dem Schloss genommen und stand vor der Brücke.

»Leute!«, flehte er. »Tut mir das nicht an! Ihr habt es versprochen!«

»Wir sind nicht wie er«, erklärte Fabian und ging zum Schloss. Auch Sarah kehrte an ihres zurück und die Brücke fuhr wieder aus. Geschickter als Fabian überquerte Stefan die Brücke und wollte die beiden anderen umarmen.

»Lass mal«, wehrte Fabian ab.

»Passt nicht«, reagierte Sarah.

»Egal«, sagte Stefan, »ich werde euch das niemals vergessen. Danke!«

139
Max Bauers Büro, Senderzentrale Köln

»Auch ›Die Brücke‹ war eine Idee unserer Showschreiber«, sagte Max.

Gemeinsam mit Irina saß er auf der Sitzgruppe in seinem Büro, Cappuccinotassen standen vor ihnen auf dem Tisch.

»Das war ein genialer Einfall«, fügte er hinzu. »Gerade in den Herausforderungen davor Zwietracht säen, um sie dann etwas machen zu lassen, das sie nur gemeinsam bestehen können. Ohne die Geiselnahme wäre es perfekt gelaufen.«

»Du musst aber zugeben, dass dadurch das Interesse an der Sendung größer wurde und die Debatte darüber erzeugt weitere Aufmerksamkeit«, sagte Irina.

»Ich bin überzeugt, dass es die Debatten auch so gegeben hätte«, befand Max. »Aber die nächste Staffel wird es nächstes Jahr schwer haben, dagegen anzukommen.«

»Du planst immer noch eine zweite Staffel für nächstes Jahr?«, wunderte sich Irina. »Wir können froh sein, wenn der Sender nächste Woche noch eine Lizenz hat!«

»Das werden die Anwälte schon geradebiegen«, beruhigte Max.

»Hast du Verbindungen zu den Terroristen?«

Irina fixierte Max mit den Augen und die Stille zwischen ihnen wurde unangenehm.

»Für wie skrupellos hältst du mich?«, wich er mit einer Gegenfrage aus.

»Wenn du deine Ziele erreichen willst, hast du wenig Skrupel. Die Frage wäre nur, wie weit du wirklich gehen würdest. Also: Hast du Verbindungen zu den Terroristen?«

»Als wir für die Vorbereitungen in Smaragdküste waren, hatten wir Kontakt zu vielen Menschen. Da waren dann auch ein paar Warlords dabei und ich kann wohl nicht ausschließen, dass jemand davon Teil von ›Freiheit für NKOSI‹ ist. Mehr kann ich dir dazu nicht sagen.«

»Du musst das Huber mitteilen«, sagte Irina.

»Habe ich schon gemacht. Wie sieht es denn aktuell mit der weiteren Vermarktung aus?«

»Wir haben einerseits weitere Anfragen«, berichtete Irina. »Und einige der bisherigen Interessenten bekräftigen, dass die gestrigen Vorwürfe nichts ändern würden. Wir stehen in den ersten Vertragsverhandlungen. Wobei es auch Fragen gab, wie die Herausforderungen funktionieren, wenn keine Kandidaten mit dem Leben bedroht werden.«

»Somit wird die Sendung finanziell ein voller Erfolg«, freute sich Max. »Dann kann ich mich ja bald auf das neue Projekt stürzen.«

140
Livestream mit den Promis

»Ich frage mich, welche Quoten wir damit überhaupt noch erzielen«, bemerkte Fabian und deutete erst auf seine Brustkamera und dann auf eine der Drohnen. »Wir machen kaum etwas anderes, als durch den Wald zu gehen.«

»Die Leute schauen sich im Fernsehen stundenlang eine Eisenbahnstrecke an«, antwortete Stefan. »Und bei uns warten die vermutlich auf den nächsten Streit.«

»Für interessante Gespräche wäre ein festes Camp wie beim Dschungelcamp die bessere Wahl gewesen«, kommentierte Fabian. »Da hat man doch mehr Gelegenheit für solche Gespräche.«

»Was glaubt ihr, wie die Quoten und Viewerzahlen sind?«, fragte Sarah. »Immerhin ist ›Das Sechste‹ bisher nur ein Spartenkanal.«

»Bauer hat schon reichlich Geld in die Hand genommen um das Programm hochwertiger zu gestalten«, antwortete Stefan. »Der möchte ganz klar vorne dabei sein. Was die Shows mit den Herausforderungen betrifft, glaube ich schon, dass es hohe Quoten gibt.«

»Die Leute schalten ein, um uns sterben zu sehen?«, fragte Sarah emotionslos.

»Da brauchst du dir doch nur das Verhalten bei einem Unfall anzuschauen«, sagte Fabian. »Die Leute halten mit ihren Handys voll drauf. Warum sollten sie sich bei einer TV Show zurückhalten?«

»Aber so etwas kannst du doch nicht einfach senden?«, wunderte sich Sarah. »Es gibt doch die Medienanstalten und irgendeine Behörde, die entscheidet, ob etwas ausgestrahlt werden darf.«

»Wir wissen ja nicht«, fing Fabian an, »was ausgestrahlt wird. Filmemacher wie Hitchcock haben ja gezeigt, dass oft die Andeutung ausreicht und der Rest passiert in den Köpfen der Menschen.«

»Dann wäre das Sterben noch sinnloser«, kommentierte Stefan. »Und es taucht nur in irgendwelchen Kommentaren und Berichten auf.«

»Unser Sterben hat ohnehin keinen Sinn«, sagte Fabian, »außer vielleicht den Forderungen unserer Geiselnehmer Nachdruck zu verleihen.«

»Habt ihr schonmal ans Aufgeben gedacht?«, fragte Stefan. »Einfach stehenbleiben und die Wächter den Rest machen lassen?«

»Der Oberwächter war klar in seinen Ausführungen«, antwortete Fabian. »Er entscheidet, wer wann sterben darf und wie wir wissen, hat er keine Skrupel, Schmerzen zuzufügen, um uns gefügig zu machen. Kurz und schmerzlos würde es auf keinen Fall sein. Und es gibt Menschen, die schon in wesentlich auswegloseren Situation waren und trotzdem durchgehalten haben. Mir fällt der Name jetzt nicht ein. Ich glaube Anna oder so ähnlich. Sie war jüdische Gefangene in Auschwitz und hat dort ein Kind zur Welt gebracht. Ihre Mitgefangenen haben geholfen, das Kind zu verstecken und Mutter und Tochter wurden nach dem Krieg wieder zusammengeführt.«

»Es gab einen Bergsteiger, der sich in einer Felsspalte eingeklemmt hatte«, berichtete Stefan. »Er hat sich dann den eingeklemmten Arm selbst amputiert, um zu überleben.«

»Und nicht zu vergessen«, sagte Sarah, »das Showkonzept sieht einen Sieger oder eine Siegerin vor.«

»Zumindest bleibt bei ›Zehn kleine Negerlein‹ am Ende einer übrig«, bestätigte Fabian.

»Das sagt man heute nicht mehr«, reagierte Sarah. »Das ist politisch nicht korrekt.«

»Als ob mich das hier jetzt noch jucken würde«, spottete Fabian. »Der Showtitel ist doch auf die Wiedererkennung angelegt. Und wenn ich es mir so recht überlege: Auch wenn da am Ende einer übrig bleibt, der Dschungelkaiser - oder eben die Dschungelkaiserin, damit ich mich auch korrekt verhalte - frage ich mich wie das aussehen soll.«

141
Regieraum Köln

»Wir hatten gehofft, mit der kleinen Schlucht und der Lokalisierungs-KI einen genauen Ort zu finden«, berichtete Thomas, der neben Max in der für sie reservierten Reihe im Regieraum saß. »Aber die hat bisher noch nicht angeschlagen. Selbst kombiniert mit den Ortsdaten, die wir durch die Leopardin erhalten haben, kommen wir da nicht weiter.«

»Vielleicht hat die Leopardin auch ihr Revier gewechselt«, sagte Max. »Die Buchhaltung ist beim Auswerten des Inventars, aber die brauchen noch Zeit. Und ganz ehrlich: Ich glaube nicht, dass wir da weiterkommen. Ich erinnere mich noch an meine erste Firma. Wir sind so schnell gewachsen und als wir nach fünf Jahren versucht hatten, das Inventar zu erfassen, konnten wir manche Hardware weder finden noch zuordnen.«

»Was habt ihr dann gemacht?«, fragte Thomas.

»Bei einem Teil die entsprechenden Abschreibungen vorgenommen«, erklärte Max. »Bei anderen gingen wir davon aus, dass sie noch irgendwo im Haus waren.«

»Könntest du da trotzdem noch personell aufstocken?«, fragte Thomas. »Wir sind für jede Spur dankbar und sind mit den Russen und den Chinesen in Verhandlungen.«

»Wieso jetzt erst?«, wunderte sich Max. »Ich könnte noch Leute aus der Finanzabteilung dazusetzen. Aber es wird dauern, bis man denen die entsprechenden Rechte für die Zugriffe auf die Daten gegeben hat.«

»Das Verhältnis zu Russland ist - euphemistisch gesprochen - derzeit schwierig«, erklärte Max. »Und mit China stehen wir auch nicht viel besser da.«

»Aber beide gehören doch in Afrika zu den großen Playern«, sagte Max. »Ich habe meine Kontakte da schon längst aktiviert.«

»Du hast auch aktive Geschäftspartner und musst nicht ganz so auf die restliche Politik achten wie wir.«

»Es geht um das Leben meiner Crew«, regte sich Max auf. »Das kann doch nicht unwichtiger sein als irgendwelche politischen Haltungen.«

»Ich werde das nicht kommentieren«, sagte Thomas.

Über die Lautsprecher ertönte die Titelmelodie von ›Zehn kleine Prominente gingen in den Dschungel‹ und gerade, als Nina Bergers

Gesang anfing, betraten Schreiber und Winter gefolgt von Irina den Regieraum.

»Was wäre die heutige Herausforderung gewesen?«, fragte Thomas.

»Das wäre ›Die Grube des Grauens‹ gewesen«, antwortete Max. »Eine tiefe Grube mit gefährlichen Reptilien und Insekten. Krokodile, Spinnen, Skorpione und Unmengen an Schaben und Kakerlaken.«

»Spinnen und Skorpione sind keine Insekten«, belehrte Schreiber, als sie Platz nahm. »Und Kakerlaken sind Schaben.«

»Wenn das gesamte Krisenreaktionszentrum so schlau wäre wie Frau Schreiber«, sagte Max, »dann hätten wir meine Leute bestimmt schon längst befreit.«

142
Liveübertragung - Smaragdküste

Mira und Leon befanden sich in einer Höhle, die von mobilen Scheinwerfen ausgeleuchtet wurde. Hinter ihnen standen drei Glaskästen, die etwa so groß wie Telefonzellen waren. Hinter den Scheinwerfen konnte man im Schatten einige der Wächter erkennen. Leon schaute erst auf seine Moderationskarten und lächelte dann in die Kamera.

»Herzlich Willkommen lieber Zuschauerinnen und Zuschauer zur achten Sendung von …«

»›Zehn kleine Prominente gingen in den Dschungel‹«, rief er dann gemeinsam mit Mira.

»Die aufmerksamen Zuschauer des Livestreams haben ja schon gesehen«, fuhr sie allein fort, »wie unsere Kandidaten zusammenarbeiten mussten, um überhaupt bis hier in die Höhle zu kommen. Bevor wir uns einen kurzen Zusammenschnitt dieser Challenge anschauen, wollen wir aber noch verraten, in welche Herausforderungen SparkleSarah, SurvivalStefan und Fabian heute gehen werden!«

Sie und Leon bewegten sich einen Schritt auseinander und präsentierten die Mittlere der Glaszellen.

»Die heutige Dschungelherausforderung ist ›Die Speisekammer‹«, sagten sie gemeinsam.

»Damit bleibt den Kandidaten das Bad in den Kakerlaken und das Ringen mit den Krokodilen erspart«, moderierte Leon. »Da ich weiß, wie die Kandidaten riechen, weiß ich, dass unsere tierischen Komparsen dankbar sind, nicht gemeinsam mit den stinkenden Menschen in ›Die Grube des Grauens‹ gesteckt zu werden!«

»Seit gestern konntet ihr über Telefon, SMS oder App für eure Favoriten abstimmen und auch heute könnt ihr wieder 10.000 Euro gewinnen!«, sagte Mira. »Also schnell noch anrufen! Dieses Mal bestimmt ihr die Reihenfolge in der die Kandidaten ihre Speisen und das Getränk auswählen dürfen!«

»Ich bin sehr gespannt, was heute aufgetischt wird.« Leon lächelte in die Kamera. »Immerhin ist das die erste Essensprüfung bei …«

»›Zehn kleine Prominente gingen den Dschungel‹«, riefen beide gemeinsam.

»Aber lasst uns doch noch einmal anschauen, wie es auf der ›Brücke‹ lief«, kündigte Mira an und und es wurde zu einer Zusammenfassung der Challenge geschnitten, der noch eine Werbepause folgte.

143
Liveübertragung - Smaragdküste

»Schön, dass Sie drangeblieben sind«, begrüßte Leon die Zuschauer. »Wie ich mitgeteilt bekommen habe, betreten unsere Kandidaten gerade unsere Höhle!«

Es wurde zu einer Drohnensicht geschnitten, auf der man erkennen konnte, wie Stefan, gefolgt von Sarah und Fabian, durch den mit Lianen behangenen Höhleneingang traten. Kurz darauf standen sie neben dem Moderatorenduo vor den Glaszellen.

»Hallo ihr Drei«, sagte Mira. »Ihr habt heute ja eindrücklich bewiesen, dass ihr Teamarbeit könnt!«

»Ihr solltet euch aber nicht daran gewöhnen«, setzte Leon fort. »Denn nun gilt wieder ›jeder für sich‹. Aber zumindest müsst ihr nicht gegeneinander kämpfen.«

»Die heutige Dschungelherausforderung ist …«, begann Mira.

»›Die Speisekammer‹«, riefen beide.

»Unsere erste Essensprüfung«, ergänzte Leon. »Und da ihr die letzten Tage wenig zu essen hattet, kommt euch das sicherlich gelegen.«

Während Sarahs und Stefans Gesichtsausdrücke neutral blieben, zog Fabian eine deutliche Grimasse.

»Eine Ekelprüfung«, urteilte er.

»Die war so nicht geplant«, erklärte Mira, »sondern musste als Ersatz für ›Die Grube des Grauens‹ herhalten. Die gibt es dann vermutlich in der nächsten Staffel.«

»Die nächste was?«, fragte Fabian.

»Die nächste Staffel«, antwortete Leon.

»Ihr glaubt doch nicht, dass es hiervon noch eine weitere Staffel geben wird?«, fragte Stefan ungläubig.

»Zumindest unsere Moderationskarten sagen das«, sagte Mira. »Aber kommen wir zurück zu der ›Speisekammer‹. Aktuell stimmen die Zuschauer noch über die Reihenfolge ab, in der ihr die Speisen und Getränke auswählen könnt.«

»Welche ekelhaften Sachen wird es denn geben?«, fragte Fabian.

»Oh, das wird euch überraschen«, sagte Leon. »Es gibt für jeden einen leckeren Salat, eine Portion Fisch und einen leckeren Cocktail.«

»Welchen Fisch?«, fragte Sarah.

»Es ist Kugelfisch«, antwortete Mira.

»Kugelfisch«, wiederholte Fabian. »Ihr habt aber jemanden, der weiß, wie man ihn zubereitet?«

»Das, lieber Fabian und liebe Mitkandidaten«, sagte Leon, »macht diese Dschungelherausforderung aus!«

»Aber nicht nur das«, übernahm Mira. »Ihr habt euch sicherlich gefragt, wozu diese Glaskammern dienen.«

Sie deutete auf die mittlere.

»Die neue Sendungsleitung hat sich wohl Gedanken gemacht, dass ihr euch mit dem Essen Zeit lassen könntet«, erklärte Leon. »Sie haben sich überlegt, wie man das etwas beschleunigen könnte.«

»Einmal solltet ihr wissen«, fuhr Mira fort, »dass nur ein Gericht nicht fachmännisch zubereitet wurde. Zwei von euch werden also nicht ausscheiden.«

»Es sei denn, ihr esst eure Portion nicht auf«, erklärte Leon. »Dann wird der Tank so lange geflutet, bis ihr komplett unter Wasser seid.«

»Ihr seid perfide und perverse Schweine!«, schimpfte Stefan.

»Dabei hast du noch gar nicht alles gehört«, sagte Leon. »Ihr werdet nicht allein im Wasser sein, sondern werdet noch Gäste haben.«

»Zum Kugelfisch gibt es noch lebenden Zitteraal«, sagte Mira.

Ein Wächter brachte einen Servierwagen ins Bild, auf dem drei Edelstahlspeiseglocken zu sehen waren. Daneben je ein Cocktailglas mit buntem Inhalt.

»Falls ihr euch fragt«, sagte Leon. »Der blaue Cocktail ist ein ›Blue Lagoon‹, der rosafarbene ist ein ›Sex on the Beach‹ und der mit dem gelbroten Farbverlauf ist ein ›Tequila Sunrise‹.«

»Wie ich höre, sind jetzt die Leitungen geschlossen worden und wir verkünden nun, wer sich als Erstes eine Portion Kugelfisch und den Cocktail aussuchen darf«, sagte Mira. »Sarah! Nimm dir bitte einen Teller und ein Glas und setze dich in die mittlere Zelle!«

Langsam schritt Sarah zum Servierwagen, deutete auf den Blue Lagoon und dann auf den mittleren Teller. Dann ging sie zur mittleren Glaskabine, stellte Teller und Glas auf die Ablage und setzte sich hin. Hinter ihr verschloss einer der Wächter die Kabine und es zischte kurz. Angstvoll sah sie sich in der Zelle um.

»Fabian, du bist als Nächstes dran«, sagte Leon und sah dann zu, wie sich der Teller und den Tequila Sunrise nahm und in die rechte Zelle ging.

Ohne auf die Aufforderung zu warten, nahm Stefan sich den letzten Teller und den verbliebenen Cocktail und setzte sich in die linke Kabine. Nachdem diese auch geschlossen wurde, gab Leon das Startsignal.

»Ihr dürft ab jetzt essen«, erklärte er. »Und ihr habt fünf Minuten Zeit, bis die Zelle komplett geflutet ist.«

Alle drei nippten vorsichtig an ihrem Cocktail. Fabian nahm das Besteck und betastete damit die Fischstücke auf seinem Teller. Sarah gönnte sich ein paar Bissen vom Salat, kaute aber lustlos darauf herum. Stefan zögerte nicht lange, schob sich eine Scheibe des Fischs nach der anderen in den Mund, kaute hektisch und schluckte ihn hinunter.

Erst als das Wasser aus den Bodengittern drang, fingen auch Fabian und Sarah mit dem Fisch an, gingen dabei aber wesentlich zögerlicher vor als Stefan. Der saß noch nicht knietief im Wasser, als er den Teller und den offenen Mund präsentierte.

»Wir hätten nicht gedacht, dass jemand den Fisch so schnell verputzen würde«, kommentierte Leon. »Damit können wir die Wasserzufuhr in deiner Kabine stoppen und werden auch gleich die Tür öffnen.«

Stefan grinste, setzte den Cocktail an und trank ihn mit mehreren Schlucken aus. Der Wächter hinter seiner Zelle öffnete die Tür, das Wasser floss heraus und Stefan verließ, sich den Bauch streichelnd, die Kabine.

Ängstlich beobachtete Fabian seinen Mitkandidaten und würgte jedes Stück des Fisches einzeln herunter. Er zuckte kurz zusammen und schaute zum Gitterboden, wo sich ein Zitteraal durch seine Beine schlängelte.

»Wir sollten euch erklären, dass die Zitteraale in eurem Aquarium euch nicht töten können«, erklärte Mira. »Normalerweise sollten sie euch noch nicht mal betäuben können, sondern euch nur daran erinnern, dass eure Zeit abläuft.«

»Hat dir der Fisch geschmeckt?«, fragte Leon Stefan.

»Nach der tagelangen Diät war das sehr lecker«, antwortete er. »Und der Cocktail war toll.«

Sarah schob sich die restlichen Stücke Kugelfisch in den Mund, kaute schnell und nutzte den Cocktail, um alles herunterzuspülen. Demonstrativ öffnete sie den leeren Mund und umgehend hörte die Wasserzufuhr in ihrer Kabine auf. Die Tür wurde geöffnet und einem der Wächter gelang es mit der behandschuhten Hand, den Zitteraal aus ihrer Zelle zu retten und in einen bereitstehenden Eimer zu legen.

Als das Wasser die Sitzfläche erreichte, stand Fabian auf, nahm den Teller in die Hand und fing an sich den restlichen Fisch in den Mund zu schieben. Auch er ignorierte den restlichen Salat, zuckte wieder kurz und nahm den Cocktail, um den Fisch herunterzuspülen.

»Unter normalen Umständen hätte das aber für keine ganze Show gereicht«, kommentierte Stefan. »Wir sind ja schneller durch, als man bis zehn zählen kann.«

»Das kommt darauf an, wie schnell jemand zählen kann«, sagte Mira. »Und du musst bedenken, dass dies ja eine Ersatzprüfung gewesen ist.

Auch Fabian präsentierte den leeren Mund, kippte den letzten Rest des Cocktails hinterher und wurde kurz darauf befreit.

»Scheinbar geht euer Plan nicht auf«, freute sich Stefan. »Wir sind alle mit dem Fisch fertig und stehen noch!«

Die Kandidaten standen nun auf der einen, das Moderatorenduo auf der anderen Seite. Im Hintergrund rettete einer der Wächter noch den Zitteraal aus Fabians Kabine.

»So gerne ich dir da Entwarnung geben würde«, schüttelte Mira den Kopf, »Die Wirkung des Tetrodotoxin tritt nicht sofort ein. Die Symptome können unterschiedlich sein.«

Leon betätigte: »Wir werden wohl noch kurz warten …«

»Kribbelt es bei euch im Mund?«, fragte Fabian. »Das kommt bestimmt vom Cocktail!«

Mira und Leon schauten sich betroffen an. Plötzlich verzerrte sich Fabians Gesicht vor Schmerz und er griff sich an den Bauch.

»Helft mir«, flehte er und ging auf die Knie. Die weiteren Worte wurden durch sein Würgen verschluckt, sein Gesicht lief rot an.

DIE NEUNTE SENDUNG: DER ABSTIEG IN DIE DUNKELHEIT

Kommentar:

Die Brücke mit den Schlüsseln! Mega Teamaufgabe, gerade wo es jeder gegen jeden gilt #ZKP

Kommentar:

Ekelhaft! Gut, dass die Kameras nicht draufgehalten haben #NoZKP

Kommentar:

Dank Livefeed bekam man bei #ZKP alles mit. Erst kotzt Fabian, dann folgte die Atemnot. Respekt so viel Schauspieltalent hätte man ihm nicht zugetraut!

Kommentar:

@SparkleSarah wird das rocken! #TeamSarah

Kommentar:

#DasSechsteAbschalten! Für immer!

Kommentar:

#NoZKP Unterschreibt die Petition!

144
Max Bauers Büro, Senderzentrale Köln

»Auf dem Livestream passiert nichts mehr«, schimpfte Max. »Das müssen wir in der nächsten Staffel ändern. Sonst schaut sich das niemand mehr an.«

Er hatte die Nacht erneut im Büro verbracht, kam aus dem Badezimmer und knöpfte sich das akkurat gebügelte Hemd zu. Irina saß auf dem Stuhl vor seinem Schreibtisch und ging auf ihrem Notebook den Posteingang von Max durch.

»Warum fährst du nicht Nachts nach Hause? Hier kannst du auch nicht mehr ausrichten«, fragte sie.

»Meine Crew in Smaragdküste kann auch nicht nach Hause fahren«, antwortete er. »Und daheim wartet sowieso niemand auf mich. Hier bist zumindest du da.«

Er lächelte sie an, sie ging darüber hinweg.

»Die Reality-TV Expertin hat für die Finalshow zugesagt«, berichtete sie. »Willst du nochmal den Ablauf der ganzen Show durchgehen?«

Max stand am Fenster und schaute auf die Straße herunter.

»Vielleicht könnten wir noch einen der Sendungsgegner einladen?«, grinste er. »Da würden dann die Fetzen richtig fliegen.«

Irina setzte zu einer Antwort an, wurde aber von Max unterbrochen.

»Ich hab's!«, freute er sich. »Wir spielen denen ein paar Karten für die Show zu. Die Security bekommt die Anweisung, nicht zu genau hinzuschauen und wenn die dann während der Show laut werden, greifen wir uns jemanden heraus und nehmen ihn mit in die Gesprächsrunde. Damit zeige ich Format wie damals Frank Elstner bei der ›Wetten Dass‹ Sendung und habe Zündstoff!«

»Wie ich sehe, hast du meinen Rat befolgt und Freunde und Familie der Kandidaten ausgeladen«, stellte Irina fest.

»Je nachdem, wer da gekommen wäre, wäre es vollkommen unberechenbar«, bestätigte Max. »Es fiel mir nicht schwer, deinem weisen Rat zu folgen.«

»Du kannst aber nicht ausschließen, dass sonst jemand im Publikum eine Szene macht.«

»Das kann bestenfalls die Security erledigen«, sagte Max.

»Und was ist mit ›Format wie Elstner‹ zeigen?«

»Das sehen wir dann. Kam denn noch was Neues aus der Finanzabteilung? Oder vom Büro in Smaragdküste?«

»Erstere fluchen über die Unordnung in den Dateien. In Afrika gibt man sich Mühe, überhaupt irgendwelche Teilelisten zusammenzustellen.«

»Das wurde doch alles irgendwann dorthin geflogen?«, wunderte sich Max.

»Ja«, bestätigte Irina. »In riesigen Seecontainern und die Listen gibt es auch. Nur wie das Material dann verteilt wurde, steht in den Sternen. Dazu kommt noch das Material, dass vor Ort gekauft wurde oder über Dritte dorthin geliefert wurde.«

»Das muss sich ändern«, beschloss Max. »Wer weiß, wieviel Geld wir auf diesem Weg verlieren.«

»Indem wir Abkürzungen nehmen und nicht überall genau hinschauen, was passiert?«, fragte Irina. »Manchmal muss schnell entschieden werden, ansonsten kostet es Geld. Irgendwo werden wir immer welches verlieren.«

»Solange es nur Geld ist, soll es mir recht sein«, sagte Max. »Ich mache mir langsam Gedanken um morgen.«

»Ob sie die Crew freilassen werden?«

»Ich bin gespannt, ob Sarah oder Stefan überleben, was die Geiselnehmer mit Mira und Leon machen und ob sie die restliche Crew gehen lassen werden. Ja.«

145
Livestream mit den Promis

Das Prasseln von Regen übertönte nahezu alle Geräusche und man sah die Perspektive der Brustkamera von SurvivalStefan. Keine zwei Meter vor ihm arbeitete sich SparkleSarah durch den matschigen Boden, während sich auf der rechten Seite des Pfads ein kleiner, aber reißender Bach gebildet hatte.

»Ein Sturzregen!«, rief Stefan, dessen Stimme nur gedämpft zu hören war. »Als ob wir nicht schon genug andere Probleme haben!«

Sarah reagierte nicht, vermutlich, weil sie ihn gar nicht gehört hatte. Stefan hielt sich an Stämmen an der Seite fest, um sich vorzuziehen, genau wie Sarah vor ihm. Durch den Regen lag ihre Kleidung eng an, die strubbeligen Haare hingen nass herunter. Meter um Meter kletterten sie weiter, bis sie eine kleine Anhöhe erreichten, an der Sarah darauf wartete, dass er sie einholte.

»Nach dir«, rief sie ihm zu.

»Ich bin Gentleman und lasse der Dame gerne den Vortritt«, sagte er und inspizierte den Weg vor sich.

Unter normalen Umständen wäre er kein Problem gewesen, aber durch den Matsch und das abfließende Wasser war ein Abstieg unberechenbar.«

»Nein, geh du mal vor, ich lasse mich lieber auf dich fallen«, sagte sie. »So gehört sich das auch für einen Gentleman: Hinter der Dame die Treppe rauf, vor ihr die Treppe herunter, damit er sie auffangen kann.«

»Und wenn er hinter ihr ist, kann er ihr unter den Rock spähen.«

»Sollte der Rock so kurz sein, kann die Dame dem Herren immer noch den Vortritt lassen«, erklärte Sarah genervt. »Jetzt geh weiter.«

»Vielleicht sollten wir warten, bis sich der Regen etwas legt«, schlug Stefan vor.

»Go on«, hörte er die Stimme eines Wächters hinter sich. »Don't stop!«

»Ist ja gut«, sagte Stefan genervt und begann mit dem Abstieg.

Er hatte gerade einen Stamm losgelassen, um nach dem nächsten zu greifen, als seine Kamera plötzlich herumgeschleudert wurde. Der Schnitt auf Sarahs Kamera zeigte nur noch, wie er zwei Meter durch den Schlamm rutschte, bevor er sich an einer Wurzel festhalten konnte.

»Galant geht anders«, lachte Sarah und folgte ihm, ohne hinzufallen.

»Lach du nur«, gab er zurück. »Wer zuletzt lacht, lacht am besten!«

Er stand wieder auf und tastete sich Stamm für Stamm voran, was immer noch nicht galant aussah, ihn dafür aber erfolgreich, ohne zu fallen, weiterbrachte. Sarah kopierte seinen Stil, bis sie an eine kurze ebene Stelle kamen.

»Ich komme mir ein wenig wie beim Skifahren vor«, kommentierte Stefan und deutete vor sich. »Hier geht es richtig steil herunter.«

»Go on!«, befahl der Wächter. »Don't fall asleep!«

»Fuck you«, schimpfte Stefan und erhielt dafür einen Schlag mit dem Gewehrkolben in seinen Rücken.

»No! Fuck you!«, bellte der Wächter. »And now go!«

»Wir sollten rückwärts gehen und uns an Wurzeln und Lianen festhalten«, schlug Sarah vor.

»Guter Plan«, stimmte Stefan zu, drehte sich um und fing an hinabzuklettern. Seine Kamera zeigte nur noch den matschigen Boden vor ihn, durch den unzählige kleine Rinnsale flossen.

»Scheiße!«, hörte er Sarah brüllen und versuchte, sich etwas aufzurichten, wurde aber in dem Moment von der rutschenden Sarah umgerissen und schlitterte mit ihr den Abhang hinunter. Er selbst war auch auf die Seite gefallen und drehte sich auf den Rücken. Die Baumstämme und -wipfel schnellten vorbei. Immer wieder blieb er kurz hängen, wurde dann aber wieder weitergerissen.

Sarahs Kamera zeigte ein ähnliches Bild, sie blieb aber mit einem Stöhnen an einem der Bäume hängen. Eine Weile lag sie und der Regen prasselte auf sie nieder. Dann richtete sie sich auf und suchte nach Stefan, der einige Meter weiter mit einem lauten Schrei seitlich in eine große Wurzel knallte. Sarahs Kamera hob und senkte sich schnell mit ihrem Atem und es dauerte eine Weile, bis sie sprechen konnte.

»Geht es dir gut?«, rief sie und setzte langsam den Abstieg fort.

Stefan setzte sich langsam hin, zuckte und sich die Seite hielt.

»… Rippe gebrochen«, kam bei ihr an.

»Wie geht es dir?«, fragte sie erneut, als sie neben ihm angekommen war.

»Ich glaube ich habe mir die Rippe gebrochen«, sagte er. »Oder zumindest angeknackst.«

Er hustete und sofort verzerrte sich sein Gesicht vor Schmerz.

»Ich würde dich ja gerne direkt zum Arzt bringen«, sagte Sarah. »Aber leider steht uns keiner zur Verfügung.«

»Solange ich mich nicht bewege und nicht huste, geht es«, erklärte er.

»Aus eigener Erfahrung weiß ich, dass Lachen auch nicht gut ist«, ergänzte sie. »Und Niesen! Das solltest du ganz sein lassen.«

»Das wird dir bei der letzten gemeinsamen Prüfung einen klaren Vorteil geben.«

»Wir müssen erstmal bis dahin kommen«, sagte sie. »Und wir haben noch etwas Abstieg vor uns. Wer weiß, wie der Weg noch weitergehen wird.«

»Aber zumindest scheint der Regen schwächer zu werden«, sagte Stefan und schaute in die Baumwipfel.

146
Provisorischer Krisenstabsraum, Sendezentrale Köln

»Wir haben einen Kontakt zu ›Freiheit für NKOSI‹«, freute sich Thomas. »Das haben wir den Chinesen zu verdanken.«

»Woher wissen wir, ob der echt ist?«, fragte Max.

»Er hat den Chinesen Infos über die Lage des Containerdorfes gegeben, die zutreffend waren«, erklärte Schreiber. »Und um der nächsten Rückfrage vorzugreifen: Das mag nicht brandaktuell sein, da wir aber die Daten nicht herausgegeben haben und bisher noch nicht mal die Presse dort aufgetaucht ist, können wir davon ausgehen, dass die Info bisher nicht über die GSG9 und die beteiligten Einheiten der Armee der Smaragdküste hinausgingen.«

»Aber mit den alten Koordinaten können wir heute nichts mehr anfangen«, sagte Max.

»Das nicht, aber die Chinesen kennen die Gruppierung wohl recht gut«, sagte Thomas.

»Was wohl bedeutet, dass sie die mitfinanzieren«, ergänzte Winter.

»Ja«, bestätigte Thomas. »Das wird so sein. Allerdings ist es keine einheitliche Bewegung und die meisten lokalen Kommandanten machen ihr eigenes Ding.«

»Reicht es dann herauszufinden, wer dieser Kommandant ist? Ist das vielleicht unser Oberwächter?«, fragte Max.

»Die Wahrscheinlichkeit ist hoch«, sagte Thomas. »Und mit einem Namen können wir vielleicht weitere Quellen nutzen, um Kontakt mit ihm aufzunehmen.«

»Das muss doch aber ein ziemlich dicker Fisch sein«, vermutete Max. »Der hat finanzielle Mittel wie ein kleiner Staat.«

»So viel muss das gar nicht mehr sein«, reagierte Schreiber. »Wenn wir davon ausgehen, dass er ihre finanziellen Mittel während des Projektaufbaus angezapft hat, dann hält es sich in Grenzen.«

»Was weniger passt, sind die Forderungen«, kommentierte Winter. »Oder eher, dass die Forderungen nicht öffentlich gemacht wurden. Normalerweise ist genau das eines der wichtigsten Anliegen. Man erzeugt so Angst und Aufmerksamkeit für die eigene Sache.«

»Ohne die Aufmerksamkeit macht es wenig Sinn«, bestätigte Thomas. »Klar, du sollst deinen Einfluss geltend machen und die Destabilisierung der aktuellen Regierung von Smaragdküste spielt den Chinesen in die Karten. Aber man hätte dich auch anderes unter Druck setzen oder zumindest die Öffentlichkeit mehr nutzen können.«

»Das lässt sich nicht verallgemeinern«, meldete sich Winter. »Beim 11. September waren zwar die Täter auch schnell identifiziert, es hat aber Wochen gedauert, bis Bin Laden sich geäußert hatte.«

»Trotzdem ist das extrem viel Aufwand für ein wenig Aufmerksamkeit und die Forderungen sind überschaubar«, sagte Schreiber.

»Zumindest im deutschsprachigen Raum wird es ein lautes Echo erzeugen«, sagte Thomas. »Und die Show hat es schon international in die Medien geschafft. Wenn wir bedenken, dass wir von einer Sendung auf einem Spartensender sprechen, ist das weit mehr Aufmerksamkeit, als sie für die Sprengung irgendwelcher Infrastruktur in Smaragdküste erhalten würden.«

147
Livestream mit den Promis

Der Regensturz hatte fast genauso schnell aufgehört, wie er angefangen hatte und nun drückten Hitze und Luftfeuchtigkeit. Die Kameradrohnen konnten wieder fliegen und folgten Sarah und Stefan den Pfad entlang. Der Survival-Experte lief in einer schrägen Schonhaltung. Bei beiden waren Haare, Kleidung und Haut voller trocken werdendem Schlamm und immer wieder blieb Sarah kurz stehen, um sich von einem weiteren Stück zu befreien.

»Ohne richtige Dusche bekomme ich das nicht aus den Haaren heraus«, sagte sie. »Ich hätte mir vor dem Dschungelcamp auch eine Kurzhaarfrisur machen lassen sollen.«

Stefan strich sich demonstrativ über den Kopf.

»Ja«, bestätigte er. »Das ist in vielen Situationen viel praktischer. Aua!«

Sie betrachtete ihn mit einem Anflug von Mitleid.

»Nicht mal einen Verband könnten wir dir machen.«

»Es wird schon gehen«, wiegelte Stefan ab. »Mein Vater hat immer gesagt, dass ein Indianer keinen Schmerz kennt.«

»Doofer Spruch«, kommentierte Sarah.

Der Wald vor ihnen wurde heller und sie erreichten eine kleine Lichtung, in deren Mitte eine kleine Wellblechhütte stand.

»Da rein«, deutete einer der Wächter. Nachdem sie drin waren, wurde der Eingang mit einem türgroßen Wellblech zugestellt.

Neugierig schauten sich beide um. Das Tageslicht drang durch die vielen Ritzen und zwei Kameras blinkten mit einer roten LED aus den gegenüberliegenden Ecken auf sie herab. Der Boden war aus Lehm und zwei kleine Wasserflaschen standen in einer Ecke.

»Und nun?«, fragte Sarah. »Ich würde mir gerne den Schlamm abwaschen!«

Eine Reaktion blieb aus. Umständlich setzte sich Stefan auf den Boden und versuchte sich mit geradem Rücken an die Wand zu lehnen.

»Ich hätte vor der Show nicht gedacht, dass du so lange durchhalten wirst«, gestand Stefan. »Für mich warst du nur so ein typisches Influencer-Girl mit Mode- und Schminksachen.«

»Man sollte den Gegner nie unterschätzen«, sagte Sarah und setzte sich ebenfalls hin. »Und eigentlich sollte dir doch klar sein, dass da mehr dahintersteckt. Du bist ja auch nicht nur ein Survival-Typ. Oder gehst du ausschließlich in der Wildnis campen?«

»Zumindest bin ich nicht der Typ für einen All-Inclusive Urlaub.«

»Ich habe den Luxus, beides machen zu können«, sagte Sarah. »Nur bleibt meine SparkleSarah-Kamera aus, wenn ich zelten bin.«

»Aber du lieferst ständig Content. Wann bleibt dir da Zeit für etwas anderes?«

»Striktes Zeitmanagement. An einem guten Tag schaffe ich es, Content für zwei oder gar drei Tage zu generieren. An den anderen Tagen bin ich dann am Netzwerken, Aufträge einholen und die Büroarbeit erledigen. Und du?«

»Ich investiere nicht ganz so viel Zeit in Mode und Schminken«, lachte er.

»Ich habe mir deine Videos angeschaut«, sagte Sarah. »Du führst schon einiges an Klamotten und Equipment vor.«

»Ja, Aber das meiste mache ich draußen und da hatte ich schon Sachen dabei, die ohne Vorbereitung nicht funktioniert haben. Daraus kann man witzigen Content machen.«

»Was glaubst du, wie sich unsere Followerzahlen verändert haben?«, fragte Sarah. »Beim Dschungelcamp gab es einige, die durch die Decke gingen.«

»Es wären ja nicht nur die Followerzahlen«, sagte SurvivalStefan. »Es würde auch die Tür zu anderen Engagements öffnen.«

Dann sah er sich in ihrem vorläufigen Gefängnis um.

»Nur für uns leider nicht.«

»Was für Pläne hattest du für dein Leben?«, fragte Sarah.

»Pläne?«, zögerte er. »Das übliche. Ruhm, Reichtum, Macht.«

Er lachte laut los, bereute es aber sofort.

»Gebrochene Rippen und Lachen«, tadelte Sarah. »Keine gute Kombination und außerdem die gerechte Strafe dafür, das sdu mich veräppeln wolltest.«

»Geschieht mir wohl recht.« Er hielt sich den Brustkorb. »Nein. Natürlich hätte ich nichts gegen Ruhm und Reichtum. Aber eigentlich hätte ich gerne Familie.«

»Gab es denn schon eine Frau zu diesen Plänen?«

»Ist das ein Bewerbungsgespräch?«, fragte er grinsend.

»Nein. Reine Neugierde. Und Kinder?«

»Am besten zwei. Ein gemischtes Doppel. Und du?«

»Gerne vier oder fünf Kinder und natürlich den passenden Vater dazu.«

»Stattdessen sitzen wir nun hier und warten auf unser Schicksal.«

Tränen liefen seine Wange herunter.

148
Max Bauers Büro,
Senderzentrale Köln

Wieder saß der schmierige Anwalt in Max' Büro und breitete sich auf seinem Sofa aus, als ob es sein Eigenes wäre. Wenn das alles vorbei war, würde er sich auf die Suche nach einem anderen Juristen machen. Oder besser noch: nach einer Juristin.

»Wir haben die Redaktion von ›Die Investigatoren‹ mit mehreren Widerrufsklagen beschenkt«, erklärte Huber. »Und dann haben wir die Herausgabe der Beweismittel beantragt. Wir sind aber auch darauf eingestellt, diese gegebenenfalls auch einzuklagen. Das bringt uns den Vorteil, dass wir nur auf das reagieren müssen, was uns vorgeworfen wird. Ich muss gar nicht wissen, was wirklich alles passiert ist. Ihr wisst ja: Mein Name ist Hase, ich weiß von nichts!«

»Dass der Vorwurf im Raum steht, können wir ja nicht mehr verhindern«, sagte Max. »Also dass ich hinter der Geiselnahme stecken soll. Ich würde da morgen während der Sendung gerne ein Dementi verlesen.«

»Das kann ich dir vorbereiten«, bot der Anwalt an.

»Dafür bezahle ich dich«, reagierte Max. »Was ist mit den Eilanträgen, um die Ausstrahlung der Sendungen zu verhindern?«

»Da laufen die Verfahren noch, aber hier kommt uns einmal die völlig überlastete Justiz und auf der anderen Seite das Krisenreaktionszentrum zugute. Ich glaube nicht, dass da bis morgen Abend etwas erreicht wird.«

»Wie schaut es mit Schadensersatz oder Schmerzensgeldansprüchen der Hinterbliebenen aus?«, fragte Max.

»Selbst wenn du die Leute nach Smaragdküste geschickt hast, bist du nicht verantwortlich für die Taten der Geiselnehmer«, erklärte Huber. »Sollte dir aber eine Mitschuld nachgewiesen werden - weil du vielleicht Warnungen ignoriert oder aber die Befreiung verhindert hast - könnte sich das ändern.«

»Vielleicht habe ich die Befreiung erschwert«, meinte Max.

»Ja«, nickte der Anwalt. »Das ist mir nicht entgangen. Wir werden uns darauf vorbereiten. Vielleicht wäre es auch sinnvoll, proaktiv auf die Hinterbliebenen zuzugehen und ihnen ohne Klage etwas anzubieten.«

»Käme das nicht einem Schuldgeständnis gleich?«

»Wir können es als menschliche Geste verkaufen. Ich gehe davon aus, dass die ganze Aktion reichlich Geld in die Kassen des Senders gespült hat. Der Posten sollte noch drinnen sein.«

149
Liveübertragung - Smaragdküste

Die letzten Tage sind nicht spurlos an Mira und Leon vorbeigegangen. Beide wirkten total erschöpft und trugen immer noch die gleiche Kleidung wie beim Wasserfall, nur nicht ganz so verschmutzt wie die von SurvivalStefan und SparkleSarah. Die Gesichter waren eingefallen, sie wirkten übermüdet und erschöpft. Dann schien Leon aufzufallen, dass sie auf Sendung waren.

»Willkommen, liebe Zuschauerinnen und Zuschauer, zur neunten Sendung von …«

»›Zehn kleine Prominente gingen in den Dschungel‹«, setzte Mira mit ein.

»Und heute ist ein besonderer Abend, denn es ist die letzte Show vor dem großen Finale«, sagte Mira.

»Vor neun Tagen betraten zehn kleine Prominente den Dschungel von Smaragdküste um an der härtesteten Dschungelshow Deutschlands teilzunehmen. Heute kämpfen die letzten beiden Promis um den Platz im Finale«, erklärte Leon. »Und wer heute gewinnt kann morgen um den Thron des Dschungelkaisers kämpfen.«

»Doch wer wird sich dieser Bürde würdig erweisen?«, fragte Mira. »Der Survival-Experte Stefan oder das Modepüppchen Sarah? Der Favorit oder die Überraschungskandidatin? Vergesst nicht für euren Favoriten abzustimmen! Die Nummern sind eingeblendet oder wählt einfach über die App!«

»Beide haben bisher alle Dschungelherausforderungen gemeistert«, sagte Leon. »Vom ›Abgrund des Todes‹, durch den ›Sumpf des Verderbens‹, getaucht im ›Giftbecken‹, gejagt im ›Labyrinth der Gefahr‹, geklettert durch ›das Spinnennetz‹, herabgestiegen im ›Wasserfall des Terrors‹, gewandert auf dem ›Trail des Todes‹ und gespeist in der ›Speisekammer‹. Für heute war eigentlich ›Der Abstieg in die Dunkelheit‹ geplant, aber manchmal ändern sich die Pläne. Heute erwartet die letzten beiden Kandidaten …«

»›Das letzte Duell‹«, riefen beide gemeinsam.«

»Und man muss ehrlich gestehen, dass unsere alte und neue Redaktion wirklich kreativ bei der Namensfindung war. Aber hier kommen unsere beiden Gladiatoren! Willkommen SparkleSarah und SurvivalStefan!«, sagte Mira.

Noch verdreckt vom Schlamm, betraten Sarah und Stefan die kleine Lichtung und stellten sich an die Seite des Moderatorenduos.

»Zumindest SurvivalStefan sieht ein wenig nach seinem Künstlernamen aus«, kommentierte Leon. »SparkleSarah allerdings könnte kaum weiter von ihren Modetipps entfernt sein. Oder wird das deine neue Kollektion?«

Sarah musterte Leon.

»Das ist nur eine Schlammpackung«, kommentierte sie. »Ist gut für die Haut. Das solltest du auch mal versuchen.«

»Vielleicht bei einer anderen Gelegenheit«, wich Leon aus. »Aber nun zu eurer letzten gemeinsamen Dschungelherausforderung …«

»›Das letzte Duell‹«, riefen wieder beide.

»Mehr dazu nach einer kurzen Werbepause!«, kündigte Mira an. »Vergesst nicht das Abstimmen!«

150
Liveübertragung - Smaragdküste

»Willkommen zurück, liebe Zuschauer und Zuschauerinnen«, sagte Mira. »Nutzt noch die Chance für euren Prominenten bei …«

»›Zehn kleine Prominente gingen in den Dschungel‹«, stieg Leon mit ein,

»… abzustimmen«, fuhr Mira fort. »Und um zu entscheiden, wer beim ›letzten Duell‹ einen kleinen Vorsprung erhalten wird.«

»Aber sicherlich wollen unsere Zuschauer wissen, worum es beim ›letzten Duell‹ geht«, sagte Leon. »Und SparkleSarah und SurvivalStefan sicherlich auch!«

»Auf einem kleinen Parcours sind zwei Pistolen versteckt, die es zu finden gilt«, erklärte Mira. »Und nun müsst ihr nur noch herausfinden, was es mit diesen Pistolen und dem Duell auf sich hat.«

»Das ist nicht euer Ernst«, stieß Sarah hervor. »Das ist nicht euer Ernst.«

Leon schaute auf seine Moderationskarte.

»Wer den Thron besteigen möchte, muss bereit sein, dafür bis zum Äußersten zu gehen.«

»Ihr wollt uns zu Mördern machen?« Der Schock saß tief. »Ich mache da nicht mit.«

»In dem Fall hat die neue Spielleitung angekündigt, dass beide Kandidaten verlieren werden«, sagte Mira.

»Und wie endet die Dschungelherausforderung?«, fragte Stefan.

»Ist das nicht offensichtlich?«, fragte Leon. »Zwei gehen herein und nur ein Promi kommt wieder heraus.«

»Sarah, so gerne ich dich mag, es ist nichts Persönliches«, verkündete Stefan.

»Harte Worte vom ehemaligen Favoriten, der in der Zuschauergunst abgestürzt ist«, urteilte Mira. »Wir dürfen gespannt sein, ob er in den letzten Stunden noch Sympathien gewinnen konnte.«

»Würdest du es anders machen?«, giftete er zurück. »Wenn es du oder die andere Person sein muss, für wen würdest du dich denn entscheiden?«

»Lasst uns das Spielfeld anschauen«, schlug Leon vor und führte die drei anderen über einen kurzen Pfad zu einer weiteren, größeren Lichtung. Im Boden war eine Arena mit fünfzig Metern Durchmesser eingelassen, zufällig verteilte Säulen und Wände boten Schutz und Versteckmöglichkeiten. Um den Rand waren etliche Wächter mit ihren Waffen im Anschlag zu sehen.

»Irgendwo dort unten sind die beiden Waffen versteckt«, erklärte Leon. »Ihr müsst sie nur finden und dann euren Gegner beseitigen.«

»Wie ihr seht, werdet ihr genau beobachtet. Euer einziges Ziel ist euer Duellgegner«, ergänzte Mira.

»Wie ich gerade mitgeteilt bekommen habe, steht das Ergebnis fest«, sagte Leon. »Und damit beginnt sofort ›Das letzte Duell‹.«

»Mit einer Minute Vorsprung darf SparkleSarah als Erste die Arena betreten«, verkündete Mira. »Aber sei vorsichtig, wo du hintrittst.«

Sarah wurde von einem Wächter zu einer Leiter geführt und stieg hinunter. Unsicher drehte sie sich um. Sie ging zwei Schritte in Richtung der nächsten Mauer und bemerkte, wie die Bodenplatte unter ihr nachgab. Mit einem kurzen Sprung hechtete sie vorwärts und hörte nur, wie die Platte auf dem Grund der Grube zerbrach.

»Duell«, presste sie zwischen den Lippen hervor. »Dass ich nicht lache!«

»Natürlich ist eine Dschungelherausforderung kein einfacher Spaziergang«, kommentierte Leon. »Aber du solltest dich schon ein wenig beeilen, denn sonst ist dein Vorsprung verspielt.«

Sarah umrundete die Mauer und sah eine Nische in der Außenwand. Vorsichtig tastete sie sich zu der Stelle vor und griff zögerlich hinein. Die Schaben ignorierte sie, spürte etwas Kaltes, Metallisches und zog es heraus. Statt einer echten Waffe hielt sie nur eine grobe Attrappe in der Hand, zuckte mit der Schulter und steckte sie hinten in die Hose, so, wie sie es in Filmen gesehen hatte. Sie inspizierte ihre Umgebung nach weiteren Nischen oder anderen Auffälligkeiten, entdeckte aber nichts und ging weiter durch die Arena.

»Außer den echten Waffen sind noch weitere Attrappen in der Arena«, erklärte Mira. »Es soll ja nicht zu einfach für euch sein.«

»Und jetzt ist es auch Zeit für SurvivalStefan!«, rief Leon. »Steig nun in die Arena hinab!«

Stefan ließ sich das nicht zweimal sagen, rutschte die Leiter herunter, kam unsanft auf und fluchte. Dann fing er an, in der entgegengesetzten Richtung wie Sarah zu suchen. Mit einem Fuß tastete er die jeweils nächste Bodenplatte ab, bevor er komplett darauf trat. Dann sah er eine kleine Kiste, schaute, ob Sarah sie bemerkt hatte, und tastete sich darauf zu. Ohne zu zögern, öffnete er sie und stellte fest, dass sie leer war.

»Verdammt«, schimpfte er, suchte aber sofort weiter.

Eine Vertiefung in der Mauer vor ihm erregte seine Aufmerksamkeit und wieder tastete er sich langsam darauf zu. Mit den Fingern fuhr er vorsichtig die Umrandung entlang. Von der Seite hörte er ein metallisches Klacken und duckte sich instinktiv. Direkt über ihm prallte ein Speer von der Mauer ab.

Auf der anderen Seite entdeckte Sarah ebenfalls eine Kiste und kopierte unbewusst den Stil von Stefan: Eine neue Bodenplatte betrat sie nicht mit ihrem ganzen Gewicht, sondern tastete sich erst mit einem Fuß vor. Vorsichtig öffnete sie die Kiste und wich erschrocken zurück. Innen wuselte es Schwarzbraun und bei genauerem Hinschauen sah sie, dass die Kiste voller Spinnen war.

»Wie Mira schon gesagt hat«, rief Leon, »es soll ja nicht zu einfach sein.«

»Vielleicht ist die Waffe auch unter den Spinnen?«, fragte Mira.

Sarah überlegte nicht lange und kippte die Kiste einfach um. Die Schwarzen Witwen und Bananenspinnen rannten wild durcheinander, aber außer ihnen war nichts in der Kiste.

»Sarah!«, hörte sie Stefan rufen und drehte sich zu ihm um.

Genau in dem Moment warf er den Speer nach ihr und bevor sie reagieren konnte, streifte er ihren Oberschenkel.

»Wow«, rief Leon. »SurvivalStefan hat herausgefunden, dass sich einige Fallen auch als Waffen verwenden lassen.«

Sarah hielt sich das Bein, schien aber nur einen Kratzer abbekommen zu haben. Stefan setzte seine Suche fort, vermied es aber, ihr den Rücken zuzudrehen.

»Wie kannst du nur so kalt sein«, rief sie ihm zu. »So skrupellos.«

»Es tut mir leid, Sarah, aber ich habe dir eben schon gesagt, dass das nichts Persönliches ist. Ich will einfach nur überleben. Und schaue dich doch um. Wenn wir nichts machen, werden sie uns beide erschießen. So hat wenigstens einer von uns eine Chance.«

Sarah nahm den Speer, setzte zum Wurf an, zögerte und entschied sich dann dagegen.

»Vermutlich wartet Sarah, bis sie in einer besseren Wurfposition ist«, kommentierte Mira und erntete dafür einen bösen Blick von Sarah. »Ups. Da habe ich wohl den Plan verraten.«

SurvivalStefan wechselte die Taktik und bewegte sich auf Sarah zu, die gerade mit einer weiteren Mauernische beschäftigt war. Er stand direkt hinter ihr, als sie eine der beiden Pistolen aus der Nische zog.

»Danke Kleines«, sagte er und griff nach der Waffe.

Sarah reagierte mit einem Ellenbogencheck in Stefans Brustkorb. Er schrie vor Schmerz auf und ließ ihre Hand los. Die Waffe schlitterte zu Boden und beide folgten ihr mit den Augen. Sarah nutzte die erneute Verwirrung, versetzte Stefan noch einen Stoß und hechtete nach der Waffe. Gerade, als sie sie mit der Fingerspitze erreichte, gab die Bodenplatte unter ihr nach und sie rutschte mit den Beinen in den Schacht. Stefan stolperte an ihr vorbei und hob die Pistole auf.

Mit dem sicheren Gefühl eines Siegers stellte er sich breitbeinig vor Sarah, die ihn entgeistert ansah.

»Es tut mir leid«, sagte er und richtete die Waffe auf Sarahs Kopf. Sie wich seinem Blick nicht aus und wartete.

Stefan zog den Abzug, aber es war nur ein Klacken zu hören.

»Warum …«, stotterte er, kontrollierte die Pistole und richtete sie erneut auf Sarah, die es geschafft hatte, aus dem Schacht zu kommen, und dabei war, aufzustehen.

»Möglicherweise ist nicht jede Kammer des Revolvers geladen«, rief Mira.

Erneut zog Stefan den Abzug und wieder ertönte kein Schuss. Sarah federte sich mit den Füßen ab und rammte mit dem Kopf den Brustkorb von Stefan. Während er Schlag um Schlag von Sarah abbekam, versuchte er sich zurückzuziehen und seinen Brustkorb zu schützen. Die Waffe hatte er bei seinen Abwehrversuchen verloren. Die auf ihn einprügelnde Sarah hinderte ihn daran, in die Offensive zu gehen.

»Lass mich«, bettelte Stefan.

»Es tut mir leid.« Sarah war in Tränen aufgelöst. »Aber das ist nichts Persönliches. Du weißt ja, ich will auch nur überleben!«

»Gut zitiert, SparkleSarah«, kommentierte Leon. »Und was kann bitterer sein, als die eigene Medizin schlucken zu müssen!«

Sarah hörte auf zu schlagen, wartete, bis Stefan vorsichtig die Deckung fallen ließ, versetzte ihm einen festen Schlag auf den Brustkorb und rollte sich dann zur Waffe. Ihr Gegner sammelte alle

Kraftreserven, stand auf und rannte an ihr vorbei zum Speer, der noch neben der Nische lag, in der Sarah die Pistole gefunden hatte. Siegessicher ging er mit erhobener Waffe auf Sarah zu und holte aus. Die hob den Revolver und drückte den Abzug.

Der Rückstoß traf sie unvorbereitet und der laute Knall ließ sie für einen Augenblick taub werden.

DIE ZEHNTE SENDUNG: DAS FINALE

Kommentar:

#ThePurge? #SquidGame? #AliceInBorderland? #ZehnKleineProminente! #ZKP

Kommentar:

Je weniger Kandidaten, desto langweiliger. #ZKP ist vor der letzten Sendung fertig

Kommentar:

Voyeurismus und Sadismus #NoZKP #DasSechsteAbschalten

Kommentar:

@SparkleSarah hat den Sieg verdient #ZKP

Kommentar:

Sperrt Bauer wegen Verbrechen gegen den guten Geschmack ein! #NoZKP

Kommentar:

Was erwartet @SparkleSarah in der letzten #DschungelHerausforderung

Kommentar:

Alles total künstlich. Schlechter schauspielerische Leistung #NoZKP

Kommentar:

Wo kann ich mich für Staffel zwei melden? #ZKP

151
Vor der Senderzentrale Köln

Ein Hauch von Hollywood umgab den Haupteingang der Sendezentrale von Maximilian Bauers Sender ›Das Sechste‹. Ein breiter roter Teppich ging vom Eingang bis zum Bordstein, Absperrungen und Security in schwarzen Anzügen und den obligatorischen In-Ears hielten Fans und die Paparazzi zurück. Grelle Scheinwerfer sorgten für genügend Ausleuchtung, während Limousinen anhielten, mehr oder weniger bekannte Prominente aus ihren Fonds ausspuckten und dann weiterfuhren.

Auf der anderen Seite der Straße hatten sich die Gegner der Show versammelt und machten mit Trillerpfeifen, Trommeln und Megafonen auf sich aufmerksam.

»AB - SCHAL - TEN«, tönte es immer wieder herüber.

Protestplakate wurden in die Höhe gehalten. »Bauer gehört hinter eine Mauer«, »Weg mit dem Dreck!« oder »Max soll selbst in den Dschungel!« waren nur einige davon.

Neben den Protestlern standen uniformierte Einheiten der Polizei, die nervös die größer werdende Menge der Gegner beobachteten.

Max stand mit Irina in der Kantine des Senders, von der aus man den Eingangsbereich und die Gegner beobachten konnte, ohne - dank der teilverspiegelten Fassadenfenster - selbst gesehen zu werden.

»Wenn die wüssten wie sehr mir ihr Protest in die Hände spielt«, sagte Max. »Sie könnten einem fast leid tun. Durch sie bekommen wir noch mehr Aufmerksamkeit und selbst Leute, die sich unsere Show niemals angeschaut hätten, wollen zumindest wissen, worüber alle diskutieren. Und selbst wenn sie nicht hineinschauen, bringt uns jeder ›Ich habe noch nie eine Folge davon gesehen‹-Kommentar wieder mehr Aufmerksamkeit.«

»Spätestens in einer Woche werden die aber das Oberwasser bekommen«, stellte Irina fest. »Denn die große Wiedersehensshow wird nicht stattfinden. Und die vielen Opfer wird man nicht länger verheimlichen können.«

»Das wird nicht viel verändern. Die einen werden es weiterhin für einen Teil des Showkonzepts halten und vermuten, dass die Promis noch ein paar Wochen im Luxusressort in Smaragdküste verbringen werden. Die anderen werden mit ihrem ›Wir haben es schon immer gesagt‹ offene Türen einrennen und so an Schwung verlieren. Die Empörung läuft schon, seit dieser schmierige Meyer abgestürzt ist und die Öffentlichkeit wird sich neuen Themen zuwenden.«

»Das könnte das Ende deines Senders sein«, vermutete Irina. »Sie werden versuchen, dir die Lizenz zu entziehen.«

»Unsere Juristen sind definitiv besser motiviert als die bei den Behörden«, sagte Max. »Und für einen Ersatz der Wiedersehensshow habe ich auch schon etwas vorbereitet.«

»Wirst du mir verraten was?«, fragte Irina. »Oder willst du mich auch damit überraschen.«

»Wir machen einen emotionalen Nachruf«, erklärte Max. »Wir holen Terrorismusexperten dazu, irgendwelche Psychologen, die etwas von Stockholm-Syndrom erzählen sollen. Irgendjemand, der erklären kann, wieso es in Smaragdküste einerseits Rebellengruppen gibt und andererseits, warum diese so brutal sind. Wir richten zusätzlich ein Spendenkonto ein, über das Geld für die Hinterbliebenen der Crew und Promis und für die psychologische Betreuung der Überlebenden gesammelt werden soll.«

»Du machst dir wirklich jede Entwicklung zunutze.«

»Das ist meine Aufgabe als Chef«, erklärte Max. »Es hilft doch nichts, die Wiedersehenssendung ausfallen zu lassen und an der Stelle die fünfzigste Wiederholung irgendeines Filmes laufen zu lassen, während sich die anderen Sender auf die Geiselnahme stürzen. Wir haben die ganzen Aufnahmen. Auch die der Söldner. Es ist unseren Leuten passiert. Warum sollen wir die Quote den anderen überlassen?«

152
Studio Eins in der Senderzentrale Köln

Die sechshundert Plätze des Studio Eins waren komplett ausverkauft und Max ärgerte, nicht dem ursprünglichen Plan nachgegangen zu sein, bei dem das Studio etwas über eintausend Plätze gehabt hätte. Der Publikumsanimateur war bereits dabei, die Zuschauer in Stimmung zu bringen und ihnen zu erklären, wann sie applaudieren, lachen, aufstehen oder in Begeisterung ausbrechen sollten. Als Max die ersten Schritte im TV-Geschäft gemacht hatte, war er zunächst darüber schockiert, wie einfach sich erwachsene Menschen manipulieren lassen. Mittlerweile fand er daran Gefallen.

Während die letzten Zuschauer ihre Plätze einnahmen, wuselten Kameraleute, Tontechniker, Stagehands und andere Crewmitglieder über, vor und neben der Bühne. Seinen ursprünglichen Plan, das Studio als riesiges Baumhaus zu dekorieren, wurde ihm von Irina ausgeredet und im Nachhinein war er dankbar dafür, denn das wäre vermutlich doch zu nah an der anderen Sendung.

Stattdessen hatte man ein Dschungelexpeditionscamp aufgebaut, wie man es aus in den alten Tarzanfilmen erwartet hätte. Um ein Lagerfeuer herum standen mehrere Safariklappstühle, die sich im Laufe der Sendung mit Gästen füllen würden.

Katrin kam ins Studio, sah Max und kam direkt auf ihn zu.

»Endlich hat die Show ein Ende«, sagte sie.

»Sie hat den Sender einen gewaltigen Schritt nach vorne gebracht«, reagierte Max. »Ich dachte, du wärst im Regieraum?«

»Da werde ich gleich hingehen.«

»Siehst du die Leute auf der Tribüne über dem zweiten Eingang?«

Sie nickte.

»Das sind Gegner der Sendung. Die haben auch Transparente und Banner hereingeschmuggelt«, erklärte Max. »Zumindest glauben sie, dass sie das haben. Ich weiß noch nicht, wann sie aktiv werden. Ich möchte, dass du sie immer wieder zeigst. Also auch schon bevor sie ihren Protest beginnen. Und sobald sie angefangen haben, brauchen wir ein oder zwei Mikros und zusätzliche Klappstühle.«

»Verstanden. Amira ist darüber informiert?«

»Ja. Ich hatte sie vorhin in der Garderobe entsprechend instruiert«, sagte Max.

»Noch fünf Minuten bis zum Start«, jubelte der Animateur. »Und somit meine letzte Chance, noch ein paar T-Shirts zu verschenken, die Sie auch am Stand im Foyer kaufen können. Lasst uns nochmal hören, wie laut ihr sein könnt!«

Das Publikum applaudierte und jubelte, selbst die Sendungsgegner stimmten mit ein. Der sportliche Animateur ging von einem zum anderen Ende der Zuschauertribünen und forderte, mit den Armen wirbelnd, weitere Applauswellen. Ein Assistent ging neben ihm her und trug einen Stapel T-Shirts, bei dem sich der Animateur immer wieder bediente, um sie zusammenzurollen und dann ins Publikum zu werfen. Während manche T-Shirts souverän von einer Person gefangen wurden, entstand um andere ein Handgemenge.

»Nicht so wild«, lachte der Animateur. »Wo die herkommen, gibt es noch mehr.«

Er warf ein weiteres Shirt an die gleiche Stelle und der Streit beruhigte sich.

»Ihr seid das beste Publikum«, lobte der Animateur überschwänglich. »Und nun bitte einen warmen Applaus für die Moderatorin der finalen Show, der einzig wahren Dschungelshow im deutschen Fernstehen. Hier ist Amira el-Hassan!«

Der ohnehin schon laute Applaus wurde noch frenetischer, als die dunkelhaarige Mitdreißigerin das Studio betrat. Sie trug eine saubere Variante des Outdooroutfits der Promis, allerdings waren die Shorts gegen einen Rock ausgetauscht.

»Hallo und vielen Dank«, grüßte Amira. »Heben Sie sich bitte noch etwas Applaus für die Sendung auf!«

Sie erntete einige Lacher für den Kommentar, winkte dem Publikum zu, nickte zum Animateur und kam dann zu Max.

»Alles klar?«, fragte er.

»Ja«, antwortete sie. »Allerdings brauchte ich eine Weile, um den Wechsel im Showkonzept zu verarbeiten. Es ist ja doch etwas anderes, einfach nur über das Ausscheiden der Kandidaten zu moderieren, als über die gestellte Entführung und die Sache mit dem Todesausgang. Kannst du mir zumindest sagen, ob Sarah den Thron besteigen wird?«

»Du willst, das ich spoilere?«, amüsierte sich Max. »Selbst wenn ich es dir sagen könnte, würde ich es nicht tun. Wir wissen nicht, wie die Dschungelherausforderungen ausgehen.«

»Aber ihr müsst doch die Aufnahmen irgendwie vorbereitet haben?«

»KI ist da ziemlich schnell«, erklärte Max. »Wichtig ist, dass auch deine Reaktion authentisch ist.«

»Es ist auf alle Fälle ziemlich schräg und ich weiß nicht, ob ich zugesagt hätte, wenn ich gewusst hätte, wie hart die Sendung sein würde«, sagte Amira.

»Selbst in deinem Boulevardmagazin hast du schon über krassere Sachen berichtet«, erinnerte sie Max. »Denk einfach daran, dass das alles hier nur eine Show ist!«

»Ich muss nochmal kurz weg«, sagte sie.

»Viel Erfolg«, wünschte Max und beobachtete, wie die Moderatorin hinter der Kulisse verschwand.

»Willst du nicht auch noch zur Maske?«, fragte Irina und er zuckte kurz zusammen.

»Wo kommst du denn auf einmal her?«

»Du weißt doch, ich bin wie dein Schutzengel und fast immer an deiner Seite.«

»Nein. Ich bin bereit«, sagte er, »kann es kaum erwarten.«

»Als Gast im eigenen Sendungsformat aufzutreten«, fing Irina an, »das ist schon ein wenig narzisstisch.«

»Du darfst nicht vergessen, dass ich das Gesicht des Senders und der Unternehmensgruppe bin«, sagte er.

Irina lächelte.

»Sag ich doch! Es geht gleich los.«

Max griff in seine Hosentasche und zauberte Smartphone und Schlüsselbund hervor.

»Pass darauf auf, ich möchte damit nicht vor die Kamera treten.«

153
Regieraum Köln

Auf dem großen Monitor lief der Vorspann der Sendung und Nina Bergers Stimme erfüllte den Raum. Das Lied hielt sich an der Spitze der Download- und Streaming-Plattformen und auch die CD-Single war an der Spitze der Charts. Der Vorspann hatte sich bis auf die Trauerflore bei den verstorbenen Kandidaten nicht geändert.

Katrin saß auf ihrem Bürostuhl und behielt die vielen Kameraansichten im Blick. In der Reihe hinter ihr saßen Thomas, Frau Schreiber und Herr Winter.

»Und nun auf die Kamera zwei«, sagte sie. Der große Monitor zeigte, wie Amira das Studio betrat und dem Publikum zuwinkte.

»Willkommen, liebes Publikum, zur großen Finalshow von ›Zehn kleine Prominente gingen in den Dschungel‹. Es freut mich, dass

Sie zuschauen! Und haben wir nicht ein tolles Publikum hier im Studio eins von ›Das Sechste‹?«

Sie deutete auf die Zuschauertribüne und auf Anweisung von Katrin folgten verschiedene Perspektiven, in denen man fast das ganze Publikum, Teile davon oder einzelne Personen erkannte. Der Applaus ebbte nur sehr langsam ab und Amira, auf die wieder geschnitten wurde, wartete, bis es so ruhig wurde, dass sie weitersprechen konnte.

»Vielen Dank! Ich bin überzeugt, dass sich auch Mira und Leon über so viel Applaus freuen werden. Und natürlich auch unsere Überraschungsfinalistin SparkleSarah, die sich in Smaragdküste gerade auf die letzte Dschungelherausforderung vorbereitet. Die Herausforderung, die sie noch vom Thron und der Krone der Dschungelkaiserin trennt!«

Sie ging zum Expeditionscamp und stellte sich neben das Lagerfeuer.

»Wie ich sehe, hat der Sender keine Kosten und Mühe gescheut und uns ein echtes Feuer spendiert«, kommentierte sie. »Diese Gelegenheit möchte ich nutzen, um ein riesiges Dankeschön an die Mitglieder der Feuerwehr und der Rettungskräften im Studio und der Einsatzkräfte der Polizei vor dem Sendergebäude auszusprechen.«

Erneut wurde sie durch Applaus und zustimmende Pfiffe unterbrochen.

»Bevor wir zur letzten Dschungelherausforderung der ersten Staffel von ›Zehn kleine Prominente gingen in den Dschungel‹ kommen, werden wir einen Rückblick auf die bisherigen Herausforderungen werfen und uns mit einigen Gästen unterhalten. Aber wie ich gerade höre, machen wir eine erste Schaltung ins Dschungelcamp nach Smaragdküste! Hallo Mira und Leon! Könnt ihr uns hören?«

Amiras Perspektive wurde zu einem Bild im Bild verkleinert und man sah das erschöpfte Moderatorenduo neben einer seltsamen Stuhlkonstruktion stehen.

»Hallo Amira«, grüßte Mira. »Und ein riesiges Hallo an das Publikum im Studio und Zuhause!«

»Auch von mir ein warmes Willkommen«, sagte Leon. »Neben uns wartet schon der Dschungelthron auf die erste Dschungelkaiserin!«

»Ist denn SparkleSarah schon bei euch in der Nähe?«, fragte Amira.

Leon deutete seiner Kamera, die Sicht zu drehen und ein Rauschen wurde lauter. Im Bild waren Stromschnellen, durch die mehrere Seile gespannt waren. Auf der anderen Seite konnte man einen Steg erkennen.

»SparkleSarah ist noch auf dem Weg, uns wurde aber zugesichert, dass sie pünktlich zur letzten Dschungelherausforderungen ankommen wird.«

»Wo du es gerade erwähnst«, sagte Amira. »Was wird denn die letzte Herausforderung sein?«

»Die letzte Dschungelherausforderung bei …«, begann Mira.

»›Zehn kleine Prominente gingen in den Dschungel‹«, stimmte Leon wieder mit ein,

»ist ›Das Finale‹. SparkleSarah muss sich dazu nur durch die Stromschnellen bis zum Dschungelthron vorarbeiten.«

»Das hört sich jetzt nicht besonders schwer an?«, kommentierte Amira.

»Du darfst nicht vergessen, dass SparkleSarah zehn anstrengende Tage hinter sich hat«, erklärte Leon. »Neben den körperlichen Strapazen gab es auch wenig Nahrung.«

»Und die Stromschnellen sind nicht ohne«, ergänzte Mira. »Schon wenn man ausgeruht und trainiert ist, braucht man alle Kraft, um hindurchzukommen.«

»Gibt es denn außer dem reißenden Wasser noch andere Gefahren?«, fragte Amira.

»Nein«, antwortete Mira. »Wenn das Wasser SparkleSarah wegreißt, könnte sie mit dem Kopf gegen einen der Felsen stoßen oder sie könnte durch einen der vielen Wirbel unter Wasser gedrückt werden.«

»Die Dschungelkaiserkrone muss man sich sehr hart erarbeiten«, sagte Leon.

»Könnt ihr bitte nochmal den Dschungelthron zeigen?«, bat Amira. »Der war vorhin nur ganz flüchtig zu sehen.«

»Natürlich«, antwortete Mira, stellte sich neben den Thron und eine Kamera zoomte näher heran. »So SparkleSarah auf dieser Seite der Stromschnellen ankommen wird, darf sie nach ihrer Krönung auf diesem Thron Platz nehmen!«

»Sehe ich das richtig?«, fragte Thomas und Katrin drehte sich zu ihm um. »Sind das nicht die Logos von unzähligen Reality-TV-Shows? Da ist das ›Dschungelcamp‹, da ›Big Brother‹, dort die Sendung mit den Models, da der ›Bachelor‹?«

»Max' Idee«, antwortete Katrin. »Er orientiert sich am Eisernen Thron aus ›Game of Thrones‹ weil er überzeugt ist, dass wir mit ›Zehn kleine Promis‹ alle anderen Shows besiegen werden.«

»Gibt das nicht Klagen wegen unberechtigter Nutzung von Logos?«, fragte Thomas.

»Du kennst Max«, sagte Katrin. »Er nimmt das Risiko in Kauf und wird es denen letzten Endes als Hommage oder Werbung verkaufen.«

»Vielen Dank nach Smaragdküste«, sagte Amira. »Ich freue mich schon auf euch nächste Woche bei der großen Wiedersehensshow!«

»Wir können es kaum noch erwarten«, meldete sich Leon, dann wurde wieder auf die Studiototale geschnitten.

»Natürlich können sie die letzte Dschungelherausforderung kaum erwarten«, sagte Amira, »und mir geht es genauso. Aber bevor es soweit ist, haben wir noch Studiogäste und werfen einen Blick auf die spannendsten Ausschnitte der Sendung. Wir sind gleich nach einer kurzen Unterbrechung wieder für Sie da. Heute können Sie nochmal über ihren persönlichen Favoriten oder Favoritin der ersten Staffel von ›Zehn kleine Prominente gingen in den Dschungel‹ abstimmen und 10.000 Euro gewinnen. Rufen Sie unter den eingeblendeten Nummern an, senden Sie eine SMS oder machen Sie über unsere App mit! Bis gleich.«

154
Studio Eins in der Senderzentrale Köln

Die Zuschauer konnten die Sendung über verschiedene, im Studio angebrachte Monitore, mitverfolgen und der Werbeblock ging dem Ende zu.

»Und nun bitte nochmal so laut wie ihr könnt«, feuerte der Animateur das Publikum an.

Der Kurzvorspann lief auf den Monitoren und es wurde wieder auf Amira geschnitten, die darauf wartete, dass der Applaus abebbte.

»Willkommen zurück zur finalen Show von ›Zehn kleine Prominente gingen in den Dschungel‹«, sagte Amira. »Und zur finalen Prüfung um den Dschungelthron und die Dschungelkaiserkrone, die streng genommen heute eine Dschungelkaiserinkrone werden kann!«

»Wie Ihnen sicher aufgefallen ist, stehe ich hier in einem Dschungelexpeditionscamp und die Klappstühle weisen auf Studiogäste hin. Bitte begrüßen Sie mit einem lauten Applaus den Gründer von ›Das Sechste‹ und dem Mann hinter der Idee zu ›Zehn kleine Prominente gingen in den Dschungel‹! Hier ist er: Maximilian Bauer!«

Max betrat von der Seite die Bühne, winkte in die Kameras und zum Publikum und wurde von Amira am Lagerfeuer umarmt. Sie deutete auf zwei der Klappstühle. Sie setzen sich hin und Max wollte lossprechen, wurde aber durch ein Handzeichen ausgebremst. Dann wurde das Publikum wieder ruhiger.

»Man muss warten, bis man dich auch wieder hören kann«, erklärte sie. »Und bei unserem tollen Publikum kann es schon mal eine Weile dauern, bis der Applaus leiser wird! Danke euch dafür!«

Erneut flammte der Applaus auf.

»Viele Zuschauer fragen sich, wann du die Idee zu ›Zehn kleine Prominente gingen durch den Dschungel‹ hattest?«

»Ich glaube, da gab es nicht diesen einen Moment. Als Senderchef stellt man sich ständig die Frage, mit welchem Format man Publikum gewinnen kann und dann kommen so einige Einfälle zusammen. Das meiste übersteht eine erste Überprüfung nicht. Bei ›Zehn kleine Prominente gingen in den Dschungel‹ kam mir die Idee, als ich abends durch das Programm gezappt habe und einen Ausschnitt der anderen Dschungelshow gesehen habe. Deren Kandidaten waren gerade in einer Dschungelprüfung, aber die Gefahr war einfach nicht echt. Das hat nicht wirklich gefesselt. Dann erinnerte mich mich an Running Man - diesen Film mit Schwarzenegger -, habe andere Survival-Serien gesehen oder Serien über fiktive Spielshows und wusste, dass eine Kombination aus diesen Formaten für Zuschauer unheimlich spannend sein wird.«

»Die Quoten und Streamingzahlen sprechen für sich.« Amira schaute dabei auf ihre Moderationskarten. »Keine Sendung von ›Das Sechste‹ hat bisher so viele Zuschauerinnen und Zuschauer erreicht. Der Hashtag #ZKP ist seit der ersten Sendung ganz oben in allen Social Media dabei. Wie lange hat die Vorbereitung der Show gedauert?«

»Von der ersten Idee bis zur ersten Sendung waren es zwei Jahre. Allerdings habe ich den Einfall sehr lange mit mir herumgetragen. Erst nach sechs Monaten habe ich mit meinem Team bei ›Das Sechste‹ darüber gesprochen und dann ging es sehr schnell in die konkreten Vorbereitungen.«

»Hat alles so funktioniert, wie ihr euch das vorgestellt habt?«, fragte Amira.

»Mitnichten«, gestand Max. »Wir haben ja den Anspruch, dass unsere Dschungelherausforderungen live gesendet werden und nicht nur eine Aufzeichnung sind. Das hat natürlich die Auswahl der Dschungelherausforderungen erschwert, denn zu viel Leerlauf sollte ja nicht vorhanden sein. Das engt auch die möglichen Locations ein, denn eine große Zeitverschiebung würde verhindern, dass die Dschungelherausforderungen zur Primetime gesendet werden könnten. Ich bin froh, dass wir Fachleute bei ›Das Sechste‹ haben, die auf so vermeintliche Kleinigkeiten wie eine schnelle Dämmerung nahe des Äquators hingewiesen haben. Wir hatten am Ende drei Länder in der Auswahl und dann fiel die Entscheidung auf Smaragdküste.«

»Als mir von der Sendung berichtet wurde, hätte ich nicht mit so aufwendigen Kulissen gerechnet«, gestand Amira.

»Fernsehen ist nun mal fürs Auge«, erklärte Max. »Da muss man den Zuschauern schon etwas bieten.«

»Wann kam die Idee mit der Geiselnahme?«, fragte Amira.

Max zögerte etwas.

»Das möchte ich jetzt nicht beantworten«, antwortete Max.

»Wie gefährlich sind die Dschungelherausforderungen für die Kandidaten wirklich?«

»Gefährlicher als es ihnen lieb ist«, sagte Max. »Aber ›Zehn kleine Prominente gingen in den Dschungel‹ hat ja auch den Anspruch, die härteste Dschungelshow im deutschen Fernsehen zu sein!«

»Hast du denn deine Wunschkandidaten bekommen?«, fragte Amira.

»Ich würde lügen wenn ich ›Ja‹ sage. Aber wir hatten eine ordentliche Auswahl und konnten so ein interessantes Kandidatenfeld anbieten.«

»Wer war denn dein Favorit?«

Max lächelte. »Ich glaube, die Frage möchte ich nicht beantworten.

»Das ist dein gutes Recht. Liebe Zuschauer, es folgt eine Zusammenfassung der ersten drei Tage«, kündigte Amira an.

155
Regieraum Köln

Katrin verfolgte die Zusammenfassungen der Ankunft der Promis und der ersten drei Herausforderungen. Entgegen ihrer Befürchtungen wurde ihnen der Schnitt nicht von den Terroristen vorgegeben und so hatte sie beim Schnitt den Absturz Meyers und den Kampf von Sophia auf ein Minimum reduziert. Dass sie dabei die Szenen immer wieder ansehen musste, hatte ihr nicht gutgetan.

Auf einem der Livestream konnte sie beobachten, wie Sarah von zwei Wächtern einen scheinbar endlosen Pfad entlanggeführt wurde. In ihrem Blick war immer noch Stolz zu sehen und Katrin bewunderte sie dafür.

»Ich drücke dir die Daumen«, flüsterte Katrin.

»Die MAZ ist gleich durch«, meldete jemand und ihr Fokus war wieder bei der Sendung.

»Wir gehen zu Kamera eins«, ordnete sie an.

»Da sind wir wieder«, grüßte Amira fröhlich in die Kamera. »Und bereit euch zur letzten Dschungelherausforderung der ersten Staffel von ›Zehn kleine Prominente gingen in den Dschungel‹ zu führen!«

Die Ansicht wechselte und Amira dreht den Kopf zur neuen Kamera.

»Bei mir ist der Senderchef Maximilian Bauer und vor der Zusammenfassung der ersten drei Tage haben wir über die Vorbereitungen von ›Zehn kleine Prominente gingen in den Dschungel‹ gesprochen.«

»Musst du den Sendungstitel so oft nennen?«, unterbrach Max sie.

»Das hat mein Chef angeordnet«, antwortete sie und erntete dafür vom Publikum und Max Lacher. »Wir haben aber noch weitere Gäste. Begrüßen Sie mit mir nach der nächsten Werbepause die Reality-TV Expertin Doktor Anke Schwetziger! Aber stimmen Sie vorher noch schnell für Ihren Favoriten ab.«

Sie warf Max einen Seitenblick zu und grinste kurz.

»Ihrem Favoriten bei ›Zehn kleine Prominente gingen in den Dschungel‹.«

Der Werbeblock startete und Katrin schaute nach den Protestlern im Publikum, die bisher nur dadurch auffielen, dass ihr Applaus und ihr Jubel weniger authentisch wirkte, wie bei den anderen Zuschauern. Aber vielleicht kam es auch nur Katrin so vor, weil sie wusste, dass diese Leute in der Absicht im Studio waren, die Sendung zu stören.

156
Studio Eins in der Senderzentrale Köln

»Und gleich sind wir wieder auf Sendung! Also, gebt alles!«, feuerte der Animateur das Publikum an.

Zufrieden saß Max auf seinem Klappstuhl und spähte zum Bühnenrand, wo Anke Schwetziger darauf wartete, aufgerufen zu werden, während ein Toningenieur den Countdown zum Einklinken ausführte.

»Und da sind wir wieder beim großen Finale von ›Zehn kleine Prominente gingen in den Dschungel‹«, begrüßte Amira die Zuschauer an den Bildschirmen. »Bitte heißen Sie mit einem lauten Applaus Frau Doktor Anke Schwetziger willkommen!«

Amira stand auf, Schwetziger kam auf sie zu, wurde mit einer Umarmung begrüßt und setzte sich zu Max.

»Frau Doktor«, begann Amira, »ich glaube, man kann sagen, dass der Erfolg von ›Zehn kleine Prominente gingen in den Dschungel‹ auch für Sie Folgen hatte?«

»Als Erstes möchte ich mich für die Einladung bedanken«, reagierte Schwetziger. »Und die Frage kann ich mit einem klaren ›Ja‹ beantworten. So viele Interviewanfragen und Einladungen wie seit dem Start von ›Zehn kleine Prominente‹ hatte ich noch nie in dieser Häufigkeit. Das ist das erste Mal in meiner Karriere, dass ich gezwungen war, viele Anfragen abzulehnen. Nicht, weil sie mich nicht interessiert hätten, sondern einfach, weil ich nicht so viel Zeit habe.«

»Sind Sie vom Erfolg von ›Zehn kleine Prominente gingen in den Dschungel‹ überrascht?«, fragte Amira.

»Schauen Sie sich die Fernsehprogramme und die Angebote auf den Streamingdiensten an«, sagte Schwetziger. »Reality Serien und Shows findet man überall und es ist tatsächlich eine Leistung, da aus der Menge herauszustechen. Selbst Sendern, die zu größeren Gruppen gehören, schaffen das nur in Ausnahmefällen. Dass ein relativ kleiner Sender wie ›Das Sechste‹ hier die Fernsehlandschaft und gleichzeitig das Streaming durchwirbelt, konnte man so nicht erwarten.«

»So klein ist ›Das Sechste‹ doch gar nicht«, protestierte Max lächelnd. »Wir spielen schon vorne mit.«

»Erst mit ›Zehn kleine Prominente‹ hat Ihr Sender das geschafft«, erklärte Schwetziger. »Vorher kamen Ihre Quoten nicht mal an den kleineren Sendern der großen Sendergruppen vorbei. Die Herausforderung wird es nun sein, diesen Platz an der Sonne zu behalten.«

»Haben Sie eine Idee, warum ›Zehn kleine Prominente gingen in den Dschungel‹ diesen Erfolg feiern kann?«, fragte Amira.

»Ich denke, es gibt da nicht nur einen Grund«, antwortete die Medienexpertin. »Das Format selbst ist eine geschickte Kombination aus schon vorhandenem. Da mag man jetzt die Nase drüber rümpfen, aber das haben andere vorher schon erfolgreich gemacht. Sie alle kennen sicherlich das von George Lucas erfundene ›Star Wars‹. Gerade der erste Film war eine Mischung aus Heldenreise, Filmen über den Zweiten Weltkrieg sowie Filmen von Akira Kurosawa.«

»Die Heldenreise?« Amira hob fragend die Augenbrauen.

»Ein Konzept beim Geschichtenerzählen. Der zukünftige Held bekommt den Ruf zum Abenteuer, verweigert den aber zunächst. Dann bekommt er einen besonderen oder gar magischen Gegenstand, einen Mentor, der ihn unterstützt, und vielleicht noch Helfer. Das Schema passt bei der Artus-Sage, bei Luke Skywalker aus ›Star Wars‹ oder auch Harry Potter.«

Sie lehnte sich im Stuhl nach vorne.

»Aber zurück zu ›Zehn kleine Prominente gingen in den Dschungel‹. Man muss das direkte Vorbild noch nicht einmal nennen und jeder weiß sofort, was zu erwarten ist. Dann bedient man sich Elementen aus fiktiven Shows wie ›Squid Game‹ oder ›Running Man‹, in denen die Kandidaten mit dem Tod bedroht werden. Etwas Vergleichbares lief bereits in den Siebzigern mit dem in den letzten Tagen oft zitierten ›Das Millionenspiel‹. Nur dass es dort keine Prominenten waren und man sich bei ›Zehn kleine Prominente‹ der fast typischen Zusammensetzung der Reality-TV Shows bedient. Das polarisiert und weckt gleichzeitig Interesse.«

»Sie werfen mir vor, einfach nur nachgemacht zu haben?«, fragte Max.

»Es ist kein Vorwurf, nur eine Feststellung und das ist ja nicht ungewöhnlich. Auch Steve Jobs hat Vorhandenes genommen und neu umgesetzt«, beruhigte ihn Schwetziger. »Und ich vermute, dass Sie auch Einiges dafür getan haben, Ihre Sendung in den Sozialen Medien zu pushen.«

»Ohne geht es ja heute nicht mehr«, bestätigte Max. »Nur dass dies gelingt, kann man nicht garantieren.«

»Was glauben Sie, warum sich die Leute eine Show wie ›Zehn kleine Prominente gingen in den Dschungel‹ anschauen? Was fasziniert die Zuschauer daran?«, fragte Amira.

»Voyeurismus«, kam es wie aus der Pistole geschossen. »Und auch Schadenfreude, den Absturz anderer beobachten zu können. Eben noch oben in den Charts oder auf dem roten Teppich, heute anhängig von der Sozialhilfe und die Teilnahme an der Dschungelshow um Känguruhoden zu essen.«

»Sie rücken unser Publikum in schlechtes Licht«, sagte Amira, lächelte dabei aber.

»So war das nicht gemeint«, verteidigte sich Schwetziger. »Ich bin überzeugt, dass das zutiefst menschliche Eigenschaften sind. Und mit dem Format trifft man einfach den richtigen Nerv.«

»Und auch an Sie die Frage: Wer ist denn Ihr Favorit gewesen?«, fragte Amira.

»Sarah … SparkleSarah ist sehr beeindruckend«, antwortete Schwetziger. »Sie ist von Anfang an authentisch, kümmert sich um andere und trotzt den Widerständen.«

»Authentizität«, wiederholte Amira. »Ich glaube, das hatten Sie in einem Interview als wichtige Eigenschaft für die Gewinner von Reality Shows genannt. Ist es nicht schwer, in diesen Umgebungen authentisch zu bleiben?«

»Es ist eher umgekehrt«, erklärte die Medienwissenschaftlerin. »Die Wenigsten werden es schaffen, über Tage hinweg eine Rolle zu spielen. Irgendwann fällt den Zuschauern das auf und wenn das Vertrauen verloren ist, wird jede Handlung hinterfragt.«

»Wir schauen uns jetzt eine Zusammenfassung der Tage vier, fünf und sechs an«, moderierte Amira. »Mit den Dschungelherausforderungen ›Das Labyrinth der Gefahr‹, ›Das Spinnennetz‹ und ›Der Wasserfall des Terrors‹ inklusive der gescheiterten Befreiung. Nutzen Sie die Chance, noch für Ihren Favoriten abzustimmen!«

157
Regieraum Köln

»Auch wenn ihr die heftigsten Bilder weggelassen habt, geht einem die Zusammenfassung an die Nieren«, sagte Thomas, der sich neben Katrin gesetzt hatte.

»Das Einzige, was mir die Kraft gegeben hat, das zu schneiden, war die Hoffnung, so unsere Leute retten zu können«, sagte sie. »Die Bilder werde ich meinen Lebtag wohl nie wieder vergessen.«

»Wie bekommt ihr eigentlich die Anweisung, wann die Geiselnehmer die Sendung übernehmen?«, fragte Thomas.

»Bisher war das kein Thema, es gab eine feste Zeit«, erklärte Katrin. »Und für das Finale hatten wir auch einen groben Ablauf, der sah vor, dass die finale Dschungelprüfung gegen 21:30 Uhr starten sollte. Mira und Leon stehen schon an der richtigen Position.«

»Sind das denn die Stromschnellen, die ursprünglich geplant waren?«

»Da bin ich überfragt. Hat eure Geolocation-KI da nichts gefunden?«, fragte sie zurück.

»Fehlanzeige«, gestand Thomas. »Und selbst wenn: Ich frage mich, was die Geiselnehmer machen werden, wenn die Sendung vorbei ist.«

»Die Frage beschäftigt alle im Sender, die im Bilde sind, was wirklich passiert ist. Und Sie können sich sicher sein, dass das mehr ist, als Sie oder Max denken.«

»Welche Gäste kommen denn noch?«, fragte Thomas.

»Wir haben es leider nicht geschafft, einen der Dschungelkönige oder -königinnen zu ködern. Vermutlich haben die entsprechende

Gegenangebote des anderen Sender bekommen. Aber wir haben einen dieser selbstverliebten Trottel aus der einen Staffel. So einer, der durch die Auswandererformate tingelt und - genau wie Schwetziger es erklärt hat - versucht hatte, die ganze Zeit eine Rolle zu spielen und damit eben nicht authentisch rüberkam. Dann kommt noch ein Urgestein aus einer frühen ›Big Brother‹ Staffel.«

»Also auch in der Livesendung keine Promis aus der ersten Reihe?« Thomas schien ein Talent dafür zu haben, den Finger in die Wunde zu legen.

»Die Liste der Absagen ist lang«, gestand Katrin. »Wir hatten gehofft, Dieter Hallervorden ködern zu können, der hatte bei Millionenspiel mitgemacht. Aber auch der hat leider nicht angebissen.«

»Vielleicht hatte er die richtige Intuition?«, mutmaßte Thomas.

»Zurück auf Kamera drei!«, rief Katrin. »Wir können gleich in der Werbepause weitersprechen.«

Auf dem großen Monitor waren Amira, Frau Schwetziger und Max vor dem Lagerfeuer zu sehen.

»Wenn die Zusammenfassung Sie nicht so mitgerissen hat wie mich«, sagte Amira, »dann müssen Sie ein Herz aus Stein haben! Nach der Werbepause erwartet uns der nächste Gast. Seien Sie gespannt, welchen Dschungelcamper aus ›Ich bin ein Star - holt mich hier raus!‹ wir einladen konnten und stimmen Sie für Ihren …«

158
Studio Eins in der Senderzentrale Köln

Der schrille Lärm von zwanzig Trillerpfeifen ertönte auf der Zuschauertribüne und gleichzeitig hielten einige der Protestierenden Plakate hoch, während ein Mann und eine Frau auf die Bühne rannten, um dort vor dem Lagerfeuer ihr Banner auszurollen.

In großen selbstgemalten Lettern prangte nun auf den Bildschirmen ›Abschalten‹, während die Security versuchte, auf der Tribüne an die Trillerpfeifen zu kommen und auf der Bühne die Protestierenden zu entfernen.

»Stopp!«, rief Max und erntete verdutzte Blicke sowohl von den Demonstranten als auch von seiner Security. »›Das Sechste‹ steht für freie Meinungsäußerung und wir werden hier nicht einfach jemanden aus dem Studio entfernen, nur weil uns deren Meinung vielleicht nicht passt.«

Im Studio wurde es still, auch die Trillerpfeifen waren nicht mehr zu hören.

»Bringt den beiden hier ein Mikro«, ordnete Max an. »Ich lade Sie als Gast ein, sich zu uns zu setzen«

Die beiden Demonstranten auf der Bühne schauten genauso irritiert wie die Security. Letztere begriff aber scheinbar schneller, ließ von den beiden ab und gingen von der Bühne. Zwei Tontechniker kamen mit Umhängemikros an, erklärten den Protestierenden kurz etwas und halfen ihnen dann, die Mikros anzulegen. Unsicher nahmen sie auf den Klappstühlen Platz. Der Mann neben Amira, die Frau neben Max.

»Mir war von Anfang an bewusst, dass wir mit ›Zehn kleine Prominente gingen in den Dschungel‹ polarisieren würden«, erklärte Max souverän in die Kamera. »Und die Proteste - sowohl vor unserem Studio als auch Online - sind mir natürlich nicht entgangen. Gleichzeitig erleben wir in den letzten Monaten und Jahren vermehrt eine Cancel Culture. Es fehlt an Diskussionskultur, weil irgendwer meint, definieren zu dürfen, was gesagt und was nicht gesagt werden darf. Dabei ist der Dialog in einer demokratischen Gesellschaft wichtig. Aber auch da haben die meisten den Sinn und Zweck nicht verstanden. Bei einer Diskussion geht es nicht darum, den anderen komplett von der eigenen Meinung zu überzeugen, es geht darum, dem anderen zuzuhören und verstehen zu lernen. Danach kann man sich dann einig sein, sich nicht einig zu sein. Aber genug von mir. Mich kennen Sie sicherlich schon. Darf ich Sie um Ihre Namen bitten?«

»Hallo«, reagierte die Frau. »Ich bin Beate Becker.«

»Und ich bin Jörg Becker«, antwortete der Mann.

»Ich vermute der gleiche Name ist nicht zufällig?«, fragte Max.

»Wir sind verheiratet«, bestätigte Frau Becker.

»Sie und Ihre Freunde« Max deutete auf die Demonstranten auf der Zuschauertribüne, »haben sich die Mühe gemacht, sind in unser Studio gekommen und fordern, wir sollen abschalten.«

»Diese Sendung ist der letzte Dreck«, erboste sich Herr Becker. »Es ist die Steigerung des bisher Dagewesenen und das muss ein Ende haben.«

»Sie fallen ja direkt mit der Tür ins Haus.« Max schien sich ein wenig zu amüsieren. »Für eine Vertriebsstelle in einem meiner Unternehmen wären Sie mir zu offensiv.«

»Ich würde auf keinen Fall für Sie arbeiten!«, regte sich Herr Becker auf.

»Was wir sagen wollen«, meldete sich Frau Becker, »ist, dass wir befürchten, dass mit dieser Sendung die Grenze des Zeigbaren weiter verschoben wird. Es kann doch nicht Teil einer Sendung sein, die zur besten Familienzeit läuft, dass Menschen darin sterben. Auch wenn es nur gespielt ist.«

»Dann fordern sie auch, dass Krimis und Actionfilme aus dem Programm genommen werden sollen?«, fragte Max. »Ich lade Sie auf einen Tag gemeinsames Fernsehen ein und wir schauen dann gemeinsam, wie früh und oft Sterben gezeigt wird.«

»Es ist aber ein gewaltiger Unterschied, ob man eine Actionserie anschaut oder ob man vorgibt, etwas ›Echtes‹ zu zeigen«, erklärte Frau Becker. »Sie selbst haben doch den Anspruch, Reality-TV zu machen.«

»Dieser unmenschliche Dreck muss endlich abgeschaltet werden!«, forderte Herr Becker.

Max schaute den Mann lange an.

»Wer entscheidet denn bitte darüber, wann etwas ›Dreck‹ ist und wann nicht?«, fragte er. »Und damit auch, was gesendet werden darf.«

»Das ist doch offensichtlich«, stieß der Mann hervor. »Was die Allgemeinheit für Dreck hält. Was gegen Moral und Sitte verstößt.«

»Was Sie aufregt, ist mir klar«, reagierte Max, »aber nicht, wie Sie das begründen.«

»Das ist doch allgemein bekannt, dass solche Sendungen zur Verdummung beitragen. Brot und Spiele«, redete sich Becker in Rage. »Und dann auch noch auf so perverse Art und Weise. Wie Frau Doktor Schwetziger schon gesagt hat, es ist voyeuristisch. Das wollten wir einfach nicht mehr hinnehmen und wir fordern, dass die Sendung abgesetzt wird.«

»Fordern dürfen Sie viel«, sagte Max ruhig. »Aber Sie sollten das auch begründen. Gerade wenn Sie etwas verbieten wollen. Also frage ich Sie nochmal: Wer entscheidet denn, wann etwas ›unzeigbarer Dreck‹ ist.«

»Es ist doch offensichtlich, dass das hier nichts mit guter Unterhaltung zu tun hat«, regte sich Herr Becker auf. »Das ist dem Publikum nicht zuzumuten.«

»Sie, Herr Becker, wollen also festlegen, was dem Publikum zumutbar ist?«, fragte Max.

»Ich kämpfe dafür, meine Meinung umzusetzen!«

»Dann würden Sie vielleicht auch festlegen, was Kunst darf und was nicht?«

»Sie wollen Ihren Dreck doch nicht etwa als Kunst definieren?«, erboste sich Herr Becker und wurde dabei lauter.

»Es scheint, Sie nehmen sich heraus, zu definieren, was Kunst sein darf und was nicht«, setzte Max an. »Und da sage ich Ihnen ganz ehrlich: Wir hatten schon Leute, die für sich in Anspruch genommen haben, genau das zu definieren. Das brauchen wir nicht nochmal.«

Herr Becker stockte und langsam ging ihm auf, welche Richtung die Diskussion genommen hatte.

»Ausgerechnet Sie wollen mich als Faschisten bezeichnen?«, fragte er.

»Zumindest verhalten Sie sich wie einer«, antwortete Max.

»Sie verdrehen meine Worte«, klagte Herr Becker. »Das habe ich so nicht gesagt.«

»Sie stürmen die Bühne unserer Sendung und wir geben Ihnen die Gelegenheit, Ihr Anliegen vorzutragen«, sagte Max. »Wir stehen zum Dialog bereit und im Gegensatz zu Ihrer Frau ergehen Sie sich nur in Forderungen und beanspruchen für sich, was gesendet werden darf und was nicht. Als Gast entspricht Ihr Verhalten nicht den guten Sitten, die sie vorhin so plakativ erwähnt hatten.«

»Max«, meldete sich Amira. »Ich bekomme gerade den Hinweis, dass wir wieder nach Smaragdküste schalten.«

Sie schaute wieder in die Kamera.

»Liebes Publikum, wir begrüßen erneut Mira und Leon in Smaragdküste. Auch die Finalistin SparkleSarah ist nun am Ort der letzten Dschungelherausforderung angekommen. Wir drücken die Daumen und wünschen ihr alles Gute!«.

159
Liveübertragung - Smaragdküste

»Willkommen zurück in Smaragdküste und zur letzten Dschungelherausforderung der ersten Staffel von …«, grüßte Mira.

»›Zehn kleine Prominente gingen in den Dschungel‹!«, wurde sie von Leon unterstützt.

»Unsere Finalistin SparkleSarah hat sich in neun Dschungelherausforderungen bewiesen und hat nun die Chance, den Dschungelthron als künftige Dschungelkaiserin zu besteigen«, erklärte Mira.

»Dazu muss sie nichts weiter machen, als durch diese Stromschnellen zu klettern«, ergänzte Leon. »Und auch wenn wir sie nur aus der Ferne sehen können: Etwas Wasser würde ihr guttun!«

Die Sicht wechselte auf eine Kameradrohne auf der anderen Seite des reißenden Flusses, wo Sarah flankiert von zwei Wächtern auf einer Plattform stand. Ihre Haare und ihre Kleidung waren mit verkrustetem Schlamm verdreckt und sie wirkte erschöpft. Von der Plattform führte eine Treppe bis ins Wasser und die Drohne folgte der Treppe und dann einem Halteseil, das durch die Stromschnellen führte.

»Wie Sie erkennen können«, sagte Leon, »gibt es ein Führungsseil, dem Sarah einfach folgen muss.«

»Ihr Weg beträgt etwas mehr als zweihundertfünfzig Meter«, sagte Mira. »Das klingt nicht viel, aber selbst für trainierte und ausgeruhte Sportler wäre das eine große Herausforderung.«

»Aber für Sarah ist es die finale Dschungelherausforderung! Wir dürfen gespannt sein, wie sie sich schlagen wird.«

Mira drehte sich und deutete auf den Thron.

»Mit dem Besteigen dieses Throns kommt auch ein Preisgeld von Zweihundertfünfzigtausend Euro. Das höchste Preisgeld einer Dschungelshow im deutschen Fernsehen!«

»Da überlegt man sich direkt, ob man sich nicht selbst auch als Kandidat bewerben sollte«, kommentierte Leon.

»Ob SparkleSarah uns noch etwas sagen möchte?«, fragte Mira.

Wieder wechselte die Kamera auf Sarah. Einer der Wächter gab ihr einen kleinen Stoß und deutete in Richtung der Kamera.

»Ich werde kämpfen und auf der anderen Seite ankommen«, sagte sie. »Das bin ich all den anderen schuldig.«

Tränen füllten ihre Augen und sie schluckte.

»Mama, Papa! Vielen Dank für alles, was ihr mir ermöglicht habt. Ich hoffe, ihr seid stolz auf mich!«

Dann drehte sie sich um, schaute erst den einen, dann den anderen Wächter an und wischte sich die Tränen aus dem Gesicht.

»Und euch, euren Kumpanen und euren Hinterleuten wünsche ich schlimmere Qualen, als wir sie erleben mussten.«

Es wurde zurück auf das Moderatorenduo geschnitten und Leon nickte.

»SparkleSarah ist eindeutig für klare Botschaften.«

»Wer hätte gedacht, dass hinter der Modeinfluencerin so eine starke Person steckt«, pflichtete Mira bei.

»Wie ich gerade höre«, sagte Leon, »wird SparkleSarah jetzt die letzte Prüfung starten.«

Sarahs Brustkamera zeigte, wie sie langsam die Treppe ins strömende Wasser stieg. Mit den Händen fasste sie nach dem Seil und arbeitete sich Stück für Stück voran, mit dem ersten Felsen nur wenige Meter vor ihr.

Von der Drohne aus sah man, wie das Wasser gegen Sarah drückte und wie schwer es ihr fiel, voranzukommen. Dann fanden ihre Füße Halt und sie konnte sich besser am Seil entlangziehen, bis sie etwa zwei Meter vor dem Felsen war und plötzlich unter Wasser verschwand.

160
Studio Eins in der Senderzentrale Köln

Erschrocken schrien einige der Zuschauer, hielten die Hände vor den Mund und auch Amira verbarg ihr Gesicht hinter ihren Moderationskarten. Max beobachtete amüsiert die Blickwechsel zwischen dem Ehepaar Becker. Irina, die neben einer der Kameras stand, tat der Mann leid. Er war naiv und ahnungslos direkt ins offene Messer von Max gelaufen und hatte seiner Protestbewegung massiv geschadet.

Die Monitore zeigten, wie Sarah einige Meter wieder auftauchte und verzweifelt nach dem Seil griff, um sich daran weiterzuziehen. Sie drückte ihr so sehr die Daumen und wünschte, dass wenigstens Sarah die Geiselnahme überleben würde. Allerdings konnte man sich nicht sicher sein, ob die Terroristen nach dem Ende der Herausforderung nicht alle Geiseln umbringen würden.

Ein Vibrieren in ihrer Hosentasche überraschte sie, bis ihr wieder einfiel, dass sie Max' Handy hatte. Erstaunt zog sie es aus der Tasche, denn normalerweise schaltete er es während Livesendungen in den Flugzeugmodus. Der Sperrbildschirm zeigte eine Nachricht an: »Das letzte Paket ist …«

Neugierig entsperrte sie das Smartphone und öffnete die Nachrichtenapp. Die Liste im Eingang war lang und der Absender der ungelesenen SMS war als ›Postfiliale‹ abgespeichert. Sie wollte die Nachricht öffnen, als ihr das kleine Buchstabenicon vor dem Text auffiel. Max nutzte offensichtlich zwei SIM-Karten auf seinem Handy. Wieder etwas, das er vor ihr verheimlicht hatte. Sie tippte auf die Nachricht und las den ganzen Text.

»Das letzte Paket ist geliefert. Das restliche Material liegt zur Abholung am vereinbarten Ort bereit.«

Langsam scrollte sie sich durch den Nachrichtenverlauf zurück.

161
Liveübertragung - Smaragdküste

Beim zweiten Anlauf gelangte Sarah bis zum ersten Felsen und zog sich dann am Seil weiter. An der Stelle schienen ihre Füße nicht bis auf den Boden zu kommen und sie ließ ihre Beine vom Wasser tragen, während ihre Hände und Arme die Arbeit übernahmen.

»Nutze die Kraft deines Gegners«, kommentierte Leon. »Sparkle-Sarah! Das machst du großartig.«

Durch das Rauschen des Wassers konnte sie ihn nicht hören. Während sie am Anfang des zweiten Abschnitts noch relativ weit greifen konnte, schaffte sie es nur noch, eine Hand direkt vor die andere zu setzen, und kam bloß langsam voran. Die Adern an ihren Unterarmen traten hervor und man sah ihrem Gesicht die Anstrengung an, während das Wasser langsam den Schlamm aus ihrer Kleidung spülte.

»Unsere Zuschauer sollten wissen«, sagte Mira, »dass alle Dschungelherausforderungen vor dem Start der Staffel von Sportlern getestet wurden. Es sollte keine dabei sein, die nicht zu schaffen ist, aber sie sind auch so angelegt, dass es nicht jeder schaffen kann. Bei dieser Prüfung hatten die Testkandidaten eine Erfolgsquote von gerade zehn Prozent!«

»Man sollte auch nicht verheimlichen, dass die Leute dabei nicht so ausgelaugt und hungrig waren«, ergänzte Leon. »Aber immerhin geht es ja auch um eine Viertel Millionen Euro!«

Das Seil hing mit Sarah durch, sodass sie fast komplett vom reißenden Wasser bedeckt war. Es kostete sie sichtlich viel Kraft, ihren Kopf über Wasser zu halten. Wie als ob ein Ruck durch sie gegangen wäre, kletterte sie weiter und fand wieder Halt unter den Füßen. Das Seil verschwand kurz vor ihr unter der Wasseroberfläche und tauchte etwas weiter in einem anderen Winkel wieder auf.

162
Studio Eins in der Senderzentrale Köln

Irina hörte die Zuschauer im Studio nur noch wie aus weiter Ferne. Ihre Augen waren auf das Display des Smartphones gerichtet und nur langsam setzten sich die Informationen zu einem einheitlichen Bild zusammen.

»Wie besprochen, wurde nach dem Übernahmeversuch des Kurierdienstes die Route geändert«, wurde eine Nachricht vier Tage zuvor empfangen.

Einen Tag davor hatte Max eine Nachricht gesendet:

»Der angekündigte Kurierdienst kommt morgen.«

Sie schaute auf die Bühne, wo Max entspannt saß und Sarahs Kampf seelenruhig auf seinem Klappstuhl verfolgte.

Die erste Nachricht im Verlauf war vom Tag der ersten Sendung.

»Zehn Pakete und restliches Material erfolgreich übernommen.«

Kopfschüttelnd schloss sie den Nachrichtenverlauf, scrollte durch die Übersicht, fand aber keine andere Nachricht, die Max über diese Telefonnummer erreicht hatte. Ihr Herz schlug so stark, dass sie ihn bis zum Gaumen spürte. Mit zitternden Händen wischte sie über den Homescreen und öffnete verschiedene Messenger-Apps, scrollte durch deren Nachrichtenübersicht, aber die ›Postfiliale‹ tauchte sonst nirgendwo auf.

Dann wechselte sie zum Adressbuch und schaute sich den Eintrag an, der allerdings außer einer deutschen Handynummer nichts anderes enthielt.

Auch in der Anrufliste tauchte der Kontakt nicht auf.

Max hatte angefangen, mit Frau Becker zu diskutieren, die aufgeregt immer wieder auf einen der Monitore deutete. Sarah hatte es bis zum nächsten Felsen geschafft und legte eine Pause ein. Max sah Irina kurz an und lächelte ihr zu, wandte sich dann wieder der Protestlerin zu.

»Du manipulativer Narzisst«, flüsterte Irina.

Sie öffnete das Mailprogramm und schaute sich die Übersicht der Konten an. Zwei der Konten waren ihr bekannt. Seine geschäftliche

Mailadresse und seine private, die er so gut wie gar nicht nutzte. Ein drittes Postfach erregte ihre Aufmerksamkeit und sie fragte sich, wie verblendet und selbstsicher er sein musste, um nicht auf die Idee zu kommen, dass jemand anderes in sein Handy schauen könnte.

»Plan B« hatte er das Postfach genannt, die Adresse hatte eine Domain aus der Karibik. Sie öffnete es und scrollte erneut durch die Nachrichten, als eine weitere SMS eintraf.

163
Liveübertragung - Smaragdküste

Sarah verlor immer wieder den Halt und rutschte zur Seite weg. Jedes Mal kostete es sie erhebliche Kraft, sich wieder aufzurichten, und sie machte kaum Boden gut. Vor ihr ragte ein kleiner Wasserfall in die Höhe. Der war zwar nicht steil, dafür strömten ihr aber Wassermassen schnell entgegen.

Das Seil führte mitten durch und erst sah es so aus, als ob sie hochklettern würde. Sarah zögerte, schaute nach links und rechts und sprang plötzlich zu einem der Felsen auf der Seite. Ihre Finger krallten sich in kleine Spalten und mit den Füßen suchte sie Halt. Dann schob und zog sie sich aus dem Wasser und begann den Felsen hochzuklettern.

»Es ist der Wahnsinn!«, rief Mira. »Nicht nur, dass SparkleSarah offensichtlich auch Boulder kann - und wieder muss man sich wundern, wie das zu dem Modepüppchen mit den künstlichen Fingernägeln passt - nein! Wo nimmt sie jetzt noch diese Kraftreserven her! Lieber Leon und liebe Zuschauerinnen und Zuschauer. Hier führt euch SparkleSarah vor, wer wirklich das starke Geschlecht ist!«

»So gerne ich dir widersprechen würde, muss ich dir zumindest diesmal recht geben«, sagte Leon. »Es ist unglaublich. Zumal die Felsen teilweise glitschig sind.«

Sarah hatte es bis auf die Spitze des Felsens geschafft und ruhte sich wieder aus. Das Seil lief vor ihr am Rand eines weiteren Wasserfalls entlang an einem fünf Meter entfernten Felsen vorbei.

»Womit wird sie uns jetzt noch überraschen?«, kommentierte Leon. »Ist sie auch eine Seiltänzerin? Springt sie einfach herüber?«

Sarah kletterte langsam ins Wasser, griff nach dem Seil und hangelte sich vorsichtig voran, von der Strömung in Richtung des Wasserfalls gedrückt.

164
Studio Eins in der Senderzentrale Köln

Die Menge der E-Mails war überschaubar und die älteste etwa ein Jahr alt. Irina öffnete sie.

> Hallo. Haben die gewünschten Locations gekauft und mit dem Bau der Kulissen für die Herausforderungen angefangen. Vorbereitung für Übernahme der Schlüsselpositionen mit meinen Leuten haben begonnen. Unsere Unternehmen sind wie abgesprochen bereits als Subunternehmer tätig.

Wieder dauerte es etwas, bis Irina die Information richtig einordnen konnte. Wer auch immer Max da geschrieben hatte, war von Anfang an in Smaragdküste verdeckt tätig. Der diskutierte immer noch mit Frau Becker, während ihr Mann genug davon zu haben schien.

»Seht ihr denn nicht?«, brüllte er ins Publikum. »Er manipuliert euch alle. Das ist alles eine riesige Farce, um einfach nur noch mehr Geld zu machen!«

Das Publikum ignorierte ihn größtenteils und starrte auf die Monitore, auf denen zu sehen war, wie Sarah es zum nächsten Felsen geschafft hatte und dort wieder eine Pause einlegte.

»Geht nach Hause«, forderte Becker. »Und schaltet diesen Scheiß nie wieder ein!«

»Halt die Fresse, du Faschist!«, rief ihm jemand entgegen. »Und verpiss dich!«

Max hatte das Gespräch unterbrochen und beobachtete den Mann.

»Ich bin kein Faschist!«, verteidigte er sich und deutete dann auf Max. »Der manipuliert euch alle und ihr folgt ihm wie Schafe. Er wird entscheiden, was ihr seht und Männer wie er werden entscheiden, was ihr für wahr haltet. Wir müssen ihn aufhalten!«

Max suchte den Blickkontakt mit einem der Securityleute, deutete dann auf Herrn Becker und machte mit der Hand eine Bewegung, als ob er ihn wegschieben würde. Der nickte einem zweiten zu und gemeinsam näherten sie sich dem Protestler. Bevor der begriff, das Ziel der Security zu sein, hatten sie ihn schon links und rechts gepackt und zerrten ihn aus dem Studio hinaus.

Seine Frau saß zunächst unschlüssig auf dem Klappstuhl, schaute erst ihrem Mann hinterher, dann Max an und stand schließlich auf, um ihrem Mann zu folgen.

»Er hat recht«, dachte Irina. »Sogar mehr, als er es ahnt. Max manipuliert alle.«

165
Liveübertragung - Smaragdküste

»Ich würde sagen, SparkleSarah hat schon über ein Drittel der Strecke geschafft«, freute sich Mira. »Ihre Chancen, den Dschungelthron zu besteigen, werden immer größer!«

»Trotzdem hat das schon eine Menge Kraft gekostet«, sagte Leon. »Und es liegt noch ein weiter Weg vor ihr.«

Sarah ließ sich wieder ins Wasser gleiten und trotzte der starken Strömung. Mit verbissenem Gesicht krallte sie sich an das Seil, zog sich Stück für Stück voran und erreichte so den nächsten Felsen.

»Es wundert mich ja schon etwas, dass es bei dieser Dschungelherausforderung kein Zeitlimit gibt«, sagte Leon. »SparkleSarahs Stein-zu-Stein-Taktik ist bestimmt nicht im Sinne des Erfinders gewesen.«

Leon sah sich suchend um und wirkte irritiert. Dann spähte er zu dem Podest, von dem aus Sarah gestartet war.

»Siehst du das?«, fragte er Mira.

»Was soll ich sehen?«, fragte sie zurück.

»Die Wächter sind nicht mehr da«, stellte Leon fest. »Weder auf der anderen Seite noch bei uns.«

Mira drehte sich um und entfernte sich einige Schritte vom Dschungelthron.

»Hier ist auch niemand zu sehen«, sagte sie. »Aber jemand muss noch die Drohnen steuern.«

Sie deutete auf die beiden Kameradrohnen, die in der Nähe von Sarah waren und die Dritte, die vor ihnen schwebte.

»Die sitzen bestimmt im Container«, vermutete Leon.

In den Stromschnellen bereitete sich Sarah auf den nächsten Abschnitt vor und setzte ihren Weg fort. Durch mehrere Felsen war die Stelle verengt und die Strömung war besonders stark. Nach wenigen Metern stoppte Sarah, ließ mit der rechten Hand los, öffnete und schloss sie immer wieder, als ob sie einen Krampf hatte. Dann griff sie wieder nach dem Seil, konnte die Hand aber nicht schließen. Das Wasser zog an ihrem Körper und die Anstrengung, sich nur mit einer Hand festzuhalten, zeichnete ihr Gesicht.

Dann ließ sie los.

Leon und Mira verließen die Stelle am Thron, rannten zum Fluss und an dessen Ufer entlang in Sarahs Richtung. Mit rudernden Händen hielt sie sich an der Oberfläche und wurde zum Rand des Wasserfalls gedrückt, den sie eben erst überwunden hatte.

»Sarah!«, schrie Mira und suchte eine Stelle, an der sie ins Wasser steigen konnte.

Die Kraft des Wassers drückte Sarah über den Rand. Sie fiel die wenigen Meter in die Tiefe und verschwand im aufgewirbelten Wasser. Am Ufer kletterten Leon und Mira herunter, bis an eine Stelle, von der aus sie zu dem Becken kamen, in dem sie Sarah vermuteten. Kurz hinter ihm folgte Mira und beide hatten mit der Strömung zu kämpfen.

Dann sahen sie Sarahs Körper, der langsam vom Wasserfall wegtrieb. Das Gesicht nach unten. Mit einigen Kraulzügen war Leon bei ihr, drehte sie um und zog sie in Richtung des Ufers. Mira erwartete ihn und half, Sarah aus dem Wasser zu ziehen. Sie kontrollierte Puls und Atmung und fing sofort mit der Herzdruckmassage an. Nach einer Weile wechselte sie zur Mund-zu-Mund-Beatmung.

166
Studio Eins in der Senderzentrale Köln

Max hatte sich wieder hingesetzt und verfolgte das Geschehen auf dem Monitor.

»Wir gehen wieder auf Live in fünf - vier - drei«, zählte der Toningenieur ein. Die Zwei und die Eins zählte er wortlos mit den Fingern.

»Was eine Dramatik!«, sagte Amira. »Wie es aussieht, ist noch nicht klar, ob SparkleSarah die Dschungelherausforderung überlebt hat. Wir werden Sie, liebes Publikum, aber auf dem Laufenden halten.«

Die Kamera wechselte. Routiniert drehte sich Amira zum roten Licht.

»Wie unser Studiopublikum und Sie daheim an den Bildschirmen vermutlich schon bemerkt haben, ist unsere Gesprächsrunde während der Dschungelherausforderung wieder kleiner geworden. Frau und Herr Becker haben beschlossen, die Sendung zu verlassen.«

Dies wurde mit Gelächter vom Großteil des Publikums und mit Pfiffen von den Protestierenden quittiert.

»Auch das die Dschungelherausforderung früher startete, hat unseren Ablaufplan etwas durcheinandergeworfen. Bevor ich nun aber die nächsten Gäste auf die Bühne bitte, möchte ich die Chance nutzen und meine beiden Gäste zur finalen Dschungelherausforderung befragen. Frau Doktor Schwetziger: Hätten Sie gedacht, dass SparkleSarah überhaupt so weit durch die Stromschnellen kommen würde?«

»Eigentlich bin ich gespannt, ob es jemals ein Statement gibt, wie viel der Show gescriptet war oder ob die Kandidaten eine echte Möglichkeit haben, den Ausgang zu beeinflussen«, antwortete sie. »Aber vielleicht kann uns Herr Bauer diese Frage direkt beantworten.«

»Touchée!« Max lächelte die Akademikerin an. »Es gibt gewisse Freiheitsgrade. Aber wie weit die gehen, möchte ich nicht beantworten. Es bleibt dem Publikum überlassen, zu vermuten, was an der Sendung echt war und was wir geplant haben.«

»Du hast alles geplant!«, rief Irina vom Bühnenrand.

Max, Amira und Schwetziger drehten sich irritiert zu ihr um. Irina hielt ihm das Handy entgegen.

»Du hast alles geplant!«, wiederholte sie.

167
Regieraum Köln

»Was war das?«, fragte Katrin in ein Mikro, das sie mit ihrem Assistenten im Studio verband. Sie wartete auf seine Antwort und ihre Augen wurden groß.

»Kamera vier auf Irina«, befahl sie, »und versorgt sie mit einem Mikrofon.«

»Was ist los?«, fragte Thomas.

»Irina hat Max vorgeworfen, alles geplant zu haben«, erklärte Katrin.

»Irina? Ist alles okay mit dir?«, fragte Max, der auf dem großen Monitor zu sehen war.

»Du hast alles geplant!«, hörte man sie nun. Das Display von Kamera drei zeigte, dass sie ein Umhängemikrofon erhalten hatte. »Wirklich alles.«

»Wir haben monatelang gemeinsam die Sendung geplant und an ihr gearbeitet«, lachte Max. »Das ist doch nichts Neues.«

»Zieh mich da nicht mit rein! Ich habe nicht geholfen, die Geiselnahme und den Tod von Menschen zu planen.«

»Wie kommst du auf so etwas Absurdes?«, fragte Max. »Wieso sollte man einen Terrorakt planen?«

»Erklär du es doch!«, forderte Irina. »Aber vermutlich, damit du genug Quote für die Sendung bekommst.«

»Du wagst es, mir das vor laufender Kamera vorzuwerfen? Was ist in dich gefahren?«

Amira und Schwetziger verfolgten gespannt den Wortwechsel. Im Studio herrschte absolute Stille.

»Hältst du alle anderen Menschen für doof?«, fragte sie. »Du hast mir dein Handy gegeben und eben kam eine Nachricht an.«

Die Selbstsicherheit verschwand aus Max' Gesicht.

»Ich rufe die Polizei«, kommentierte Schreiber aus der hinteren Pultreihe des Regieraums.

»Wir haben keine Beweise«, versuchte Thomas sie auszubremsen.

»Seine persönliche Assistentin würde ihm den Vorwurf nicht machen, wenn sie nichts in der Hand hätte«, erklärte Schreiber.

Katrin nickte: »Sie muss sich extrem sicher sein.«

Einer der Monitore der Übertragung aus Smaragdküste zeigte, wie Mira die Wiederbelebungsversuche aufgab und von Leon getröstet wurde. Dann wurden alle Monitore mit den Übertragungen schwarz.

»Du irrst dich«, beschwichtige Max, der seine Souveränität zurückgewonnen hatte. »Und nur, weil irgendjemand mir eine Nachricht schreibt, macht mich das doch nicht zum Verbrecher.«

»Irgendjemand?« Irina betrat die Bühne und ging auf Max zu. »Sagt dir ›Postfiliale‹ etwas?«

Max' Augenbrauen zuckten.

»Und was ist mit dem karibischen Postfach?«, schob sie hinterher. »Sagt dir das etwas?«

»Das gehört aber nicht zur Show?«, versicherte sich Winter im Regieraum.

»Ich glaube nicht«, sagte Katrin. »Falls ja, bin ich nicht informiert.«

»Ich weiß mehr über dich als die meisten anderen Menschen und da sind Sachen dabei, die ich lieber nicht mitbekommen hätte«, sagte Irina. »Und natürlich ist mir nicht entgangen, dass du skrupellos sein kannst.«

Sie tippte mit dem Zeigefinger mehrmals auf seine Brust.

»Aber dass du so abgebrüht und kaltblütig bist«, warf sie ihm vor, »das hätte ich nicht gedacht. Wie erträgst du eigentlich dein eigenes Spiegelbild?«

»Macht die Kameras aus!«, befahl Max. »Ich denke die Sendung ist vorbei.«

»Auf keinen Fall!«, sagte Katrin. »Wir bleiben auf Sendung!«

168
Studio Eins in der Senderzentrale Köln

Max stemmte die Hände in die Hüfte und wartete darauf, dass das rote Licht an der Kamera ausging.

»Wir besprechen das woanders«, sagte er und wollte sich von Irina wegdrehen.

Die hielt ihn fest und zog ihn zurück.

»Du hast Sabine auf dem Gewissen«, warf sie ihm vor, »und alle anderen. Die Menschen, die dir vertrauten, sind durch die Hölle gegangen. Sie hatten Angst. Und all das für die Quote? Für dein Ego? Nur weil du unbedingt eine erfolgreiche Show haben wolltest?«

»Jede Nachrichtensendung lebt davon, dass Leute sterben«, erklärte Max. »Und für all das, was wir hier haben, geht es irgendwo auf der Welt Menschen schlechter. Dein E-Auto? Dafür wird in anderen Ländern Trinkwasser verschmutzt. Kinder arbeiten in Bergwerken, um die nötigen Rohstoffe abzubauen.«

»Keine Nachrichtensendung lässt Menschen umbringen«, reagierte Irina. »Sie berichten darüber. Aber sie töten nicht selbst. Oder lassen nicht töten.«

»Spielen Sie uns hier etwas vor?«, fragte Schwetziger. »Ist es jetzt nicht genug? Erkennen Sie, dass ein Format mit scripted Reality es den Zuschauern noch schwieriger macht zu beurteilen, welche Informationen wahr und welche falsch sind?«

»Sie wollen die Wahrheit haben?«, antworte Max mit einer Gegenfrage. »Was ist denn die Wahrheit? Kennen Sie das Bild mit den zwei US-Soldaten, die im Irakkrieg einem gefangenen irakischen Soldaten Wasser gegeben haben? Jemand hat daraus eine Fotomontage gemacht. In der Mitte das Originalbild, das zeigt, wie der Gefangene von einem Soldaten eine Waffe an den Kopf gehalten bekommt und vom anderen mit Trinkwasser versorgt wird. Daneben dann zweimal ein Ausschnitt. Einmal zeigt er nur die Waffe am Kopf des Gefangenen, der andere nur, wie ihm die

Trinkflasche gehalten wird. Man kann die Wahrheit gar nicht abbilden, man lässt immer einen Teil weg. Und selbst wenn man als Zeuge dabei ist, fehlen einem vielleicht Informationen, wie es zu einer Situation kam.«

Er setzte sich wieder auf seinen Klappstuhl.

»Und wie mächtig Bilder sein können, beweisen britische Karikaturen von Napoleon, die ihn als kleinen Mann dargestellt haben. Das war er nicht, aber es hält sich bis heute und Napoleon hatte wohl mehr Respekt vor dem Zeichner als vor vielen seiner Gegner in Politik oder auf dem Schlachtfeld. Und spätestens seit Trumps Haussender ›alternative Fakten‹ deklariert hat, sollte doch jeder wissen, dass man schauen muss, welcher Quelle man vertrauen kann.«

»Wie im Krieg wurde die Wahrheit in Ihrer Sendung mit so vielen Lügen überschüttet, dass am Ende niemand mehr weiß, was wirklich passiert ist?«, fragte Schwetziger. »Wäre es hier in der finalen Show nicht Zeit, alles aufzudecken oder passiert das erst in der Wiedersehensshow?«

»Es wird keine Wiedersehensshow geben«, erklärte Irina. »Die Geiselnahme ist kein Narrativ, sie ist wirklich geschehen. Unsere Kandidaten, zwei Leute aus unserer Crew und die Söldner, die sie befreien sollten, sind gestorben.«

»Sie wussten das und haben die Show trotzdem durchgezogen?«, fragte Schwetziger.

»Die Geiselnehmer haben gedroht, unsere Crew zu töten, wenn wir nicht weitersenden«, erklärte Max. »Wir hatten keine Wahl.«

»Hörst du dir überhaupt zu?«, fragte Irina. »Du bist nicht das Opfer! Du hast das alles geplant. Auf deinem Smartphone finden sich die Beweise. Die SMS der Geiselnehmer, die E-Mails der Planung der tödlichen Dschungelprüfungen und sogar, wie die Finanzierung der vermeintlichen Terroristen über Subunternehmen erfolgte.«

»Was macht dich so sicher, dass ich dich nicht gerade manipuliere?«, fragte Max.

Verdutzt sah Irina ihn an.

»Wie meinst du das?«

»Du weißt, dass ich - wenn ich bei Livesendungen im Studio bin - mein Handy in den Flugmodus schalte«, erklärte er. »Und ausgerechnet heute soll ich das vergessen haben?«

»Und wenn ich nicht auf die SMS reagiert hätte?«, zweifelte Irina. »Oder nicht weiter in deine E-Mails geschaut hätte?«

»Als ob ich nicht wüsste, dass dich der Nachrichtentext nicht triggern würde«, antwortete Max. »Deine Beweise sind ein obskures Postfach und einzelne SMS? Ich habe Leute an der Hand, die dir das schneller fälschen können, als du deinen Rechner hochfahren kannst.«

Sprachlos stand Irina vor Max.

»Vertraust du mir?«, fragte er.

Sie wartete lange mit einer Antwort.

»Nein.«

Am Rande der Bühne gab es einen kleinen Tumult, als ein Mann von der Security aufgehalten wurde.

»Lassen Sie mich durch«, sagte er. »Ich bin Kriminaloberkommissar Müller.«

Fragend schaute einer der Securityleute Max an. Der deutete ihm an, den Polizisten durchzulassen.

»Herr Müller«, grüßte er. »Ich hoffe, Ihnen hat die Sendung gefallen?«

»Hiermit verhafte ich Sie wegen Beihilfe zum Mord, möglicherweise auch wegen Anstiftung zum mehrfachen Mord. Wegen Irreführung der Polizei und Behörden. Wegen Auftrag zur Entführung und Geiselnahme. Sie haben das Recht zu schweigen. Alles, was Sie sagen, kann gegen Sie verwendet werden. Sie haben das Recht auf einen Anwalt. Wenn Sie sich keinen Anwalt leisten können, wird Ihnen einer gestellt. Möchten Sie von Ihrem Recht auf einen Anwalt Gebrauch machen?«

EPILOG

Am nächsten Tag

Der in schwarzer Kampfmontur gekleidete Mann stand vor einem Seecontainer und zerschnitt mit einem Bolzenschneider das Vorhängeschloss. Dann öffneten zwei andere Mitglieder seiner Einheit den Container und leuchteten hinein.

»Wir sind von der GSG9 und bringen euch heim!«, verkündete der Mann.

Keine der Geiseln bewegte sich, zu tief saß noch der Schock der missglückten Befreiung.

»Wir haben das komplette Gelände und die Umgebung gesichert. Ihre Geiselnehmer sind nicht mehr hier und wir werden von der Armee der Smaragdküste unterstützt«, versuchte er ihnen Mut zuzusprechen. »Medizinische Hilfe ist unterwegs und Hubschrauber, mit denen wir sie schnellstmöglich ausfliegen.«

Einige Männer gingen in den Container und halfen den befreiten Geiseln auf die Beine und zur Tür, wo sie von anderen Mitglieder des Einsatzkommandos in Empfang genommen wurden. Über zehn Tage in den gleichen Klamotten und ohne Möglichkeit, sich zu waschen, ließen alle verwahrlost aussehen.

»Ist es wirklich vorbei?«, fragte eine Frau.
»Ja«, wurde sie beruhigt. »Sie sind in Sicherheit.«

Ein Jahr später

Ein Jahr später befanden sich Katrin und Irina wieder im Regieraum.

»Die Kamera auf Leon«, befahl Katrin.

Auf dem großen Bildschirm konnte man sehen, wie Leon den Kandidaten die Regeln der zweiten Staffel ›Zehn kleine Prominente gingen‹ erklärte. Statt des Dschungels war das Ziel dieses Mal eine Insel.

»Und wer die letzte Herausforderung besteht«, sagte er, »wird Kaiser der Insel und Gewinner der härtesten Survival-Show!«

»Ich kann immer noch nicht glauben«, flüsterte Irina zu Katrin, »dass sich so viele Promis als Kandidaten gemeldet haben.«

Katrin nickte.

»Und dass wir überhaupt eine Sendegenehmigung erteilt bekommen haben.«

»... aber nun kommen wir zu eurer ersten Herausforderung«, erklärte Mira auf dem Bildschirm. »›Das Labyrinth der Illusion‹!«

»Wann hast du Max das letzte Mal besucht?«, fragte Irina.

»Letzte Woche«, antwortete Katrin. »Seine Anwälte nehmen die Anklagepunkte der Staatsanwaltschaft auseinander. Das ganze Verfahren wird vermutlich noch Jahre dauern. Auch weil um die Zuständigkeit der Gerichte gestritten wird.«

Sie machte eine kurze Pause.

»Du solltest ihn auch mal besuchen, er fragt immer wieder nach dir.«

»Ich bin mir nicht sicher, ob ich ihn sehen will«, sagte Irina.

»Er nimmt es dir nicht übel.«

»Das mag sein«, sagte Irina. »Aber er hat alle manipuliert. Auch mich.«

»Und trotzdem bist du wieder hier und machst noch mit. Als Prokuristin hättest du auch das alles beenden können. Hoffentlich wird es dieses Mal nur eine ganz normale Show.«

Irina lächelte, wich aber Katrins Blick aus. Während sie das Geschehen auf dem großen Monitor verfolgte, spürte sie die Vibrationen des Smartphones in ihrer Hose.

NACHWORT

Die Sache mit dem Dschungelcamp

In meinem Umfeld gibt es einige Menschen, die tatsächlich komplett ohne Fernseher leben. Chapeau dafür. Wenn ich mir überlege, wie viel Zeit mir das sparen würde (vorausgesetzt ich würde auch auf Netflix & Co. verzichten) und mir somit mehr Zeit zum Lesen (und Schreiben) übrig bleiben würde.

Natürlich regt ein Buch die Fantasie mehr an als ein Film. Anhand der Beschreibungen muss man sich selbst ein Bild der Figuren und Orte machen (gerade beim Ersteren wird mir in einigen Rezensionen eine Schwäche attestiert und es ist wahr, ich halte mich mit Personenbeschreibungen sehr zurück. Das gibt den Lesenden mehr Raum für ihre Vorstellungen und erlaubt auch manche Überraschungen). Allerdings bin ich nicht der Ansicht, dass das bewegte Bild die Fantasie verwelken lässt.

Beschäftigt man sich dann mit einigen großartigen Geschichtenerzählern, fällt auf, dass es da einige gibt, deren Kindheit und Jugend durch den Konsum des Flimmerkastens geprägt waren. Beispiele gefällig? Stephen King und George Lucas. Beide haben

Welten geschaffen (der eine sogar eine ganze Galaxie), die mich seit meiner Kindheit begleiten.

Für mich unvergessen war Marcel Reich-Ranickis Ablehnung des Fernsehpreises 2008 und bezeichnete Teile dessen, was er bei der Preisverleihung mitbekommen hatte als »Blödsinn«. Er empfahl direkt das Senderformat ARTE und erinnerte mich damit an Dietrich Schwanitz, der in seinem Buch »Bildung - Alles was man wissen muss« definiert, was gute Bildung ist und was nicht. Spoiler: Zu wissen, wer Rekordmeister der Bundesliga ist, zählt, laut Schwanitz, nicht dazu.

Auf der einen Seite das Bildungsbürgertum, auf der anderen Seite »das gemeine Volk«, das sich durch (seichte) Unterhaltung vom relevanten Geschehen ablenken lässt. »Panem et circenses« - wie der Bildungsbürger weiß - oder »Brot und Spiele«, damit auch alle anderen verstehen, was gemeint ist.

Und so zappt man sich durch dreiunddrölfzig Kanäle und begegnet Sendeformaten, über die man die Nase rümpft. Seichte Soap Operas, Reality-TV, Kuppel-Shows, Spielshows ohne Tiefgang und jedes Mal, wenn man denkt, der Tiefpunkt sei erreicht, kommt ein neues Format.

Das aus Großbritannien stammende »Ich bin ein Star - holt mich hier raus« (im Original: »I'm a celebrity ... Get me out of here!«) wird seit 2004 - mit kurzen Unterbrechungen - auf dem Privatsender RTL ausgestrahlt und erfreut sich immer noch hoher Beliebtheit. Über die Jahre wurde ich treuer Zuschauer des Formats, dessen Konzept eine Mischung aus Schadenfreude, Ekel und Voyeurismus ist.

Ich könnte jetzt erzählen, dass ich es schaue, weil es auch so etwas wie die Sozialstudie eine und man darin Prominente in unangenehmen Situationen sieht. Aber sind wir ehrlich: Am Anfang jeder Staffel kenne ich meistens nicht mehr als drei der Teilnehmerinnen und Teilnehmer. Und ich schalte ein, um sie scheitern zu sehen. Oder wie sie ihre Fassung verlieren.

Aber dann gibt es da etwas, das ich den Zuschauern der Sendung hoch anrechne: Ziemlich häufig sind Kandidaten erfolgreich, die sich authentisch verhalten. Sie gewinnen dann auch oft die Dschungelkrone. Selbstdarsteller werden hingegen oft auf die Plätze verwiesen.

Aber was kommt nach den Ekelprüfungen von »Ich bin ein Star«? Mit welchen Formaten lassen sich die Zuschauer noch schocken? Ein Blick in die deutsche Fernsehgeschichte gibt entsprechende Hinweise: Das Dokumentaryformat »Das Millionenspiel« griff Stephen Kings »Running Man« voraus. Kandidaten werden wortwörtlich gejagt und schon bei der Ausstrahlung in den Siebzigern konnten viele Zuschauer Fiktion und Realität nicht auseinanderhalten. Weitere Geschichten folgten: »Rollerball«, »Tribute von Panem« und vor nicht allzu langer Zeit wurde die koreanische Netflixproduktion »Squid Game« zum Überraschungserfolg. Auf der anderen Seite erfreuen sich Survival-Formate wie »7 vs Wild« hoher Beliebtheit.

Es lag also nahe, das Dschungelcamp einfach einen Schritt weiterzuspinnen.

Die Sache mit der Künstlichen Intelligenz

»Arbeiten Sie hier mit Künstlicher Intelligenz?«

»Wir arbeiten hier nicht mal mit natürlicher Intelligenz!«

KI - oder neudeutsch AI (Artificial Intelligence) - ist das neue Buzzword in Wirtschaft und Medien. Es wird von einer neuen industriellen - oder digitalen - Revolution gesprochen und schon sehen sich viele, bisher sichere Berufe bedroht.

Andere wiederum beobachten, wie KI das autonome Fahren verändert und in Waffensysteme integriert wird. Die Angst, dass Computer ein Bewusstsein entwickeln, ist so aktuell wie in den Fünfzigern oder Achtzigern, als man damit rechnete, dass Computer die Weltherrschaft übernehmen oder den Menschen auslöschen werden. Oder beides.

Tatsächlich glaube ich nicht daran, dass Computer die Menschheit absichtlich auslöschen werden. Wenn das passiert, wird es eher aus Versehen sein.

Ups.

Aber zurück zum Status quo: KI Tools unterstützen bei recht alltäglichen Aufgaben, helfen bei der Recherche, können Plotvorschläge geben, Sachtexte verfassen, Korrektur lesen, Übersetzen, lektorieren, Lyrik und Prosa schreiben.

Der Spiegel Bestsellerautor Uwe Laub betont im Nachwort seines aktuellen Romans »Blaues Gold - Der Kampf ums Wasser beginnt«, dass er keine KI Tools beim Schreiben genutzt hat (bei einem Essen hatten wir uns unter anderem über die Chancen und Gefahren von KI unterhalten).

Das kann ich von mir und »Zehn Prominente gingen in den Dschungel« nicht behaupten. ChatGPT war mir bei der Recherche eine große Unterstützung und ich lernte schnell, dass es wichtig ist, die Fragen richtig zu stellen.

Gegenüber einer normalen Websuche hat man aber den glasklaren Vorteil, dass man die Suchhistorie kontextbezogen verfeinern kann. Bis zu dem Punkt, an dem ältere Antworten vergessen werden. Genau wie bei Wikipedia ist es aber wichtig, sich nicht zwingend auf eine Quelle zu verlassen.

Wo habe ich mir noch von der KI helfen lassen?

Ich habe sie mit einem groben Plot gefüttert und dann um je einen groben Plot der zehn Kapitel gebeten. Interessant hierbei war, dass ich vorgegeben habe, welche Figur an welcher Stelle »ausscheidet«. Meine Überraschung war dann aber sehr groß, als die Figur, die in der ersten Sendung gestorben ist, auf einmal in der vierten wieder auftauchte. Wenn es zu komplex wird, kommt die KI noch nicht mit.

Ich habe mir eine Aufstellung der typischen Dschungelcamp-Kandidaten geben lassen. Wirklich Überraschendes war da nicht dabei und die Wikipediaseite von »Ich bin ein Star« lieferte mir eine ähnliche Auswahl. Als ich meine Figuren erfunden habe, bat ich die KI, mir zu den Hauptfiguren eine kleine Vita zu schreiben, nicht allerdings, ohne Vorgaben mitzugeben, und besonders amüsiert war ich, als bei einer Figur die KI mir den Vergleich mit einer echten Person angeboten hatte, die zum Teil »Pate« für die Figur war.

Unterm Strich bleibt für mich als Schriftsteller die Erkenntnis, dass die KI in erster Linie bei der Recherche nützlich ist. In anderen Bereichen kann sie unterstützen, die Qualität der Antwort hängt aber von der Qualität der Frage ab. Und wie jede technische Revolution wird sie manche Berufe nahezu überflüssig machen, anderen stark zusetzen und neue Berufe erschaffen.

Die Sache mit der Bildmanipulation

Wie schon im Roman erklärt, ist Bildmanipulation nicht erst mit Photoshop ein relevantes Thema. Bilder haben eine besondere Macht, denn sie sind viel schneller zu erfassen als ein Text und ein geschickt ausgewählter Bildausschnitt kann eine ganz andere Wahrheit zeigen als ein leicht veränderter Ausschnitt. Personen wurden aus historischen Bildern (nicht nur Fotos) entfernt oder hinzugefügt. Bedurfte es früher Profis, um glaubhafte Bildmanipulationen durchzuführen, wird das - durch KI unterstützt - heute so einfach, dass es fast jeder hinbekommen kann.

Auch die Manipulation bewegter Bilder wird einfacher und selbst, wenn eine Veränderung in Echtzeit derzeit - meiner Kenntnis nach - nicht möglich ist, ist es nur eine Frage der Zeit, bis dies so schnell geht, dass nur ein Bruchteil einer Sekunde vergeht.

Für den Betrachter wird es immer schwerer zu erkennen, welche Bilder echt sind und welche manipuliert wurden. Kombiniert mit ›Alternativen Fakten‹ ist das aktuell eine der größten gesellschaftlichen Herausforderungen.

Die Sache mit Smaragdküste

Für »Zehn kleine Prominente gingen in den Dschungel« brauchte ich offensichtlich ein Land, in dem es Dschungel gibt. Da die Prüfungen zur besten Sendezeit in Deutschland stattfinden sollten, engte die Vorauswahl es auf Westafrika, Süd- oder Mittelamerika ein. Meine Entscheidung fiel auf ein Land in Westafrika, in dem die politischen Verhältnisse sicher genug für Investitionen, aber instabil genug für Aktivitäten von Rebellen sind.

Ich habe mich gegen ein reales Land entschieden, die Elemente von »Smaragdküste« sind aber eine Kombination aus verschiedenen echten Ländern. Sollte die ein oder andere Darstellung oder Erklärung zu klischeehaft sein, liegt dies einzig und allein an meiner falschen Vorstellung.

Die Sache mit den Dschungelherausforderungen

Die Frage »Wie weit darf TV gehen« könnte man sich als Autor ebenfalls stellen. Wie genau darf man etwas beschreiben, wann bedient man Voyeurismus oder inspiriert schlimmstenfalls Nachahmer.

Die Suchhistorie vieler Autoren dürfte ziemlich oft skurril und morbid wirken. Da wird schon mal gegoogelt, wie man Leichen am besten verschwinden lassen kann, welches Gift am schnellsten tötet oder was wirklich passiert, wenn eine Kugel den Kopf eines Menschen trifft.

Für die Dschungelherausforderungen habe ich ChatGPT einige Fragen gestellt und immer, wenn es ›richtig heftig‹ wurde, warnte mich die KI vor den Gefahren oder fragte nach - nachdem ich betont habe, dass ich für einen Roman recherchiere - ob ich das wirklich so detailliert beschreiben möchte, da es auch verstörend wirken könnte.

Ansonsten musste ich lernen, dass manche meiner von Hollywood geprägten Vorstellungen über das Sterben vollkommen übertrieben sind. Auch für den Fall hatte die KI die Idee, dass man ja auch fiktive Spinnenarten bzw. Gifte für mehr Dramatik im Roman verwenden könnte.

Die Sache mit den Romanfiguren und ihren Vorbildern

Vielen Romanen geht ein Disclaimer voraus, in dem erklärt wird, dass alle Personen und Ereignisse frei erfunden sind. Ich musste jetzt gerade zu meinem Bücherregal gehen und schauen, ob ich so etwas bei »Ohne Strom« verwendet habe.

Habe ich nicht.

Und werde ich auch dieses Mal nicht machen.

Offensichtlich entspricht Maximilian Bauer dem Stereotypen des (Tech-)Milliardärs, der unglaubliche Summen an Geld zu Verfügung hat und somit über den Dingen schwebt. Solche Figuren finden sich in vielen Romanen, Filmen und Serien und taugten schon vor James Bond als Bösewichte.

Wenn ich mir meine Romanfiguren ausdenke, gehe ich da recht spartanisch vor und versuche, mich auf das für den Roman Relevante zu beschränken. Andere Autoren und Autorinnen geben sich da wesentlich mehr Mühe und dafür bewundere ich sie.

Meine Figuren sind oft - aber nicht immer - eine Kombination aus mehreren Personen. Daraus ergeben sich dann die Reaktionen und Eigenschaften und da ich weiß, wen ich da kombiniert habe, kann ich das relativ konsistent halten.

Bei den Kandidaten und auch bei den Moderatoren bieten viele Reality-TV Shows genügend Material, um sich daran zu bedienen. Wenn du, liebe Leserin oder lieber Leser, also meinst, jemanden in einer Figur zu erkennen, so kann das gut sein. Es kann aber auch sein, dass es doch jemand anderes bzw. mehrere andere sind.

DANKSAGUNG

Schön, dass du immer noch hier bist!

Dir, liebe Leserin oder lieber Leser, möchte ich von ganzem Herzen danken.

Statt meines Buches hättest du einen Film schauen, dich mit Freunden zum Kino, Brettspielabend, Sport oder was auch immer verabreden können, aber du hast dich entschieden, meinen Roman zu lesen. Danke.

Ich möchte mich beim Team vom Kampenwandverlag - vornehmlich Melanie Kraus und Claudia Bracevac - für das Vertrauen und die Geduld bedanken, zumal ich mehrmals das Abgabedatum gerissen habe.

Hatte ich bei der »Ohne Strom«-Reihe noch etliche Menschen, die ich für die Recherche befragt habe, hat mir an der Stelle die KI geholfen. So praktisch das war, vermisse ich im Nachhinein die vielen interessanten Gespräche mit den verschiedenen Expertinnen und Experten.

Den Leserinnen und Lesern der »Ohne Strom«-Reihe möchte ich für die Geduld danken, denn ich war mitten im Entwurf von Band IV, als sich mir der Plot von »Zehn kleine Prominente gingen in den Dschungel« aufdrängte. Ich verspreche, dass ich den Roman nun fertig schreiben werde. Immerhin ist ja noch ein Cliffhanger aufzulösen.

Großer Dank geht an Ella Stein - deren Bücher ich sehr schätze und hier eine unbedingte Leseempfehlung gebe - mit der ich ein kurzweiliges persönliches Gespräch hatte, in dem wir uns über unsere verschiedenen Projekte unterhielten. Ich schwärmte ihr von meiner Idee zu meinem Dschungelbuch vor und beschloss noch am gleichen Tag, dass ich sofort damit anfangen werde.

Wie bei jedem Buch bin ich dankbar, dass mich Beatrice Liebig bei der Korrektur unterstützt hat.

Erneut geht mein Dank an die Schreibdilettanten Axel Hollmann und Marcus Johanus. Die Tipps aus eurem Videoblog und eurem Ratgeber »Romane schreiben und veröffentlichen für Dummies« helfen mir sowohl beim Plotten als auch beim Schreiben.

An dieser Stelle geht ein großer Dank an die Buchbloggerinnen und -blogger, Buchhändlerinnen und -händler, Bibliothekarinnen und Bibliothekare, Schriftstellerinnen und Schriftsteller sowie Veranstalter, die mich unterstützen. Dank euch bekommen meine Bücher Aufmerksamkeit, werden meine Romane verkauft, darf ich Lesungen halten, kann ich mich über das Schreiben austauschen.

Ich werde öfter gefragt, wo ich die Zeit zum Schreiben, für Lesungen und was noch alles an einer Buchveröffentlichung hängt, nehme. Neben meinem eigentlichen Beruf passiert vieles davon abends (oder auch nachts. Die Chance, mich um fünf Uhr noch wach zu sehen ist größer, als mich um fünf schon wach anzutreffen) oder am Wochenende und die Zeit geht dann von meiner Familie ab. Danke an meine Freundin Michaela und meine Kinder Jules und Johanna, dass ihr mich unterstützt!

Markus Mattzick
Hüttenberg, im Mai 2024

DER AUTOR

Markus Mattzick wurde 1972 in Gießen geboren und lebt mit seiner Familie im mittelhessischen Hüttenberg. Nach einigen Umwegen landete er in der IT und hat dort programmiert, administriert, Projekte geleitet und war als Product Owner und Service Request Engineer tätig.

2021 veröffentlichte er zunächst im Selbstverlag seinen Debütroman »Ohne Strom - Wo sind deine Grenzen«. Die postapokalyptische Dystopie fand später eine neue Heimat beim Chiemsee Verlag und als Hörbuch bei Saga Storify.

Eine weitere Leidenschaft ist das Musikmachen und als Markoustique verbindet er Storytelling und Acoustic Cover.

Weiter Infos und Kontakt:

autor.markus@mattzick.net
https://mattzick.net

Facebook, Instagram, Twitter (X), Threads, YouTube:
@markusmattzick

DIR HAT DAS BUCH GEFALLEN?

Ich freue mich sehr, dass du mein Buch bis zu dieser Stelle gelesen hast. Wenn es dir gefallen hat, wäre es toll, wenn du ihm bei dem Online-Shop eine Bewertung gibst, bei dem du bestellt hast. Oder du schreibst bei einem deiner Lieblings-Buchportale eine Rezension.

Es ist nicht nur sehr schön, Meinungen zu meinem Buch zu lesen. Außerdem hilft es mir auch dabei, weitere Geschichten zu schreiben und neue Leser für meine Bücher zu finden.

CHIEMSEE
VERLAG

MARKUS MATTZICK
CHIEMSEEVERLAG
OHNE STROM
Wo sind deine Grenzen?
BAND I

MARKUS MATTZICK
CHIEMSEEVERLAG
OHNE STROM
Bis über deine Grenzen.
BAND II

MARKUS MATTZICK
CHIEMSEEVERLAG
OHNE STROM
Jenseits deiner Grenzen
BAND III